Yvonne Merschmann

Mondorchidee

YVONNE MERSCHMANN

Mond ORCHIDEE

Bibliografische Information der Deutschen Nationalbibliothek:
Die Deutsche Nationalbibliothek verzeichnet diese Publikation in der
Deutschen Nationalbibliografie; detaillierte bibliografische Daten sind im
Internet über dnb.dnb.de abrufbar.

1. Auflage
Deutsche Erstausgabe September 2020
© 2020 Yvonne Merschmann

Korrektorat: Nadine Jendrusch
Covergestaltung: Nadine Merschmann – coverfunken.jimdosite.com
unter Verwendung von Grafiken von depositphotos.com
Buchsatz: Sabrina Milazzo – design.sabrinamilazzo.net
Kapitelzierden: Milena Bergmann – bettyarts.de
Karte: Yvonne Merschmann mit Inkarnate.com

Herstellung und Verlag: BoD – Books on Demand, Norderstedt

ISBN: 9783751956659

Für Nadine.
Bis zum Mond und wieder zurück.

Eine Inhaltswarnung zu potentiell
triggernden Themen steht auf S. 371.

SEE DER TRÄNEN

EBRIA

WALD DER
VERGESSENEN SEELEN

OR

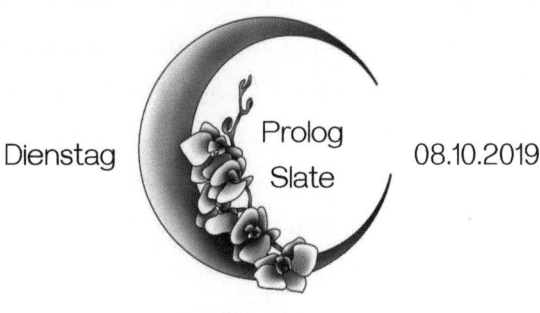
Encantador

Slate schaute auf seine Uhr. Punkt Sechs. In etwa zehn Minuten müssten sie hier vorbeikommen. So zumindest hatte es der kleine Junge in der Akademie behauptet. Er würde ihnen einen unvergesslichen Empfang bereiten. Nur vielleicht anders, als sie erwarteten.

Er sah sich um. Sie konnten entweder auf dem kleinen Weg geradeaus kommen oder vom größeren Weg links. Sein altgedientes Nest war wieder gut genug für seinen Plan. Der See der Tränen vor ihm glich eher einem sehr großen Teich mit etwas Schilf an den Seiten. Einige größere und kleinere Steine grenzten das Ufer von der großen Lichtung ab. Auf einen der Steine setzte er sich und hielt seinen Kopf mittig, sodass die Gäste ihn sahen, egal, von welcher Seite sie kamen. Dann senkte er seinen Blick, schaute auf seine kaputten Schuhe, damit die Menschen sich durch den direkten Blickkontakt nicht angegriffen fühlten. Trotzdem konnte er noch aus den Augenwinkeln beide Richtungen erspähen. Jetzt hieß es abwarten.

Die zehn Minuten fühlten sich an wie eine Ewigkeit und der frische Oktoberwind ließ ihn frösteln. Da hörte er endlich ihre Stimmen. Sie kamen von links. Ganz leicht bewegte er seinen Kopf und wartete ab. Gleich würden sie ihn sehen, ihre Gespräche einstellen und abwägen, ob er sie angreifen wollte oder ihnen wohlgesonnen war. Bestimmt hielten sie ihn für einen Heimatlosen. Gespannt lauschte er. Ihre Schritte waren einerseits gemächlich, andererseits energisch. Zwei Menschen. So, wie sein Informant gesagt hatte. Manche seiner Informanten neigten zu Übertreibungen und obwohl er deswegen misstrauisch blieb, konnte er das vorfreudige Kribbeln nicht unterdrücken. Slate hörte Gesprächsfetzen. Aber was kümmerte es ihn? Gerade unterhielten sie sich lautstark über das Essen, auf das sie sich so freuten. Ihre Schritte wurden langsamer, bedächtiger und ihre Stimmen leiser. Sie hatten ihn gesehen.

Möglichst langsam hob Slate seinen Kopf. Auf seinem Gesicht breitete sich das freundlichste Lächeln aus, dass er sich vorstellen konnte, während er sie musterte: feine Hosen, saubere Schuhe, gebügeltes Jackett, eine schicke Uhr, seidene Bluse und eine hässliche Goldkette. Er konnte mit der Uhr etwas anfangen und die Kette schönreden. Schade, dass der Junge mit seinen Beschreibungen übertrieben hatte. Hoffentlich waren ihre Taschen ergiebiger. Langsam stand er auf und ging einen Schritt auf die Unwissenden zu. „Herzlich Willkommen am See der Tränen", sagte er möglichst feierlich.

Die Frau wagte ein Lächeln, der Mann sah ihn direkt an, aber schien ihn nicht als Gefahr einzustufen. Perfekt. Slate grinste. Er erwiderte den starren Blick des Mannes und konzentrierte sich. Er ließ ihn den Standardtraum träumen. *Dunkler Wald, verschwommene Umrisse, eine Gestalt, die ihn verfolgte und Schmerzen am ganzen Körper.* Diesen Traum zu erschaffen kostete ihn nicht viel Mühe. Zu oft hatte er ihn schon angewandt und der Mann war müde, sein Geist schwach und leicht zu beeinflussen. Sein Opfer fasste sich an den Kopf, schrie: „Oh Gott, was ist das?!"

Schließlich konnte er nicht begreifen, dass er gerade träumte, ohne zu schlafen. Die offenen Augen hatten einen glasigen Ausdruck angenommen, er war in Slates Illusion gefangen. Slate wandte sich der Frau zu, die ihn ahnungslos und ängstlich anstarrte. Zum Mann gebeugt versuchte sie ihn am Kopf zu berühren, stammelte „Schatz, was ist los?", aber sie würde ihm nicht helfen können.

Slate lächelte. Sie war unbewaffnet. Er hielt den Albtraum des Mannes aufrecht und starrte der Frau in die Augen. Sofort spürte er, dass er viel mehr Konzentration und Kraft brauchte, um ihren Geist zu manipulieren. Sie schien wesentlich wacher und musste auf Konzentration trainiert sein. Slate atmete tief durch und trat näher.

Er erschuf den Wald mit dem verschwommenem Sichtfeld. Die Schmerzen zu projizieren war wieder leichter. Albträume, Ängste, Schmerzen, er nährte sich von den alltäglichen Schwächen, die in jedem Menschen schlummerten. Dafür brauchte es nicht allzu viel Illusionskraft. Aber den Verfolger und sie selbst als Hauptfigur ihres Traumes zu erschaffen, stellte sich als schwieriger heraus. Gleichzeitig spürte er, dass ihm der Mann entglitt. Er konnte nicht eine so starke Frau manipulieren und gleichzeitig den Mann halten. Jetzt musste er entscheiden und handeln. Während er mit dem Albtraum der Frau kämpfte und versuchte, wenigstens einen Schatten zu erschaffen, riss er dem Mann die Uhr vom Handgelenk. Der Frau nahm er die Kette vom Hals. Ihre Hand schnellte nach vorne, ehe er ausweichen konnte, und traf ihn mit voller Wucht an der Schläfe. Slate verzog das Gesicht. Anstatt Schmerz durchzuckte ihn jetzt nur Enttäuschung. Das sollte nicht passieren. Im Gegensatz zu ihrem Mann war ihr Bewusstsein noch nicht vollends im Traum gefangen. Sie nahm die Realität weiterhin wahr, wie jemand, der kurz davor war, bewusstlos zu werden. Aber eben nur kurz davor. Gleich müsste er den Mann aufwachen lassen, seine Konzentration hielt nicht mehr länger stand. Das Pochen in seinem Kopf wurde immer stärker, er hatte das Gefühl ihn festhalten zu müssen, weil er sonst zerplatzte. Der Schlag der Frau tat sein Übriges, die Kopfschmerzen setzten ein. Slate schnaubte. Hastig kramte er im Jackett des Mannes nach einem Geldbeutel. Slate brach die Verbindung ab, drehte sich rasch um und floh. In der nächsten Nacht würde die Frau im quälenden Nebel aus Illusion, Traum und Realität keinen Schlaf finden. Während er um den See rannte, hörte er hinter sich ihre verwirrten Rufe. Normalerweise machte er einen besseren Job.

Er verfluchte sich innerlich, während er die Beute in seinen ausgelatschten Stiefeln versteckte und nach einem Ennvio rief. Der Junge teleportierte ihn nach Hause und Slate rannte in sein kleines Zimmer, um die Beute zu begutachten. Die Uhr war in Ordnung, aber auch nicht der große Wurf. Die Kette war nicht echt, aber irgendeinem Dümmling würde er sie schon aufschwatzen können. Eifrig riss er den Geldbeutel auf und schüttete ihn aus. Fassungslos starrte er auf die wenigen Euro, die herauskullerten. Das musste doch ein Scherz sein. Die paar Geldstücke? Das würde ihm vielleicht zwei Silbermünzen einbringen, wenn sie großzügig waren. Aber wenn er bei der Bank einen Idioten antraf, konnte er auch gut nur eine Silbermünze dafür bekommen. Wie sollte er davon nächste Woche anständig essen? Vor sich hinfluchend riss er jeden Knopf des Beutels auf, aber er konnte nichts als Leere vorfinden. Wütend schleuderte er den Beutel in die Ecke und hockte sich in den kleinen Spalt neben sein Bett, um den vor seinen Brüdern verschlossenen Schrank aufzuschließen. Er ordnete sein Diebesgut in die Schachteln nach preislicher Höhe ein. Die unteren Kästen quollen schon fast über, während die oberen genauso leer waren, wie der verdammte Geldbeutel. Er fluchte leise, damit seine Eltern ihn nicht hören konnten. Für eine weitere Predigt von seinem Vater über die Akademie war er heute wirklich nicht in Stimmung. Irgendwie würde er es schon schaffen. Er musste nur bessere Beute finden, mehr unterwegs sein. Morgen würde er versuchen, den heutigen Kram auf dem Markt loszuwerden. Geräuschlos schloss er den Schrank und ließ sich auf sein schmales Bett fallen. Slate hoffte auf gute Preise, ansonsten müsste er Vicky um Geld anbetteln und das wollte er auf keinen Fall. So erbärmlich war er nicht. Niemals.

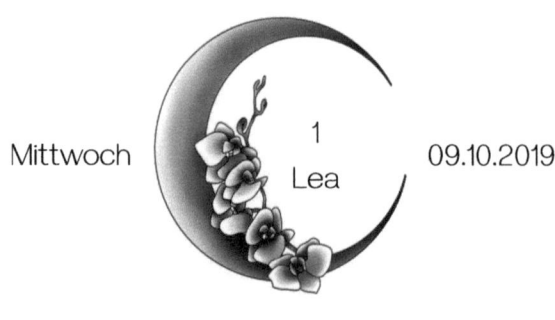
Ostafelde

Sie versuchte, ihm zuzuhören. Wirklich. Aber ihre Gedanken wanderten immer wieder zu den Herbstferien. In vier Tagen würde Amalia mit Mike nach Encantador gehen, während sie mal wieder hierbleiben musste. Ihr Vater hatte etwas gesagt, sie murmelte ein „Ja" und er lächelte breit. Oh. Oh. Lea schob sich schnell das Brot in den Mund, bevor sie noch mehr sagen konnte. Richard, der seiner Tochter gegenübersaß, hatte seinen Kaffee schon leer getrunken und stellte ihn energisch ab. Schon wieder der Blick zur Uhr. Auf seinem Teller lag noch eine halbe Scheibe Brot, die er sich mit schnellen Bissen in den Mund schob. Lea kaute gemächlich, als müsste sie selbst nicht gleich zum Schulbus rennen. Ohne sie zu fragen, ob sie noch etwas essen wollte, begann er den Tisch abzuräumen. Sie wollte etwas einwenden, öffnete den Mund und schloss ihn wieder. Es hatte doch eh keinen Sinn.

„Also schön, dann mache ich eine Probestunde für heute Abend aus."

Lea runzelte die Stirn. Probestunde? Für was? Außerdem war sie da schon mit Mike verabredet. Heftig schüttelte sie den Kopf und schnappte sich eine Banane, während er das Geschirr vom Tisch räumte. „Da kann ich nicht, ich bin mit Mike zum Kino verabredet."

Ihr Vater hielt in seiner Bewegung kurz inne, dann landete das Geschirr mit einem klirrenden Geräusch auf der Arbeitsplatte. „Gerade hast du doch noch zugestimmt! Wie willst du im Leben vorankommen, wenn du dich immerzu mit diesem Typen abgibst? Du solltest dich nie mit einer Zwei zufrieden geben ..."

Sie schnitt ihm das Wort ab: „... wenn du auch eine Eins haben kannst. Ich weiß, Papa. Aber keine Sorge, Mike hält mich nicht vom Lernen ab. Er ist nicht irgendein Typ, sondern mein Freund."

„Und wie lange noch?", gab er scharf zurück, als wäre das Ende vorhersehbar.

Sie spürte einen Stich in der Brust. Nicht, weil er sie mit seinen Worten so verletzte, sondern weil er vielleicht die Wahrheit sagte. Trotzdem vermied sie einen Kommentar. Stattdessen biss sie demonstrativ in ihre Banane, so langsam wie möglich. Weil sie alle Zeit der Welt hatte und nicht wie ihr Vater in die Praxis stürmen musste. Aber sie wollte diese Eins in Englisch auch wirklich selbst. Mike würde das schon verstehen. Oder?

Ihr Vater schob den Brotkorb an seinen Platz, räumte Teller und Besteck in die Spülmaschine und seufzte einmal tief. „Ist er in den Ferien wieder in Encantador?"

Sie hätte sich fast verschluckt. Es war lange her, seit sie zuletzt darüber geredet hatten. Er hielt nichts davon und deswegen war es auch das Beste, dass er nichts von ihrem Geheimnis wusste. Sie nickte nur langsam und hoffte, dass das Thema damit erledigt war. Er sah wieder auf die Uhr und wusch sich die Hände. Viel zu lang sagte niemand etwas. Vielleicht wollte er auch nicht darüber reden. Über all die Magie, das Ungewisse, die Neugier und Liebe, die sie vor ihm immer so gut zu verbergen wusste. Er würde es nie verstehen.

„Gut, dann kannst du dich in den Ferien ja auf das Wesentliche konzentrieren. Ich bestelle den Nachhilfelehrer für heute neunzehn Uhr. Bis später."

Damit ging er durch die Tür und ließ sie allein zurück. Lea sah auf die Uhr, schnappte sich noch einen kleinen Joghurt und einen Löffel für die Pause und verstaute alles in ihrer Schultasche, die über der Stuhllehne hing. Die letzten Schultage warteten auf sie und sie war bereit, sie zu den besten zu machen, während alle anderen schon gedanklich in den Ferien waren. Oder in Encantador.

Lea schlüpfte in ihren Mantel, band ihre dunklen Haare zum Zopf, damit sie im kühlen Wind nicht am Lipgloss klebten und steckte die Jeans in die Stiefel. Sie schnappte sich den dicken Schal und eine Mütze von der Garderobe und lief die wenigen Meter zur Bushaltestelle. Der Bus fuhr nur eine Minute später ein, das war knapp. Sie begrüßte den Fahrer, der ihr nur etwas Unverständliches entgegen grummelte, zeigte ihr Ticket und ließ sich auf einen der freien Sitzplätze fallen. Seinen roten Augen nach zu urteilen beherrschte der Junge neben ihr Feuer-Magie. Na toll. Sie dachte ja noch nicht genug daran. Lea lächelte ihm kurz zu und wandte wieder den Blick ab. Die roten Augen erinnerten sie an Mike, an Encantador, an Magie und alles, was sie nicht hatte.

Sie starrte auf ihre Hände, als könnten sie ihr verraten, wann ihre Magie endlich soweit war. Ein Zeichen, ein Countdown, irgendetwas. Sie hatte Amalia in den letzten Jahren so oft gefragt, aber es würde kein Zeichen geben. Kein Kribbeln, kein Sonnenschein im Regen, keine Ankündigung. Ihre Magie würde sich irgendwann ausbreiten und bis dahin konnte sie nur warten. Immer weiter warten.

Ein paar Leute stiegen an der Bäckerei ein und verströmten im Bus den Duft nach frischen Brötchen. Sie winkten ihr zu und Lea hob die Hand zum Gruß, als würde sie sie kennen. Vielleicht hatte sie sie auch schon mal flüchtig gesehen. Der Junge neben ihr hatte angefangen Musik zu hören, die sie durch seine Kopfhörer hörte und sie zog seufzend ihr Handy hervor.

Bin im Bus, bist du schon da?, schrieb sie Amalia und dann ein *Guten Morgen* mit einem Herz an Mike. Er würde es sicher erst im Unterricht lesen, nachdem er zur Schule gerannt war, um nicht zu spät zu kommen. Lea wollte es schon wegstecken, da vibrierte ihr Handy.

Ja, ich stehe vorm Raum und warte darauf, dass Herr Schwab mit den Schlüsseln kommt.

Was liest du gerade?, tippte Lea zurück. Amalia las immer irgendwas.

Diesmal war es ein Buch über Museumsgeschichte. Natürlich. Sie warf einen Blick nach draußen, vorbei am Café, in dem sie in den zwei Wochen Herbstferien viel Zeit verbringen würde. Allein. Dann gab es nur sie, ihre Bücher zum Lernen und vielleicht den Englischlehrer, den ihr Vater so toll fand. Hoffentlich war er auch so gut, wie er versprach.

Sie sah weiter auf die Straßen, blendete die Schüler im Bus aus, die sich mit Papierkugeln bewarfen. Trotzdem nahm sie aus den Augenwinkeln leicht eine Bewegung wahr. Wasser. Sie wandte ihren Blick nach links und sah ein Mädchen, dass ihre Flasche mit Wasser auffüllte, dabei floss das Wasser aus ihren Fingerspitzen. Mit einer flinken Handbewegung, als würde sie einen Wasserhahn zudrehen, stoppte die Magie und sie sah sich kurz verstohlen um. Ihre Blicke trafen sich und Lea schenkte ihr ein kurzes Lächeln. Das Mädchen sah sofort weg.

Lea runzelte die Stirn. Auch dreißig Jahre nach dem Krieg herrschte nur offiziell Frieden. Kam es ihr nur so vor, oder waren manche Leute in letzter Zeit vorsichtiger geworden? Skeptischer? Oder waren die Stimmen der anderen nur lauter geworden? Menschen konnten schlimm sein, wenn sie etwas nicht verstanden. Vielleicht war die Angst vor etwas Unbekanntem schlimmer als ihre Angst vor der Magie selbst. Lea sah weiter auf die Straße. An ihr zogen die goldenen Herbstblätter und die vielen kleinen Häuser vorbei. Bei der nächsten Haltstelle stiegen noch ein paar Leute ein, die müde auf die hinteren Sitzplätze schlurften. Sie warf einen Blick auf die Uhr. Noch fünf Minuten.

Kaum hatte der Busfahrer angehalten, schnappte sie sich ihre Tasche und stürmte auf das Schulgelände. Der Hof war schon voll mit Schülern, jedoch hatte sie noch etwas Zeit bis zur Englischstunde. Herr Schwab kam immer viel zu spät, aber deswegen musste sie selbst nicht auch unpünktlich sein. Außerdem konnte es immer passieren, dass er es doch mal pünktlich schaffte. Lea rannte an den Fahrradständern vorbei, darauf bedacht, niemanden umzurennen, winkte ein paar Leuten zu und wäre dabei fast über jemanden gestolpert. Er hockte am Boden, den Rücken gebeugt wie eine Katze, ganz dicht vor ein paar Gänseblümchen und das Handy vor seinem Gesicht. Lea ruderte mit den Armen, fand ihr Gleichgewicht wieder und stupste ihm an die Schultern. Keine Reaktion. Noch einmal. Sie hatte ihn schon mal bei Amalia in Deutsch gesehen. Wie war noch einmal sein Name? Etwas mit L? Leon. Luke? Sie sagte laut „Hey" und verstummte, weil ihr der Name wirklich nicht mehr einfiel. Da sah er endlich zu ihr auf und kam langsam zum Stehen, als wären seine Glieder ganz steif.

„Hey, ähm … L …" Er biss sich auf die Lippen.

Sie lachte. „Lea. Ich wollte dir nur sagen, dass ich grad fast über dich gestolpert wäre. Ist vielleicht nicht der beste Ort, um Fotos zu machen?"

Er zuckte mit den Schultern. „Hier ist mehr Schatten, auf dem Hof ist das Sonnenlicht zu hart. Und vielleicht trampelt heute jemand über die Gänseblümchen, dann sind sie weg." Er sah wieder nach unten zu den Pflanzen, als wären sie etwas Besonderes. So wie Amalia ihre Bücher ansah. Als würde es manchmal keine richtige Magie brauchen, weil sie direkt vor der Nase saß.

„Kann ich verstehen. Pass einfach auf."

Er grinste bis sich kleine Grübchen bildeten. „Ich bin ja schon fertig. Du bist doch eine Freundin von Amalia, oder?"

Sie nickte eifrig, während er sein Handy wegsteckte und begann, in seiner großen Umhängetasche zu wühlen. „Super, ich habe da noch etwas für das Referat morgen …"

Bevor er etwas sagen konnte, unterbrach Lea ihn. „Wenn du ihr etwas geben musst, ich bin grad auf dem Weg zu ihr. Wir haben jetzt Englisch."

„Gut, dann komme ich noch mit, meine Erste fällt aus, ich habe heute fast nur Bio."

Oh. War er in ihrem Kurs? Sie bahnten sich einen Weg durch die Menge und wichen Rucksäcken aus, während Lea versuchte, sich an ihn in ihrem Kurs zu erinnern. Seine Stimme war so klar und ruhig, die würde neben ihr und dem schlimmen Piepston von Bianca auffallen. Er bemerkte ihren Blick und nickte leicht. „Ja, wir haben Bio zusammen. Ist mein erster Leistungskurs."

„Oh tut mir leid, ich hab's nicht so mit Gesichtern."

„Wie denn auch, wenn du dich nie umguckst? Du sagst ja schon immer alles Wichtige, dann brauche ich das nicht mehr wiederholen. Außerdem beobachte ich eh lieber."

Lea sah auf ihre Schuhe, obwohl er nicht ganz unrecht hatte. Sie sagte wirklich viel. Aber es war auch nicht ihre Schuld, dass die Lehrer so interessante Fragen stellten. Und mit Beobachten bekam man auch keine Eins. Sie wollte gerade etwas erwidern, als müsste sie sich verteidigen, da sah sie das zaghafte Winken ihrer Freundin. Amalia stand vor der Tür, mit einem Auge behielt sie die Zeilen ihres Buches im Blick, ließ es aber sinken, als Lea näherkam. Lea beugte sich leicht nach unten und drückte sie an sich, während Amalia den rechten Arm weit ausgestreckt hielt, damit das Buch nicht zwischen sie geriet. Sie unterdrückte ein Schmunzeln, aber Amalia hatte sich schon Leas Begleiter zugewandt. „Guten Morgen, Lukas!" Ah.

Lukas nickte leicht und fummelte direkt wieder in seiner großen Tasche rum. Zwischen zwei Büchern zog er einen Zettel hervor und hielt ihn Amalia unter die Nase. „Ich habe bei unserem Referat noch zwei Fehler entdeckt. Und zwar hier …"

Lea wandte sich ab und ließ den Blick durch den Gang schweifen. Durch die langen Fenster schimmerte goldenes Licht, viele Schüler waren schon in ihren Klassenzimmern. Sie zog ihr Handy hervor. Keine Antwort von Mike. Sie würde ihn nach der Schule abfangen, um ihm abzusagen und er würde sauer sein. Hoffentlich verstand er sie, ins Kino konnte sie jederzeit, zur Nachhilfe nicht. Bei dem Gedanken an das Gespräch am Morgen mit ihrem Vater verzog sie das Gesicht zu einer gequälten Miene und sah direkt neugierige Blicke von zwei Mitschülern, die an ihr vorbeiliefen. Nein, nein, alles gut. Lea lächelte hastig und die beiden grinsten zurück. „Kommst du?" Amalia riss sie aus ihren Gedanken.

Oh, sie waren schon fertig! Sie drehte sich um und sah nur noch einen Fitzel von Lukas dunklem Haar in der Menge verschwinden. Die anderen Schüler saßen schon im Klassenzimmer und Lea scannte den Raum. Zwanzig belegte Plätze, drei freie Stühle. Mikes gehörte dazu. Sie konnte ein Seufzen nicht unterdrücken und Amalia tätschelte ihren Arm, als sie den Blick sah. „Vielleicht hat er verschlafen", murmelte sie auf dem Weg zum Platz und zuckte dann mit den Schultern.

Mmh. Ja, bestimmt. Lea breitete ihre Sachen auf dem Tisch aus und richtete sich augenblicklich auf, als Herr Schwab nach der Begrüßung begann, Aufgaben an die Tafel zu schreiben. Sie beugte sich leicht nach vorne, einen Stift in der Hand, das Buch aufgeschlagen. Trotzdem sah sie Amalias nach unten gesenkten Kopf. Sie las unter dem Tisch ihr Buch weiter. Warum sollte sie in der Schule mehr als nötig machen, wenn sie nächstes Jahr volljährig wurde und nach dem Schulabschluss eh nach Encantador ziehen würde?

Sie machte sich an die Aufgabe, schrieb Fragen zum Text auf, laß ihn zweimal durch und machte sich Notizen. Lea nahm vier unterschiedliche Textmarker für verschiedene Aspekte und markierte sauber Zeilen, damit es nicht so aussah, als hätte sie einfach wild ihr Buch angemalt. Die Zeit war rum, Herr Schwab klatschte in die Hände und schritt zurück hinters Pult. Er faltete seine Hände im Schoß und stellte Fragen.

Symbole. Ihr Arm schoss in die Höhe. Stilmittel. Ihr Arm schoss in die Höhe. Beziehungen. Da stand es doch, blau auf weiß markiert in ihrem Textbuch. Lea hielt in der Bewegung inne und sah sich um. Was hatte Lukas gesagt? Aber niemand anderes zeigte auf. Durch Beobachten bekommt man keine Eins. Das würde der Lehrer in den Ferien bestimmt auch sagen. Lea reckte entschlossen den Arm in die Höhe und erklärte die Beziehungen der Figuren des Romans, in dem eine Frau den Mann verließ, weil er sie betrogen hatte. Kaum hatte sie ihre Analyse beendet, kam ein Zwischenruf aus den hinteren Reihen. „Wäre die Frau eine Magierin, hätte ich sie auch betrogen." Jemand lachte. Lea fuhr herum und funkelte den Typen an, der immer noch grinste. Doch Amalia berührte sie leicht am Arm und Lea setzte sich langsam wieder richtig hin. Dann sah sie zu ihrer Freundin, die stumm und kaum merklich den Kopf schüttelte. So einen Zwischenruf hatte sie schon lange nicht mehr an der Schule gehört. Dabei hatten sie doch darauf geachtet, nicht allzu öffentlich über Encantador und die Magie zu reden, um nicht die falschen Leute auf sich aufmerksam zu machen.

„Na, na", sagte Herr Schwab nur schwach und wandte sich wieder dem englischen Roman zu. Niemand sagte etwas. Vielleicht war das nur eine einmalige Sache gewesen. Vielleicht war das nur einer von den Spinnern, der irgendwo Gerüchte gehört hatte. Vielleicht hatten aber auch dessen Eltern schlecht über Magie und die Bewohner Encantadors geredet und wollten sich jetzt wichtigmachen. Ein Raunen ging durch die Klasse. Da rief Herr Schwab „Ruhe jetzt!" und es wurde augenblicklich wieder still. Lea beschloss, den Zwischenruf zu ignorieren, sie wusste ja nicht einmal seinen Namen und er hielt zumindest jetzt den Mund. Wenn Amalia sich keine Sorgen machte, brauchte sie sich auch keine Gedanken machen.

Den Rest der Stunde lasen sie den nächsten Auszug und sie notierte sich die nötigen Hausaufgaben für den nächsten Tag. Kaum hatte sie ihre Sachen zusammengepackt, war die Nervosität wieder da. In Bio musste sie Mike einfach sehen! Den Kurs schwänzte er nie. Vielleicht konnte sie ihn dann auch schon vorwarnen. Oder sie redeten nur über Encantador, das wäre ihr noch lieber. Erst recht nach diesem ätzenden Zwischenruf im Englischunterricht. Lea nahm ihre

Freundin in den Arm, die es bestimmt härter traf, wenn Leute die Magie und ihre zweite Heimat beleidigten. Aber Amalia machte keine Anstalten, darüber zu reden und Lea ließ sie alles über ihr Wochenende erzählen. Manchmal war es einfacher, die Gefühle in eine Schublade zu stecken und den Schlüssel wegzuwerfen. Wenn sie nächste Woche erst einmal wieder in Encantador war, würden die positiven Gefühle überwiegen. Leas Herz zog sich bei dem Gedanken daran zusammen, aber sie konzentrierte sich und hörte Amalia zu. Deren Mutter hatte das komplette letzte Wochenende mit Putzen verbracht, weil heute Abend die Familie zu Erics 50. Geburtstag kommen würde. Aber es dauerte nicht lange, bis sie trotzdem wieder auf die Ferien zu sprechen kamen.

„Weißt du, ich nehme diesmal nur ein Buch mit. Belfi fand das letztes Mal zu viel, obwohl sie doch gar nicht so dick waren!" Sie seufzte und Lea kam nicht umher, einen Stich zu fühlen. Sie hatte Belfi oder Amalias Arbeitskollegen, ihren Chef, noch nie getroffen.

Wie lange konnte sie noch von ihrem ersten und letzten Besuch in Encantador zehren? Wie lange würde es dauern, bis sie zurückgehen konnte? Waren vier Jahre warten nicht genug? Vielleicht konnte sie ihren Vater um Erlaubnis bitten, wenn sie nur die Eins in Englisch schaffte. Entschieden schüttelte sie den Kopf. Eine Eins wurde erwartet, nicht belohnt. Vielleicht konnte sie mit ihm den gleichen Deal aushandeln wie Amalia mit ihren Eltern: Nach dem Schulabschluss durfte sie so oft nach Encantador gehen, wie sie wollte. Das wäre traumhaft. Aber das würde voraussetzen, dass sie ihrem Vater von der Übertragung und allem erzählte und dafür war sie nicht bereit. Es war besser, wenn er nichts von Magie wusste.

Jemand kniff sie in die Seite und Lea schreckte hoch. Amalia sah mit hochgezogenen Augenbrauen zu ihr hoch. „Wo bist du denn in Gedanken?"

Lea sah auf ihre Hände und Amalia machte augenblicklich ein zerknirschtes Gesicht. „Tut mir leid, ich sollte vor dir nicht so viel von Encantador reden." Sie biss sich auf die Lippe, doch Lea schüttelte hastig den Kopf, stieß die Tür zum naturwissenschaftlichen Gebäude auf und legte den Arm um Amalias Schulter. „Nein, nein. Nimm auf mich keine Rücksicht. Ich bin stolz auf dich, ich freue mich für dich und nach den Ferien musst du mir wieder alles erzählen!"

Sie hatte den letzten Satz mit einer Begeisterung gesagt, die sie nicht nur spielte und Amalia legte den Kopf an ihre Schulter. „Danke!"

Kaum hatte sie den Gang betreten, sah sie auch schon Mike vor der Tür. Er tippte an seinem Handy herum und lächelte. Lea atmete tief durch und Amalia machte sich von ihr los. „Wir sehen uns später", sagte sie leise.

Lea sah hastig auf die Uhr. Noch fünfzehn Minuten. Lukas schlüpfte ebenfalls in den Raum, gefolgt von ein paar Menschen, deren Gesichter sie noch nie gesehen hatte. Sie ging auf Mike zu und gab ihm einen Kuss auf den Mund. Mike sah kaum auf. „Hey", sagte sie und zupfte an seinem Ärmel.

„Hey", murmelte er zurück und sah endlich auf. Seine roten Augen sahen sie kaum an. Lea trat von einem Fuß auf den anderen. „Du, ich muss nachher noch mal mit dir reden …", riss sie das heikle Thema an und ärgerte sich über ihre Stimme, die zum Ende hin immer leiser wurde. Sie räusperte sich.

Mike runzelte die Stirn und fuhr sich durch seine kurzen Haare. „Ja, klar, worum geht es?"

Lea drehte sich um. Frau Kuhn war noch nicht da. Und wenn sie es ihm jetzt schon sagte? Dann konnte er sich während Bio abreagieren. Vielleicht war das besser. Sie sah sich wieder um, nickte einem Mädchen zu, das ihr letztes Jahr in Englisch geholfen hatte und zupfte an seinem Pullover. Mike reagierte und trat ein paar Schritte zur Seite.

Also gut. „Ich muss leider heute absagen. Es tut mir auch echt leid, aber ..."

Weiter kam sie nicht. „Lass stecken, Lea, echt." Er sah nicht traurig aus, stattdessen biss er die Zähne zusammen, sein Kiefer war deutlich angespannt. Lea öffnete den Mund und schloss ihn wieder. Sie musste es ihm erklären, er musste es doch verstehen. Mike schüttelte den Kopf und hob die Hand, als sie wieder ansetzte.

„Musst du lernen?"

Seine Stimme war ganz rau, kalt, die Wärme war aus seinen Augen verschwunden. Er starrte sie an, als wäre sie sein Feind. Lea blinzelte. „Ja, Papa hat einen Englischlehrer organisiert!"

Mike lachte. Es klang bitter, höhnisch. „Klar und dann kann man den Freund auch schon mal versetzen. Ich habe keinen Bock mehr auf den Scheiß."

Sie sah ihn an und wartete auf eine Erklärung. Ihr Gesicht musste für sich sprechen, denn er lachte. Er lachte! Lea schluckte. Mike schüttelte wieder den Kopf. „Ich halte das nicht mehr aus", flüsterte er.

„Alles. Deinen Vater. Den Ehrgeiz. Dieses ständige Lernen. Das unnötige Gefasel und Gejammer."

Lea hob den Kopf und fixierte seine Augen. „Mich", brachte sie leise hervor. Ihre Stimme begann zu brechen. „Du meinst mich. Du hältst mich nicht mehr aus."

Mike nickte. Worte waren überflüssig.

Nein. Nein, das konnte er nicht machen. Nicht hier, nicht jetzt. Lea machte einen Schritt rückwärts, es war mehr ein unsicheres Stolpern. Ihr Mund fühlte sich ganz trocken an. „Mike, bitte, das wird wieder besser. Aber ich …"

Er hob wieder die Hand und brachte sie zum Schweigen. An einer Fingerspitze loderte eine Flamme. Lea trat automatisch noch einen Schritt zurück. „Das hier ist unsere Beziehung, Lea." Ein Atemzug und die Flamme erlosch.

Autsch. Jemand räusperte sich. Lea drehte sich um, aber es fühlte sich an, als würde sie sich in Zeitlupe bewegen.

Frau Kuhn hatte die Tür zum Klassenzimmer geöffnet. „Würden Sie Ihre Spielchen an meiner Schule bitte unterlassen? Der Unterricht beginnt." Sie machte eine Handbewegung, als würde sie den Weg zeigen und Lea schlurfte in den Raum, ohne sich noch einmal umzusehen. Es war nicht ihre Schule, es waren keine Spielchen. Sie spürte Mikes Atem hinter sich, aber ging mit festen Schritten zu ihrem Platz in der ersten Reihe. Mike lief an ihr vorbei und sie konnte seinen Duft riechen. Er kitzelte in ihrer Nase und ihr wurde schlecht. Nicht umdrehen. Nicht umdrehen.

Frau Kuhn stellte Fragen, auf die sie keine Antwort wusste, weil ihre Gedanken immer wieder abschweiften. Zu Mike, zu Encantador, zu allem, was ihr in den letzten Jahren so vertraut geworden war. War es normal, sich so leer zu fühlen? So weit weg? Eine seltsame Ruhe legte sich um sie, die sie einhüllte wie der Nebel am Morgen. Es war vorbei, wirklich aus und vorbei.

Sie brachte irgendwie die restlichen Stunden hinter sich, ohne sich am Unterricht zu beteiligen. Der Nebel schien alle Informationen zu verschlucken. Beim letzten Schulklingeln seufzte sie auf. Geschafft. Hatte Sie die letzten Stunden gelernt? Nein. Sie hatte die Flecken an der Wand angestarrt, in Sport war ihr ein Ball gegen den Kopf geflogen. Sie rieb sich die Stirn und trat hinaus an die frische Luft. So sehr sie sich auch umsah, Mike war nirgends zu sehen. Aber würde sie ihn jetzt überhaupt sehen wollen? Lea bahnte sich einen Weg durch die Schüler, nahm Gemurmel und Lachen war und fühlte sich allein, obwohl doch so viele Menschen um sie herum waren. Und wenn sie ehrlich zu sich selbst war, fühlte sie sich öfters so. Als wäre Nebel ein Teil von ihr, der zwischen ihr und allen anderen stand. Sie war da und gleichzeitig nicht. Nicht richtig. Viele Leute kannten sie als Freundin von Mike, als Tochter ihres Vaters, aber die wenigsten kannten sie selbst. Einfach nur Lea.

Auf der Busfahrt sagte sie kein Wort, aber sie hatte auch niemanden, mit dem sie hätte reden können. Sie stolperte aus dem Bus nach draußen, schlang den Mantel enger um sich und ging nach Hause. Der Kies auf dem Weg knirschte unter ihren hastigen Schritten und hörte sich zu laut an. Das Lachen der Schüler an der Bushaltestelle rauschte in ihren Ohren. Sie wollte jetzt laufen. Oder noch besser rennen. Wegrennen. Mike warf fast zwei Jahre Beziehung einfach weg. Immer wieder hallten seine Worte in ihrem Kopf wider. *Ich habe keinen Bock mehr. Ich halte es nicht mehr aus.* Die Tränen, auf die sie gewartet hatte, liefen ihr über die Wangen, auch wenn sie das nicht wollte. Sie konnte nichts dagegen tun. Ihre Brust zog sich zusammen und sie rannte noch schneller. Sie wollte tief ein- und ausatmen, die frische Luft einsaugen. Kurz vor dem Haus blieb sie stehen und keuchte vom schnellen Rennen. Mit einem Taschentuch wischte sie sich über die Augen und schluckte die restlichen Tränen herunter. Sie bemühte sich um einen neutralen Gesichtsausdruck und eine aufrechte Haltung. Bedächtig schritt sie über den weitläufigen Rasen und schloss die Tür auf.

Stille. Ohrenbetäubende Stille. Papa war noch nicht wieder zuhause. Lea ignorierte den Zettel auf dem Küchentisch, auf dem stand *Denk an heute Abend!* und lief die große Treppe hoch in ihr Zimmer. Das Erste, was ihrem Blick entgegensprang, war das Foto von ihrem Jahrestag im letzten Winter an der Pinnwand neben ihrem Bett. Sie hatte schon überlegt, was sie ihm zum zweijährigen Jahrestag schenken könnte. Zum Glück hatte sie die Uhr noch nicht gekauft.

Das Foto schien sie zu verhöhnen, so kam es ihr vor und sie rannte darauf zu. Mit einer schnellen Handbewegung griff sie danach, zerriss es in Einzelteile und ließ die Schnipsel in den Papierkorb fallen. Sie atmete tief durch. Das tat gut. Ihr Blick wanderte umher. Ihr Zimmer war geprägt von Mike. Entschlossen zog sie einen Schuhkarton hervor und sah sich um. Die Kette, die er ihr zum Geburtstag geschenkt hatte. Das Herz war immer abgegangen. Sie riss die Kette vom Ständer und schmiss sie in den Karton. All die

Fotos. Vom Weihnachtsmarkt, kurz vor ihrem ersten Kuss. Am See, wofür sie sich extra diesen viel zu teuren Bikini gekauft hatte. Von Amalias Geburtstagsfeier letztes Jahr, die so schön war ... Jedes einzelne zerriss sie und ließ es in den Karton fallen. Seine erste Valentinstagskarte brauchte sie jetzt auch nicht mehr. Nachdem sie der Meinung war, alle Andenken beseitigt zu haben, fühlte sie sich, als wäre sie gerade einen Marathon gelaufen, aber es tat gut. Es fühlte sich richtig an.

Dann schnappte sie sich ihr Handy aus der Tasche und rief Amalia an. Es klingelte zweimal, dann ging sie ran. Ihre Freundin klang zerstreut. „Ja?"

„Ich muss dir etwas erzählen. Störe ich?", fragte sie. Doch Amalia lachte und antwortete: „Nein, ich muss mich nur gleich fertig machen, Mama stellt schon seit einer Stunde das Wohnzimmer auf den Kopf und findet keine Servietten."

Lea kroch in ihr Bett, als wäre es nicht erst nachmittags, drückte sich gegen die weichen Kissen und zupfte mit der freien Hand am Zipfel ihrer Bettdecke. „Mike hat Schluss gemacht", sagte sie unvermittelt. Es brachte doch nichts, herumzudrucksen. Sie lauschte angestrengt, aber am anderen Ende der Leitung hörte sie nur Amalias ruhigen Atem. „Bist du noch dran?", fragte sie leise.

„Ja, ja", kam es hastig von Amalia. Ruhiger fuhr sie fort: „Das tut mir ehrlich leid!"

Lea wartete ab, doch mehr kam nicht. „Mmh", murmelte sie nur. Amalia räusperte sich. „Ist es wegen den versetzen Treffen und den Diskussionen?"

Sie brachte eine murmelnde Zustimmung zustande. Dann hörte sie wieder Amalias ruhige Stimme. „Wie geht's dir jetzt?"

„Nebelig". Das entlockte Amalia ein Lachen. Lea seufzte. „Keine Ahnung, ich habe irgendwie das Gefühl, als stünde ich im Nebel. Ich habe vorhin erst mal all seine Sachen in den Papierkorb geworfen und jetzt ist nichts übrig geblieben. Ich fühle gerade einfach nichts."

Am anderen Ende der Leitung hörte sie ein Rascheln. „Tut mir leid, ich habe mir Chips geholt. Soll ich vorbeikommen?"

„Nein, nein, lass mal. Du hast genug zu tun mit den Vorbereitungen und könntest mir nicht helfen. Es ist gerade ganz gut alleine hier zu sein."

„Ich dachte eigentlich immer, du würdest als Erste Schluss machen", kam es plötzlich von Amalia.

Sie ließ ihre Decke los. Was? „Wieso das denn?"

Amalia druckste herum, Lea verstand kein Wort, aber es könnte auch nur ein Seufzer gewesen sein. „Na ja, wenn du Mike wirklich so sehr lieben würdest, hättest du dann deinem Vater nicht abgesagt? Wenigstens einmal?"

Das saß. Hatte sie recht? Lea lehnte sich zurück, schloss für einen Moment die Augen und ließ die Worte sacken. Wann hatte sie Papa abgesagt? Mike vorgezogen? Sie versuchte, sich verzweifelt daran zu erinnern, aber mit einem Blick auf ihren Papierkorb musste sie feststellen, dass es solch einen Moment nicht gab. War sie zu ambitioniert? Was war so verkehrt daran, sehr gut sein zu wollen? Sie mochte das, was ihr Vater aus seinem Leben gemacht hatte. Mike hatte nur andere Ziele als sie. Lea biss sich auf die

Lippen. Amalia hatte recht. Das war der Nebel, die Ruhe, die Gewissheit, dass etwas vorbei war, was schon längst am seidenen Faden gehangen hatte. Mike hatte ihr nur die Schere abgenommen.

„Danke", brachte sie hervor. Lea genoss die leise Stille am Telefon. Dann kam ihr ein Gedanke. „Hat das denn jetzt Auswirkungen auf die Ferien?", fragte sie und hielt die Luft an, während sie auf Amalias Antwort wartete.

Es dauerte einen Moment, bis sie wieder die helle Stimme hörte. „Ich brauche ihn nur für den Weg, weißt du?"

Es war eine vage Antwort. Natürlich brauchte Amalia Mike, wenn sie kein Risiko eingehen wollte. Und sie ging nie ein Risiko ein. Wieso hatte Amalia in Encantador auch nur Freunde, die auch in der Zeit reisen konnten? Wieder war da dieses Gefühl der Unruhe, der Ungewissheit, der Sehnsucht, endlich ihre Magie zu kennen, ihr Element zu üben und nach Encantador zu gehen. Aber die ganzen letzten Jahre hatten aus Warten bestanden. Warten auf die Ferien. Warten auf Amalias und Mikes Rückkehr. Warten auf ihre Magie. Warten auf die Nachhilfelehrer. Warten auf Pflichten. Warten, bis Mike Schluss machte.

„Bist du noch dran? Verstehst du mich?"

Amalia klang ruhig, wie immer. Keine Spur eines Vorwurfs. Vielleicht weil sie wusste, dass ihre Freundin sie verstand. Natürlich. Lea nickte, obwohl Amalia das nicht sehen konnte. „Klar verstehe ich dich. Ich wünschte nur, du hättest andere Freunde in Encantador, nicht nur Pasado. Oder Sophia hätte sich nicht auf Showtanz spezialisiert. Oder ich hätte meine Magie." Sie seufzte leise.

„Du könntest dich selbst und mich dann trotzdem nicht verteidigen, falls etwas passiert."

Das wusste sie doch alles! Immer nur warten, immer mehr Zeit. Aber wie lange noch? Lea zerknüllte ihre Decke, als ob sie etwas dafürkonnte und fluchte leise. „Ich wünschte, ich könnte jetzt schon mitkommen. Gerade jetzt wäre es doch der perfekte Zeitpunkt! Das Datum der Mondnacht fällt ins Ende der Herbstferien, das wäre grandios. Und in Encantador kann ich doch viel besser üben, nur halt theoretisch. Schon mal zur Akademie gehen ..."

Sie verlor sich fast in der Vorstellung, bis sie Amalias nervöses Lachen in die Realität zurückholte. „Was? Ist das so komisch?" Jetzt klang sie selbst vorwurfsvoll, mehr, als sie gewollt hatte.

Vielleicht zuckte Amalia mit den Schultern, vielleicht überlegte sie noch, was sie antworten sollte, denn am Ende der Leitung herrschte Stille. Lea drückte ihr Handy fester ans Ohr. „Nein, nur ... weiß nicht ... Wird das nicht komisch mit Mike? Und wie willst du deinen Papa davon überzeugen? Er wird dich niemals im Leben nach Encantador gehen lassen."

Stimmt. Es sei denn, sie schleppte ihren Englischlehrer mit und ließ sich zwischen Flammen, Wasserwellen und Träumen Grammatik beibringen. Sozusagen im Schlaf. Fast hätte sie über ihren eigenen Wortwitz gelacht.

„Ich lass mir was einfallen!", sagte sie bestimmt. Die Idee war in ihrem Kopf eingepflanzt wie ein Samen, der immer schneller keimte und bald zu einer großen Blume sprießen würde. Sie wurde den Gedanken nicht mehr los. Was, wenn sie die Ferien auch in Encantador verbrachte? Wenn sie endlich zurückkehrte? Wenn sie an der Luna-Akademie alles über Elemente lernen durfte, bis sie selbst sich verwandelte? Was, wenn das die besten Ferien ihres Lebens werden würden? Was, wenn sie nicht länger wartete? Ihr Blick fiel auf den Kalender über ihrem Schreibtisch. Für andere Menschen war der 25. Oktober ein ganz gewöhnlicher Tag. Für sie war es ein Tag der Freude, um diejenigen zu feiern, die durch die Mondorchidee Träger der Elementmagie waren und ein Element beherrschen konnten.

Sie hörte selbst, wie aufgeregt und hoch ihre Stimme klang. „Ich muss erst Hausaufgaben machen, aber ich lasse mir etwas einfallen! Irgendwie muss ich Papa überzeugen, irgendwie komme ich schon nach Encantador. Versprochen!"

Amalia erwiderte ihre Worte mit einem leisen „Versprochen!", aber kaum hatte sie aufgelegt, musste sie zugeben, dass sie sich für die Idee etwas mehr Begeisterung gewünscht hätte. Sie würde Amalias Leben schon nicht durcheinanderbringen. Lea dachte daran, wie Amalia nach jeden Ferien mindestens einmal anfing, etwas zu erzählen und es dann doch sein ließ. Weil Lea den Kontext nicht kannte, einen Insider zwischen Amalia, Belfi und Sophia nicht verstehen würde. Oder wie sie nach den Sommerferien über Vickys gewagte Kleid geredet hatte. *Das hättest du sehen sollen!* Der Kommentar hallte in ihrem Kopf nach. Hatte sie aber nicht. In den Ferien trennten sich ihre Wege und dann war sie für ein paar Wochen nicht mehr Teil von Amalias Welt, nicht richtig. Sie konnte ihr noch so viel erzählen, Lea wollte den See der Tränen wieder selbst sehen oder probieren, ob ihr die Suppe in Nirall immer noch nicht schmeckte. Ihr Element bekommen, die Magie lernen, mit Amalia in Encantador. Wenn sie dafür Mike auf dem Hinweg in Kauf nehmen musste, dann würde sie das tun. Sie warf einen letzten Blick auf den Papierkorb mit den zerrissenen Fotos. Alle stammten aus dem letzten Jahr. Vielleicht hatte ihr Herz sich schon all die Monate vorbereitet und sie war nur zu feige gewesen, den letzten Schritt zu gehen. Wenn sie das traurige Gefühl zuließ, strömten Erinnerungen aus der ersten Zeit mit Mike auf sie ein, keine Momente des letzten Sommers. Sie hatte ihn in den Ferien gar nicht so sehr vermisst. Er war da, dann nicht und dann doch. Amalia hatte recht, sie hatte sich nie ihrem Vater widersetzt, nie Mike vorgezogen. Das hätte doch ein Warnzeichen sein müssen. So viele Zeichen und sie war zu blind gewesen, sie zu akzeptieren. Energisch schob sie den Papierkorb von sich, ließ ihr Handy auf dem Nachttisch liegen und machte ihr Bett. Sie strich über die Decke, als hätte sie vorhin nicht den Zipfel zerknittert und setzte sich an den Schreibtisch. Aus den vielen Schubladen zog sie ihre Ordner und Hefte hervor. Englisch ließ sie für später, alle anderen Fächer waren nicht sonderlich schwer. Als Letztes hatte sie am frühen Abend Biologie vor sich. Sie sollten für die Prüfung den Stoff vom bisherigen Schuljahr wiederholen. *Der Wasserkreislauf im Winter ...* Ihre Gedanken schweiften schon wieder zu Encantador ab. Wenn sie die Ferien wirklich mitkommen könnte ... das wäre doch der Wahnsinn!

„Konzentrier dich", ermahnte sie sich und schüttelte den Kopf, als würde das die Gedanken vertreiben. Dabei hatte das noch nie geholfen. Sie musste nachdenken und später zu Amalia fahren, um persönlich mit ihr zu reden. Sie riss sich zusammen, schwor sich, dass der Besuch bei Amalia ihre Belohnung sein würde und las den Text.

Papa kam herein. Er hatte nicht einmal geklopft. Erschrocken fuhr sie herum. „Schatz, was machst du denn da? Bist du noch nicht fertig? Warum bist du noch nicht unten? Komm schon, beeil dich. Herr Jones kann jeden Moment kommen."

Oh Mist. Wie hatte sie das nur vergessen können? Je schneller sie jetzt lernte, desto schneller würde sie zu Amalia fahren können. Zumindest hoffte sie das. Hastig rannte sie die Treppe nach unten, wo ihr Vater bereits am Esstisch saß.

Ihr Vater murmelte unentwegt vor sich hin. „Wo bleibt er denn Herrgott noch mal?! Ich bezahle doch nicht fürs Zuspätkommen!"

Lea trommelte mit ihren manikürten Nägeln auf den Tisch. Schon sieben. So langsam sollte er sich beeilen. Ihr Vater begann die Küche aufzuräumen, als es klingelte. „Na endlich! Das wurde aber auch Zeit!", rief er aus.

Sie seufzte und begrüßte den gestresst aussehenden Mann. „Es tut mir sehr leid, dass ich so extrem zu spät bin, aber es war ein fürchterlicher Verkehr bis hier rein."

„Ich bitte Sie! Wenn Sie über die Landstraße mit der neuen Baustelle bei dem Wetter nach Ostafelde kommen, dann können Sie sich doch wohl denken, dass es Stau gibt."

Lea schüttelte den Kopf und warf dem Mann einen mitleidvollen Blick zu. Seine Glatze glänzte vom Regen. „Es tut mir ehrlich leid. Ich denke, wir verschwenden dann keine unnötige Zeit mehr und beginnen sofort."

Lea erzählte von ihren Noten und dass sie unbedingt diese Eins wollte, um auf einen glatten Schnitt zu kommen, und sie mit der derzeitigen Zwei nicht zufrieden war. Herr Jones fragte sie über ihr Lernverhalten und ihre Einstellung zum Lernen aus, zu eventuellen Fehlstunden und ihrer Auffassungsgabe. Nach einer geschlagenen Stunde des Kennenlernens stellte er einen Plan auf, was sie in den Ferien in Angriff nehmen würden. Das überzeugte ihren Vater und der Mann durfte wieder gehen. „Na geht doch!", sagte er danach zufrieden.

„Du, Papa, ich gehe eben noch mal schnell zu Amalia. Sie hat doch heute die Familienfeier, Eric wird 50."

Ihr Vater sah sie erstaunt an. „So alt wird er schon? Meine Güte … Ja, mach das. Richte ihm Grüße von mir aus. Und bleib nicht zu lange weg."

„Natürlich, Papa." Lea lächelte und flitzte in ihr Zimmer, um ihre Sachen zu holen.

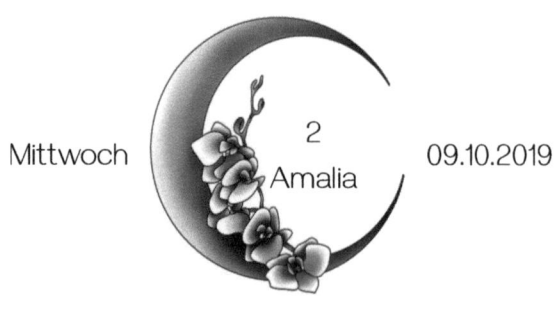

Ostafelde

Amalia stellte sich auf Zehenspitzen, um an den Karton oben auf ihrem Schrank zu kommen. Der Arbeitsplan für das Buchhaus und ihre Packliste waren hier drin. Sie durchwühlte hastig die Unterlagen und stieß auf die gesuchten Zettel. Amalia verglich die Liste mit dem geöffneten Koffer. Dafür, dass sie nur zwei Wochen in Encantador verbringen würde, hatte sie relativ viel Gepäck.

Plötzlich öffnete sich die Tür und ihre Mutter trat herein. Amalia schreckte aus ihren Gedanken hoch. „Die ersten Gäste sind da", sagte sie und ihr Blick fiel auf den Koffer. „Ah, du hast schon angefangen zu packen …"

Der Rest ihres Satzes blieb in der Luft hängen. Amalia lächelte. „Man kann nie zu früh anfangen."

Veronika lehnte sich an den Türrahmen und sagte leise: „Wer hätte das gedacht? Als wir dir erlaubten, die Übertragung machen zu lassen? Dass du nach dem Abitur für immer nach Encantador gehen wirst, kommt mir noch so weit weg vor."

Amalia lachte. „Ihr könnt ja mitkommen."

Ihre Mutter verdrehte die Augen, musste aber schmunzeln und zwinkerte ihr zu. „Darüber reden wir noch. Nun komm schon."

Sie seufzte und folgte ihrer Mutter in das bereits gut gefüllte Wohnzimmer. Das würde noch eng werden. Ihr Vater stand in der Mitte und ließ sich beglückwünschen. Jetzt galt es, den nervigsten Leuten aus dem Weg zu gehen und gleichzeitig alle mit Getränken zu versorgen. In der nächsten Stunde beantwortete sie die Frage nach ihren Herbstferien brav mit Nachhilfestunden, nur eine kleine Notlüge, um weiteren Fragen aus dem Weg zu gehen. Amalias Handy vibrierte. Vorsichtig holte sie es aus ihrer Kleidtasche hervor und lugte auf das Display. Was machte Lea denn hier? Hatte die nicht heute den Termin mit dem Nachhilfelehrer? Sie schlich zum Fenster und spähte hinunter. Da stand sie tatsächlich! Amalia würde nie verstehen können, wie ihre Freundin es schaffte, in diesen Stiefeln normal zu laufen, aber sie wollte sie damit nicht zu lange stehen lassen. Ihr Blick wanderte umher. Das Wohnzimmer war mittlerweile komplett überfüllt. Es waren nur die wichtigsten Verwandten gekommen, aber sogar ihre drei nervigen Cousins hatten es sich nicht nehmen lassen, zum 50. Geburtstag zu erscheinen. Ihre Mutter war bestimmt in der Küche, um die Brote nachzuschmieren. Ob sie sich kurz wegschleichen konnte?

Langsam ging sie an ihren Großeltern vorbei und bog um die Ecke in die Küche, als ihr Anne gegenüberstand. „Ach, Amalia, da bist du ja!", flötete die.

Amalia lächelte. „Ja, ich habe dich heute noch gar nicht gesehen, tut mir leid." Das war eine glatte Lüge.

„Ach komm, lass dich drücken."

Amalia umarmte ihre Tante und schielte zur Tür.

„Diese Chips sind wirklich lecker. Aber zu viele gesättigte Fettsäuren sind nicht gut. Was hältst du davon, wenn ich in den Ferien mal vorbeikomme und dir ein paar gesündere Rezepte zeige?"

Sie lächelte höflich. „Das ist sehr nett. Ich muss mal schauen, wie sich das mit meinen Hausaufgaben vereinbaren lässt. Du, ich muss jetzt auch weiter."

„Ja sicher, sicher. Kümmere dich nur mal weiter um die anderen Gäste, ich will dich nicht aufhalten."

Schnurstracks marschierte sie in Richtung Tür, als ihre Mutter sie erblickte. „Schatz, das trifft sich gut. Könntest du mal …"

Amalia fiel ihr ins Wort. „Du, Mama, ich ähm, muss mal ganz kurz nach draußen …"

Ihre Mutter kam etwas näher und flüsterte ihr vielsagend ins Ohr: „Ist Daniel da?"

Dankbar für die Lüge nickte Amalia. Würde sie zugeben, dass Lea da war, würde sie nur so lange quatschen, bis Lea heraufkam und Lea musste sich diese Feier oder Tante Anne wirklich nicht antun.

Ihre Mutter zwinkerte ihr zu, ehe sie erwiderte: „Na gut, dann geh. Aber beeile dich!"

Eilig rannte sie die Treppe des Mietshauses herunter und fiel Lea in die Arme. „Wow, dein Kleid sieht super aus. Ich habe doch gesagt, weiß steht dir." Amalia drehte sich kurz hin und her und ließ ihre Haare mit im Wind schwingen. „Danke. Mama denkt, Daniel wäre hier. Ich hab nur wenig Zeit."

„Ich will dich auch gar nicht lange bei der Feier stören …" Amalia machte eine wegwerfende Handbewegung. So toll war die jetzt auch nicht. Bestimmt war Lea eine Idee gekommen, wie sie ihren Vater von Encantador überzeugen konnte.

„Also, mir ist im Bus so eine Idee gekommen …" Amalia konnte ein Grinsen nicht unterdrücken.

„Herr Jones hat vorhin mit mir einen Lernplan aufgestellt, den ich in den Ferien angehen werde. Aber was ist, wenn ich in den Ferien nicht hier lerne, sondern woanders?" Amalia runzelte die Stirn und rieb sich über die Gänsehaut auf ihrem Arm. „Du willst deinen Lehrer nach Encantador mitnehmen?"

Lea verdrehte die Augen, aber Amalia sah das angedeutete Lachen ganz genau. Ihre Freundin machte einen Schritt nach vorne, zog ihren Mantel aus und streifte sie Amalia über. „Nein, ich habe mir überlegt, was meinen Vater sofort überzeugen würde, mich in den Ferien gehen zu lassen. Nicht nach Encantador natürlich. Aber etwas, wo ich lernen kann. So einen Intensivkurs oder sowas."

Skeptisch schlüpfte sie in Leas Mantel. „Gibt es so etwas in der Gegend?"

Stumm schüttelte Lea den Kopf. Amalia seufzte. Mist. Aber das schien ihre Freundin nicht zu stören. Leas Augen hatten noch nicht aufgehört zu leuchten. „Ich erfinde so einen Kurs einfach!"

Haha. Oh, Leas Blick war weiterhin ernst. Sie meinte das wirklich so. Amalia konnte eine zerknirschte Miene nicht verbergen. „Wie soll das funktionieren? Dein Vater braucht nur einmal googlen und schwupps ..."

„Deswegen verändere ich einen Screenshot von einer Website. Ich ändere die Adresse und schon wird er denken, es ist echt. Weil es ja wirklich echt ist. Nur halt nicht der Ort."

Amalia trat von einem Bein auf das andere, der Mantel half ihren nackten Beinen bei der Kälte leider nicht. „Okay, ich muss wieder rein. Aber seit wann kannst du so gut mit Photoshop umgehen?"

„Kann ich nicht." Lea zuckte die Schultern. „Aber du hast mir doch letztens das Handout zu deinem Referat geschickt. Lukas hat diese Grafik da gemacht, richtig? Wenn er Goethe so gut verändern kann, dann kann er auch meinen Screenshot manipulieren. Oder?"

Amalia zuckte mit den Schultern. Bestimmt. Aus der Tasche ihres Kleides zog sie ihr Handy hervor und tippte eine kurze Nachricht. Er antworte natürlich nicht sofort, bestimmt hatte er Besseres zu tun. „Sobald er antwortet, gebe ich ihm deine Adresse. Oder nein, warte, ich gebe dir einfach seine Nummer und du meldest dich selbst nochmal bei ihm. Vielleicht klappt es ja."

Lea drückte ihre Freundin an sich und rieb ihr über den Rücken. „Du bist die Beste. Viel Spaß noch bei der Feier! Grüße Eric von mir, alles Gute. Mach dich nicht verrückt wegen des Referats morgen, das wird schon super. Und oh, wie toll wäre das denn, wenn wir in ein paar Tagen doch zusammen nach Encantador gehen würden?!"

Sie schlüpfte aus dem Mantel, drückte Lea noch einmal an sich und sagte: „Ja, das wäre wirklich großartig." Noch während sie Lea nachsah, die zur Bushaltestelle eilte, wartete sie auf mehr Begeisterung, die nicht kam.

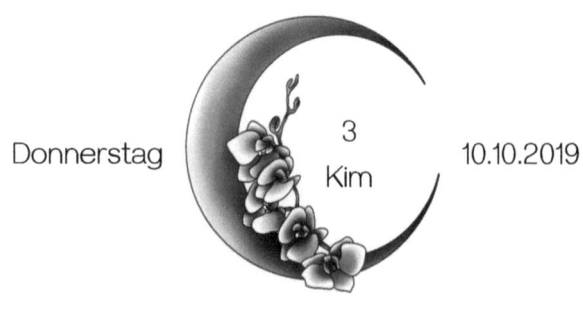
Ostafelde

Kim öffnete ihren Koffer und packte die ersten Pullover und Hosen ein. Sie ging zum Schrank und zog das kleine Kästchen hervor. Ihre Finger glitten über ihren Schmuck. Was sollte sie davon mitnehmen? Alles würde nicht passen. Sie wählte die silberne Kette mit dem blauen Federanhänger und natürlich das goldene Armband mit den eingravierten Namen *Andreas und Finn*. Ihre Bettwäsche würde sie hierlassen. Stattdessen packte sie zwei Decken ein, die würde sie brauchen, wenn es kälter würde. Dann kramte sie nach den Plänen und Listen, verstaute sie besonders vorsichtig und öffnete die Umzugskartons, um den Rest ihrer Gegenstände einzupacken. Nicht nur die Bettwäsche, auch einen großen Teil ihres Schmucks, einen Teil ihrer Kleidung und natürlich alle Möbel mussten hierbleiben. Sie stopfte noch ihr Lieblingsbuch *Grundschritte der Traummagie* von Patrick Bader in ihre Handtasche. Die Lebensmittel würde sie später einpacken. Aber sie sollte noch ein paar Handtücher aus dem Bad holen, falls sie im See der Tränen baden wollte. Sie schaute sich im mittlerweile so gut wie leeren Zimmer um. Einzig die alltäglichen Dinge wie ihr Bett, der kleine, runde Tisch mit dem aktuellen Plan und ein paar wenige Klamotten waren noch hier. Alles andere war bereits verstaut, auseinandergenommen und verpackt in Kisten und Kartons. Sie lächelte. Für ihre Reise war alles soweit vorbereitet.

Kim ging aus ihrem Zimmer in den kleinen Flur, direkt ins enge Badezimmer. Sie zog zwei kleine Handtücher hervor und klemmte sie sich unter den Arm. Dann stopfte sie alltägliche Hygieneartikel in einen Beutel und ging wieder hinaus in den Flur der WG.

Mike lief ihr fast in die Arme. „Huch!", rief der aus.

Kim sah zu ihm auf. Er sah müde aus. „Oh, hallo Mike", sagte sie.

Er schaute auf ihre Sachen hinab und runzelte die Stirn. „Warum hast du denn alle deine Sachen aus dem Bad geräumt?"

Kim sah kurz auf das Zeug hinab, um Zeit für eine Ausrede zu gewinnen. „Ach, ich muss nur ein bisschen ausmisten, weißt du? Die Zahnbürste ist schon älter und alles andere werde ich auch mal durchschauen." Ihm jetzt zu sagen, dass sie ausziehen würde, würde nur Fragen mit sich ziehen, die sie noch nicht beantworten wollte.

Mike zuckte mit den Achseln. „Achso. Und was ist mit den vielen Handtüchern?"

„Müssen gewaschen werden."

Mikes rote Pupillen weiteten sich. „Alle auf einmal?"

Kim ignorierte die verschiedenen Farben. „Klar", antwortete sie möglichst locker.

Mike zuckte mit den Schultern und Kim wollte weiter gehen, aber er hielt ihren Arm fest. Sein Blick war nach unten gerichtet, seine Stimme leise. „Du, was ich dir noch sagen wollte ... Lea und ich haben uns getrennt."

Kim starrte ihn an. Oh Mann. Hatte Lea es endlich herausgefunden? Sie sah aus den Augenwinkeln, dass ein nur mit einem Shirt bekleidetes Mädchen aus seinem Zimmer kam. Sie sah zu wenig, um ihr Gesicht zu erkennen, aber der kleinen Statur nach zu urteilen war das mal wieder Marie. Kim flüsterte: „Das tut mir leid für euch."

„Danke."

Sie nickte Marie zu, die sofort noch tiefer den Blick senkte, und verschwand wieder in ihrem Zimmer. Dass Mike auch nach der Trennung immer noch nicht die Finger von Marie lassen konnte. Sie schüttelte genervt den Kopf. Aber in Encantador würde sie diesen WG-Stress nicht mehr haben. Augenblicklich musste sie bei dem Gedanken an ihre Abreise lächeln und stopfte die Handtücher in den Koffer.

Wenn sie es noch rechtzeitig zur dritten Unterrichtsstunde schaffen wollte, musste sie sich aber beeilen. Kim stürmte hinaus und ignorierte Marie, die wieder in Mikes Zimmer schlich.

In der Schule ließ sie Mathe und Englisch über sich ergehen. Die Lehrer konnten ihr erzählen, was sie wollten, sie würde sich so oder so nicht dafür interessieren. Außerdem war sie nicht hier, um zu lernen. In der nächsten Stunde setzte sie sich zu Viola. „Hey du. Sag mal, kennst du eigentlich

Encantador?" Sie machte ein unsicheres Gesicht, als würde sie nach dem Weg fragen.

Das Mädchen mit den lila Haaren sah sie kurz skeptisch an, dann sagte sie: „Natürlich. Viele kennen das. Warum fragst du?"

Keine verzogenen Lippen oder Angst in den Augen. Kim atmete innerlich erleichtert aus, aber ließ es sich nicht anmerken und zuckte mit den Achseln. „Nur so. Ich finde es interessant, aber ich war noch nie da." Die Lüge ging immer, das wog die Leute in Sicherheit, wenn sie selbst noch nicht da gewesen waren. Kim war ihr gleichwertig, nicht überlegen.

Viola nickte. „Ich auch nicht. Es soll dort ja wirklich Magie geben ..." Ihre Augen leuchteten. Sehr gut. Kim packte die Gelegenheit beim Schopf und stieg auf das Thema ein. „Ja, genau das habe ich auch gehört! Ist doch der Wahnsinn. Ich stelle mir das total schön und interessant vor. Ein paar Leute gehen in den Ferien nach Encantador. Vielleicht überlegst du es dir mal?"

Viola nickte begeistert. „Oh ja, mache ich, danke für die Info!" Das Mädchen war ihr also schon mal sicher. Kim ließ den Lehrer reden, lächelte Viola ein paar Mal nett zu und machte sich dann auf in den nächsten Unterricht. Sie ergänzte ihre Liste mit potenziellen Schülern in ihrem Notizbuch und verstaute es wieder sorgfältig in ihrer Tasche.

Auf dem Weg zum Café bestaunte sie die herbstlichen Bäume. Aber in Encantador würde das Laub besser aussehen. Alles sah in Encantador besser aus. Der Kies knirschte unter ihren dicken Schuhen und sie beeilte sich, hineinzukommen, um dem kühlen Herbstwind zu entkommen. Sie strich sich durch ihre schulterlangen Haare und setzte sich an den erstbesten freien Platz. Eine heiße Schokolade würde sie jetzt gut gebrauchen können. Dann hatte sie auch einen Vergleich, wenn sie zum ersten Mal Vickys Imbiss besuchte, immerhin war ihre letzte Information, dass das Essen da etwas besser geworden war.

Bereits nach kurzer Zeit kam der Kellner und sie bestellte. Der Trubel im Café war wie immer beträchtlich. Jeder, der gerade schwänzte oder Zeit hatte, war hier. Kleine Kinder jammerten über ihre zu kleinen Portionen, Mädchen schminkten sich nach, bevor es wieder zum Unterricht ging, Männer in Anzügen genossen ihre Mittagspause und Mütter trafen sich zum Tratsch. Der Kellner brachte ihre heiße Schokolade und sie merkte gleich, wie gut die Wärme tat. Während Kim trank, ging sie im Kopf durch, ob sie noch etwas vergessen hatte oder für ihre Abreise vorbereiten musste.

Ihre Gedanken wurden schlagartig unterbrochen, als sich ihr ein Junge gegenübersetzte. Sie blickte auf und musterte ihn kurz: Große, dunkle Augen, verwuschelte dunkle Haare, Grübchen, weiße Zähne, helles Hemd. Sie kannte ihn nicht.

„Hey", begrüßte er sie mit weicher Stimme.

„Hey", gab sie zögerlich zurück. Sie versuchte sich zu erinnern, aber er war ihr definitiv unbekannt. Was wollte er von ihr?

Um wirklich sicherzugehen, fragte sie nach. „Kennen wir uns?"

Der Junge schüttelte den Kopf. Das beruhigte sie nicht gerade. „Ich wollte dir nur mal Hallo sagen. Mein Name ist Felix."

„Kim", antwortete sie und blieb stumm. Sie musste nicht lange warten und er begann wieder zu reden.

„Ich bin letzte Woche hierhergezogen und kenne noch nicht so viele Leute. Kannst du mir vielleicht schöne Plätze empfehlen? Dieses Café gefällt mir schon mal gut."

Er schaute ihr in die Augen. Seine waren hübsch, so groß und trotzdem passten sie zu seinem Gesicht.

„Das Café hier ist auch sehr gut. Ansonsten kann ich das Gaumenfreude Restaurant in Ebria empfehlen."

„Wie? Komischer Name. Wo liegt das denn?"

„Ebria ist eine Stadt in Encantador." Kim musste bei dem Gedanken daran unwillkürlich lächeln.

„Du hast ein schönes Lächeln", sagte er plötzlich. Oh! Kim starrte ihn irritiert an und senkte schnell den Blick auf ihre heiße Schokolade. Sie hörte ihn räuspern, bevor er fragte: „Was ist Encanta…,wie war das? Das liegt aber nicht hier in Ostafelde, oder?"

„Encantador. Das ist ein Land voller Magie."

Felix riss seine Augen auf. „Magie?!"

Kim nickte. „Ja. Magie." Sie sprach das Wort so feierlich aus, dass ihre Augen strahlen mussten und sie wieder lächelte. Wenn sie nur erst einmal die Traummagie beherrschen würde, dann … Sie nahm schnell noch einen Schluck, ehe sie Tagträumen verfallen konnte.

„Wenn es dich so zum Lächeln bringt, muss es ja etwas Schönes sein. Was meinst du mit Magie?"

Kim wich seinem Blick aus und begann zu erklären. „Es gibt Leute, die teleportieren können, die Ennvio. Dann die Pasado, die in die Vergangenheit reisen können, die Orchis, die Elemente beherrschen können und die Draumur, die Träume erschaffen können."

Felix lächelte. Kleine Grübchen bildeten sich an seinen Wangen und sie starrte auf seine Lippen. Sie schienen ganz weich.

„Hab ich verstanden. Und was machst du so in deiner Freizeit, wenn du nicht vom Land der Magie erzählst?" Er wirkte nett. Statt sie anzustarren, zu fragen, ob er träume, sie ein Alien sei oder zu viele Fantasie-Filme gesehen habe, nahm er ihre Magie-Erklärungen ganz einfach als Fakt hin. Ihm konnte sie ruhig etwas mehr von sich erzählen, vielleicht kam er dann auch nach Encantador.

Kim schaute ihm jetzt in die Augen und antwortete: „Manchmal bastle ich Schmuck. Wie diese Kette zum Beispiel." Sie hielt wie zum Beweis ihre lange silberne Kette mit dem blauen Herz und den grünen Perlen daran hoch. Felix beugte sich nach vorne und strich über den Anhänger.

„Wunderschön", flüsterte er.

Sie bemerkte, wie nah er ihr jetzt war, und dachte daran, wie es wäre, ihm öfter so nah zu sein. Er roch gut. Nach Vanille. „Und was machst du so in deiner Freizeit, wenn du dich nicht zu fremden Mädchen setzt?", gab sie die Frage zurück.

Wieder dieses Lächeln. „Ich koche gerne. Und gehe oft schwimmen." Kim lächelte. Das klang doch gut.

„Mir gefällt das Café echt. Vielleicht kann man sich hier noch mal treffen?"

Sein fragender Blick ließ sie erröten. Oh Gott. Nein. Kim schüttelte schnell den Kopf. „Nein, das geht nicht."

Sein enttäuschtes Gesicht versetzte ihr einen Stich. „Ich muss jetzt los." Hastig kramte sie Geld hervor und zog sich ihre Jacke an.

Felix sprang verwirrt auf. „Es tut mir leid, ich wollte nicht …"

Kim unterbrach ihn. „Alles gut. Es liegt nicht an dir." Ehe er etwas erwidern konnte, rannte sie heraus und atmete tief durch. Mit Melina hatte sie nach ein paar Wochen Schluss machen müssen, um ihr Geheimnis zu wahren. Soweit durfte sie es nicht noch einmal kommen lassen. Nur noch ein paar Tage bis zur Abreise. Ein paar Tage. Dann würde alles wieder normal werden.

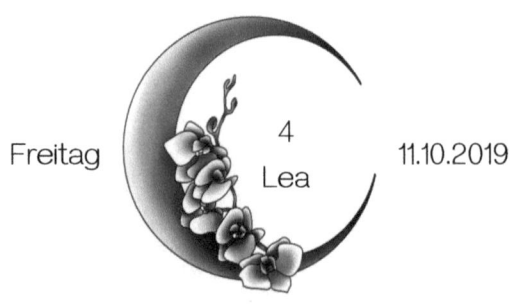

Freitag   4   Lea   11.10.2019

Ostafelde

Sie saß in Mathe und versuchte, sich zu konzentrieren, aber am letzten Schultag machte keiner mehr wirklich mit. Der Lehrer fragte nach Gleichungen, schaute sich suchend im Raum um und traf nur auf müde Gesichter und vom Handy abgelenkte Schüler. Lea meldete sich und erklärte ihm, was sie wusste. Er lobte sie wie immer und ließ die anderen Schüler in Ruhe, es hatte doch keinen Zweck.

Am Ende der Stunde wollte sie möglichst schnell zu Amalia, bevor sie zu Deutsch musste, aber Mike hielt sie fest. „Hey."

Lea drehte sich langsam um und versuchte, ihm gleichgültig in die Augen zu schauen, und fokussierte die Tür hinter ihm. „Was?"

„Ich habe gehört, dass du vorhast, morgen mit nach Encantador zu kommen?"

Sie verdrehte die Augen. „Was geht dich das an?"

Ein Mädchen trat von hinten an ihn heran und fragte: „Habe ich da etwa Encantador gehört?"

Lea warf Mike einen warnenden Blick zu. Er drehte sich zu dem Mädchen um: „Ja, hast du. Kennst du das?"

Sie schüttelte den Kopf. „Nein. Worum geht es denn?"

Lea musterte das Mädchen, aber sie kannte sie nicht. Mike bemerkte ihren Blick. „Ach übrigens, Lea, das ist Kim, meine Mitbewohnerin."

Ach, das ist also die mysteriöse Mitbewohnerin! Die hatte sie noch nie zuvor getroffen, auch wenn sie Mike oft besucht hatte. Sie schüttelte ihr die Hand. „Freut mich, dich endlich mal kennenzulernen."

Kim erwiderte ihr Lächeln, doch Lea war geübt genug, um zu erkennen, dass sie es nicht ehrlich meinte. „Wir besuchen Encantador, das ist ein Land", beantwortet sie die noch offene Frage. Merkwürdig, dass Kim nichts von Encantador wusste, wo Mikes Augen seine Magie doch verrieten. Glaubte sie etwa, dass er zum Spaß täglich farbige Kontaktlinsen trug? Lea musterte sie, doch Kim nickte nur und strich ihr schulterlanges, goldblondes Haar zurück. Es konnte sicher etwas Pflege gebrauchen. Kim schien sie ebenfalls zu begutachten, aber Lea starrte sie so direkt an, sodass diese den Blick senkte.

„Ich muss jetzt zu Deutsch", sagte Lea schließlich und schob sich an Mike vorbei, ohne sich zu verabschieden.

Nach den letzten mühsamen Stunden machte sie sich trotzdem mit Vorfreude auf den Weg nach Hause. Lukas hatte zeitig auf ihre Nachricht geantwortet und zugestimmt, um fünf Uhr abends vorbeizukommen, um ihr zu helfen. Sie konnte es gar nicht erwarten, ihren Plan in die Tat umzusetzen. Der Ferienbeginn war deutlich zu spüren. Das Café war brechend voll, am Bäcker standen die Schüler Schlange und in den Geschäften drängten sich die Kauffreudigen. Sie nahm den direkten Weg zurück und kochte zu Hause erst einmal Essen. Lea machte extra ein bisschen mehr, falls Lukas noch was wollte. Eine Portion für ihren Vater stellte sie in den Kühlschrank.

Die meisten Hausaufgaben waren bereits fertig, als es auch schon klingelte. Sie stürmte hinunter und begrüßte ihn höflich. „Hey, danke schon mal."

„Kein Problem." Er lächelte und folgte ihr in den Eingangsbereich, die große Wendeltreppe hinauf in den zweiten Stock und in ihr Zimmer. Lukas zog den Stuhl am Schreibtisch heran und holte den Laptop aus seiner großen Umhängetasche. Ein altes Ding.

Lea machte es sich im Schneidersitz auf ihrem Bett gemütlich und legte gleich los, während sein Laptop hochfuhr. „Also es soll eine fiktive Schule zum Lernen sein."

Lukas zog eine Augenbraue hoch. „Ja?" Er wartete auf mehr.

Lea holte ihre Notizen hervor und setzte sich neben ihn an den PC. „Ich habe so eine Schule in Kasbor gefunden, die Ferienkurse anbietet. Davon habe ich ein paar Screenshots gemacht. Jetzt müsstest du nur die Adresse auf den Bildern ändern."

Lukas grinste. „Du sprichst davon, als wäre das ein Klacks. Aber ich kann auf dem Bild nicht einfach ein Banner drüber setzen. Meine Schrift und der Hintergrund müssen ganz genau zur Website passen, wenn das nicht auffallen soll. Gelb ist nicht gleich Gelb."

Lea verzog das Gesicht zu einer Grimasse und ließ sich auf ihr Bett fallen. „Tut mir leid. Kriegst du das trotzdem hin?"

„Natürlich. Zeig mal her." Sein Laptop war jetzt auch hochgefahren, auf dem Bildschirm prangte ein Bild von einer Biene. So scharf, dass es fast aussah, als würde sie ihr gleich entgegenfliegen. Lea lächelte und reichte ihm ihr Handy. Ihren eigenen Bildschirmschoner hatte sie in ein schlichtes motivierendes Zitat gewechselt. Papa wäre stolz.

Lukas nickte, zoomte ins Bild, wischte mit den kleinen Fingern auf dem Display herum, kniff die Augen zusammen, als würde er sich alles einprägen, blinzelte und nickte wieder. „Gut, schließ mal an, bitte."

Sie hechtete zu ihrem Nachttisch, zog das Kabel hervor und öffnete die Dateien. Er öffnete sein Programm und klickte wie wild am Bildschirm herum. Währenddessen schnappte sie sich ein Buch, machte es sich auf dem Bett bequem und begann zu lesen. Trotzdem wanderten ihren Augen immer wieder zu Lukas, der am Laptop gebeugt saß und durchgehend klickte. So schnell konnte sie gar nicht gucken, wie sich die Dateien änderten. Er probierte alles Mögliche aus und sie musste wieder wegsehen, sonst würde sie noch Kopfschmerzen bekommen. Als sie schon fünf Kapitel gelesen hatte, seufzte Lukas plötzlich auf. Sie sah auf und strahlte. Es war perfekt!

Langsam kam sie näher, beugte sich über seine Schulter und stieß einen Pfiff aus. „Wenn ich nicht gewusst hätte, dass es Fake ist, wäre ich selbst nicht draufgekommen! Das sieht doch spitze aus." Er lachte leise und druckte die paar Bilder aus, falls ihr Vater grad mal wieder einen sentimentalen Moment hatte und lieber Papier in der Hand haben wollte.

„Und darf ich erfahren, wofür du diesen Aufwand betreibst? Ist das ein Projekt für die Schule oder so?"

Lea zögerte, wie viel sie von sich preisgeben konnte. „Was weißt du über Amalia?"

Lukas schien zu überlegen. „Sie kommt aus Delwald ..."

„Nein, nein ... ich meine eher Persönliches", unterbrach sie ihn schnell.

Lukas schien ein Licht aufzugehen. „Achso. Du meinst, dass sie eine Pasado ist?"

Lea sah ihn überrascht an. Amalia erzählte das wirklich nicht jedem. Aber das war gut, dann konnte sie ihm vertrauen. Erleichtert sagte sie: „Wir gehen in den Ferien nach Encantador."

Lukas grinste. „Und warum das Drama?"

Das wurde ihr dann doch zu persönlich. Lea wich aus. „Das erzähle ich dir dann ein anderes Mal."

Lukas nickte. „Auch gut."

Sie gab ihm etwas Geld, was er erst beim zweiten Mal annahm, und verschwand durch die Tür. „Viel Spaß", rief er ihr noch hinterher und Lea winkte.

Sie rannte zurück in ihr Zimmer, holte die Zettel und eilte die Treppe herunter. Ihr Vater müsste jeden Moment wiederkommen, dann würde sie darauf vertrauen müssen, dass ihr Plan aufging. Hoffentlich war er müde, dann würde es leichter werden. Sie deckte den Tisch und wartete. Nach einer quälenden halben Stunde hörte sie endlich den erlösenden Schlüssel im Schloss und sprang auf.

„Hast du Essen gemacht?", rief er schon, während er seine Jacke aufhing. Lea wurde mulmig zumute und sie atmetet tief aus und ein.

„Steht schon auf dem Tisch", rief sie zurück.

Ihr Vater betrat die Küche und sein Gesicht sprach bereits Bände. Er musste heute keine guten Patienten gehabt haben. Lea beschloss, dass es besser war, noch ein paar Minuten zu warten, ehe sie mit der Tür ins Haus fiel. Sie setzte sich zu ihm, was sofort sein Misstrauen weckte. „Sind deine Hausaufgaben fertig?"

Lea nickte. „Alle."

Desinteressiert fragte er: „Wie war der letzte Tag?"

Sie berichtete kurz von Mathe und er musste lächeln vor Stolz.

„Wann kommt Mike morgen?" Oh Gott. Das hatte sie vollkommen vergessen! Wie konnte sie nur! Leas Magen drehte sich um. Mike war bisher immer am ersten Ferientag zum Essen zu ihnen gekommen, bevor er mit Amalia nach Encantador aufbrach.

„Wir sind nicht mehr zusammen", murmelte sie.

Er zog eine Augenbraue hoch und sah sie leicht mitfühlend an. „Oh", entfuhr es ihm. „Das tut mir leid", fügte er noch hinzu und tätschelte ihre Hand, nur um sie dann sofort wieder zurückzuziehen.

Vielleicht war jetzt ein guter Moment. „Ach, und wo du gerade das Thema Ferien ansprichst: Ich möchte ab morgen einen Intensiv-Englischkurs machen."

Ihr Vater runzelte die Stirn. „Davon weiß ich nichts. Und wie lange?"

Lea räusperte sich. Das würde ihm garantiert nicht gefallen. „Die ganzen Ferien."

„Was?!" Sein Besteck fiel klirrend auf den Tisch und er starrte sie an. „Was ist mit den anderen Fächern? Und Herrn Jones?"

Hastig schob sie ihm die Papiere hin. „Guck mal, ich habe Screenshots von der Website gemacht."

Er warf ihr noch einen ungläubigen Blick zu, dann seufzte er und nahm die Zettel zur Hand. „Das sieht nicht schlecht aus. Aber hier steht nichts von den Kosten."

„Oh, das kostet nichts", sagte sie schnell und lächelte.

Ihr Vater lachte auf. „Natürlich. Und danach bekommst du die Rechnung."

Lea richtete sich auf. Das durfte jetzt nicht schief gehen. „Ganz bestimmt nicht. Das nächste Schuljahr wird viel schwerer als das Letzte und ich soll meine guten Noten doch halten. Aber das geht nur, wenn ich stetig weiter lerne und an meinen Lernmethoden arbeite. Und genau das wird da doch trainiert. Die Kosten werden von der Schule übernommen, wenn Bedarf besteht, am besten mit Empfehlung einer Lehrperson. Als freiwilliges Zusatzprogramm. Ich habe gestern schon mit Herrn Jones geredet und er wird ein gutes Wort für mich einlegen. Und selbst wenn nicht, dann bezahle ich das aus der Spardose. Die Hundert habe ich noch übrig. Du sagst doch auch immer, dass Bildung nicht zu teuer sein kann, weil ich damit fürs Leben bezahle."

Das würde ziehen. Seine Gesichtszüge wurden schon etwas weicher, aber er war noch nicht ganz überzeugt. Lea nahm die Klingel nicht sofort wahr, bis ihr Vater zur Tür schaute. „Erwarten wir jemanden?"

Lea öffnete und blickte verdutzt in Amalias Gesicht. „Was machst du denn hier?"

Amalia zwinkerte ihr zu, anstatt zu antworten. Irritiert beobachtete Lea, wie ihre Freundin an ihr vorbei zu ihrem Vater ging. Ehe sie sie aufhalten konnte, hatte sie auch schon begonnen zu reden. „Hallo Richard. Ich bin gekommen, um Lea abzuholen. Sie sollte heute bei mir übernachten, damit es meine Eltern leichter haben."

Ihr Vater starrte zwischen Lea und Amalia hin und her. Dann fragte er verwirrt: „Deine Eltern?"

„Ja, meine Eltern wollten Lea mitnehmen in den Intensivkurs über die Ferien. Mein Englisch ist auch schon ziemlich eingerostet, ich dachte mir, da könnten wir auch zusammen lernen."

Papa blinzelte, öffnete den Mund und schloss ihn wieder. Ihm schien ein Licht aufzugehen. „Ihr verbringt da die Ferien zusammen. Natürlich, das ist eine wunderbare Idee. Dann kannst du noch etwas von Lea lernen. Und umgekehrt genauso."

Sie runzelte die Stirn, weil sein Ton plötzlich so ... ruhig war, so nett, so verständnisvoll. Und war das ein Lächeln auf seinem Gesicht? War die Idee wirklich so gut? Sie beließ es lieber bei der Freude, nickte ihrem Vater nur zustimmend zu und zog Amalia an der Hand nach oben.

Kaum war die Tür geschlossen, fiel Lea ihrer Freundin um den Hals. „Danke! Ich habe weder damit gerechnet, dass du hier auftauchst, noch dass du mir hilfst. Wie bist du nur auf die Idee mit dem Übernachten gekommen?" Amalia setzte sich, sah aber keineswegs erfreut aus. Lea runzelte die Stirn. „Ist was?"

„Dein Vater ist ganz schön schnell eingeknickt. Ich habe mir extra Infos zu dieser Schule überlegt, weil ich mir sicher war, dass er uns mindestens zwei Stunden durchbohren würde. Du bist sicher, dass er nichts ahnt?"

Lea hielt kurz inne, aber sie zerrte lieber den Koffer unter ihrem Bett hervor. „Dann hätte er uns auffliegen lassen, aber sowas von. Ich kenne ihn doch. Vielleicht ist er nur froh, zwei Wochen seine Ruhe zu haben. Aber nochmal danke, das war eine tolle Idee von dir."

Amalia rutschte unruhig auf dem Schreibtischstuhl hin und her. „Das war nicht meine Idee", sagte sie dann und nach kurzem Zögern fügte sie hinzu: „Da musst du dich bei Lukas bedanken. Er hat mir von eurer Idee mit dem Ferien-programm erzählt. Jetzt kannst du mit uns nach Encantador kommen."

Ein zaghaftes Lächeln zog sich über Amalias Gesicht. Lea war noch vom Wort *uns* irritiert, bis es ihr wieder einfiel. Sie seufzte. „Ach ja. Ich habe ganz vergessen, dass Mike mit-kommt." Niedergeschlagen schaute sie zu Boden. Aber es war ja nur die Anreise. Sobald sie richtig angekommen war, konnte sie ihm aus dem Weg gehen. Sie ging zum Kleider-schrank und sah sich nach Pullovern um.

Amalia räusperte sich. „Und ähm …"

Lea hielt mit drei Pullovern auf dem Arm inne und zog eine Augenbraue hoch.

Ihre Freundin holte tief Luft. „Und Lukas."

„Was?!" Lea starrte sie mit offenem Mund an. „Was soll das denn? Bist du verrückt? Er ist doch keiner von uns!" Skeptisch hakte sie nach: „Oder etwa doch?"

Amalia schüttelte beschwichtigend den Kopf. „Nein, nein. Er ist keiner von uns. Und wenn ich dich daran erinnern darf, bist du es auch noch nicht wirklich. Aber du hast recht, er ist voll und ganz Mensch."

„Und warum kommt er dann mit?!"

„Weil er es wollte."

Lea warf Amalia einen dieser „Nicht-dein-Ernst-Blicke" zu und verstaute die Pullover sorgfältig im Koffer.

Sie rang mit den Händen. „Ja, mein Gott. Er hat uns nun mal geholfen. Erst dir mit den Bildern und dann, indem er mich eingespannt hat. Da kann ich doch nicht sagen, dass er nicht mitkommen darf. Er interessiert sich eben fürs Land."

Lea seufzte erneut. „Ach, Amalia. Du bist einfach zu nett." Sie lachte und schloss sie in ihre Arme. In ihrer Vorstellung war ihre Reise nach Encantador immer ein Erlebnis gewesen. Die erfahrene Amalia würde ihr ihr Land zeigen. Und sie würde dazulernen, die Theorie in Praxis umwandeln. Aber jetzt würde Mike dabei sein, mit dem sie nicht zusammen war. Und dann noch ein Bekannter aus der Schule. Das konnte ja heiter werden.

„Packen wir weiter?"

Amalia nickte und half ihr mit den nötigsten Klamotten und restlichen Utensilien, bevor sie den Koffer die Treppe hinunter schleppten.

„Papa? Wir müssen jetzt los", rief Lea in den Flur.

Ihr Vater kam im Schlafanzug zu ihr. „Ich wünsche dir eine schöne Reise, mein Schatz.“ Er drückte sie fest an sich. Lea runzelte die Stirn über so viel plötzliche Herzlichkeit, genoss aber insgeheim die Worte und die Umarmung. Sie atmete sein Parfum ein und hielt ihn fest. Dann löste sie sich von ihm und er gab ihr zum Abschied einen Kuss auf die Stirn. „Pass auf dich auf“, sagte er noch, als sie die Tür schloss.

„Wow, dein Papa kann doch richtig lieb sein“, sagte Amalia überrascht und Lea lächelte verkrampft.

Amalia grinste und Lea hakte sich auf dem Weg zur Bushaltestelle bei ihr unter. Im Bus zwang sie ihre Füße dazu, nicht auf und ab zu tippeln, und drückte Amalias Hand. Sie legte ihr den Arm um die Schulter und Lea drückte mit klopfendem Herzen auf den Haltestelleknopf. Das hier war kein normaler Besuch, das hier war der Beginn ihrer Reise.

Bei Amalia angekommen stürmten augenblicklich Veronika und Eric zur Tür. „Schön, dass du da bist!“ Sie umarmten Lea und sie packte ihre Sachen in Amalias Zimmer. Es dauerte keine fünf Minuten, bis Veronika das Thema Encantador ansprach.

„Morgen geht es also wirklich los, ja?“, fragte Veronika und lächelte sie vom Türrahmen aus an.

Lea nickte und bemerkte das nervöse Flattern in ihrem Bauch.

„Ihr zwei solltet früh schlafen gehen.“

Lea machte sich bettfertig, schlüpfte unter die Decke auf der Luftmatratze und zupfte an dem Delfin-Anhänger ihres Armbandes, den Amalia ihr zu ihrem Geburtstag letztes Jahr geschenkt hatte. Würde sich ihre Vorliebe ändern, wenn sie in Encantador war? Oder sogar festigen? Und wann würde sie sich endlich verwandeln? Diese Ungewissheit war doch wirklich unerträglich. Amalias Schnarchen wurde zur Hintergrundmusik für ihre Fragen. Von ihren Gedanken geplagt, fiel Lea Stunden später in einen unruhigen, traumlosen Schlaf.

Die Sonne kitzelte ihre Nase und Lea öffnete die Augen. Heute würde sie nach Encantador reisen. Ihr Bauch kribbelte, ihr wurde abwechselnd heiß und kalt und ihr Herz schien doppelt so schnell zu schlagen. Das würden Ferien werden, an die sie sich auf ewig erinnern würde!

Sie drehte sich zu Amalia, die noch schlief, und zog sich an, packte alles zusammen und deckte den Tisch für die Familie mit dem, was da war. Beim Frühstück war die Spannung deutlich spürbar. Kaum jemand sagte etwas, beantwortet wurde maximal einsilbig und Lea konnte gar nicht schnell genug essen. Sie wollte los.

Endlich kam der lang ersehnte Satz von Amalia: „Bist du fertig?"

Lea atmete noch einmal tief durch und ließ sich von Amalias Eltern drücken. „Viel Spaß euch beiden. Genießt Encantador und kommt heil wieder."

Mit einem letzten Winken verabschiedeten sie sich und schritten von dannen. Sie marschierten vorbei am Bäcker und ihrer Schule. Nach einer halben Stunde bog Amalia rechts in einen kleinen Feldweg zwischen Büschen ein, um dann sofort wieder links abzubiegen und nach einem kurzen Stück geradeaus wieder rechts abzubiegen. Endlich sah Lea mit eigenen Augen, wovon Amalia immer erzählt hatte und woran sie selbst sich nach all den Jahren seit ihrem ersten Besuch kaum noch erinnerte. Um von hier aus nach Encantador zu kommen, musste man eine Klippe hinunterspringen. Das Portal war wie Encantador selbst nicht komplett geheim, aber es war eine gute Hürde. Denn wer sprang schon einfach so von einer Klippe, wenn er nicht wusste, dass er damit nicht in den Tod, sondern in ein anderes Land sprang?

Mit mulmigem Gefühl kam sie der Klippe näher. An der Seite stand bereits Mike, der Lukas von seinem Zuhause abgeholt und mitgebracht hatte, mit seinem Koffer. Sie konnte sich noch nicht dran gewöhnen, dass er jetzt dabei war und Mike hob nur kurz die Hand zum Gruß. Widerwillig winkte sie zurück und sah dann angestrengt nach unten. Sie starrte auf die Klippe und musste schlucken. Die war verdammt hoch. Sie schritt voran, stellte sich an den Rand der Klippe und spähte hinunter. Man konnte den Boden gar nicht sehen, so hoch war es. Ihr Herz schlug schneller und sie wurde das mulmige Gefühl im Bauch nicht los. Da runter springen … Sie trat erst einmal einen Schritt zurück. „Möchte jemand von euch zuerst?" Ihre Stimme klang ungewohnt nervös.

Amalia lächelte und konnte die Schadenfreude in ihrer Stimme nicht verbergen. „Schön, dich auch mal unsicher zu sehen."

Lea rollte mit den Augen und trat noch einen Schritt zurück. Sonst fiel sie nachher noch ausversehen. Bei dieser Vorstellung daran lief ihr eine Gänsehaut über den Rücken.

„Ich gehe vor. Lukas, du guckst genau zu und machst es mir dann nach, klar?", sagte Mike bestimmt.

Lukas nickte Mike zu, aber er wirkte auch alles andere als sicher. „Ich bin ja echt neugierig auf Encantador …, aber ihr wisst schon, dass ich euch eine Menge Vertrauen schenke, wenn ich da runterspringe, ja?"

Mike tätschelte ihm unbeholfen die Schulter, dann ließ er seinen Koffer einfach los, sodass er nach unten fiel. Lea konnte keinen Aufprall hören. Sie hielt den Atem an, als er einen Schritt nach vorne machte und von der Klippe sprang. Lukas warf erst einen langen Blick nach unten, dann machte er es Mike hastig nach. Lea atmete tief ein und aus, um sich zu beruhigen, was ihr aber kaum gelang. Sie rieb sich die verschwitzen Hände an der Jeans ab und griff wieder zum Koffer. Amalia streckte die Hand aus und Lea ergriff sie dankbar.

„Wir springen jetzt beide zusammen, in Ordnung? Genau wie damals."

Lea nickte. „Bei drei."

Amalia bat sie, noch einen Schritt nach vorne zu machen, sodass sie den Abgrund schon an ihren Zehenspitzen spüren konnte.

„Eins. Zwei. Drei."

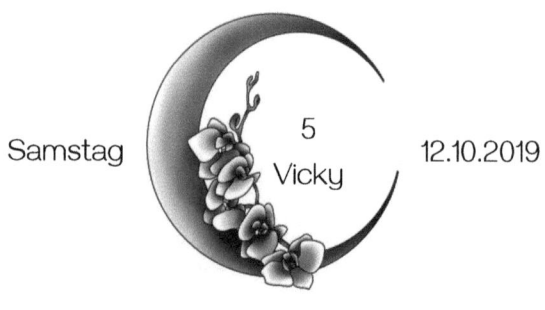

Encantador

Im Rathaus in Encantador herrschte der alltägliche Trubel.
„Hallo Vicky." Sie nickte Daniel im Vorbeigehen zu und
trat an den großen Tisch in der Mitte des Saales. Der große
Mann, der ihr gegenübersaß, fragte monoton: „Wie viel?"
„26 Goldmünzen, bitte."
„Beleg?" Er sah nicht einmal zu ihr auf.
Vicky zog die Papiere hervor und reichte sie ihm. „Beginn um acht Uhr morgens. Dreißig Kunden, vier Groß-
kunden und drei mit schwerem Gepäck", erklärte sie ihm
ihre Papiere. Er las die Zeiten, Kunden und Preise nach und
nickte schließlich.
„In Ordnung. Deine Arbeit ist für heute beendet." Er
reichte ihr ein kleines Säckchen mit den 26 Münzen. Vicky
war zufrieden. So viel Geld in einer Schicht. Dankbar umklammerte sie das kostbare Beutelchen.
Vicky nahm am Ausgang das Himmelskraut ein, dass ihre
Magie für die nächsten acht Stunden unterdrücken würde

und trat hinaus in den kühlen Abend. Sie atmete die frische Luft ein. Das Himmelskraut machte sie immer ein bisschen schläfrig und sie genoss für einen Moment die Kälte. Sie sehnte sich nach der Ruhe ihres Zimmers und die Aussicht auf den Abend brachte sie zum Lächeln. Gleich würde sie zu Nadel und Faden greifen und ihren neuen Entwurf für ein Kleid umsetzen. Sie hatte alles Notwendige vorbereitet. Ihr Herz schlug schneller und ihr Bauch begann zu kribbeln. Es gab doch nichts Schöneres als Vorfreude!

Vicky brauchte ein paar Sekunden, bis sie das Vibrieren ihres Handys erkannte. Was wollte ihr anderer Chef denn jetzt noch? „Ja?"

„Vicky, du musst vorbeikommen, ein Kunde macht Ärger. Ich habe ihm bereits erklärt, dass du den Laden gestern an mich übergeben hast und nur noch kellnerst, aber er besteht weiterhin darauf, mit dir zu sprechen."

Sie seufzte genervt. Großartig. Das hatte ihr gerade noch gefehlt. Ausgerechnet jetzt, wo ihre Schicht beendet war. Sie schloss die Augen, ließ sich von einem Ennvio Kollegen nach Felin teleportieren und atmete noch einmal tief durch, bevor sie die Tür aufstieß und den Laden betrat. Ihr Chef Webo nickte ihr zur Begrüßung nur zu und zeigte in die hinterste Ecke. „Er sitzt dort drüben."

Vicky drehte ihren Kopf und entdeckte den Kunden, der nur darauf wartete, sich zu beschweren.

„Guten Abend", begrüßte sie ihn freundlich. „Mein Name ist Vicky Lepinski. Mir gehörte der Laden. Entschuldigen Sie bitte, dass Sie so lange warten mussten. Ich war bis gerade eben noch als Ennvio tätig. Was kann ich für Sie tun?"

„Lange warten ist eine deutliche Untertreibung!"

Vicky nickte geduldig, hatte aber nicht vor, weiter zu plaudern. „Wie kann ich Ihnen denn nun behilflich sein?", wiederholte sie ihre Frage.

Der hagere Mann räusperte sich. „Die Beerenkugeln sind absolut inakzeptabel. Einfach ungenießbar!"

„Möchten Sie mir auch erklären, warum? Was hat Ihnen nicht geschmeckt?"

„Die Beeren sind doch wohl nicht frisch aus Lole!"

Vicky lächelte immer noch geduldig. „Nein, das sind sie nicht. Wenn Sie frische Beeren möchten und Sie das entschädigt, kann ich Ihnen einen Gutschein über zwei Goldmünzen für das Restaurant Gaumenfreude in Ebria ausstellen. Dort finden Sie Speisen auf höchstem Niveau. Waren Sie schon einmal dort?"

Der Mann schüttelte den Kopf, schien sich aber wieder etwas beruhigt zu haben. „Gut, dann werde ich das Angebot annehmen und dort probieren."

Vicky lächelte erleichtert, reichte ihm den Gutschein und verabschiedete sich.

Webo war sofort zur Stelle. „Gut, dass du gekommen bist. Wann fängst du morgen an?"

Vicky holte tief Luft. „Darüber wollte ich noch mit dir reden." Anstatt später konnte sie das Gespräch genauso gut auch jetzt führen. Was hatte Slate gesagt? Sie solle ihre Bitte wie ein Pflaster behandeln. Am besten kurz und schmerzlos. Skeptisch hob er eine Augenbraue an, bevor er der Kellnerin ein Zeichen gab und Vicky ins Hinterzimmer führte. „Was ist los?"

Wie fing sie am besten an? „Ich habe das Schneidern nicht aufgegeben, Webo. Momentan habe ich keine Aufträge, aber das wird sich wieder ändern, wenn die Mondnacht näher rückt. An der Ennvio-Arbeit kann ich nicht rütteln, aber ich möchte mehr Zeit."

„Für dein Hobby?" Der Spott in seiner Stimme war unüberhörbar.

„Es ist kein Hobby. Du weißt, wie gut ich bin! Aber ich kann noch besser werden. Zeit ist mein kostbarstes Gut. Ich brauche mehr."

Webo zuckte mit den Schultern. „Was willst du jetzt von mir?" Seine Geduld schien heute wenig strapazierfähig zu sein.

„Ich will meine Arbeitszeiten reduzieren, um vier Stunden die Woche."

„Du bist doch eh kaum hier."

„Ich bin so viel hier, wie ich muss! Also, geht das in Ordnung?"

Webo schüttelte den Kopf, aber sie konnte sehen, wie sich seine Schultern entspannten und ein kleines Schmunzeln seine Lippen umspielte. „Die neue Kellnerin wird sich sicher freuen, die Hälfte deiner Stunden zu übernehmen."

„Danke!" Sie strahlte ihn an, widerstand dem Drang ihn vor Freude zu umarmen und verschwand aus dem Laden.

Zu Hause angekommen schloss sie die Tür auf, unterdrückte ein Gähnen und zog sich eine bequemere Hose an. Ihre hohen Schuhe stellte sie in eine Ecke und lockerte ihren Pferdeschwanz. Mit einem Lächeln auf den Lippen betrat sie ihr kleines Reich. Sie nahm die bereits vorgefertigten

Schnittmuster, schnitt den fließenden hellblauen Stoff passend zurecht und legte alles geordnet auf ihren Tisch. Wäre das schön, wenn er etwas größer wäre. So musste ihr Nachttisch als Stellplatz für die Nähmaschine herhalten. Vicky nähte die schmalen Träger. Ihre Hände glitten über den Stoff und das ratternde Geräusch der Maschine klang wie Musik in ihren Ohren. Ihr Bauch machte einen Satz und eine wohlige Wärme breitete sich in ihrem Körper aus. Wie sie das vermisst hatte. Die letzten Tage waren einfach zu kurz gewesen. Vicky seufzte und zog den Stoff durch eine Sicherheitsnadel. Die gebügelten Träger schnitt sie in passender Länge zurecht und vernähte sie an den Enden. Ihre Hände arbeiteten wie von allein und sie freute sich jetzt schon auf das Endergebnis, auch wenn das noch ein langer Weg werden würde. Das Geräusch der Maschine wurde zum Hintergrund, verschmolz mit ihren Bewegungen und ließ sie schneller arbeiten. Vicky vernähte die Seiten und musste erschrocken feststellen, wie viel Zeit schon wieder vergangen war. Aber ein bisschen mehr Zeit konnte sie sich noch nehmen. Vicky machte sich einen Tee und begann mit dem Rock des Kleides.

Langsam spürte sie, dass ihre Augen schwerer wurden und ihre Hände nicht mehr so schnell arbeiteten wie noch am Anfang. Entschlossen tauschte sie den Tee gegen Kaffee und gönnte sich ein paar Minuten Kurzschlaf, bevor sie weiter machte. Trotz alledem konnte sie nicht verhindern, dass ihr Blick immer unschärfer wurde.

Sie kämpfte dagegen an, ihre Augen zu schließen, und kniff sie ein paar Mal kurz zusammen. Plötzlich bemerkte sie, dass eine Seite nicht mit der anderen Seite des Stoffes zusammenpasste. Eine Bahn war zu kurz. *Mist! Warum hatte sie auch weitergemacht?* Sie musste links einen Zentimeter zu viel abgeschnitten haben. Das konnte doch nicht wahr sein. Jetzt musste sie alles noch mal neu machen! Ihr entfuhr ein Seufzer und sie legte den Stoff frustriert zur Seite. Wirklich großartig. Gerade bei dem neuen Schnittmuster und diesem teuren Stoff. Genervt stand sie auf und schlich in ihr kleines Schlafzimmer. Ein bisschen Schlaf konnte sie jetzt gut gebrauchen. Kaum hatte sie sich hingelegt, klingelte ihr Telefon. „Was ist?", frage sie leise und rieb sich die Schläfe.

„Warum machst du denn nicht auf? Ich klopfe bestimmt seit zehn Minuten!"

Vicky schoss in die Höhe. „Was?! Wie, du klopfst?"

Sie hörte, dass Slate seufzte. „Du hast es vergessen, oder?"

Sie runzelte die Stirn. Was vergessen? Slate … welcher Tag war denn heute? Oh nein! Samstag! Sie hatten sich doch verabredet! Mist, verdammt noch mal! Heute ging aber auch alles schief!

„Oh Gott, das tut mir so leid. Ich bin sofort da!"

Sie sprang aus dem Bett und eilte auf nackten Füßen zur Tür. Slate sah sie mit schiefem Kopf an. „Was machst du denn für Sachen?" Vicky lächelte ihn entschuldigend an und drückte ihn an sich. Sie vergrub ihren Kopf an seiner Schulter und atmete tief ein und aus. Das konnte sie jetzt gut gebrauchen.

„Was ist denn los?"

Vicky schüttelte den Kopf. „Ich habe richtig gut verdient heute! Aber dann kam ein Kunde in den Imbiss, der sich extra bei mir beschweren wollte. Es war aber schon so spät, aber ich hatte mich doch so auf das Kleid gefreut. Dann war ich so müde, dass ich mich verschnitten habe und jetzt kann ich den ganzen Rock noch mal neu machen!"

Slate verzog das Gesicht. „Das ist echt mies. Tut mir leid." Ein Schmunzeln konnte er nicht verbergen. Er zog Vicky an sich und legte seine Hände an ihre Hüfte. „Dann wird dir ein bisschen Ablenkung doch jetzt bestimmt guttun." Er küsste sie auf den Mund und stieß die Tür mit dem Fuß zu. Vicky musste augenblicklich lächeln. Sie küsste ihn leidenschaftlich und fordernd, er war schon ausgezogen, als sie sich auf ihn legte. Langsam küsste sie seine Brust, hielt seine Hand in ihrer und liebkoste seinen Hals. Ihr Mund wanderte zu seinen Lippen und er vergrub seine Hand in ihren Haaren. Wie sehr sie ihn vermisst hatte.

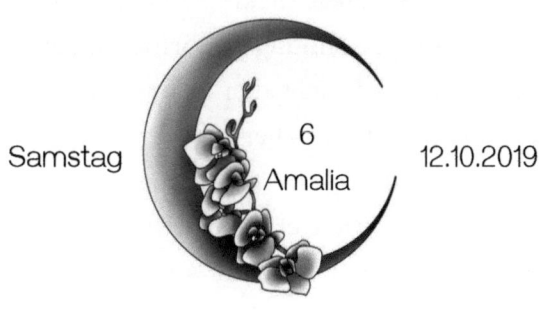

Encantador

Sie landete leichtfüßig auf der Erde und genoss sofort den Anblick, der sich ihr bot: Die weite Lichtung wurde von der Sonne erleuchtet und das Zwitschern einiger Vögel in den wenigen Baumwipfeln klang wie Musik in ihren Ohren. Amalia atmete die frische Luft ein und aus und schloss für einen kurzen Moment ihre Augen. Sie war wieder da.

„Lea?" Amalia sah sich nach ihrer Freundin um. „Wie geht es dir?"

Wie es schien, war Lea trotz ihrer Stiefel recht gut gelandet. Amalia half ihr hoch und klopfte ihr die Erde von der Jeans. Wie schön und aufregend es für Lea sein musste, jetzt alles endlich wieder live zu erleben! Die Worte würden Bilder werden und die Sätze Magie. Sie musste bei dem Gedanken an Leas erste Magieversuche augenblicklich lächeln. Wenn das geschehen würde, wollte sie unbedingt dabei sein.

„Wollen wir?", fragte sie und brauchte nicht lange auf ein eifriges Nicken ihrer Freundin zu warten.

Sie drehte sich zu Mike und Lukas. „Geht es euch gut?"

Mike grinste und Lukas nickte noch etwas verwirrt. Es war wahrlich etwas gewöhnungsbedürftig, von einer Klippe zu springen und dabei nicht den Schmerz des erwarteten Todes zu spüren, sondern sicher in einem anderen Land zu landen. Lukas drehte sich immer wieder um und schaute zum Himmel, als erwartete er jemanden. Oder etwas.

„Wir wandern sofort los, damit wir in gut einer Stunde in Ebria sind und unser Gepäck verstauen können. An der Stadtgrenze können wir ja noch überlegen, ob wir da schon einen Ennvio nehmen wollen oder weiter zu Fuß gehen."

„Ich habe genug Geld", warf Lea schnell ein, zog wie zur Bestätigung ihren Beutel mit Münzen hervor, und Amalia quittierte ihren Kommentar mit einem Lächeln.

Lukas runzelte die Stirn. „Warum nehmen wir nicht jetzt einen … äh … Ennvio, was auch immer das ist?"

Amalia seufzte. „Ennvio teleportieren dich von einem Ort zum anderen, aber ihre Magie wirkt nur innerhalb des Landes. Lasst uns losgehen, dann haben wir später umso mehr Zeit. Vielleicht gehen wir noch zum See der Tränen, der ist schön, besonders jetzt im Herbst."

Sie sah ihre Freunde nacheinander an, die entweder begeistert nickten oder entnervt den Kopf schüttelten. Das würde noch schwierig werden mit Mike, der alles kannte, Lea, die vieles theoretisch kannte, und Lukas, der keinen blassen Schimmer hatte. Sie schnappte sich ihren Koffer und schlenderte auf dem geerdeten, von Gräsern umsäumten Weg geradeaus. Lukas schloss zu ihr auf. „Was hast du vorhin gesagt? See der Tränen? Das klingt schräg, aber total interessant."

Sein verträumter Blick brachte Amalia zum Lächeln. Sie wandte sich ihm zu. „Der See der Tränen ist ein See, sagt der Name ja schon. Die Tränen im Name kommen von ganz früher. Jedenfalls gab es damals viele Kämpfe an diesem See, weil er sich gut zur Deckung eignet und …"

Mike stöhnte auf. „Amalia, bitte. Er will bestimmt keinen Lexikonartikel hören. Soll ich weiter erklären?"

Sie funkelte ihn an. Na gut, dann eben nur ganz kurz. „Vorhin habe ich ja Ebria erwähnt, das ist unser Ziel. Es gibt hier einige andere Städte, Felin, Lole, Nirall, aber Ebria ist die Hauptstadt. Allerdings erst seit gut acht Jahren. Davor war die größte Stadt die Silberstadt, die allerdings bei einem Brand zerstört wurde. Sie war so prunkvoll …" geriet sie ins Schwärmen.

„Amalia!", knurrte Mike wieder.

„Schon gut, schon gut." Sie seufzte und fuhr knapp fort: „Die Akademie ist hier unsere Schule für die Magie, an der ich meine Grundausbildung zur Pasado gemacht habe und Mike seine zum Feuer-Orchis. Lea wird da auch zum Unterricht gehen und ein Element lernen, sobald sie eins hat."

Sie sah Leas betrübten Blick und wechselte schnell das Thema. „In Ebria werden wir auch wohnen." Mit einem Blick auf den Abstand zwischen Lea und Mike neben ihr fügte sie hinzu: „Du wohnst mit Lea im Haus von Mike in Ebria, ich bin in Nirall zu Hause."

Lukas machte große Augen. „Wohnen wir bei Mikes Eltern?!" Ihm entfuhr ein nervöses Lachen und er sah zu Lea.

„Nein, ihr seid alleine", sagte Amalia knapp und warf Mike einen flüchtigen Blick zu. Der kniff die Lippen zusammen und blieb stumm. Sie redeten nie über den Wald der vergessenen Seelen. Mike würde ihn sowieso nicht besuchen, wie immer. Lukas beließ es zum Glück dabei.

Sie wanderten weiter, bis der Feldweg in einen großen Wald mündete. Der Herbst ließ die Blätter in den buntesten Farben erstrahlen. Amalia erfreute sich am prächtigen Orange, dem satten Rot, dem sanften Gelb und hier und da blitzten noch einige dunkelgrüne Blätter hervor. Ihre Schritte knirschten auf der mit Laub und Tannenzapfen bedeckten Erde. Das Geräusch der rollenden Koffer ging fast unter in den unterschiedlichen Melodien der Vögel: Das hohe Tschilpen der Spatzen, das Zwitschern einer Elster und das Trillern der Blaumeisen.

Sie genoss die vertraute Umgebung in vollen Zügen. Keiner der Freunde redete, das war nicht nötig. Zufrieden schlenderte sie weiter. Amalia schielte zu Lea neben sich, die ihren Blick bemerkte und grinste. Dieses Leuchten in ihren Augen hatte sie schon lange nicht mehr gesehen. Amalia drückte kurz ihre Hand und Lea sah sich flüchtig um. „Weißt du, es fällt mir so schwer, auf Mike wütend zu sein. Das kann doch nicht sein. Er hat mit mir Schluss gemacht …" Sie stockte kurz. „Aber trotzdem verspüre ich keine Wut, wenn ich ihn sehe. Nur … Leere und etwas Melancholie."

Amalia nickte. Obwohl sie es nicht aus eigener Erfahrung nachempfinden konnte, verstand sie, was Lea meinte. Vielleicht war es genau das Richtige, dass es jetzt vorbei war. Dann konnte Lea hoffentlich wieder glücklich werden.

Der Weg wurde inzwischen dichter, aber seit ihrem letzten Besuch hatte sich etwas geändert. Mit einem Schmunzeln besah sie die kleinen Holzplatten, die sich mit Erde abwechselten. Hier hatte jemand den Weg gekennzeichnet, falls dieser zuwuchs oder man sich verlief. Das Holz hatte aber noch einen anderen Effekt: Die Rollen der Koffer klapperten über das Holz und die vier Koffer in Kombination übertönten sogar fast die Musik der Vögel.

Sie nahm zuerst das Rascheln war, dann entdeckte sie seinen schlaksigen Körper am nächsten Baumstamm. Seine kurz geschorenen Haare glichen fast einer Glatze. Sie hörte Mike hinter sich lachen und wich zur Seite, als er sich an ihr vorbei schob. „Na sieh mal einer an! Casper, was machst du denn hier? Übst du etwa fleißig?"

Amalia stellte sich neben Lea, die bereits die Arme verschränkte hatte und sich gegen ihren Koffer lehnte. Casper lachte auf. „Als ob ich das nötig hätte! Ich bin eher überrascht, dich hier zu sehen. Dass du dich das nach der Blamage vom letzten Mal echt noch traust ..."

Amalia räusperte sich. „Mike kann auch nach Encantador kommen, ohne am Wettbewerb teilzunehmen."

Casper zog eine Augenbraue hoch. „Oh ja, natürlich."

Jemand stupste sie an. Amalia wandte sich nach links und sah Lukas an, der zwischen Casper und Mike hin und her schaute und dann wieder zu ihr. Die stumme Frage beantwortete sie mit einem Flüstern. „Ist eine lange Geschichte."

Lea machte einen Schritt nach vorne. „Gut, wir wollen dann auch mal weiter zum Stadttor. Nett, dich gesehen zu haben, Casper. Auf Wiedersehen."

Sie ging an ihm vorbei und zog ihren Koffer hinter sich her, allerdings achtete sie nicht auf den Boden und rollte

Casper mit dem Koffer über die Füße. „Hey, geht's noch?!"
Casper drehte sich in einer schnellen Bewegung um und
schoss Lea einen dünnen Wasserstrahl ins Gesicht. Vom
Wasserdruck getroffen gab sie einen schmerzerfüllten Laut
von sich und Amalia wollte schon nach vorne stürzen, doch
Mike war schneller. Eine Flamme loderte gefährlich hoch
auf. Casper hielt inne. „Pfoten weg", sagte Mike ruhig.

Casper atmete tief durch und starrte auf Mikes Hand, aus
dessen Fingerspitzen die Flammen loderten. „Spar dir deine
Kräfte lieber auf." Dann machte Casper demonstrativ einen
Schritt zur Seite und schielte zu Lea, die sich die Wange rieb
und ihn anfunkelte.

Amalia zog Lukas hinter sich her, der sie mit offenem
Mund anstarrte und hielt gebührend Abstand zu Casper.
Dann wandte sie sich Lea zu. „Alles in Ordnung?"

Sie nickte matt. „Ja, vielleicht hat Doro etwas gegen die
Schmerzen. Das fühlt sich an, als wäre ich gegen einen Türrahmen gelaufen." Amalia schüttelte den Kopf, zupfte Mike
am Ärmel und zog ihn weiter. Sonst gab es noch eine Schlägerei. Casper grinste ein höhnisches Lächeln und bedachte
Mike mit einem letzten Blick, bevor er seelenruhig in die
Richtung schlenderte, aus der die anderen gekommen waren.

Nach einigen Minuten durch den Wald lichtete sich der
Weg wieder und sie erkannte endlich das große Stadttor, vor
dem links und rechts je ein Wachmann positioniert war. Das
Tor selbst bestand aus Steinen, aber Blätterranken zogen sich
von der Wurzel bis nach oben und auf die breite Tür waren
Zeichen von Flammen und Wellen gemeißelt. Sie marschierte auf den Mann links zu, dessen Gesicht sie nicht kannte,

der ihr aber am nächsten stand. Auf seiner Uniform, dunkelblau wie die Nacht, prangte ein Namensschild. Amalia kniff die Augen zusammen: *Gregor Nando*. Noch nie gehört. Sie schaute auf und schenkte ihm ihr bestes Lächeln. „Hallo, wir sind Schüler aus Ostafelde und verbringen die Herbstferien in Encantador. Ich arbeite im Buchhaus." Sie kramte zur Bestätigung ihre kleine Ausweiskarte hervor und hielt sie ihm unter die Nase. Er nickte ihr freundlich zu und wandte sich dann ihren Freunden zu. „Und die anderen? Arbeit, Schule oder Freizeit?"

Lea stellte sich neben sie. „Wir wollen zur Akademie."

„Der Luna-Akademie?"

Amalia lachte. „Die eine, ja."

„Willkommen in Encantador", sagte er, gab ihr das Kärtchen zurück und öffnete die große Tür. Amalia griff nach ihrem Koffer, machte zwei feierliche Schritte hindurch und spürte das Kribbeln. Sie sah sich nach ihren Freunden um, die dem Grinsen nach zu urteilen das Gleiche gespürt hatten. Zeit, nach Hause zu kommen.

„Lea, wie geht's deinem Gesicht? Sollen wir zu Doro? Dann würde ich jetzt zu Fuß zu Mikes Haus gehen. Lass uns das Gepäck loswerden und von da aus können wir ja dann einen Ennvio nach Lole nehmen?"

„Amalia, mein Gesicht brennt höllisch und meine Füße tun weh. Lass uns einen Ennvio nehmen, ich bezahle den auch!" Lea klimperte mit ihrem Geldbeutel vor Amalias Gesicht und als Amalia nicht protestierte, atmete sie tief durch und sagte klar und deutlich: „Ennvio, Wege und Pfade mögen wir gehen, doch auf lange Zeit lass uns nicht stehen."

Augenblicklich erschien jemand vor ihnen und Lea nannte ihr Mikes Adresse. Amalia hielt sich an dem jungen Ennvio Mädchen fest, befahl den anderen, es ebenso zu tun, umklammerte ihren Koffer und schloss die Augen. Das leichte Ziehen im Magen, das Gefühl fortgerissen zu werden, begrüßte sie.

Als sie die Augen wieder öffnete, erblickte sie das kleine Haus und wartete, bis Mike den Schlüssel hervorgekramt hatte. Sie tätschelte Lukas am Arm, der verwirrt dreinblickte. Wenigstens war ihm nicht übel. Kaum waren sie drin, zerrte Lea ihren Koffer in das mittlere Zimmer und Amalia wählte das Zimmer direkt gegenüber, weil sie den ersten Abend von Lea in Encantador mit ihr zusammen verbringen wollte. Morgen früh konnte sie dann nach Nirall gehen und die Ferien über dort schlafen. Lukas und Mike wählten die übrigen Zimmer. Lea kam stöhnend aus ihrem Raum. „Auspacken mache ich später. Können wir erst zu Doro?"

Lukas zog seine Tür zu. „Könnten wir danach auch etwas essen gehen?"

Amalia nickte. „Kein Problem, wir gehen direkt danach essen. Ich gebe euch allen einen aus, weil ihr neu hier seid und für Mike, weil er Lea geholfen hat."

Lea wandte sich seit dem Ereignis zum ersten Mal an Mike und sagte mit schmerzverzerrtem Gesicht: „Danke."

Mike zuckte nur mit den Schultern. „Klar. Casper wird schon sehen. Beim nächsten Mal sorge ich dafür, dass er verliert. Wasserdruck ist übel, hat dich ganz schön erwischt. Lass uns schnell zu Doro – ich warne dich, das Teleportieren macht es sicherlich nicht besser."

Diesmal rief Amalia laut den Ennvio und ließ sie alle nach Lole bringen. Sie öffnete ihre Augen und schaute den älteren Ennvio an.

„Wie viel?"

Der Ennvio schien nachzudenken und murmelte vor sich hin. Nach wenigen Sekunden sagte er: „Neun Ern." Amalia schnaubte hörbar über diesen unverschämt teuren Preis. Aber sie hatte keine Wahl und reichte ihm die neun Silbermünzen. Der Ennvio verschwand wieder und Amalia schob sich vorbei an den Leuten auf den Wegen und marschierte zum größten Zelt auf dem Feld. Die Größe des Zeltes spiegelte Doros Stand als erfolgreichste Draumur wider. Sie zog vorsichtig die Plane zurück und atmete erleichtert auf, als sie feststellte, dass Doro gerade keine Kunden hatte. Glück gehabt.

„Doro?", fragte sie ins leere Zelt hinein. Der blaue Vorhang auf der rechten Seite wurde zur Seite geschoben und die große, schlanke Frau mit den auffallend langen, roten Haaren kam zum Vorschein. „Kommt rein, kommt rein!", sagte sie ruhig.

Sie umarmte Amalia kurz. „Schön dich wiederzusehen", sagte sie und wandte sich dann sofort Lea zu.

„Ach so, ja, darf ich vorstellen? Das ist Lukas, ein Mensch, und Lea, Trägerin der Elementarmagie." Dann schilderte sie in wenigen Worten, was passiert war.

Doro musterte Lukas kurz, sagte aber nichts. Stattdessen murmelte sie „Schöner Name ... Lea ...", während sie begann, Kräuter zu mischen. Doro wies Lea an, sich auf die Liege in der Mitte des Zeltes zu legen. Dann schmierte sie einige davon auf Leas Wange, was eher aussah wie eine Gesichtsmaske. Nur Leas Miene verriet ihr den Unterschied. Doro hielt sanft Leas Kopf. Amalia sah genau hin, aber für sie sah es trotzdem nur so aus, als würde Doro Lea einfach anstarren. Zu gerne würde sie wissen, was Doro sie träumen ließ, um ihren Geist vom Schmerz abzulenken, während die Kräuter einwirkten.

Nach einigen Minuten des Schlafes erwachte Lea wieder und lächelte. Doro half ihr von der Liege und wandte sich Amalia zu. „Belfi hat heute einen tollen Auftrag bekommen und wird bestimmt den ganzen Tag mit dem Bild beschäftigt sein, aber sie freut sich schon sehr auf deinen Besuch. Schön, dass du wieder da bist." Amalia lächelte bei dem Gedanken an ihr Zuhause in Nirall und den Geruch von Farben, den sie in der Wohnung in Ostafelde immer vermisste. Sie bezahlte und machte Platz für ein Mädchen, das tränenüberströmt ins Zelt kam.

Draußen hörte sie Lea an Lukas gewandt sagen: „Wenn dir alte Häuser gefallen, wirst du Nirall lieben."

Sie betastete ihren Geldbeutel, schließlich sollte Lea nicht alles bezahlen. „Ennvio, Wege und Pfade mögen wir gehen, doch auf lange Zeit lass uns nicht stehen."

Sie spürte jetzt auch ihren knurrenden Magen, hielt sich am Arm der Frau fest und schloss lächelnd die Augen. Auf nach Hause.

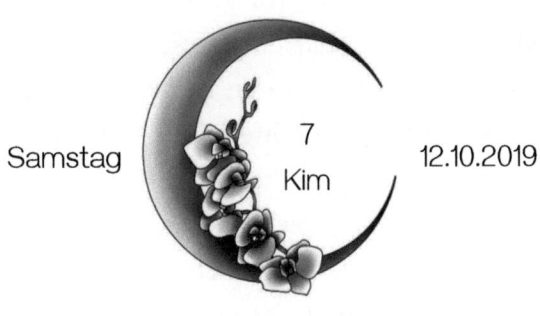
Encantador

Wie lange hatte sie darauf gewartet, wieder diesen Weg zu gehen? Mit einem Lächeln auf den Lippen setzte Kim einen Fuß vor den anderen und schien das schwere Gewicht des Koffers gar nicht wahrzunehmen. Die Erde war so schön weich, die Rollen des Koffers funktionierten mühelos, die Luft roch frisch. In Glückseligkeit schritt sie weiter voran, bis sie endlich an die lang ersehnte Klippe kam.

Kim trat an den Rand und hielt ihren Koffer in der Hand. Sie murmelte zu sich selbst „Willkommen zu Hause" und sprang.

Der Fall kam ihr vor, als würde sie schweben. Aber kaum dass sie angefangen hatte zu fühlen, war der Moment auch schon wieder vorbei. Unten angekommen richtete sie ihren Koffer auf und nahm sich einige Minuten Zeit, um die Luft einzuatmen, mit ihren Augen jeden Baum und jeden Grashalm zu erfassen und in Gedanken bei der Akademie zu sein. Sie konnte ihre Gefühle gar nicht richtig sortieren, zu viele Erinnerungen strömten auf sie ein. Wenn sie daran dachte, wie sie Encantador vor acht Jahren verlassen hatte und wie belanglos Ostafelde gewesen war … Die vielen Nachrichten ihrer Mutter waren nichts im Vergleich zur blühenden Realität. Diese Jahre lagen jetzt hinter ihr. Sie hatte es geschafft, sie war endlich wieder zu Hause.

Leichtfüßig marschierte sie geradeaus. Bevor sie zur Akademie konnte, musste sie schließlich erst noch nach Nirall. Ihre Mutter würde sich sicher über das teure Buch vom Buchbinder freuen, es war das perfekte Geschenk. Je näher sie Ebria kam, desto mehr Leute kreuzten ihren Weg. Ein alter Mann kannte sie nicht und hielt sie wohl für einen Menschen. Er verdeckte sein Gesicht mit einem tiefsitzenden Hut. Aber sie hatte seine roten Augen schon längst erkannt. Was für ein Pech Feuermagier doch hatten, dass ihre Augen sie so leicht identifizierbar machten. Dabei brauchte er doch keine Angst vor ihr zu haben.

Sehnsüchtig dachte sie an ihre Pläne und wie die Zukunft aussehen könnte, wenn Menschen und Wesen vereint wären, sodass zukünftigen Bewohnern Encantadors ihr eigenes Unglück erspart bleiben konnte.

Augenblicklich schoss ihr der Moment durch den Kopf, den sie nie vergessen würde. Sie hatte bereits als kleines Kind Perlen auf Bänder gezogen und damit gespielt. Im Innenhof der Akademie. In ihrem weißen Kleid. Weil sie eine Pause vom Tanzen auf dem Ball gebraucht hatte. Sie spürte noch die Gänsehaut, die die Worte ihrer Mutter verursacht hatten. „Papa und Finn hatten einen Unfall am See der Tränen."

Kims Herz begann bei der Erinnerung daran zu pochen, ihr Hals fühlte sich trocken an und eine Träne kullerte ihr übers Gesicht. Der Schmerz verließ sie nie.

„Geht es Ihnen gut?", hörte sie eine Stimme dicht neben sich.

„Bitte?"

Ein junger Mann starrte sie mit zusammengezogenen Augenbrauen an und sah besorgt aus.

Schnell wischte sie sich übers Gesicht. „Oh ja, ja. Mir geht es sehr gut, keine Sorge. Ich hatte nur etwas im Auge."

„Oh, in Ordnung. Dann gute Weiterreise." Er deutete auf ihren Koffer und winkte zum Gehen.

Sie nickte und biss sich auf die Unterlippe. Verflucht! Sie musste mehr aufpassen. Träumereien oder Erinnerungen durfte sie nicht zulassen. Wie sollten sie ihren Plan ausführen, wenn die Geheimhaltung daran scheiterte, dass sie bis dahin stadtbekannt war? Energisch marschierte sie voran und achtete nicht auf die Leute, die ihren Weg kreuzten. Ihr Ziel war jetzt nur noch Nirall und das so schnell wie möglich. Sie musste sich nur zusammenreißen. Keine Träumereien mehr.

Eine halbe Stunde später erreichte sie das Stadttor von Ebria. Sie beantwortete für Gregor die üblichen Fragen, weil hinter ihr noch Leute standen und sagte danach so deutlich wie möglich: „Ennvio, Wege und Pfade mögen wir gehen, doch auf lange Zeit lass uns nicht stehen."

Die Mädchen, das vor ihr erschien, schien kaum älter als sie selbst. Sie trug die blonden Haare im Zopf, aber Kim musste sich zusammenreißen, um ihr nicht aufs Dekolleté zu starren. Vicky sah live besser aus als sie gehört hatte und lächelte auch noch freundlich. „Wohin darf es denn gehen? Hast du Angst? Ich kann dir den Vorgang des Teleportierens gerne erklären." Kim biss die Zähne zusammen. Nur nicht aus der Rolle fallen. „Nach Nirall, zum Buchbinder."

Sie nahm sie mit und verlangte vier Ern. Täuschte sie sich, oder waren die Preise gestiegen? Kopfschüttelnd holte sie ihren Geldbeutel mit dem Geld hervor, das ihre Mutter ihr für die Anreise gebracht hatte, und wog die vier Silbermünzen in der Hand. Hastig überschlug sie im Kopf die Zahlen. Vicky sah sie ganz normal an, aber Kim hatte sie durchschaut. Wenn Vicky sie betrügen und einen höheren Preis verlangen wollte, würde sie dafür bezahlen. Als Ennvio war es ihre Pflicht, jeden über den schnellsten Weg an seinen Zielort zu bringen, für den richtigen Preis. Dreist wiederholte sie ihre betrügerische Summe und es kostete Kim alle Mühe, Vicky die Geldstücke zu reichen. Die meisten Menschen kannten sich mit dem System nicht aus, konnten das Geld nicht zählen und waren im besten Fall neugierig und unsicher. Im Gegensatz zu den Menschen, die am liebsten ganz Encantador vernichten und eine Mauer um ihre Welt bauen würden, um sie vor den bösen Magiern zu beschützen.

Also schlug Kim eine helle Stimmlage an, legte zwei Ern auf die Hand. „Ist das richtig so?" Sie machte große Augen, um noch unschuldiger auszusehen, Vicky war nicht Slate. Ein langsames Nicken, schwaches Lächeln, trotzdem hatte sie immer noch zu viel Geld verlangt. Kaum war sie weg, entspannte Kim ihre Kiefermuskeln und machte sich eine Notiz. Nur wegen Vicky müsste sie also später noch im Rathaus vorbeischauen und sie des Betruges wegen bestrafen lassen, als ob sie sonst nichts zu tun hatte. Aber sie ließ sich nicht betrügen, niemals.

Kim betrat das kleine Haus in Nirall. Sie schaute zum Treiben der Setzer und Drucker und stellte ihren Koffer ab. Nach tiefem Durchatmen ging es ihr schon besser und sie trat an die hohe Theke. „Hallo? Ist Herr Daim da?"

Die Dame lächelte. „Ja. Aber es kann ein paar Minuten dauern, bis er zu Ihnen kommt. Sie haben doch Zeit?" Auch wenn sie es aussprach wie eine Frage, wusste Kim, dass es keine war. „Natürlich", gab sie also zurück und lächelte sogar. Natürlich hatte sie Zeit. Immer und viel zu viel, Zeit im Überfluss. Mit zusammengekniffenen Augen lehnte sie sich an ihren Koffer und verschränkte die Arme. Nach einer gefühlten Stunde betrat der alte Mann endlich den hellen Raum. „Da bin ich. Entschuldigen Sie die Verzögerung. Was kann ich für Sie tun?"

„Das macht doch nichts, ich hatte Zeit. Mein Name ist Kim Goner, ich hatte bei Ihnen das Buch zum Museum der Silberstadt bestellt."

Seine Mundwinkel zuckten merklich nach unten. „Oh, Sie waren das! Leider muss ich Ihnen sagen, dass sich der Bau des Museums verzögert und damit auch der Druck des Buches. Das tut mir sehr leid. Aber Sie sagten doch, dass Sie Zeit hätten, nicht? In ein paar Wochen dürfte es dann so weit sein, ganz pünktlich zur Eröffnung wird das Buch erscheinen." Er strahlte sie an, als wäre das eine ganz wunderbare Information.

Mit aller Kraft brachte sie eine würdige Miene zustande. „In Ordnung, das ist bedauerlich. Dann komme ich später wieder."

Kaum war sie draußen, konnte sie einen kleinen Wutschrei nicht unterdrücken. Sie hätte sofort zur Akademie kommen können. Sie hätte sich die Bestellung sparen können. Und jetzt war ihr Geschenk futsch! So ein verfluchter Mist. Erschöpft und frustriert ließ sie sich auf den Boden sinken und schloss für einen kurzen Moment die Augen. Fünf Minuten Ruhe würden ihr guttun. Ihrer Mutter würde es sicher nicht gefallen, wenn sie gestresst ankam. Vielleicht war es besser, nur ein ganz kurzes Nickerchen zu machen. Hier zu sein hatte sie mehr ausgelaugt, als sie sich eingestehen wollte. Kim setzte sich auf den Bordstein und zog die Beine an. Langsam umschlang sie ihren Koffer mit ihren Armen und legte ihren schweren Kopf auf ihm ab. Noch ehe sie die Augen geschlossen hatte, fiel sie bereits in einen tiefen Schlaf.

„Oh mein Gott, Kim? Kim?! Bist du das?"

Jemand rüttelte an ihrem Arm und sie rieb sich die müden Augen. Das klang nach Mike. Sie war doch nicht mehr in der WG. Komischer Traum. Verwirrt reckte sie sich und blinzelte ein paar Mal. Als sie ihre Augen öffnete, starrte sie Mike an. Erschrocken fuhr sie hoch. Mike! Aber sie war doch in Encantador! Erst jetzt erblickte sie andere Leute hinter ihm: Seine Ex, ein Typ mit Kamera um den Hals und Leas kleine Freundin, die ihre Nase immer in ein Buch steckte. Wie kamen sie hier her? Lea hatte Encantador erwähnt, aber warum musste sie sie hier treffen? Das Land war groß genug. Was sollte sie jetzt nur sagen?! Seinem verständnislosem Blick nach zu urteilen wartete er auf eine Reaktion. Kim strich sich durch die wirren Haare und murmelte: „Hallo! Was ist das für eine Überraschung. Aber ich bin so froh euch zu sehen!"

Improvisation war alles. Sie sprang auf, fiel ihm um den Hals und murmelte: „Ich wollte Encantador auch einmal erkundigen, aber ich bin etwas erschöpft. Gott sei Dank seid ihr jetzt bei mir!"

Kim gab sich große Mühe, möglichst orientierungslos zu wirken und machte große Augen. Nur die Erschöpfung musste sie nicht spielen. „Wo geht es denn zur Akademie? Könnt ihr mir da weiterhelfen?"

Mike sah sie immer noch ganz verdattert an und Amalia schob sich an ihm vorbei. „Ich bin übrigens Amalia und das ist Lukas. Freut uns, dich kennenzulernen, Kim. Komm doch mit uns. Wir haben zwar grad schon gegessen, aber wir könnten noch etwas trinken gehen. Was hältst du davon?"

Kims Lächeln gefror. Wenn sie ablehnte, würden sie entweder Verdacht schöpfen, dass etwas nicht stimmte oder die jetzt schon viel zu hilfsbereite Amalia würde ihr so lange hinterherlaufen, bis sie sich ihnen anschloss. Welchen Grund konnte eine Unwissende schon haben, allein ohne Plan in Encantador herumzuirren, anstatt sich den Bekannten anzuschließen?

„Natürlich komme ich mit euch. Das ist wirklich ein wunderbarer Zufall." Sie wusste, dass ihr Lächeln gekünstelt wirkte, aber das kümmerte sie im Moment recht wenig. Sollten die doch denken, was sie wollten. Wie sollte sie nun ihren Plan einhalten? Irgendwann musste sie es schaffen, sich unbemerkt davon zu schleichen.

Mike legte ihr den Arm um die Schulter. „Du siehst ganz fürchterlich aus. Mensch, warum hast du nichts gesagt, wir hätten doch alle zusammen reisen können. Komm erst mal mit. Lass mich dir den roten Adler zeigen. Da muss man einfach gewesen sein. Später gehen die anderen da sicher nicht mehr hin."

Oh nein. Nicht diese dämliche Kneipe. Sie wäre lieber ins Cupis gegangen. „Das klingt gut. Wo ist das denn?"

„Das ist eine eher kleine Kneipe. Sie liegt gleich nach dem Verwaltungshaus, hinterm Marktplatz und der Kirche. Maximal noch eine halbe Stunde. Schaffst du das wohl?"

„Sicher!" Kim lächelte wieder, auch wenn ihr der Mund davon schon wehtat. Sie konnte nur hoffen, dass Mike zum Trinken überredet wurde. Dann würde sie ganz schockiert reagieren und einen Ennvio bitten, sie nach Ebria zu bringen. In Wirklichkeit würde sie dann zur Akademie gehen.

Langsam ging sie der Truppe hinterher. Amalia war natürlich die Schnellste und Anführerin. Der Typ lief neben Lea in der Mitte und Mike bummelte vor ihr. Mit jedem Schritt wunderte sie sich nicht nur darüber, dass der Typ hier war, sondern auch warum Lea Mike ignorierte und kaum wütend schien. Sie unterhielt sich viel mit Amalia oder schaute sich an den Seiten die Häuser an. Doch gegenüber Mike fiel kein böses Wort. Wäre er ihr Ex-Freund, hätte sie ihn garantiert verstoßen und von einem wie Slate bestrafen lassen. Entschlossen riss sie ihren Koffer über das Kopfsteinpflaster und zupfte Mike am Arm. „Wie geht es dir eigentlich?" Sie sah ihn nachdenklich an. Über ihn zu reden bedeutete, nicht über sie selbst zu reden. Und das war alles, was sie momentan wollte.

„Meinst du wegen der Trennung?" Seine Stimme war zu einem Flüsterton geworden und er schielte kurz zu Lea hinüber, bevor er die Schultern zuckte. „Eigentlich ganz gut."

Kim tätschelte ihm den Rücken und schlug einen einfühlsamen Ton an. „Das kann ich verstehen." Er hatte Lea doch schon längst nicht mehr geliebt. Sie sah ab und zu mal eines der alten Häuser an, um Bewunderung vorzutäuschen. Leider verstand Mike das ganz falsch. „Wenn du Informationen über die Häuser oder die Stadt brauchst, frag ruhig Amalia, das hier ist ihr zweites Zuhause. Nirall ist eine ältere Stadt. Aber ich bin da kein Experte. Sie weiß alles. Also frag, was immer du möchtest."

Er zwinkerte, aber das gefiel ihr ganz und gar nicht. Er lenkte das Gespräch wieder auf sie. Nein, danke. „Klar. Wann sind wir denn da? Ich habe schon Hunger."

„Ach, nur noch ein paar Meter."

Der große Marktplatz sah aus wie aus einer anderen Zeit. Die Stände mit frischen Kräutern und Stoffen aus Doros Heimat Lole, Getreide aus Ebria und Fisch vom Meer waren aus einfachem Holz geschnitzt. Die vielen Pasado wirrten umher, jeder mit einem anderen Ziel. Hier und da hörte sie ein paar Rufe nach Ware oder Namen, die sie nicht kannte. Es hatte sich wirklich nichts verändert. Nirall war noch nie ihre liebste Stadt gewesen und aus Zeitreisen machte sie sich eh nichts, vor allem, weil die Magie überwiegend in der Forschung und im Beruf eingesetzt wurde. Das war so ziemlich der ödeste Beruf, den sie sich vorstellen konnte. Den ganzen Tag durch die Zeit reisen, die Vergangenheit des Landes dokumentieren und erforschen, im Museum arbeiten oder alte Bücher wälzen. Niemand konnte im Alltag mal eben in der Zeit reisen, so sagte es das Gesetz. Da war Traummagie doch viel praktischer.

Von außen hörte es sich bereits so an, als würde im Gasthaus die Party des Lebens steigen. Männer sangen und grölten mit tiefen Stimmen, Frauen jubelten und Gläser klirrten.

„Wir essen nur kurz was und dann gehen wir nach Ebria und schlafen uns aus", sagte Amalia, als sie ihren angewiderten Gesichtsausdruck sah. „Keine Sorge, es ist nicht so schlimm, wie es sich anhört oder aussieht. Ich muss zugeben, dass ich andere Gasthäuser dem roten Adler vorziehe."

Kim nickte. Wenigstens hatte Amalia Geschmack. Vorsichtig stieß sie die Tür auf und wurde sogleich vom beißenden Geruch aus Bier und Schweiß erschlagen. Automatisch holte sie tief Luft und sah sich um. Das dunkle Holz wirke schäbig, die Getränke schwappten aus den Gläsern und niemanden kümmerte es.

Seufzend machte sie einige Schritte hinein und quetschte sich mit dem Gepäck durch die Stühle. Sie drängte sich immer weiter, bis sie am Ende des Raumes endlich einen Tisch mit freien Plätzen entdeckte. Sie ließ sich fallen und die anderen setzten sich zu ihr.

Amalia wandte sich an den Wirt. „Fünf Mal Biersuppe, bitte."

Er grinste sie an und verschwand hinter dem Tresen. Kim starrte auf das morsche Holz und dachte über ein Gesprächsthema nach. Sie sah auf und bemerkte, dass der Typ mit der Kamera gerade das Wort ergreifen wollte, als am Nachbartisch jemand aufsprang. „Sie wetten!"

Kim verdrehte die Augen. Auch das noch. Doch als sie Leas nachdenklichen Blick auf ihr ruhen sah, änderte sie ihren

Gesichtsausdruck schnell zu einer verwunderten Miene. Zumindest hoffte sie, dass es so aussah. „Was bedeutet das?", versuchte sie zu fragen, aber keiner verstand sie.

Das Gegröle am Nebentisch war beinahe unerträglich laut geworden, sie klopften auf den Tisch und kreischten „Wette! Wette!", bis der Wirt mit etlichen Bierkrügen ankam.

Kim beobachtete das Treiben genervt, während sie ihre kalte Biersuppe löffelte. Zwei der Männer am Tisch hatten sich gegenübergesetzt, je einen Krug in der Hand, und der ganze Raum begann mit tiefen Stimmen zu singen.

„Schütt ein! Schütt ein!
Das ist noch nicht genug!
Immer mehr, immer voll!
Schütt ein! Schütt ein!
Das reicht noch nicht,
das muss mehr,
bis es überläuft,
dann trink es bis zum letzten Tropf'
Schütt ein! Schütt ein!"

Beim „Schütt ein" klatschten alle.

Kim starrte unentwegt auf ihre Suppe und konnte sich einen Seufzer nicht verkneifen. Eigentlich wäre sie um diese Uhrzeit schon an der Akademie angekommen. Mama würde bestimmt sauer sein. Ihr Blick traf den Typen, der sie direkt anstarrte. Seine gerunzelten Augenbrauen verrieten, dass er über etwas nachdachte, aber sie kannte ihn nicht gut genug, um zu wissen worüber. Im Prinzip kannte sie ihn gar nicht. „Wie war dein Name nochmal?", sprach sie ihn direkt an und lächelte leicht. Das half meistens.

„Lukas", sagte er knapp und wandte sich der Wette zu. Gut so.

Lea hatte ihr Gesicht ebenso wie Amalia vom Trubel des Nachbartisches abgewandt. Das war ihre Gelegenheit. Sie zog eine möglichst leidvolle Miene. „Entschuldigt, aber ich fühle mich hier nicht so wohl. Wäre es in Ordnung, wenn ich schon mal nach Ebria gehen würde?"

Lukas schüttelte den Kopf. „Bist du sicher, dass du den Ennvio Spruch richtig hinkriegst? Ich habe mir den noch nicht gemerkt. Aber der Zeitpunkt passt doch. Kommt ihr alle? Kim will gehen."

Sie hätte ihm am liebsten eine reingehauen. Er wusste nichts von ihr, das stand fest. Sie hatte aufgepasst. Aber er war nett. Und das war in der jetzigen Situation gerade sehr unpassend. Mike riss seinen Blick vom Wetttrinken los. „Klar, kein Problem. Ich besorge uns mal eine Mitfahrgelegenheit." Er lachte, trotzdem konnte sich Kim zu keinem Lächeln überwinden.

Draußen angekommen sagte er: „Vicky, Wege und Pfade mögen wir gehen, doch auf lange Zeit lass uns nicht stehen", und sie erschien vor ihnen.

Kim stöhnte auf. Auch noch die. Ausgerechnet. Vicky umarmte Mike herzlich und warf ihr seidenes, blondes, langes Haar über ihre Schultern. Gut, dass Kim Vicky erst später dem Rat melden konnte, sonst wäre das jetzt sehr ungemütlich geworden. Vickys Lächeln schien ein bisschen zu gefrieren, als sie Kim bemerkte oder bildete sie sich das nur ein? War das das schlechte Gewissen, das an ihr nagte? Davon könnte sie Slate ruhig mal etwas abgeben. Vicky grinste zu Mike und stupste ihn in die Seite. „Da hast du aber Glück, meine Schicht endet gleich."

Kim lächelte bemüht. „Wie cool, mit dir bin ich vorhin schon gereist. Hallo Vicky, ich bin Kim." Vicky hob die Hand zum Gruß. Genauso wie Lukas musterte Lea Vicky. Entweder war sie bereits jetzt genauso genervt wie Kim oder sie war neidisch auf ihre Haare. Oder ihre Figur. Oder den Kontakt zu Mike. Ob er auch mit Vicky geschlafen hatte? Zuzutrauen war es ihm. Vielleicht stellte sich Lea gerade genau die gleiche Frage. Kim legte ihre Hand auf das Leder, hielt sich fest und schloss die Augen. Das Ziehen im Magen hatte sie vermisst. Es fühlte sich wunderbar an, zu wissen, dass sie gerade durch Raum und Zeit schwebten. Das war in Ostafelde schlimm gewesen. Alles zu Fuß gehen oder bestenfalls mit einem Bus oder Auto. Lukas schaute sich sichtlich verwirrt um. Natürlich, für ihn war das eher neu. Sie wusste noch, dass sie die Ennvio gar nicht verstanden hatte, als sie zum ersten Mal teleportiert war.

Lukas tastete sich ab. „Das ist erst das dritte Mal, dass ich das hier mitmache …, aber es fühlt sich immer noch total irre an." Lea lachte verständnisvoll, dabei konnte sie doch kaum mehr Erfahrung als Lukas haben, oder?!

Mike zahlte Vicky eine horrende Summe von zwei Kuran und führte sie die Straße hinab. Ebria war jetzt sein Reich und er ging voran. Die weiten Straßen führten sie vorbei an den großen Häusern, die teilweise von unterschiedlichen Elementen geprägt waren. Lodernde Flammen züngelten sich an prächtigen Häuser empor, saftig grüne Blätterranken schlängelten sich an Fassaden entlang und Wasserräder zierten kleine Gärten. Es war einfach, den Koffer über den gut gebauten Weg zu ziehen, keine Rille hinderte sie daran. Erleichtert holte sie Lukas ein, der hinter Amalia und Lea lief, die sich über die Elemente unterhielten.

Sie liefen vorbei am Museum der Herrscher, Mike führte sie trotz der Abendstunden energisch weiter, Lukas sah nur noch durch seine Fotokamera und sie senkte ihren Blick, sobald sie anderen Leuten entgegenkamen. Besser nichts riskieren. Der kurze Weg ließ ihr Zeit zu überlegen, was sie anstellen konnte, um der Gruppe zu entkommen. Alleine würden sie sie niemals loslassen. Das stand fest. Also mussten sie abgelenkt werden. Bevor sie sich jedoch eine Lösung einfallen lassen könnte, blieb Mike vor dem großen Gebäude aus Gestein mit Efeuranken stehen. Das Buch des Lebens im Amtshaus. Daran hatte sie nicht gedacht. Diese Gruppe machte alles kaputt! Mit grimmiger Miene folgte sie den anderen hinein.

Die alte Dame hinter der Theke begrüßte sie alle freundlich und Amalia wandte sich an Lukas und sie: „Am Ankunftstag müssen wir uns ins Buch des Lebens eintragen. Es ist magisch, das heißt die Tinte verblasst, wenn jemand stirbt und die blaue Farbe verfärbt sich rot, wenn man schon mal hier war."

Lukas trat vor, schrieb seinen Namen auf das Pergament und überließ Lea den Stift, deren blaue Tinte sich verfärbte. Mikes und Amalias Namen wurden auch sofort rot und Kim war an der Reihe. Sie atmete tief durch. Die anderen durften nur nicht sehen, dass ihr Name rot wurde. Sie trat weiter nach vorne und nahm den Stift in die Hand. Er lag ihr schwer in den Fingern und sie starrte kurz das Blatt an. Sie beugte ihren Körper so nach vorne, dass man ihre Unterschrift nicht sah und kritzelte ihren Namen. Es dauerte ein paar Sekunden, bis er rot wurde. Doch sie hielt ihren Körper gebeugt und verdeckte das Buch mit ihrem Arm, als sie es zuklappte und der Frau an der Theke reichte. Ein Blick in die Gesichter der anderen verriet ihr, dass sie nichts bemerkt hatten. Kinderleicht. Zufrieden lächelte sie. Jetzt musste sie nur noch hier weg und dann war alles gut.

Mike führte sie wieder hinaus auf die Straße und vorbei an einigen weiteren Häusern, bis er schließlich vor einem stehen blieb. Er schloss die Tür auf und sie traten ein. Der Flur teilte sich ab in verschiedene Räume, die vielleicht Zimmer waren und gipfelte in einem offenen Raum mit einem breiten Esstisch. Überall im Raum glühten kleine, flammende Lampen, die dem Ganzen eine mystische Atmosphäre verliehen. Mike hatte es hier nicht schlecht. Er führte sie in das kleine Bad und die Zimmer, in denen bereits Gepäckstücke standen. Ein Zimmer war noch frei, das Mike das Gästezimmer nannte. Aber sie konnte unmöglich mit Mike in einem Haus schlafen. Wie sollte sie dann allein zur Akademie gelangen? Mike wusste nicht, dass sie bereits ein Zimmer hatte. Mit einem viel besseren Bett!

Kim räusperte sich. „Das ist wirklich nett, aber ich werde im Gasthaus in Felin übernachten."

Amalia verzog das Gesicht. „Oh nein, du Arme, wer hat dir das denn empfohlen? Da zahlst du viel zu viel für das dreckige Loch. Nimm das Gästezimmer hier, dann bist du näher an der Akademie, zahlst weniger für einen Ennvio und außerdem keine Miete. Ist doch so, oder Mike?" Sie stupste ihn an, der seine Überrumpelung nicht verbergen konnte.

„Ja, ja, selbstverständlich. Du bist hier absolut willkommen. Ich fülle später den Kühlschrank, das Bett ist frisch bezogen und wenn du was brauchst, kannst du uns jederzeit fragen. Ich weiß ja, dass du eine sehr umgängliche Mitbewohnerin bist. Es wird einfach genauso wie in Ostafelde." Er zwinkerte ihr zu, als wäre diese WG da nicht total ätzend gewesen. Sie hätte damals doch darauf bestehen sollen, alleine zu wohnen.

Sie musste alle ablenken und sich davonschleichen. Dann musste sie nicht diskutieren oder sich weitere Ausreden einfallen lassen, warum sie das Angebot nicht annehmen konnte. Dazu wäre ein Streit doch gut. Nur worüber? Alle sahen so erschöpft, müde, aber auch zufrieden aus. Erschöpfung führte zu Gereiztheit. Das musste sie nutzen. Welches Thema könnte heikel sein? Da rief sie Mikes letzten Satz in Erinnerung. *Es wird einfach genauso wie in Ostafelde.* Während alle erwartungsvoll auf eine Antwort warteten, blieb ihr Blick an Lea hängen und sie lächelte. Das war doch ganz einfach. Was war schmerzhafter als ein gebrochenes Herz?

Kim war mit einigen wenigen schnellen Schritten bei Lea. „Ähm, kann ich kurz mit dir allein reden?"

Lea starrte sie zunächst verwirrt an. „Klar."

Lea nahm sie mit in die kleine Küche und Kim und holte tief Luft. „Ich fühle mich gerade sehr unwohl, aber es ist mir wichtig, das anzusprechen. Was ich dir sagen möchte, ist Folgendes: Egal was vorgefallen ist, du brauchst keine Angst zu haben."

Sie zog ihre Augenbrauen hoch. „Ich habe keine Angst vor Menschen, sonst hätte ich Lukas nicht nach Encantador gebracht."

Kim musste sich zusammenreißen, nicht die Augen zu verdrehen. Zum Teufel mit Vorurteilen. Sie beeilte sich, dass Gespräch in die richtige Richtung zu lenken. „Nein, nein. Ich meine, dass etwas zwischen mir und Mike laufen wird. Das wird nicht passieren. Wenn er sich an mich ranschmeißt, werde ich ihn abblitzen lassen."

Zu ihrer Überraschung lachte Lea auf. „Du bist süß. Keine Sorge, ich mache mir da keine Gedanken. Du bist nicht sein Typ. Aber trotzdem, danke."

Kim biss sich auf die Unterlippe. Das nahm hier nicht die gewünschte Wendung. Es wurde Zeit, Salz in die Wunde streuen. „Du bist wirklich stark. Ich kann mir das gar nicht vorstellen, wie sich das anfühlen muss, so verletzt zu sein von einer Liebe. Dass er dir das angetan hat und du so normal mit ihm redest, ist wirklich beeindruckend. Ich glaube, ich könnte das nicht."

Lea runzelte die Stirn. „Wieso? Natürlich ist es sehr unangenehm mit ihm hier zu sein. Aber wir werden uns tagsüber gar nicht sehen und abends müssen wir auch nicht zusammensitzen. Wenn dir das unangenehm ist, verstehe ich das natürlich total. Aber du musst dir keine Sorgen machen, dass es Stress geben könnte, wir gehen uns so gut es geht aus dem Weg. Es ist verletzend, dass er Schluss gemacht hat, aber ich bin ja auch schuldig an der Trennung." Sie senkte geknickt den Blick, aber Kim konnte nicht glauben, was sie gehört hatte.

„Sag sowas nicht! Du bist doch nicht schuld daran, wenn er dich betrügt."

Lea starrte sie an. „Was hast du gesagt?"

Kims Herz jubelte. Das war einfacher als gedacht. Lea hatte keine Ahnung, sie würde die Bombe platzen lassen. Sie schaute mitleidig drein. „Oh Gott, du weißt es gar nicht! Das tut mir furchtbar leid. Ich wollte nichts verraten. Mike sollte es dir lieber selbst sagen!"

Kim wartete auf die vorhersehbare Reaktion und bekam sie. „Was? Nein, wovon redest du? Sag es mir!"

„Mike hat dich das letzte halbe Jahr mit Marie betrogen."

Das hatte gesessen. Lea starrte sie vollkommen entsetzt an. Ihre Augen vor Schock geweitet, der Mund stand offen und der Körper war wie zur Salzsäule erstarrt. Dann kam binnen Sekunden Leben ins Spiel. Lea riss sich aus ihrer Starre. Sie rannte hinüber zu Mike, der gerade seinen Koffer auspackte, holte aus und knallte ihm mit der flachen Hand ins Gesicht.

Das war ihre Chance. Sie musste Lea nur glaubhaft machen, dass sie alleine sein wollte, danach würde sie abhauen. Unbemerkt schlich sie in ihr Zimmer und wartete.

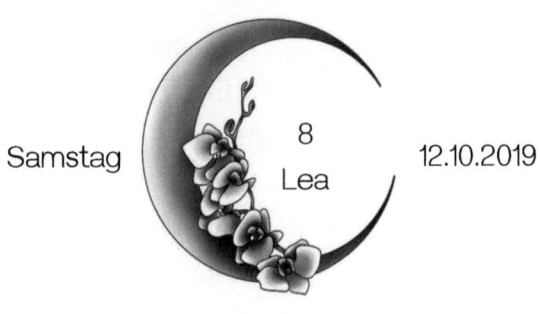
Encantador

Ihre Fäuste trommelten auf seine Brust, aber er hielt ihre Handgelenke fest. „Was ist dein Problem? Bist du bescheuert?!"

„Wie kannst du es wagen? Wie kannst du?!"

Sie hatte ihre Stimme nicht mehr unter Kontrolle. Es war ein einziger Schrei. „Mit mir Schluss machen, weil ich dir zu perfektionistisch bin und zu wenig Zeit für dich habe? Dabei hast du schon sechs Monate mit Marie geschlafen!"

Er fuhr sich durch die Haare und trat einen Schritt zurück. „Verdammt", hörte sie ihn murmeln.

Amalia starrte erst sie an, dann Mike. „Nicht dein Ernst."

„Doch! Er hat mich betrogen! Monatelang! Und dann mir die Schuld an der Trennung gegeben! Mir!" Sie konnte sich einfach nicht beherrschen. Sie musste schreien. Sonst hatte sie das Gefühl zu explodieren.

„Wie kann man nur so ein Mistkerl sein?!" Sie war fassungslos und schüttelte immer wieder den Kopf. Es war so unbegreiflich. Wie hatte sie nichts merken können? Wie hatte sie nur so dumm sein können? Die ganze Zeit über hatte sie sich Vorwürfe gemacht, dass sie zu ehrgeizig war und ihm nicht genügend Zeit eingeräumt hatte. Dass sie schuld war an der Trennung. Dass es von ihm richtig gewesen war. Sich gefragt, ob sie an seiner Stelle auch Schluss gemacht hätte. Dabei hatte er sie die ganze Zeit über nur betrogen und belogen. Die Tränen kamen hoch, obwohl sie das gar nicht wollte. Sie wollte nicht vor Mike weinen. Oder vor Lukas, der vollkommen hilflos an der Wand stand. Amalia kam auf sie zu, um sie in den Arm zu nehmen. Ihre beste Freundin drückte sie an sich. Es fühlte sich gut an, ihre Wärme zu spüren und sich in ihre Arme fallen zu lassen. Sie versuchte, ihr Gesicht zu verstecken, indem sie ihre Wange gegen Amalias Schulter drückte. „Ich kann es nicht fassen … es tut mir so unglaublich leid", murmelte sie.

Lea atmete tief durch und löste sich wieder von ihr. Schnell wischte sie die Tränen unter ihren Augen fort, als sie Mikes Blick auf sich ruhen sah. Er schüttelte den Kopf. „Bitte, ich … es tut …"

„Nein!" Sie war wieder vorgetreten und fuchtelte mit ihrem Zeigefinger vor seinem Gesicht rum. „Nein! Wage es ja nicht! Sag nicht, dass es dir leidtut. Denn das tut es nicht! Verschwinde!"

„Was? Aber …" Er starrte sie verdutzt an.

Leas Schrei vermischte sich mit ihrem Schluchzen. „Raus!"

Er wirkte unbeeindruckt. „Das ist mein Haus."

Amalia trat vor und rief mit einer Wut, die Lea noch nie bei ihr erlebt hatte: „Das war es noch nie. Du hast meine beste

Freundin betrogen. Monatelang. Du hast sie mit Vorwürfen überhäuft, dass sie zu wenig Zeit für dich hätte neben der Schule, dabei kam dir das doch bestimmt gelegen! Und ich habe dich Arschloch die letzten Tage auch noch verteidigt, dich mitgenommen. Aber jetzt sind wir hier und es ist mir egal, ob das dein Haus ist. Du bezahlst es ja nicht mal. Ich habe dich immer unterstützt. Wir waren befreundet. Und du hast uns hintergangen. Verschwinde von hier, wir wollen dich nicht mehr sehen. Raus! Du kannst die nächsten zwei Wochen in irgendeinem Gasthaus wohnen. Ist mir egal!"

Mike schüttelte den Kopf. „Ihr spinnt doch. Wieso sollte ich in ein Gasthaus ziehen?! Ihr könnt doch gehen." Er sah von einem zum anderen, aber niemand verzog eine Miene. Plötzlich knallte eine Tür und Lea lugte in den Flur. Kim! Sie lief zur Tür vom Gästezimmer und klopfte. „Kim? Kann ich reinkommen?"

„Ich will alleine sein! Ich wusste nicht, dass du keine Ahnung davon hattest." Kim schluchzte hinter der Tür laut auf und Lea trat ein paar Schritte zurück. Dann drehte sie sich um und funkelte Mike an, der in den Flur getreten kam. Sie hatte keine Worte mehr übrig. Er sollte einfach hier verschwinden.

Lukas, der bisher nur stumm die Szene verfolgt hatte, schlenderte zur Haustür und öffnete sie. Dann nahm er Mikes Koffer, stellte ihn vor die Tür und zeigte Mike eine Handbewegung nach draußen.

Mike schaute noch für einen Moment zu Lea, dann schüttelte er den Kopf. „Wisst ihr was, wir hätten sowieso nicht alle hier leben können, die Stimmung hätte mir die ganzen

Ferien versaut. Ihr braucht mich nicht rausschmeißen, ich gehe freiwillig." Nachdem er die Tür hinter sich geschlossen hatte, ließ sich Lea auf einen der Stühle in der Küche fallen. Wie hatte sie das nicht merken können?

Sie stütze ihren Kopf auf ihre Hände und seufzte tief. Das fühlte sich an wie ein Albtraum. Aber es war keiner. Und das war das Schlimmste daran. Es war real und gab kein Aufwachen.

Amalia ging langsam auf sie zu, aber Lea hielt sie auf Abstand. „Tut mir leid, ich glaube, ich muss jetzt erst einmal versuchen, etwas zur Ruhe kommen. Aber danke dir, für alles."

Ihre Freundin nickte verständnisvoll und umarmte sie lange. „Kein Problem, das verstehe ich. Ich bin immer für dich da."

Lea nickte. „Danke", murmelte sie abwesend und Amalia verschwand in dem Badezimmer, aus dem Lukas gerade zurückkam. Lea folgte seinem Blick zu Kims Zimmertür. „Ich rede morgen früh mit ihr", sagte sie leise.

Lukas tätschelte ihr die Schulter und verschwand in einem der Zimmer. Lea machte sich wie benommen bettfertig, schloss die Augen und hoffte, möglichst schnell einzuschlafen. Zwei Uhr nachts. Sie seufzte und drehte sich auf die andere Seite. Drei Uhr nachts. Lea schlug die Bettdecke zur Seite, schnappte sich eine dünne Decke, die sie sich um die Schultern legte, und schlich sich aus dem Zimmer. In der Küche fand sie eine Tasse und einen Teebeutel. Sie setzte sich mit dem dampfenden Getränk im Schneidersitz auf einen Stuhl, schlang die Decke um ihren Körper und nippte am Tee. War es richtig gewesen, ihn rauszuwerfen? Schließlich war das hier eigentlich sein Haus, auch wenn seine Mutter das bezahlte. Andererseits konnte er jetzt in ein Gasthaus gehen oder zu Vicky, während bei Amalia kein Platz war und Lukas und Kim konnten ja wohl nicht einfach in ein Gasthaus gesetzt werden, wo sie sich gar nicht auskannten. Die Gedanken wirbelten in ihrem Kopf herum, aber sie bekam keinen richtig zu fassen. Erinnerungen an ihre Beziehung tauchten auf. Wie er in den letzten Monaten so viele Abende in der WG verbracht hatte, anstatt raus feiern zu gehen. Oder wie unfreundlich er wurde, wenn sie etwas mit Marie, Kim und ihm zusammen machen wollte. Wie Marie sich geweigert hatte, mit ihr das Gruppenreferat in Deutsch zu machen und Mike eingesprungen war. Sie war so blind gewesen. So dumm. Und verliebt. Lea schüttelte den Kopf, als könnte sie damit alles vergessen machen und starrte in die Tasse. Wenn ihr Vater hier wäre, hätte er Mike eine gehörige Ansage gemacht. Bei der Vorstellung musste sie schon fast schmunzeln.

Die Tür knarrte und Lukas stand im Türrahmen. „Oh. Kannst du auch nicht schlafen?", flüsterte er. Lea nickte und starrte weiter auf die inzwischen fast leere Tasse. Aber das warme Getränk tat gut.

„Möchtest du auch noch was?", fragte er leise und hielt den Tee hoch.

Wieder nickte sie nur stumm. Lukas kam langsam in seinen Boxershorts und Shirt auf sie zu und setzte sich ihr gegenüber. Er goss ihnen Tee ein und schwieg ebenfalls. Nach einigen Minuten brach er es schließlich. „Wie geht es dir jetzt?"

Lea zuckte mit den Schultern. „War es richtig, ihn rauszuwerfen?", sprach sie die Frage aus, die ihr schon die ganze

Zeit im Kopf herumspukte und die sie sich eigentlich schon beantwortet hatte.

Lukas sah sie für einen Moment an. Er schien nachzudenken. Auf seiner Stirn bildeten sich Falten. Dann sagte er: „Ich denke, ja. Was er gemacht hat, war einfach nur scheiße. Ich kenne euch beide nicht so gut, aber das ist meine Meinung zu dem Thema und dazu stehe ich. Er hätte es dir sagen müssen. Und das schon vor einem halben Jahr. Das ist dann halt jetzt seine Strafe."

„Tut mir leid, dass du da so reingezogen wirst."

„Es war ja meine Entscheidung, mit nach Encantador zu kommen. Da bleibt auch Stress zwischen Freunden nicht aus. Nur war mir nicht ganz genau klar, was da auf mich zukommt." Er wagte ein zaghaftes Grinsen.

Lea fühlte sich schwach und schlapp, ihre Stimme war leise, als sie nachfragte: „Ist es wirklich nur die Neugierde, die dich antreibt? Warum bist du mitgekommen?"

Lukas lächelte leicht. „Ich will das Land kennenlernen. Die Magie erleben. Meine Neugierde stillen. Und natürlich Fotos machen."

„Das ist so richtig dein Ding, kann das sein?"

„Was?"

„Fotografieren."

Lukas blaue Augen leuchteten und er strahlte. „Ja, das ist genau mein Ding. Ich würde es gerne professionell machen, aber du kannst dir vielleicht vorstellen, wie teuer die Ausrüstung und alles ist. Außerdem bräuchte ich ein Studio und das gibt es auch nicht an jeder Straßenecke."

„Erst recht nicht in Ostafelde", ergänze Lea.

„Was ist mit dir? Was ist dein Ding?"

Lea strich mit ihrem Daumen über den Rand der Tasse. Sie zuckte die Schultern. „So etwas habe ich nicht wirklich. Ich lerne viel und bin gut im Organisieren, mache so etwas in der Art gerne. Aber ich habe nicht eine bestimmte Sache, für die ich brenne."

Lukas nickte und trank einen weiteren Schluck. Sie schwiegen sich wieder an. „Was bist du eigentlich?", fragte er dann.

Lea runzelte die Stirn. „Was meinst du?"

„Ähm, welche Magie hast du?"

„Noch keine so richtig. Ich trage die Magie der Mondorchidee in mir, aber ein Element hat sich noch nicht herausgebildet. Darauf muss ich einfach warten."

„Wie lange wartest du schon darauf?"

„Vier Jahre." Nach kurzer Pause fügte sie murmelnd hinzu: „Die Hälfte dieser Zeit war ich mit Mike zusammen."

Lea rieb sich über die Augen und gähnte. „Ich versuche doch mal lieber zu schlafen. Morgen rede ich mit Kim."

Lukas nickte und trank noch weiter. Bevor sie die Tür hinter sich schloss, drehte sie sich noch einmal zu ihm um. „Danke", flüsterte sie.

Einige Stunden später klopfte sie schon vor dem Frühstück an Kims Zimmertür. Keine Reaktion. Lea hörte eine andere Tür und nahm Lukas verschlafenen Geruch war. Er stand wieder in Boxershorts und Shirt neben ihr und sah sie fragend an. Lea klopfte noch einmal und gab dann ein Seufzen von sich. „Vielleicht ist sie Langschläferin?"

Lukas lachte leise. „Mich brauchst du da nicht fragen …"

Lea verdrängte lieber den Gedanken an Mike oder die Schlafgewohnheiten seiner Mitbewohnerin. Stattdessen wechselte sie mit Lukas einen Blick und schielte zum Bad, der nickte und sie duschte, zog sich an und machte sich fertig. Während sie den Tisch mit dem Brot und der Marmelade aus der schmalen Vorratskammer deckte, dachte sie über Kim nach und blickte immer wieder zur Uhr. Sie mussten gleich los zur Akademie.

Lukas kam in die Küche und bedankte sich mit einem Lächeln für die heiße Tasse Tee, die Lea ihm hinhielt. „Ich schreibe ihr einfach einen Zettel. Dann weiß sie, wo wir sind, wenn sie aufwacht."

Sie kramte in der Kommodenschublade nach einem Blatt Papier und Kugelschreiber und schrieb Kim eine Nachricht, während Lukas sein Brot aufaß. Kaum war sie fertig, begann er auch schon abzuräumen, spülte grob und ging leise zur Garderobe. Lea sah sich ein letztes Mal um, dann öffnete sie die Tür nach draußen, verzog das Gesicht angesichts des kalten Windes und rief einen Ennvio zur Akademie.

All die Erzählungen, die sie von Amalia gehört hatte, all die Stunden, die sie ihren Worten gelauscht hatten, verblassten angesichts der Realität. Das Gebäude sah aus wie ein Palast aus Kristall. Jedes Fenster, jede Tür und das Kuppeldach, es gab nichts, was nicht aus Glas war. Er strahlte und funkelte in der Sonne. Bei ihrem ersten Besuch mit dreizehn war das Gebäude schon eindrucksvoll gewesen, jetzt schien es ganz anders zu leuchten. Lukas pfiff. „Wow. Das nenn ich mal beeindruckend." Schon hörte sie das bereits vertraute Geräusch der klickenden Kamera. Sie wunderte sich gar nicht, dass er die Kamera eingepackt hatte. Sie mochte, dass Lukas eine Leidenschaft hatte und freute sich jetzt schon, die Akademie nachher aus seinen Augen zu sehen.

Lea öffnete die große Eingangstür und sah sich um. Die Halle innen war auf steinernem, sandfarbenem Boden gebaut, die Wände waren wie der Rest aus Glas, durch das man die Schüler in ihren Klassenräumen sehen konnte und der Gang am Ende der Halle erstreckte sich ins Endlose. Obwohl es von außen so ausgesehen hatte, als wäre alles aus Glas, gab es links Räume, deren Wände und Türen anders waren. Wenn sie sich richtig an den Grundriss erinnerte, fanden da die Feuer und Wasser Praxisstunden statt. Auch die Büros der Lehrer waren nicht aus Glas. Weiter rechts konnte sie einen Innenhof erkennen mit einem großen Brunnen, der Wasser sprudeln ließ. Mit mulmigem Gefühl im Magen suchte sie ihre Raumnummer. Wie würde ihre erste Stunde in diesem Glaspalast werden?

Sie klopfte zaghaft an eine der Klassenzimmertüren, in denen nur Schüler und Schülerinnen saßen, aber noch kein Lehrer. Plötzlich fühlte sich ihr Mund ganz trocken an. In Ostafelde war das etwas anderes. Da kannten sie viele Menschen, da war sie jemand. Eine Version von ihr, aber nicht immer sie selbst. Hier gab es ihre Magie, keine Geheimnisse, nur sie und die Wahrheit. Lea schluckte und trat ein. Sie blickte in rundum freundliche Gesichter. Fremde, die sie musterten. Freunde, die schon zusammensaßen und tuschelten. Neue, in deren Blicken sie die gleiche Unsicherheit aufblitzen sah.

Sie sagte mit fester Stimme „Hallo, ich bin Lea" und sah zu Lukas, der sich ebenfalls vorstellte. Ein paar hoben die

Hand zum Gruß, winkten und lächelten sie an. Sie alle hier waren eins. Sie alle hier hatten Magie oder waren zumindest Träger. Lea nahm auf einen der freien Plätzen in der vordersten Reihe Platz und hatte kaum Zeit, ihre Tasche abzustellen, als auch schon die Tür aufgestoßen wurde.

Der Lehrer musterte die Klasse kurz und trat mit festen, großen Schritten zum Pult vorne im Raum. Er trug eine enge Hose aus braunem Stoff, mit einem dunklen Pullover, unter dem eine karierte Krawatte hervorblitzte. Der Mann sah ein wenig so aus, als wäre er gerade aus dem Bett gefallen. Seine Haare waren verwuschelt und er selbst unrasiert. Oder war das Absicht? Lea wusste es nicht sicher, war aber sofort fasziniert von seinen roten Augen. Sie sahen im Gegensatz zu Mikes Augen mehr aus wie ein strahlendes Rubinrot. Ein Feuer-Orchis. Der Mann setzte sich und sagte mit einer rauen, aber lauten Stimme, die für Stille sorgte: „Guten Morgen, liebe Kinder der Magie. Mein Name ist Dymar Sylon."
Seine nette Wortwahl bildete einen starken Kontrast zu seiner Ausstrahlung. Für einen Moment erinnerte sie der Ton an ihren Vater. Schnell machte sie sich eine Notiz auf ihrem Zettel, ihrem Vater nach dem Unterricht eine Nachricht zu schreiben und ihm einen guten Lernfortschritt vorzulügen.

„Ich weiß, dass auf euch viele Informationen einprasseln werden, aber das schafft ihr. In den nächsten Monaten und Jahren werdet ihr in vielen verschiedenen Fächern bei verschiedenen Lehrern unterrichtet. Dazu zählen Orchideenkunde, Biologie, Geschichte von Encantador und eure jeweiligen Einzelstunden als Praxisunterricht, sobald ihr eure Magie habt. Wie lange ihr für eure jeweilige Ausbildung an der Akademie braucht, liegt ganz bei euch. Wenn ihr nicht regelmäßig zum Unterricht erscheint, eure erste Zwischenprüfung ignoriert und nicht lernt, könntet ihr jahrelang an den Grundlagen arbeiten. Als ob ihr ewig Nachsitzen und Jahre wiederholen müsstet. Das möchte doch sicherlich niemand, oder?!"

Er schmunzelte leicht, aber in seinen Augen lag ein Funkeln, das Lea die Stirn runzeln ließ. Es wirkte, als ob er von bestimmten Menschen sprach. Lea sah sich um, aber niemand schien sich angesprochen zu fühlen. Sie zeigte auf. Nach kurzem Mustern nickte er nur.

„Ich wollte fragen, ob wir auch andere Menschen mit zum Unterricht bringen dürfen. Also solche, die nicht bereits Träger einer Magie sind."

Dymar schielte von ihr zu Lukas, der auf seinem Stuhl unruhig hin und her rutschte. Der Lehrer verzog seine Lippen zu einer schmalen Linie, als müsste er sich auf die Zunge beißen, dann sagte er: „Grundsätzlich sind Menschen in Encantador natürlich willkommen. Allerdings mag ich es nicht, wenn Leute unangekündigt in meinem Unterricht erscheinen. Entweder er meldet sich an der Akademie an und geht hier als Gastschüler zum Unterricht oder du versuchst es mit den Lehrerinnen Celine und Ellyn. Die beiden sind etwas … nachsichtiger was den Unterrichtsbesuch von auswärtigen Schülern angeht."

Er lächelte, ohne dass die Freundlichkeit seine Augen erreichte. Lea richtete sich auf. „Natürlich", sagte sie und warf Lukas einen Blick zu, der nur die Schultern hob. Jetzt brauchte er auch nicht mehr gehen, aber für das nächste Mal wusste sie Bescheid, dass sie ihn lieber nicht ohne Ankündigung zu Dymars Stunden mitnahm. Während der Lehrer sich wieder der Klasse zuwandte und sich der Biologie der magischen Körper widmete, merkte sie, wie sie in ihre Routine fiel. Zuhören. Aufzeigen. Mitschreiben. Sie saugte das Wissen über die Magie auf, über Knochenbau und verstärkte Muskeln, über Schlafrhythmus, der in den ersten Tagen nach der Verwandlung bei manchen Menschen durcheinandergeraten könnte, weil der Geist damit beschäftigt ist, die neue Realität zu verarbeiten. Über die eigentliche Verwandlung sprach er noch nicht. Aber das war ihr nur recht, sie brauchte keine erneuten Erinnerungen an ihre Wartezeit. Nach der ersten Stunde besprach sie mit Lukas ihre Notizen. Mit Blick auf ihr Gekritzel zum Thema Orchideen, das er kurz angeschnitten hatte, runzelte Lukas die Stirn. „Da bin ich kurz abgeschweift. Orchideen haben doch keine Dornen."

Lea lächelte bei der Bemerkung. Das war ihr vor vier Jahren auch als Erstes aufgefallen. „Unsere schon. Unsere Orchideen sind eben keine gewöhnlichen Orchideen."

Nach den ersten zwei Stunden vertrat sie sich die Beine und lief um die Akademie herum. Lea sah Lukas beim Fotografieren zu. Von den Spiegelungen im Glas konnte er gar nicht genug bekommen. Lea ließ ihn für einen Moment aus den Augen und sah Dymar, der strammen Schrittes durch die Akademie in Richtung der Büros lief. Sie war zwar hier, um zu lernen, aber in diesem Moment wusste sie auch, dass sie ihn überzeugen wollte. Sie würde keine Schülerin sein, die halbherzig lernte. Sie würde nach den Herbstferien in den

Winterferien wiederkommen und wenn ihr Element erst einmal ausgebildet war, würde sie die Beste werden.

Der Gedanke an die Ferien erinnerte sie an ihre Notiz in der ersten Stunde und sie zog ihr Handy hervor. Lea schrieb ihrem Vater eine Nachricht. Sie schwärmte von der Schule, den Lehrern und dem tollen Fortschritt, den sie heute schon gemacht hatte. Englisch lief wirklich besser. Sie drückte auf Senden und atmete einmal tief durch. In ihrem Herzen spürte sie einen leisen Stich, weil ihr das Lügen schon viel leichter von der Hand ging als noch vor ein paar Tagen. Aber es war besser so. Er würde das nie verstehen. Die Magie der Akademie, die Magie des Landes, die Magie der Träume, Zeit und Elemente.

Lukas drehte sich zu ihr um und strahlte über das ganze Gesicht. Er sah zu den Sonnenstrahlen, die langsam durch das Kuppeldach brachen und die anderen Glasflächen in buntes Glitzern tauchten. „Wunderschön, oder?"

Lea schluckte den Kloß in ihrem Hals hinunter und nickte. „Wunderschön."

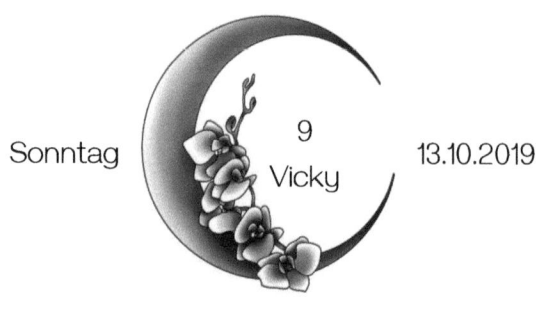
Encantador

Ihr Magen zog sich zusammen. Nein, nein, nein. Sie sah schon im Blick ihres Chefs Herrn Ebolo, dass etwas nicht stimmte. Kaum kam sie am großen Tisch in der Mitte des Rathauses an, um sich für ihre Schicht zu melden, als er sie mit einem enttäuschten Blick betrachte. „Mir ist zu Ohren gekommen, dass du in deiner Schicht gestern eine Kundin betrogen haben sollst, indem du vier Ern für den Weg nach Nirall berechnet hast. Eine gewisse Kim hat dich gemeldet."

Vicky wusste nicht, was sie sagen sollte. Plötzlich kam ihr ihr Mund zu trocken vor, als hätte sie verlernt, zu sprechen.

„Stimmt das?", hörte sie seine kalt klingende Stimme.

„Ja", gab sie leise zu.

„Das ist nicht zu verantworten. Du wirst heute keinen Lohn bekommen."

Sie sah ihm diesmal direkt in die Augen und musste sich auf die Zunge beißen, um ihn nicht anzuschreien. Sie hatte die Strafe verdient. Sie hatte die Regeln gebrochen. Sie war dabei erwischt worden. Aber keinen Lohn?! Das war eine verdammt harte Strafe … Sie würde für den Rest des Monats keine weitere Stoffladung kaufen können und das Kleid würde sie, wenn überhaupt, erst in drei Wochen fertigstellen können. Während sich ihre Gedanken überschlugen, versuchte sie krampfhaft, einen möglichst neutralen Gesichtsausdruck aufzusetzen. Sie wollte sich gerade zum Gehen wenden, um einer Strafpredigt zu entgehen, als Herr Ebolo sie zurückrief. „Vicky!"

Langsam drehte sie sich um und seufzte. Sie musste etwas sagen, bevor er begann. „Ich habe einen Fehler gemacht, das weiß ich. Es tut mir leid. Es wird auch nicht wieder vorkommen. Versprochen."

Er nickte nur, zeigte aber keinerlei Gefühle. Sein Gesicht war wie eine Maske. „Du machst jetzt noch die Nachtschicht. Auch unbezahlt."

Seine kalte Mimik und sein schneidender Ton duldeten keinerlei Widerrede. Sie musste tief durchatmen. Kein Lohn. Sie nickte ihm schnell zu, ehe sie sich umdrehte und die Hände zu Fäusten ballte, um ihre Wut abzureagieren. Die Wut auf Herrn Ebolo, die Strafe, diese verfluchte Geldknappheit und am allermeisten auf sich selbst.

Henry musste in der Nähe gestanden haben. Er kam zu ihr und fragte: „Was hast du denn angestellt?"

Seine Augen brannten förmlich auf Informationen, sein Gesicht schrie nach Neugierde. Seufzend ließ sie sich auf einen der dunklen, gepolsterten Stühle fallen. „Bitte, ich habe dafür jetzt keine Nerven."

Er nahm sich den Stuhl neben ihr und streckte die Hand aus. Sie lehnte sich hastig zurück. „Lass es, Henry. Ich bin mit Slate zusammen. Und das wird sich auch nicht ändern."

Sein Grinsen wurde breiter. „Sag niemals nie. Irgendwann wirst du schon noch zu mir kommen." Er zwinkerte ihr zu, ehe er sich erhob und verschwand, er war gerufen worden.

Vicky wurde ganz schlecht bei der Vorstellung daran, gleich weiterarbeiten zu müssen. Und dann noch ohne Lohn. Stöhnend sah sie auf die Uhr. Noch zehn Minuten bis zum nächsten Dienst. Ihr Handy vibrierte. Mühsam kramte sie es aus ihrer kleinen Tasche am Gürtel hervor.

Ich freue mich auf gleich. Soll ich Essen mitbringen? Ich liebe dich.

Nein! Vicky stütze den Kopf auf ihren Händen ab. Das ging jetzt auch nicht. Verfluchter Mist! Deprimiert schrieb sie:

Tut mir leid. Ich habe Mist gebaut und muss eine unbezahlte Extraschicht machen. Ich liebe dich.

Kaum eine Minute später hatte sie bereits eine Antwort.

Was für Mist?

Sie rieb sich über die müden Augen. Laut ihrer Uhr hatte sie noch fünf Minuten, aber sie verspürte keine große Lust, ihm jetzt lang und breit alles zu erklären und zu ihrer Dummheit zu stehen. Nein, heute nicht. Wie konnte sie Slate bitten, weniger zu stehlen, wenn sie selbst die Regeln brach? Oder es versuchte. Würde sie sich weniger schämen, wenn diese Kim sie nicht verraten hätte? Nein. Woher wusste Kim überhaupt, dass sie beim Rat arbeitete? Hatte sie das Mike erzählt? Nein, Mike würde sie nicht verraten. Hatte sie sich einfach nur gut über Encantador informiert und wusste, wo Ennvio gemeldet waren? Sie rieb sich die Stirn und antwortete Slate.

Ich erzähle es dir ein anderes Mal.

Sie wartete keine Antwort ab, sondern steckte ihr Handy zurück, prüfte, ob ihr Dolch fest genug saß, und zog ihre Stiefel stramm. Hoffentlich bekam sie heute nicht viele Kunden. Doch kaum hatte sie diesen Gedanken zu Ende gebracht, spürte sie bereits das vertraute Ziehen im Magen und teleportierte zur Akademie.

Ein kleiner Junge mit leuchtend roten Haaren starrte sie an. Zögernd kam er auf sie zu. „Ich, ähm, möchte nach Hause. Das ist in Lole", stotterte er sichtlich unsicher. „Was muss ich jetzt machen?" Mit großen Augen schaute er zu ihr auf.

Vicky beugte sich nach vorne, um dem Jungen ins Gesicht sehen zu können. Das nur noch spärlich vorhandene Sonnenlicht spiegelte sich in der gläsernen Fassade der Akademie und strahlte ihn an. Das ließ ihn noch niedlicher wirken. All ihre Wut auf sich selbst und das Geld und die Ennviomagie schien vergessen. Seine ängstlichen Augen brachten sie dazu, sich neben ihn zu setzen.

„Ich erkläre dir das jetzt und wenn du es nicht verstehst, dann fragst du einfach nach. In Ordnung?" Sie merkte augenblicklich, wie sich ihre Stimme hob und sie einen kindlichen Ton anschlug. Der kleine Junge nickte eifrig, wenn er auch noch ängstlich mit seinen Fingern an seinem Shirt fummelte.

„Du wirst deine Hand auf meine Schulter legen und dich sehr gut festhalten. Dann schließt du deine Augen und denkst an was Schönes. Du wirst ein paar Bauchschmerzen bekommen, aber das vergeht ganz schnell wieder und ist auch nichts Schlimmes. Und ein paar Sekunden später wirst du wieder zu Hause sein."

Er schien Vertrauen in sie zu fassen und legte seine kleine Hand auf ihre in Leder gehüllte Schulter. „Und es kann wirklich nichts passieren?", fragte er noch einmal unsicher.

„Nein, absolut nichts", versprach sie ehrlich und hielt ihn zusätzlich fest, bevor sie sich konzentrierte und Lole erblickte. In irgendeinem dieser Zelte wohnte er. Eine Frau mittleren Alters rannte ihr entgegen und schloss den Jungen in ihre Arme. Ein paar Tränen kullerten ihr die Wange hinab und Vicky hörte sie stolz flüstern: „Du hast es geschafft", bevor sie ihn wieder an sich drückte. „Was macht das?"

„In meiner Schicht heute kostet es nichts."

„Oh. Vielen Dank!"

Vicky lächelte. Wenn sie reich wäre, hätte sie auch die Möglichkeit, umsonst zu arbeiten. Aber was half es schon, etwas zu bejammern? Es war nun mal, wie es war. Ein Teufelskreis. Zu wenig Geld fürs Nähen bedeute mehr arbeiten für Geld, was wiederum weniger Zeit fürs Nähen mit sich brachte. Und da war sie auch schon wieder. Die geliebte Arbeit. Sie schloss ihre Augen und erblickte zwei alte, kleine Holzhäuser, die in der Nähe der Silberstadt liegen mussten. Ja, wenn sie ihre Augen zukniff, konnte sie in der Ferne die Überreste der einst so schönen Stadt erkennen. Wo war denn ihr Kunde? Sie schaute umher und sah ihn auf einem kleinen Stein sitzen. „Meine Güte. Das hat aber lange gedauert."

Vicky seufzte. Das konnte sie jetzt wahrlich gebrauchen. „Was willst du?"

Henry lächelte. „Ich möchte nach Ebria und da du noch Dienst hattest, dachte ich mir, dass ich dich doch rufen könnte."

Sie verdrehte die Augen und versuchte unauffällig, ihren Reißverschluss etwas höher zu ziehen. Henry erhob sich gemächlich und kam auf sie zu. Dicht vor ihr blieb er stehen. „Was machen wir jetzt?"

Vicky lachte auf. „Nichts, wovon du träumst."

Henry lächelte. „Woher weißt du, was ich träume? Hilft Slate nach?"

Sie ignorierte seinen Kommentar und wurde wieder ernst. „Durch dich verliere ich Zeit und kann weniger Kundschaft annehmen. Also werde ich dich jetzt schleunigst nach Ebria bringen."

„Und was kümmert dich deine Kundschaft? Du wirst doch sowieso nicht bezahlt."

Seufzend schaute Vicky umher. Die Gegend bot nichts Interessantes. Nur vereinzelte Bäume und der Beginn der Überreste der alten Häuser, in denen niemand mehr wohnte. Irritiert blieb ihr Blick an einem schwarzen Umriss hängen. Was war das? Henry folgte ihrem Blick und schien ebenfalls die Augen zusammenzukneifen, um mehr erkennen zu können. „Ich denke, das ist ein Mensch", sagte er schlicht.

Vicky machte ein paar Schritte nach vorne und erkannte jetzt eine Gestalt, besser gesagt eine Frau. So wie es aussah, trug sie schweres Gepäck bei sich. Das war doch sicher ein potenzieller Kunde. Und jeder Kunde war besser als Henry. Mit einigen schnellen Schritten war sie bei ihr. Sie trug durchschnittliche Kleidung, nichts Besonderes oder Auffälliges.

Jeans und Bluse, die blonden Haare zu einem Zopf gebunden. Ihre Arme zeigten bereits ihre Venen, so sehr wurden sie durch das Gewicht der drei Tüten und zwei Koffer angestrengt. Ihre Hände sahen schon ganz rot aus. „Entschuldigung? Dürfte ich Sie zu Ihrem Ziel bringen? Sie tragen doch recht schwer, aber ich bin eine Ennvio und würde Ihnen gerne helfen."

Die Frau sah zu ihr hoch. „Nein, danke."

Vicky lächelte. Bei den üblichen Preisen konnte sie das gut verstehen. Aber welcher Mensch wollte so schwer schleppen? Das war doch mühsam. Und wenn sie dafür nicht Henry nehmen musste, half sie sowohl sich selbst als auch der Frau. Außerdem konnte sie ihre Neugierde nicht verbergen. Die Frau lief nicht in ihre Richtung, sondern wollte offensichtlich in die Silberstadt, dabei war da nichts außer Schutt, Wiederaufbauarbeiten und das Buchhaus. Den langen Weg sollte sie mit dem Gepäck wirklich nicht zu Fuß gehen. Also fügte Vicky hinzu: „In meiner Schicht reisen Sie umsonst. Was sagen Sie jetzt?"

Sie bemühte sich um ihr freundlichstes Gesicht. Die Frau richtete sich auf und atmete tief ein und aus. War das jetzt eine Absage?

Vicky wartete ab, bis die Frau endlich sprach: „Hör mir jetzt gut zu, kleines Mädchen: Ich bin eine dir fremde Person, die dich nicht interessiert. Du hast mich nicht hier gesehen. Dein Kunde wartet am Felsen auf dich und will teleportiert werden. Du bist nur erschöpft und hast dir etwas die Beine vertreten. Mein wird dein, vergiss was war und ist, nun sei meins deins."

In ihr drehte sich alles. Sie hatte plötzlich wahnsinnige Kopfschmerzen. Vermutlich war heute alles etwas zu viel. Sie hatte sich jetzt genug die Beine vertreten und marschierte wieder zu Henry. „Und? Was hat sie gesagt?"

Vicky starrte ihn verwirrt an. „Sie? Wen meinst du?" Henry runzelte die Stirn. „Die fremde Frau da hinten?" Sie schaute zu der Gestalt und schüttelte den Kopf. „Ich habe gar nicht mit ihr geredet. Ich habe mir nur etwas die Beine vertreten und gerade höllische Kopfschmerzen. Wohin wolltest du noch mal? Tut mir leid, das habe ich irgendwie vergessen."

Henry starrte sie kurz ungläubig an, dann murmelte er „Ebria, zur Bank", bevor er sich an ihr festhielt und die Augen schloss.

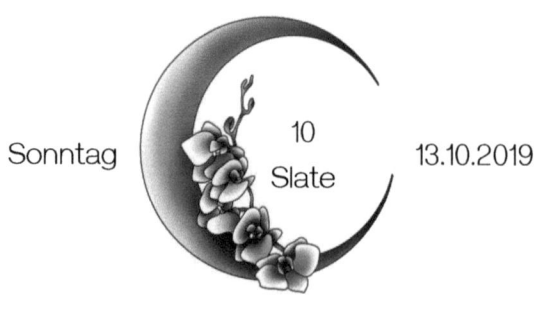

Sonntag 10 Slate 13.10.2019

Encantador

Slate schlich durch die Straßen von Nirall. Vorm Orchis-Museum blieb er stehen und wartete. In diesen Abendstunden war in der Stadt nicht mehr allzu viel los, alle Museen hatten bereits geschlossen und die meisten Leute waren in ihren Häusern. Er hatte aber von einem Informanten den Tipp bekommen, dass seit einer Weile eine neureiche Oma dieses Museum nahezu täglich besuchte. Es schloss in fünf Minuten. Er lehnte sich an die Wand und blickte auf sein Handy. Vicky hatte ihm noch nicht geschrieben, wann sie ihm erzählen wolle, was sie für Mist gebaut hatte. Aber er konnte sich kaum vorstellen, dass es etwas Schlimmes war. Dafür war sie nicht der Typ. Sonst wäre sie schon längst in sein Diebstahlgeschäft eingestiegen.

Die Uhr tickte. So langsam könnte die Dame sich einmal beeilen. Nach einem weiteren, desinteressierten Blick auf sein Handy hörte er die Tür des Museums. Lächelnd steckte er es weg und verhielt sich ruhig. Mit langsamen Schritten kam die

Frau näher. Er brauchte Geduld. Diese Frau war keine unwissende Reisende. Sie war an den besonders blauen Augen erkennbar eine Wasser-Orchia, die sich in Encantador und mit Magie auskannte. Zum Glück kannte sie ihn nicht. Ihre Schritte kamen immer näher. Bedächtig drehte er sich um und ging der Frau langsam entgegen. Mit einem gewissen Abstand blieb er stehen und bemühte sich wieder um einen möglichst freundlichen Ton. „Entschuldigung, ich habe mich verlaufen. Können Sie mir sagen, wie ich zum Marktplatz komme?"

Ihre Augenbrauen zogen sich leicht zusammen. „Was wollen Sie denn um diese Uhrzeit am Marktplatz? Es gibt keinen Markt mehr."

Slate war auf diese Frage gefasst. „Ach, ich wollte nur noch etwas in der Kirche beten. Aber ich kenne mich hier nicht aus."

„Nun, da müssen Sie einfach hier rechts in die Straße einbiegen, weiter geradeaus und vor dem roten Adler finden Sie die Kirche."

Nett erklärt. Slate machte zwei Schritte nach vorne. „Entschuldigen Sie, ich habe Sie so schlecht verstanden. Wie war das noch gleich?"

Er machte einen weiteren Schritt nach vorne. Das war's. Er fokussierte sie, konzentrierte sich und schickte sie schlafend in einen leichten Albtraum, der ihren Geist genug ablenken und ihren Körper vor Angst lähmen würde. Mit der Fokussierung auf den Schrecken und die verlangsamte Reaktionsfähigkeit konnte er sie gut bestehlen und rechtzeitig verschwinden.

Während er mit voller Konzentration den Albtraum aufrechterhielt, kramte er in ihren Taschen: Bonbons, ein Ticket und zwei Kupfermünzen, die er ihr ließ. Schließlich war er nicht erbärmlich. Hastig suchte er in ihrer Handtasche nach Objekten. Eine alte Schere. Eine kaputte Uhr. Ah! Was war denn das? Ein kleiner Beutel mit Goldstickereien. Damit konnte er etwas anfangen. Während er die Tasche weiter durchsuchte, fuhr ihm ein stechender Schmerz in die Schläfen. Er musste einen Moment innehalten und versuchte, ruhig zu atmen. Schmerzend spürte er, dass er hier eine starke Frau vor sich hatte. Die Konzentration aufrechtzuerhalten wurde zunehmend schwieriger, der Schweiß lief ihm bereits von der Stirn. Zügig steckte er ihre Perlenohrringe ein und erlöste sie aus ihrem Schlaf. Währenddessen hatte er schon begonnen zu rennen. Die Frau war schnell bei Sinnen und beschoss ihn mit Wasser, traf aber nur seine Füße. Sie war zu weit weg und zu langsam, als dass sie ihn hätte einholen und bestrafen können. Mit stechender Brust und nach Atem ringend hielt er sich die Rippen, während er sich am Brunnenrand festhielt. Seine Schuhe waren nass. Mit keuchendem Atem rief er nach einem Ennvio, der ihn zurück nach Felin brachte. Zum Glück stellten Ennvio keine Fragen.

Vor dem kleinen Haus seiner Eltern versuchte er, seine Schuhe auszuwringen, aber es half alles nichts, man sah, dass sie nass waren. Hoffentlich war niemand zu Hause. Sonst musste er sich auf die Schnelle noch eine Ausrede einfallen lassen. Die Pfützen-Ausrede konnte er mit einem Blick auf den wolkenlosen Himmel nicht bringen.

Die Tür knarzte, noch bevor er sie zuschlagen konnte und fiel dann krachend ins Schloss. Sein Vater musste wieder vergessen haben, sie zu reparieren. Seufzend zog er seine Schuhe aus und rieb sich die nackten, kalten Füße. Seine Mutter stand im Türrahmen zur Küche und schaute ihn an. Der müde Blick wich seit Jahren nicht aus ihrem Gesicht und die Haare wuchsen an der verbrannten Stelle über dem linken Ohr kaum nach. Wie gerne würde er sie wieder lächeln sehen. Sie fragte nichts und blieb stumm, während er in sein Zimmer ging. Er sparte sich die Mühe, sie anzulächeln oder zu begrüßen. Das hatte er schon vor langer Zeit aufgegeben. Manchmal hatte er beinahe das Gefühl, die Melodie ihrer Stimme zu vergessen. Sie war gefangen in einem endlosen Traum aus Erinnerungen an frühere Zeiten, Flammen, Tod und zu viel Schmerz. Aber er würde sie da rausholen.

Die grauen Wände seines Zimmers besserten seine Laune kaum und als er die klägliche Beute vom Abend in dem niedrigen Kasten verstaute, schlug er frustriert mit der flachen Hand gegen die Wand. Wenn das so weiter ging, würden sie nie zurückkehren können. Auf ewig so arm bleiben. Seinen Rücken überzog eine Gänsehaut und er schüttelte sich. Nein, nein, nein. Er würde schon dafür sorgen, dass sie zurückkehren könnten. Irgendwann würden die Silberstadt und diese Familie wieder erstrahlen und seine Mutter wieder lächeln. Sprechen. Leben.

Kaum hatte er seine heutige Ausbeute in den Kästen verstaut, klopfte es an der Tür. Sein Vater betrat den Raum. „Wo warst du heute?"

„Unterwegs."

„Du meinst bei Vicky?" Seine Haare reichten ihm trotz des Zopfes bis zu den Hüften und baumelten umher, als er seine Arme vor der Brust verschränkte.

„Nein", gab Slate zurück. „Sie musste heute länger arbeiten."

„Von mir aus. Du warst nicht in der Akademie, nehme ich an?"

Slate verdrehte die Augen. „Nein."

„Und wann hast du vor, dich wieder da blicken zu lassen?"

„Im Laufe der Tage", antwortete er ausweichend.

„Siehst du das?!" Sein Bruder Grex stürmte herein und zeigte auf die Staubflecken auf seinem Hemd und klopfte den Lehm von seiner Hose ab, sodass der Dreck auf dem Boden landete. Sein Vater zeigte triumphierend auf den Dreck, als wären das Goldmünzen und wandte sich wieder an Slate: „Das bedeutet es, etwas zu tun. Wir haben heute weitere Ruinen beseitigt. Wenn alles gut läuft, fangen wir nächste Woche mit dem Neuaufbau der zweiten Hausreihe im südlichen Teil der Silberstadt an. Stell dir mal vor, was passiert, wenn die Stadt wiederaufgebaut ist und wir nicht zurückkönnen, weil wir immer noch zu arm sind? Willst du das?"

Slate schüttelte den Kopf.

„Dann verlange ich von dir, dass du morgen früh in der Akademie erscheinst und zum Unterricht gehst! Mache endlich deinen Abschluss, damit du einen richtigen Job kriegen kannst. Höre gefälligst auf, hier herumzulungern und deine Zeit in Diebstähle zu stecken. Und ich schwöre dir, ich werde Doro kontaktieren und nachfragen, ob du tatsächlich da warst. Und wenn nicht, dann glaube mir, dass du deine Strafe bekommst!"

Auf die Ansage hätte Slate am liebsten Widerworte gegeben, aber er wusste, dass das keinen Sinn ergab. „In Ordnung", sagte er also nur und schloss die Tür hinter Grex, um sich erschöpft und frustriert ins Bett fallen zu lassen. Er wälzte sich noch hin und her und wünschte einmal mehr, er könnte sich selbst in den Schlaf träumen.

Am nächsten Tag kostete ihn der Weg nach Lole drei Ern. Genau das Geld, das er vorgestern von einem frechen Jungen gestohlen hatte. Aber daran dachte sein Vater natürlich nicht. Für ihn zählte nur die Ausbildung an der Akademie, damit er mehr Geld verdienen konnte. Immerhin musste er sich nicht mit den allgemeinen Grundlagen in der Luna-Akademie und anderen Lehrern rumschlagen, sondern konnte heute direkt zu Doro und dem Unterricht für Draumur. Nero bekam bestimmt nicht so oft Predigten, dabei war er in den letzten Jahren immer wieder mit Brutalität aufgefallen. Slate bestahl seine Opfer und manipulierte ihren Geist, wurde dabei aber nie körperlich. Vielleicht sollte er es Nero gleichtun und einfach seltener zu Hause auftauchen.

Slate bahnte sich einen Weg durch die Menge zwischen den Zelten und rempelte jemanden an, der ihn zuerst angerempelt hatte. Warum war das hier auch so voll? Das Dorf war in den frühen Morgenstunden bereits überfüllt mit Menschen, die zu den Verkaufszelten wollten, Sündern, die zur Priesterin wollten, oder Sängern, die in den freien Plätzen zwischen den Zelten ihre Musik zum Besten gaben und auf ein paar Kupfermünzen hofften.

Doros Zelt war leicht zu finden, mit seiner Größe war es kaum zu übersehen. Er zog die Plane zur Seite und schaute in ihr überraschtes Gesicht. „Oh, Slate. Guten Morgen. Ich habe nicht damit gerechnet, dich heute hier zu sehen."

„Ich auch nicht", antwortete er, bevor er sich auf eines der Kissen fallen ließ. Die meisten der anderen Schüler ignorierten ihn, vermutlich kannten sie ihn gar nicht. Aber ein paar drehten sich nach ihm um, was er mit Grimassen quittierte. Sein Vater konnte stolz auf ihn sein, er war sogar pünktlich zum Beginn der Stunde erschienen. Als er Doros einleitende Worte über die Bedeutung des Schlafens hörte, stütze er den Kopf auf die Hände. Natürlich landete er ausgerechnet in der spannendsten aller spannenden Stunden.

„Der Mensch erlebt so viel im Laufe des Tages, da braucht der Organismus auch einmal Ruhe. Und genau das gibt der Schlaf. Dabei ist das Bewusstsein ausgeschaltet und viele Körperfunktionen herabgesenkt, die Augen geschlossen. Und was dann meistens im Schlaf passiert, ist das Träumen. Wenn man das analysiert, ist das eigentlich nur eine Abfolge von Ereignissen, Vorstellungen und Bildern, eine Art Illusion."

Slate legte seinen Kopf auf seine herangezogenen Knie. Schlafen würde er jetzt auch gerne. Aber wer weiß, ob er dann nicht zum Versuchsobjekt von irgendwelchen ungeschickten, neuen Schülern wurde. Doro schien ihn gar nicht wahrzunehmen und wenn doch, dann ließ sie es sich nicht anmerken und fuhr unbeirrt mit ihrem trockenen Vortrag fort: „Diese Illusion zu erschaffen ist eure Gabe. Ihr könnt Menschen schlafen und sie damit träumen lassen, was ihr wollt. Ihr seid Künstler der Illusion."

Slate konnte sich ein lautes Lachen nicht verkneifen. Sie sagte das, als wäre ihre Magie das Beste und Tollste auf der ganzen Welt. Sie als beliebte Heilerin konnte das natürlich gut sagen, aber wie würde sie seine Albtraum-Diebstähle erklären? Garantiert war er in ihren Augen kein Künstler der Illusion.

„Slate? Hast du dazu etwas zu sagen?"

„Natürlich nicht. Wie könnte ich denn etwas zu sagen haben, wenn Sie doch schon alles so schön ausführen? Das machen Sie schon großartig, nur weiter so." Zur Untermalung seiner Worte streckte er ihr zwei hochgestreckte Daumen entgegen, die Doro ignorierte.

„Vielen Dank. Da ich so gut bin, wirst du mich ja auch sicher nicht mehr stören."

„Selbstverständlich nicht."

Doro lächelte noch einmal herzlich, bevor sie weitermachte und Slate wieder an den Rand der Müdigkeit trieb. „Die Schlafphasen sind für längere Magieanwendung wichtig. Ihr müsst das Stück für Stück aufbauen. Erst kommt der leichte Schlaf, danach der Tiefschlaf. Wenn ihr noch unsicher seid, versetzt ihr jemanden nur in einen leichten Schlaf und leichten Traum. Wenn ihr wirklich geübt seid in Konzentration, Ausdauer und Schnelligkeit des Traumerschaffens, dann werdet ihr eure Mitmenschen in Tiefschlaf mit intensiven Träumen versetzen können. Dann könnt ihr sogar in den Geist eindringen, der von sich aus bereits am Schlafen ist."

Danach erzählte sie ihnen noch etwas über das menschliche Gehirn, aber Slates Gedanken drifteten bereits ab. Die Unterrichtsstunde ging noch eine halbe Stunde. So lange konnte man sich doch nicht die ganzen Fakten anhören. Er dachte daran, was er hätte erbeuten können in der Zeit, in der er hier saß und dem Kram zuhörte, und auch daran, dass er noch mit Vicky reden wollte. Gestern Abend hatte er keine Anrufe mehr bekommen.

Mit diesen Gedanken schien die Zeit zu fliegen und ein paar Schüler verließen das Zelt, während ein paar andere zur zweiten Stunde hereinkamen. Slate beachtete sie gar nicht. Er hatte an der Akademie oder im Unterricht keine Freunde. Wie sollte er auch, wenn er nie da war? Freunde brachten ihm auch kein Geld und stahlen im höchstens Zeit, in denen er selbst wieder stehlen könnte. Die uninteressante, faktische Theorie-Stunde wurde von der nächsten Unterrichtsstunde locker noch überboten. Slate starrte auf das grüne Zeug, dass Doro den Schülern vor die Nase hielt, mit dem er absolut nichts anfangen konnte. Er wusste nicht, was das war oder was man damit machen konnte. Aber es interessierte ihn auch herzlich wenig. Das grüne Ding mit den weißen Blüten trug den wunderbaren Namen Anis und sollte gegen Husten helfen. Wie großartig. Slate starrte es an, trotzdem konnte er bei bestem Willen kein Interesse aufbringen. Stattdessen wanderten seine Gedanken wieder ab, während Doro ihnen Weißklee zeigte, der als Tee blutreinigend wirken sollte. Wenn er mit dem unnützen Zeug hier fertig war, müsste es bereits später Mittag sein. Zu Vicky würde er nach ihrer ersten Schicht gehen. Dann würde es sicher schon früher Abend sein. Aber dann konnte er mit Glück vielleicht noch ein oder zwei Leute bestehlen. Er würde heute wieder zum See der Tränen gehen. Auch wenn das letzte Mal mit dem Ehepaar so erfolglos war, hatte er da normalerweise die meiste Beute.

Kaum, dass die zweite, quälend langweilige Stunde vorbei war, begann auch schon die Dritte. Schatten kamen und gingen, neue Gesichter füllten das Zelt, die ihn nicht interessierten. Doro stellte vor sich auf den Tisch ein Glas ab und eine Flasche Wasser daneben. Hatte sie so sehr Durst?

„Slate, ich weiß ja, mit welchem großen Interesse du den Unterrichtsstunden beiwohnst, deshalb bitte ich dich nun nach vorne."

Auch das noch. Er erhob sich und schlenderte zum Tisch. Die Gesichter der Schüler sahen ihn an. Sie wirkten so unfassbar neugierig und wissbegierig. Einige hatten sogar einen Stift und Zettel dabei, um sich Notizen zu machen. Unglaublich. „Du wirst die erste Übung ausführen."

„Was muss ich machen?"

„Du schließt deine Augen und füllst das Glas mit Wasser."

Slate warf ihr einen spöttischen Blick zu. „Können Sie sich nicht selbst einschütten?"

Doro lächelte wie immer. Sie ließ sich einfach nicht beirren. „Oh natürlich kann ich das. Aber da du dich in der Stunde zur Konzentration befindest, wirst du merken, dass es einfacher gesagt als getan ist. Du musst hören, wann das Glas voll ist, den Geräuschen des Wassers lauschen und dich stark konzentrieren. Ich habe hier eine Menge Gläser und eine Menge Wasser. Wenn du es überlaufen lässt, musst du von vorne beginnen."

Slate runzelte die Stirn. Die Wiederholung hilf sicher wahnsinnig. Wie befohlen schloss er seine Augen und hielt die Flasche über das Glas. Langsam floss die Flüssigkeit hinein. Er hörte es plätschern und goss weiter. Ein Flüstern aus der rechten Ecke des Zeltes lenkte ihn kurz ab und er wusste, dass er zu übermütig gegossen hatte, als Doro fragte: „Wer hat Durst? Jetzt kommt das nächste Glas. Von vorne."

Hörte er da etwa Schadenfreude in ihrer Stimme? Diese blöde Übung konnte doch wohl nicht schwer sein. Slate atmete tief ein und aus, dann goss er wieder von Neuem ein. Wieder hörte er das Plätschern, wieder bat Doro um ein neues Glas und diesmal auch um eine neue Flasche. Er machte sich doch lächerlich! Das hier war ein Glas, kein Mensch, warum fiel ihm dieser Mist so schwer?! Slate ballte eine Hand zur Faust, bevor er sich vorstellte, das Glas wäre ein Opfer, das es zu bestehlen galt. Da konnte er sich auch nicht von anderen Geräuschen ablenken lassen und musste sich voll und ganz konzentrieren, um sein Ziel zu erreichen. Nach vorsichtigen und langsamen Bewegungen lächelte er, als er Doros Worte hörte. „Geht doch."

Zufrieden nahm er sich das gefüllte Glas und trank es in einem Zug aus. „Kinderleicht", sagte er lachend und setze sich wieder auf sein Kissen. Dann durfte er gefühlt dem gesamten Kurs bei ihren Versuchen zuschauen, wobei einige zu seinem Entsetzen beim ersten Mal das Glas füllten und sich freuen konnten.

Den Rest der Stunde verbrachten sie damit, dass Doro ihnen einen Text vorlas, dessen Worte sie währenddessen zählen sollten. Nach jeder fertigen Erzählung kam ein neuer Text und man durfte erst aus der Stunde gehen, wenn man richtig gezählt hatte. Das war ihm eindeutig zu kindisch und er stand einfach nach der nächsten Erzählung auf und verließ das Zelt. Diese Übungen waren wirklich nur Zeitverschwendung. Jetzt müsste auch Vicky mit ihrer Arbeit fertig sein.

Wo bist du grad?

Vicky antwortete binnen weniger Sekunden.

Ich bin gleich fertig. Kannst du zur Akademie kommen?

Ausgerechnet da. Slate verzog das Gesicht, tippte aber eine Bestätigung. Das würde ihn wieder mindestens drei Cedra kosten. Er rief Daniel, gab ihm die drei Kupfermünzen und wartete vor dem großen Glasgebäude auf seine Freundin. Vicky erschien vor ihm und er küsste sie zur Begrüßung kurz. Sie wirkte distanziert, senkte den Blick und kuschelte sich nicht in seine Arme. „Also, was hast du angestellt?", fragte er direkt.

Sie seufzte. „Ich habe einer Kundin zu viel berechnet."

Slate zuckte mit den Schultern. „Und?"

„Nichts und. Das ist ein Regelverstoß. Dafür durfte ich umsonst arbeiten in einer zweiten Schicht."

„Oh, du durftest. Wie nett."

„Ach komm schon, du weißt doch, was ich meine."

„Natürlich." Er zog sie zu sich heran und gab ihr einen Kuss auf die Stirn. „Wir schaffen das schon."

Sie lehnte ihren Kopf dankbar an seine Brust und atmet tief ein und aus. Ihr Körper roch nach Schweiß und er hielt sie leicht auf Abstand. „Willst du dich erst einmal frisch machen und ich komme nachher zu dir?"

„Nachher?"

„Ja, ich bin hier noch verabredet."

Er räusperte sich, aber ihrem resignierten Nicken nach zu urteilen, wusste sie bereits, was er wirklich vorhatte. Sie verschwand und er schlich um die Akademie herum. Die Schüler mit spätem Unterricht würden sich hier eventuell noch herumtreiben. Sicher konnte er von Schülern nicht viel erwarten, aber einen Dummen gab es immer, der viel mit sich herumtrug.

Slate wanderte durch den gläsernen Flur, vorbei an den verschiedenen Klassenräumen und den Orchideengewächshäusern und hinein in den kleinen Innenhof mit dem imposanten, steinernen Springbrunnen. Er trat an ihn heran, ließ das klare Wasser in seine Hand laufen und nahm ein paar Schlucke. Das tat gut. Zufrieden setzte er sich auf das Gras und wartete ab. Er schaute umher und nahm sich vor, eine Stunde zu warten. Schließlich wollte er noch zu Vicky und um diese Uhrzeit würde hier sowieso nicht mehr viel los sein. Außerdem war es kalt.

Aus einem Klassenzimmer trat ein Schüler und Slate kniff seine Augen zusammen. Er hörte zwei Stimmen und tatsächlich schlenderte eine zweite Gestalt neben dem Jungen. Zwei auf einen Schlag. Er wollte schon hervorschnellen, als er erkannte, dass es sich bei der Gestalt um den Lehrer Dymar handelte. Verfluchter Mist! Slate kauerte sich hinter dem Brunnen zusammen und lauschte auf seine Umgebung. Eine halbe Stunde verging, ohne ein Geräusch oder einen Laut. Nur reine Stille. Seine Füße begannen einzuschlafen und er schüttelte sie aus. Mitten in seiner Bewegung hielt er inne. War das gerade ein schabendes Geräusch gewesen oder hatte er sich verhört? Vorsichtig lugte er hervor und blinzelte. Dymar und der Junge waren nicht mehr zu sehen, dafür jemand anderes.

Aus einem der Klassenräume für Einzelunterricht kam eine Frau mit einem blonden Zopf und schlichter Kleidung.

War sie eine Schülerin? Oder eine Lehrerin? Er war so selten hier, dass es ihm schwerfiel, sich zu erinnern, ob er sie schon einmal gesehen hatte. Ihrer Kleidung nach zu urteilen schien sie nicht gerade wohlhabend zu sein, aber der Schein konnte auch trügen. Er kniff die Augen zu Schlitzen zusammen, um seinen Blick zu schärfen. Doch, das war eine Lehrerin. Ganz bestimmt. Nur den Namen oder die Fächer, die sie unterrichtete, wollten ihm nicht einfallen. Aber woher sollte er das schon wissen? Seine Finger strichen am kühlen, rauen Stein des Brunnens entlang, während er sich langsam vortastete. Er war sich sicher, dass noch etwas oder jemand folgen würde. Sonst hätte sie den Raum schon abgeschlossen. Und tatsächlich stieß sie die Tür wieder auf und zog etwas hervor. Was war das? Ein Sack. Ein verdammt großer Sack. Slate riss die Augen auf. Die Frau wirkte nicht gerade zierlich, aber sie ächzte und zog kräftig mit den Händen, um ihn vorwärts zu bekommen. Ob da etwas drin war, dass er gebrauchen konnte?

Langsam setzte er einen Fuß vor den anderen. Warum sollte eine Lehrerin einen so großen Sack aus einem Klassenraum schleppen? Das machte keinen Sinn. Es sei denn, sie zog um. Aber das wüsste er doch. Schließlich wäre das eine perfekte Gelegenheit für ihn. Was verlor man nicht alles beim Umzug?

Er hielt sich gebückt und wartete darauf, dass sich etwas tat. Die Frau zog eine Kiste hervor, in die sie etwas Kleines und Eckiges stopfte. Waren das Steine? Ungläubig verharrte Slate in seiner Position und versuchte mehr zu erkennen. Genau in diesem Moment versperrte sie mit ihrem Körper die Sicht. Verdammt. Bedächtig wagte er einen weiteren Schritt voran und spähte mit seinem Kopf über den Brunnen. Was befand sich noch im Raum? Vielleicht Glas? Damit würde er ordentlich verdienen können. Bevor ihm seine Fantasie einen weiteren Streich spielen konnte, musste er es sich selbst angucken. Mit kleinen Schritten trat er nach vorne, bedacht keinen Laut von sich zu geben.

„Slate?"

Er fuhr herum und blickte direkt in die Augen von Dymar. „Was tun Sie denn hier? Der Unterricht ist schon längst vorbei. Na los, raus hier."

Slate verdrehte die Augen. Dymar hatte ihn noch nie leiden können. Innerlich verfluchte er den Idioten. Jetzt wusste er nicht, was sich in dem Raum befand. Während Slate sich mit einem grimmigen Blick verabschiedete, hörte er noch die sich entfernenden Stimmen.

„Was haben Sie da?"

„Mein wird dein, vergiss was war …"

Er machte sich immer noch fluchend auf den Weg zu seiner Freundin.

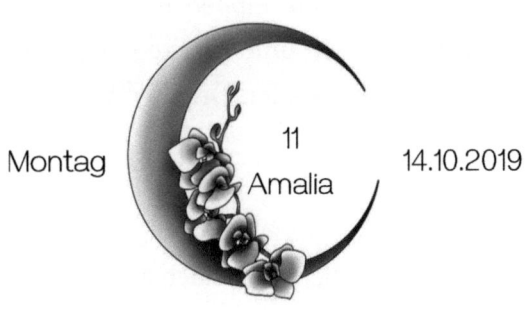

Encantador

Sie blinzelte und kroch unter der Bettdecke hervor, um nach ihrem Handy zu greifen. Amalia rieb sich die Augen und sah mit verkniffenen Augen aufs Display. Lea hatte sie gestern Abend noch zwei Mal angerufen und gerade eben noch einmal. Sie richtete sich auf und klickte sich durch die Anruferliste. Lea nahm sofort ab.

„Guten Morgen! Tut mir leid, dass ich dich geweckt habe."

Amalia schielte lieber nicht zur Uhr. Nach dem ersten Arbeitstag im Buchhaus war sie immer müde und schlapp. „Kein Problem, ich muss eh gleich aufstehen", log sie. „Was gibt es so Dringendes?"

Am anderen Ende der Leitung holte Lea tief Luft.

Sie wartete gespannt, bis sie wieder Leas aufgeregte Stimme hörte. „Also, gestern nach dem Unterricht bei Dymar …"

„Oh nein, ausgerechnet der. Dymar ist ganz schön streng. Hast du auch gemerkt, oder?"

„Ja, aber das ist jetzt nicht wichtig."

Amalia biss sich auf die Lippen und schwor sich, ihre Freundin nicht wieder zu unterbrechen. Sie lehnte sich an die Wand und lauschte wieder. Draußen war es noch dunkel.

„Wir sind ins Haus zurückgekommen und Kim war nicht da. Ich dachte mir, sie hat vielleicht angefangen, alleine die Gegend zu erkunden, aber sie ist auch abends nicht wiedergekommen."

Amalia runzelte die Stirn. „Ist sie ins Gasthaus in Felin gegangen, ohne sich zu verabschieden?"

„Das ist es ja! Lukas und ich sind da gestern noch hin, weil wir ihr eine Karte und ein paar Snacks vorbei bringen wollten …" Plötzlich hörte Amalia Lukas Stimme im Hintergrund. „Und Lea fand es echt blöd, dass Kim einfach so gegangen ist."

„Gar nicht!" Amalia biss sich wieder auf die Lippen. Diesmal, um ein Grinsen zu unterdrücken. Lea mochte es überhaupt nicht, wenn jemand unfreundlich war. Sich nicht zu verabschieden gehörte dazu.

„Jedenfalls war Kim nicht da, auch nie angemeldet! Sie hat uns angelogen!"

Jetzt ignorierte Amalia doch die Kälte und schlüpfte aus dem Bett. Sie stellte das Telefonat auf Lautsprecher und suchte sich ihren schönsten Pullover heraus. Sie musste sich bewegen. Und nachdenken. Unglaublich. „Du hast also nicht mehr mit ihr geredet wegen Mike?"

„Nein", kam es von Lea so kleinlaut zurück, dass Amalia sich das Handy wieder ans Ohr presste. Lea wollte nach der Sache doch unbedingt noch mit ihr reden.

„Und was ist, wenn sie bei ihm ist? Ihr wart nicht bei Mike, oder?"

Stille. Dann Lukas Stimme. „Nein. Hast du da Bock drauf?"

Amalia schüttelte den Kopf und schielte zur Uhr auf ihrem Nachttisch. Eigentlich könnte sie jetzt schon den Tisch decken. Gleich musste sie los zu Sophia. „Nein, aber ich schreibe mal Vicky. Die kann das für uns übernehmen." Lea atmete tief durch. „Okay, danke. Ich erzähle dir heute Abend in Ruhe wie die Akademie war, ja? Mir haben Kims Lügen und ihr Verschwinden jetzt die Laune verdorben."

Amalia seufzte. „Gut, wir sehen uns heute Abend, ich komme zu euch."

Bevor sie auflegen konnte, rief Lea noch: „Ach ja, und viel Spaß bei Sophia!"

Sie lächelte, auch wenn Lea das nicht sehen konnte. „Danke! Was macht ihr heute?"

„Nach dem Unterricht gehen wir in ein Museum in Nirall. Welches ist noch nicht entschieden, aber das klären wir bis dahin noch."

Amalia hörte, wie die Freude in ihre Stimme zurückkehrte und wünschte Lea und Lukas viel Spaß, bevor sie sich verabschiedete. Sie schlüpfte in eine Hose, band sich die Haare zusammen und machte ihr Bett. In ihrer Vorstellung hatte Lea ihr immer sofort von ihrem ersten Unterricht erzählt oder sie war sogar dabei gewesen, einfach so. Hier war die Realität anders. Aber Sophia und Belfi sah sie nun mal nur in Encantador, Lea immer. Mit einem mulmigen Gefühl versuchte sie ihr schlechtes Gewissen zu beruhigen und machte sich extra viel Mühe beim Tischdecken. Ganz hinten im Schrank lag noch das gute Geschirr, das Doro ihnen mal geschenkt hatte. Belfi benutzte es viel zu selten, weil ihre Mutter es von dem teuersten Händler in Lole bekommen und bestimmt ein Vermögen ausgegeben hatte.

Amalia wartete darauf, dass ihre Mitbewohnerin aus ihrem Zimmer kam. Vermutlich malte sie noch. Gedankenverloren starrte sie ins Leere. Ihre Gedanken kreisten um Kim, aber auch Mike ging ihr nicht aus dem Kopf. Dass sie nichts gemerkt hatte. Sie hätte Lea schützen können. So ein Arschloch.

Endlich hörte sie das ersehnte Kichern. „Guten Morgen, Belfi!" Amalia strahlte und auch Belfi lachte laut, die roten kurzen Haare hinters Ohr gesteckt und mit blauer Farbe auf der Wange. Auch ihr weißes Shirt war über und über mit etlichen Farbklecksen verziert. „Heute schon fleißig gewesen?", fragte sie und musste grinsen.

„Oh ja! Ich habe das Portrait von Elly schon fast fertig und die Mondorchidee für den Ball ist auch schon bald in Planung."

Amalia unterdrückte ein Gähnen und lächelte anerkennend. Wie viel Energie Belfi in ihre Bilder steckte. Es war einfach unglaublich. Ihre Freundin lehnte sich nach vorne, während sie sich noch Tee nachgoss. „Du musst mir noch so viel erzählen! Ist Lea jetzt auch mitgekommen? Wann musst du heute arbeiten?"

Amalia lachte auf. Selbst Belfi hatte sie gestern nur kurz begrüßt. Diese Energie hatte sie wirklich vermisst. „Arbeiten muss ich heute erst um 12 Uhr. Was so in Ostafelde passiert ist in dem Schuljahr erzähle ich dir ein anderes Mal, das ist so viel. Allein über diese vollkommen unnötigen Philoso-phiestunden könnte ich mich ewig auslassen. Lea habe ich auch mitgebracht, ja." Damit beließ sie es bei dem Thema.

„Ist Mike nicht mitgekommen?"

Amalia biss in ihr Brot und kaute ganz gemächlich. „Doch, doch", murmelte sie zwischen den Bissen.

Belfi runzelte die Stirn. „Ist das jetzt nicht total aufregend für die beiden? Ich meine, er ist der Feuer-Orchis und sie noch nicht verwandelt und er bringt sozusagen seine Freun-din mit nach Hause. Das ist doch nervenaufreibend!" Als sie Amalias ausweichenden Blick bemerkte, wurde ihr Ton unsicher. „Oder nicht?"

„Sie sind nicht mehr zusammen", sagte sie knapp.

„Was? Oh mein Gott!" Belfi starrte sie an. „Oh Mann, das tut mir leid. Wie ätzend."

Amalia nickte. „Ich hoffe, dass Lea sich jetzt ablenken kann mit der Magie und voll und ganz darauf konzentriert."

„Sicher!"

Belfi schien das Thema ebenso unangenehm zu sein wie Amalia. Schließlich kannte sie Lea noch gar nicht. Sie aßen zu Ende und machten sich gemeinsam per Ennvio auf den Weg nach Ebria. Amalia schaute ein letztes Mal auf ihr Han-dy, aber Vicky hatte noch nicht geantwortet. Sie seufzte, schob den Gedanken an Kim in eine Schublade, die sie gut verschloss und wandte sich dem Haus zu. Schon das große, beige Haus mit der Veranda und den Säulen aus Holz mit Ro-senranken ließ darauf schließen, dass hier eine Erd-Orchia wohnte. Amalia betrachtete es lange, ehe sie die Tür aufzog und in das prachtvolle Innere trat. Der Eingang war geprägt von Holz und Glas, einer edlen Kombination mit kleinen Blumen-Ornamenten zur Dekoration. In Richtung Wohnzimmer standen die drei großen Sessel, die immer so kuschelig gemütlich waren. Amalia seufzte. Auch Sophias Zuhause hatte sie wahrlich vermisst. Kaum hatte sie den Gedanken zu Ende gebracht, schwebte Sophia förmlich die Treppe herunter. Heute trug sie ihre langen dunklen Haare in sanften Wellen über die Schulter und ihr goldenes Kleid schien zu fließen, während sie zu ihnen hinunterschritt. Bestimmt hatte sie später noch einen Auftritt.

Amalia eilte auf sie zu und drückt ihre Freundin. „Schön, dich wiederzusehen!", sagte sie.

„Wie viel Zeit hast du?"

„Ein paar Stunden."

„Wunderbar, ich habe ein neues Stück. Kommt, setzt euch!"

Sophia führte sie ins hell erleuchtete Wohnzimmer und Amalia nahm Platz in einem der kuscheligen Sessel. Sie sah ihrer Freundin dabei zu, wie sie über das Parkett schritt. Oh ja, eine Vorführung! Reden konnten sie auch noch später. Genüsslich lehnte sie sich zurück und lächelte noch Belfi an, bevor es losging.

Zunächst ganz sanft erklangen die hellen Töne aus dem Klavier. Sophias Finger glitten über die Tasten und erzeugten eine Musik, die zum Schweben verleitete. Dazu könnte man jetzt sicher gut Walzer tanzen. Amalia stellte sich vor, mit Daniel über das Parkett zu schweben, verdrängte den Gedanken aber schnell wieder und konzentrierte sich auf die Musik. Sophias zarte Finger schienen nun über die Tasten zu fliegen, die Melodie wurde schneller, lauter, aber nicht aggressiv. Es hörte sich an wie ein ganzes Orchester, wie ein berauschendes Fest. Amalia wusste nicht, wie lange sie dort gesessen hatte, aber irgendwann war das Stück beendet. Sie lächelte beeindruckt. „Das war wunderschön!" Sophia nickte und hüllte ihr kostbares Klavier zum Schutz vor anderen wieder in Efeuraken, sodass es nahezu ganz verschwand und nur jemand mit sehr guten Augen erkennen konnte, dass diese Ranken nicht zur Dekoration gehörten.

Sophia raffte ihr Kleid etwas höher und steckte es auf Kniehöhe fest. Auf den nächsten Teil freute Amalia sich ganz besonders. Sie reckte sich und schob sich an den Rand des Sessels.

Die Musik aus einer Anlage setze ein und Sophia wirkte wie in einer anderen Welt. Kein Wunder, schließlich brauchte sie jetzt Konzentration für ihre Magie. Gespannt wartete Amalia ab. Sophia schloss kurz ihre Augen, dann stellte sie sich auf ein Bein. Helle, ruhige Klänge ertönten, zu deren melodischem Takt man hin und her gewogen werden konnte. Und genau dieser Bewegung folgte Sophia. Sie bewegte ihre Arme in sanften Wellen von der einen Seite zur anderen, auf einem Bein stehend und begann sich zu drehen. Dabei lösten sich Erdklumpen aus offenen Stellen des Parketts und helle Rosen krochen hervor, die sich langsam um sie schlängelten. Die Ranken folgten ihrer Bewegung, als sie auf Zehenspitzen eine Pirouette drehte.

Fasziniert beobachtete Amalia die grazilen Bewegungen: Den kleinen Sprung, der zusätzlich rote Rosen sprießen ließ und sie aussehen ließ, als würde sie schweben. Ein Lächeln stahl sich auf ihre Lippen. Amalia fühlte sich frei. Sophia breitete ihre Arme aus und nur ein geübter Zuschauer konnte erkennen, dass sie etwas murmelte. Eine Eiche schoss mit orchesterartigem Höhepunkt aus dem Parkett, Sophia kletterte leichtfüßig auf einen Ast und tänzelte auf ihm herum. Amalia war aufgesprungen und klatschte begeistert in die Hände. Der Trick mit dem Baum war neu. Unglaublich. Wie perfekt Sophia ihre Magie zur Show perfektioniert hatte.

„Einfach unfassbar!", jubelte Amalia.

Ihre Freundin lächelte verhalten und kletterte den Baum hinab. Mit wenigen Worten von Sophia bildete sich der Baum zurück und kroch unters Parkett. Die Ranken verloren ihre Blüten und der Raum sah wieder aus wie ein ganz gewöhnliches Wohnzimmer. Mit der Ausnahme des umrankten Klaviers.

Belfi lachte. „Das war einfach genial! Ich habe dir doch gesagt, damit haust du Amalia von den Socken!"

Amalia grinste. „Und ob! Ich war so versunken, als ich dir zugehört und es gesehen habe. Wie lange hast du dafür jetzt trainiert?"

Sophia schien kurz nachzudenken. „Ein halbes Jahr würde ich sagen."

„Ich bin stolz auf dich." Amalia drückte ihre Freundin, die die Zuneigung leicht erwiderte. „Freut mich."

„Sind wir die ersten Zuschauer?"

Sophia machte es sich in dem nächstgelegenen Sesel bequem, natürlich nicht im Schneidersitz wie Belfi. „Ja, die allerersten!" Oh, sogar vor ihren Eltern. Amalia grinste, wenn das nicht mal ein Grund zur Freude war. „Auch noch vor Wendy, ich fühle mich geehrt!"

Das Lächeln in Sophias Gesicht verschwand. „Oh, stimmt, du weißt es ja noch gar nicht. Also, ja, äh, das mit uns ist doch nichts geworden."

„Nein, was?!" Amalia setzte sich gerade hin und lehnte sich so weit nach vorne, dass sie Sophias Hand tätscheln konnte. „Das tut mir leid", sagte sie und meinte es auch so. Sie hatte das Mädchen von der Geisternacht sehr gemocht und die beiden wären bestimmt ein schönes Paar geworden.

Plötzlich schnappte Belfi nach Luft. „Verdammt, Amalia!" Sie starrte Belfi an. „Was ist denn mit dir los?"

Amalia folgte ihrem Blick zur Uhr und erschrak. „Mist! Es ist ja schon zwölf Uhr! Ich werde zu spät kommen! Verflucht!"

Sie hätte wissen müssen, dass Stunden bei Sophia schneller rumgingen. Ihre Shows waren aber einfach immer zu faszinierend und sie vergaß völlig, auf die Uhr zu sehen. Hoffentlich war Viktor nicht allzu sauer. Sie schnappte sich ihre Tasche und sammelte sich, um nicht zu stammeln. Sie konnte keinen Ennvio holen, wenn sie nicht verstanden wurde. Mit lauter Stimme rief sie nach jemandem und befahl ihm den Weg zum Buchhaus in die Silberstadt.

Seit ihrem letzten Besuch hatte sich einiges getan. Trotz der Uhrzeit musste Amalia nach dem Bezahlen des Ennvio kurz stehen bleiben. Am zweiten Tag wirkte der Anblick immer realer als am Tag davor, weil sie dann realisierte, dass sie nicht nur träumte. Das Pflaster zum Wiederaufbau des großen Brunnens war bereits in Ansätzen zu erkennen. Und die Ruinen der Häuser auf der linken Seite, die ihr im Sommer noch so unangenehm aufgefallen waren, waren mittlerweile komplett abgetragen worden. Sie boten einen weiten Blick auf die nun nur noch mit Schutt und Asche bedeckte linke Seite der großen Stadt, die einst so gestrahlt hatte.

Mit einem Seufzer marschierte sie die wenigen Schritte zum Buchhaus und öffnete die Tür. Hoffentlich machte Viktor gerade Pause. Kaum war sie eingetreten, vergaß sie wieder ihr zeitliches Problem und lächelte. Auch am zweiten Tag nahm sie der Anblick immer noch ein. Der weiße Marmorboden, der weiße Stuck an den Decken als Verzierung der hellbraunen Sandsteinwände und die weitläufigen Holzregale, über und über gefüllt mit Büchern. Hier hatte sich einfach nichts verändert. Zum Glück.

Amalia durchschritt den langen Raum, vorbei an den unzähligen Regalen und betrat den Gang. Links hatte Betty wieder die Tür aufgelassen und sie sah, dass diese bereits dabei war, mit ihrer Magie Wasser aus nassem Pergament zu saugen.

Sie machte sich auf den Weg durch den Gang und holte vor der massiven Tür noch einmal tief Luft. Hoffentlich war er nicht da. Ihre schwitzenden Hände wischte sie an ihrer Hose ab, dann betrat sie den Raum und ging auf den Tisch mit den Urkunden zu. Sie musste sie nur zeitlich ordnen. Das würde nicht lange dauern. Schnell setzte sie sich auf einen der wenigen Stühle und begann, den Stapel mit Urkunden durchzusehen, bis sie stutze. Da musste doch gar nichts sortiert werden!

Stirnrunzelnd dachte sie darüber nach, welchen Auftrag Viktor ihr gegeben hatte. Nein, es waren eindeutig die Urkunden der Akademiebeschlüsse gewesen! Verwirrt stand sie auf und betrat wieder den Gang. „Betty? Hast du Viktor gesehen?"

„Der ist mit Lucy bei der Sichtung der Unterrichtsbücher im zweiten Stock."

Amalia dachte für einen kurzen Moment nach. Nein, der Name sagte ihr nichts. So vergesslich konnte sie doch nicht sein, nicht sie. „Lucy?", fragte sie leise nach.

„Oh, du kennst Lucy noch gar nicht! Sie ist vor ein paar Monaten dazugekommen und ist wirklich toll. Wie schade, dass du sie gestern nicht gesehen hast. Aber du wirst dich freuen, sie kennenzulernen."

Sie ließ Betty weiter ihre Arbeit machen und stieg hinauf über die Wendeltreppe in den zweiten Stock. Seit wann waren sie Viktor nicht genug? Hatte er je erwähnt, dass er mehr Personal brauchte? Sie konnte sich an eine solche Unterredung beim besten Willen nicht erinnern. Langsam sah sie sich um und schaute zwischen die mit Büchern gefüllten Regale und Vitrinen. „Viktor?"

Er kam hinter einem Regal hervor und lächelte. „Ah, schön, dich wiederzusehen."

„Freut mich auch. Allerdings verstehe ich den Auftrag nicht. Die Urkunden sind zeitlich geordnet, da gibt es keinerlei Ungereimtheiten."

„Super. Das heißt, dass Lucy ihre Aufgabe gut gemacht hat."

„Bitte?"

Viktor zog seine Weste zurecht. „Du warst um zwölf nicht da. Da hat sie eben deine Aufgabe übernommen. Du kannst jetzt mit der Überprüfung der Bauunterlagen weitermachen."

Sie stöhnte innerlich auf, bemühte sich aber um ein Lächeln. Die Überprüfung war das Langweiligste, was es von allen Abteilungen und Aufgaben im Buchhaus gab.

„Tut mir leid, dass ich zu spät gekommen bin. Ich mache mich sofort an die Überprüfung. Bis wann müssen sie fertig sein?"

„Zwei Stunden."

Sie nickte ihm zu und eilte wieder die Treppe hinab, den Gang hinunter und betrat den Raum neben Bettys. Auch hier zog sich der weiße Mamorboden fort, die Sandsteinwände und die weißen Stuck-Ornamente zur Verzierung der Decke. Ihr Blick schweifte ab zum hellen Holztisch in der Mitte des kleinen Raumes. Dort türmten sich Stapel von Pergament aufeinander. Sie raffte ihre Ärmel hoch und setze sich. Das alles in zwei Stunden … Viktor schonte sie keineswegs. Aber schließlich musste sie ihr erstes Zuspätkommen in ihrer Laufbahn wiedergutmachen. Sie zog die feinen Handschuhe über und begann zu lesen. Das erste Pergament dokumentierte die Anordnung zum Wiederaufbau der Silberstadt nach dem Brand, unterzeichnet von der Herrscherin Nimra vor einigen Monaten. Amalia schnappte sich das Buch der Herrscher und verglich die Unterschrift. Ja, die passte. Das nächste Dokument war die Genehmigung des Brunnenbaus, der immer noch anhielt. Auch da stimmten alle Daten. Für alles brauchte es Genehmigungen und Angaben.

Die Minuten schienen zu fliegen, auch wenn die Arbeit langwierig war. Amalia schaffte es gerade rechtzeitig zur vollen zweiten Stunde das letzte Dokument zum Abriss der Überreste zu überprüfen. Viktor betrat den Raum und nickte anerkennend. „Ich sehe, du bist fertig geworden. Gut. Komm mit zu den neuen Lieferungen."

Amalia folgte ihm den Gang hinunter und rechts in das große Sammelsurium von Unterlagen, Urkunden, sonstigen Dokumenten und zu guter Letzt natürlich auch Büchern. Hier wurden die neuen Lieferungen sortiert und daraufhin von anderen Mitarbeitern in die jeweiligen Abteilungen gebracht.

Sie starrte auf den vollen Karton. „Meine Güte! Warum ist das so viel?"

„Momentan ist es mehr. Der Wiederaufbau hat jetzt richtig begonnen und der Rat hat in den Ruinen auch noch Sachen gefunden. Die aktuellen Unterlagen liegen oben auf. Ich sehe später nach."

Amalia machte sich an den Karton und fischte das erste Dokument hervor. Wieder eine Baugenehmigung. Sie legte das Pergament in das entsprechende Fach ein und packte das folgende Buch an die richtige Stelle. Ihre Finger glitten über das nächste Pergament. So zerknittert und in schlechtem Zustand war etwas noch nie angekommen. Schon gar nicht vom Rat. Das war eine Genehmigung von vor einer Woche. Wie um Himmels willen wurde das innerhalb einer Woche so knittrig? Die Schrift war kaum noch zu lesen. So konnte sie das nicht einordnen. Amalia ließ den Karton stehen und wanderte den Gang hinab zum vorletzten Raum auf der linken Seite. Sie klopfte an und er öffnete ihr die Tür.

„Kalo, kannst du bitte das Dokument hier entknittern und bearbeiten? Ich kann nichts lesen und muss es einordnen."

Kalo lächelte. „Für dich mache ich doch alles."

Amalia verdrehte lachend die Augen, ging zurück und machte sich wieder ans Werk. Der Karton leerte sich nur mäßig, was daran lag, dass sie diese Aufgabe schon länger nicht mehr zugeteilt bekommen hatte. Außerdem lenkte sie der Baulärm ab. Der Keller war immer noch nicht ganz fertig.

Endlich wieder ein Buch, diesmal über die Akademie, ein ganz altes Stück. Amalia säuberte es und marschierte zum Regal. Sie stellte sich auf Zehenspitzen und reckte ihren Arm in die Höhe. Das Buch berührte die Spitze des Brettes. Wieder versuchte sie es, den Arm noch höher zu strecken, aber das Regal lag zu hoch. Plötzlich umfasste eine Hand das Buch und stellte es mit Leichtigkeit hinein. Amalia drehte sich um und starrte in die Augen eines Mädchens, das wesentlich größer war als sie. Sie überragte sie um mindestens einen Kopf. Ihre roten Haare leuchteten und fielen sanft geglättet über ihre Schulter, ein leichtes Lächeln huschte über ihr rundes Gesicht. „Schon blöd, wenn man so klein ist, nicht? Ich bin Lucy. Freut mich, dich kennenzulernen."

Amalia schüttelte ihre Hand und wollte gerade etwas erwidern, als Viktor hinter sie trat und strahlte. „Ah, ich sehe, du hast schon Bekanntschaft mit Lucy gemacht. Wie schön. Nun, das ist Amalia."

„Hallo", gab sie etwas leise zurück. So ein Strahlen war sie von Viktor gar nicht gewöhnt. Oder nur dann, wenn sie wieder etwas besonders gut und schnell gemacht hatte. „Lucy, was hältst du davon, wenn du jetzt hier weitermachst? Der Karton ist schließlich nicht mehr viel."

Amalia kniff die Augen zusammen. Sie lag bis jetzt super in der Zeit. Er hatte keinerlei Grund, sie jetzt auszutauschen. „Ich muss jetzt zum Rat und die neuen Bücher für die Akademie abholen. Aber du wärst doch so lieb, Lucy die Arbeit zu erklären, nicht wahr?"

Ihr Lächeln fror ein. Sie sollte erklären? „Klar, kein Problem. Mache ich doch gerne."

„Gut. Dann bis nachher."

Kaum hatte Viktor den Raum verlassen, sagte Lucy: „Ich habe gehört, dass du heute Morgen zu spät gekommen bist. Meinst du wirklich, du bist die Richtige, um mir die Arbeit zu erklären?"

Bitte?! Amalia zog die Augenbrauen hoch. „Ich denke nicht, dass es in deinem Ermessen liegt, zu beurteilen, wer für die Arbeit hier geeignet ist."

„Wie du meinst." Lucy zuckte mit den Schultern.

Amalia schüttelte den Kopf und erklärte der Neuen, was sie zu tun hatte. Nach wenigen Worten hatte Lucy das Prinzip verstanden und sortierte unter ihrem wachen Auge. „Super, das ging doch schnell", sagte Lucy am Ende. Wenn man so groß ist, muss man sich ja auch nicht recken, um Bücher in die obersten Regale zu stellen. Amalia seufzte genervt und schickte sie in Bettys Abteilung. Da würden sie jetzt gemeinsam das vorhin Sortierte wegschaffen, um Platz für neue Lieferungen zu machen.

Sie schlenderte den Gang hinunter und traf auf Betty mit einem Stapel Bücher im Arm. „Hey, schön, dass du heute da warst, Amalia. Ist echt immer cool, dich dabei zu haben. Momentan können wir jede Hilfe gebrauchen."

„Das habe ich gemerkt", murmelte Amalia und Betty kniff die Augen zusammen. „Schönen Feierabend", sagte Amalia in fröhlichem Ton und verabschiedete sich, ehe sie noch etwas sagen konnte, was sie später bereuen würde. Es war falsch, der Neuen keine Chance zu geben. Aber sie konnte nicht anders, sie war ihr durchweg unsympathisch. Das würde in den nächsten Tagen sicher noch heiter werden. Müde rief sie nach einem Ennvio und ließ sich nach Ebria bringen. Sie hatte von zu Hause extra Rosentee mitgebracht, weil Belfi ihr den immer wieder empfiehl. Darauf schwörte ihre Mutter und wenn Doro einen Tee gut fand, dann musste er wirklich entspannend sein. Amalia musste gar nicht klopfen, schon öffnete Lea mit einem sichtlich gestressten Gesichtsausdruck die Tür. Amalia drückte ihre Freundin lange an sich und strich ihr sanft über den Rücken. Sie nahm sich außerdem vor, Mike nicht zu erwähnen, so lange Lea nicht selbst das Thema aufgriff. „Habt ihr sie gefunden?", murmelte sie und spürte, wie Lea den Kopf schüttelte.

Jetzt kam auch Lukas in den Flur und umarmte sie. „Wir konnten nicht ins Silberstadt-Museum, das ist noch im Aufbau, aber wir waren im Orchis Museum!" Seine Augen leuchteten so sehr, dass Amalia ihn am liebsten noch einmal umarmt hätte. Nach ihrer Arbeitsschicht konnte sie Begeisterung gebrauchen.

Sie folgte den beiden in die Küche, sah sich dabei im Flur um und starrte auf das Zimmer, das sie Kim angeboten hatten, als könnte sie einfach aus der Tür platzen. Amalia goss den Rosentee auf, was Lea ein Lächeln entlockte und setzte sich zu ihnen an den Tisch.

„Wie wars im Museum?" Sie beugte sich über die Tasse und atmete den süßen Duft ein. Lea pustete und warf Lukas währenddessen einen Blick zu.

Seine Augen leuchteten wieder. „Es war toll! Ich habe zwar schon viele interessante Museen gesehen, aber das übertrifft alles. Am spannendsten fand ich die Kunstwerke zu den einzelnen Elementen und die Gemälde der Mondorchidee!" Aus ihren Augenwinkeln sah sie, wie Lea auf ihrem Stuhl unruhig hin und her wippte. Amalia streckte sich über den Tisch und tätschelte ihr die Hand. „Ich schreibe Vicky noch mal und dann erzählst du mir erst mal in Ruhe vom Unterricht an der Akademie! Ja? Ich will alles wissen. Bis zu der Farbe von Dymars Krawatte."

Lea brachte ein zerknirschtes Lächeln zustande und Lukas wandte sich an sie: „Es ist nicht deine Schuld."

„Ich hätte direkt mit ihr reden sollen."

Amalia schüttelte energisch den Kopf. „Sie hätte direkt mit uns reden sollen. Schließlich ist sie diejenige, die uns angelogen hat, oder?" Sie schrieb Vicky erneut und wandte sich dann wieder ihrer Freundin zu. „Noch etwas Tee?"

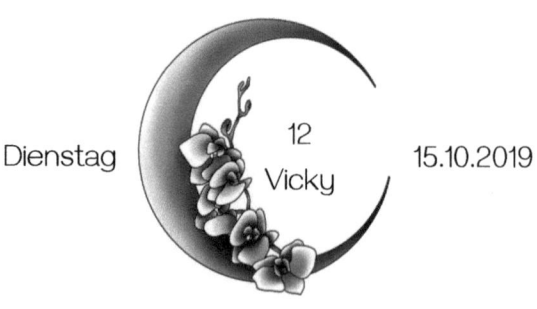

Dienstag · 12 · Vicky · 15.10.2019

Encantador

Der graue Himmel zog sich zusammen, während sie sich eilig auf dem Weg zum Blauen Engel in Ebria machte. Sie klopfte an die Tür. Amalia hatte ihr gestern ganze drei Nachrichten geschrieben. Eine rundliche Frau öffnete ihr. „Was kann ich für Sie tun?"

„Ich muss zu Mike!"

„Mike wer? Tut mir leid, aber ich behalte nicht alle Namen meiner Gäste."

„Mike Behrendt. Er müsste am Samstag hierhergekommen sein: Blonde Haare, etwas größer als ich, Jeans und rotes Shirt?"

„Der Feuer-Orchis?"

„Ja, genau." Erleichtert atmete Vicky auf.

„Ach, der ist nicht hier."

„Was?!" Ihre Gesichtszüge entglitten. Mist! „Können Sie mir sagen, wo er hingegangen ist?!" Ihre Stimme war lauter als gewöhnlich.

„Mh, warte ich muss mal überlegen …"

Vicky stöhnte auf. Konnte sie nicht ein bisschen schneller denken? „Ich habe keine Zeit im Überfluss", merkte sie gehetzt an.

„Ja, ja. Ich meine, er wollte nach Felin gehen. Aber er hat mir natürlich keinen Grund genannt. Versuchen Sie es da."

„Gut, danke." Kaum war die Tür zu, hatte Vicky schon einen Kollegen gerufen.

Er brachte sie zur Straße und sie marschierte zu ihrem Haus. Sie schloss die Wohnungstür auf und sah sich im Wohnzimmer um. Niemand da. „Hallo?", rief sie noch im Türrahmen.

„Vicky, hey."

„Dachte ich es mir doch, dass du hier bist. Du kannst froh sein, dass ich für meine Kollegen nichts bezahlen muss. Sonst wäre ich jetzt sauer gewesen, weil ich umsonst nach Ebria teleportiert bin. Warum bist du hier?"

„Du siehst gestresst aus."

Vicky entging nicht, dass Mike ihre Frage ignoriert hatte, aber sie hatte keine Zeit darüber nachzudenken. „Hast du Kim gesehen?"

„Kim? Warum sollte ich? Wie du schon richtig angemerkt hast, bin ich gerade nicht zu Hause."

Vicky seufzte. Diese Verbitterung ließ sie die Stirn runzeln, aber sie hielt sich kurz. „Amalia hat mir Bescheid gegeben. Kim ist weg."

Mike schüttelte den Kopf. „Großartig. Lea hätte mir doch selbst Bescheid geben können?"

„Wie blöd bist du eigentlich? Man betrügt seine Freundin nicht und wartete dann darauf, dass sie angerannt kommt. Ich sollte alle Ennvio bitten, dich nicht mehr mitzunehmen, sodass du nur noch zu Fuß gehen musst."

„Bist du fertig mit deiner Moralpredigt? Jemand, dessen Freund Leute bestiehlt, braucht mir keine Vorträge zu halten."

Vicky presste die Lippen zu einer schmalen Linie zusammen, schluckte die Widerworte herunter und wechselte das Thema. „Ihr müsst Kim wiederfinden. Sie kennt das Land doch gar nicht. Vermutlich irrt sie irgendwo herum, allein und verlassen, verwirrt von der Magie und hilflos ohne Kräfte."

„Ach komm, jetzt gerate hier nicht in Panik."

„Ich bin nicht in Panik", zischte Vicky zurück. Sie holte tief Luft. „Ich mache mir nur Sorgen. Sie ist doch eine Freundin von euch, oder nicht?"

„Sie ist halt meine Mitbewohnerin. Du kennst sie nicht mal. Vermutlich vertritt sie sich nur ein bisschen die Beine und ist in einer Stunde zurück."

„Mike! Das Mädchen ist schon seit Sonntag verschwunden. Als Lea früh morgens aufgestanden ist, Kim war bereits weg. Ihre Sachen sind auch nicht mehr da."

Er fiel fast vom Küchenstuhl und klammerte sich an die Lehne. „Quatsch. Das kann doch gar nicht sein. Samstag war sie doch noch da, wo sie mich verraten hat."

Vicky horchte auf. „Verraten? Was meinst du damit?"

„Ach, vergiss es." Mike fuhr sich durch die Haare und steckte eine Hand in seine Hosentasche. Er sprang auf, aber sie stellte sich ihm in den Weg. Vicky verschränkte die Arme vor der Brust. „Nun sag schon. Was ist passiert?"

Mike sah sie lange an, dann seufzte er leise. „Kim hat Lea gesteckt, dass ich sie das letzte halbe Jahr mit Marie betrogen habe."

Vicky verdrehte die Augen. „Selbst schuld, Arschloch." Doch dann zögerte sie. „Du hättest es Lea selbst beichten müssen. Hast du danach noch einmal mit Kim geredet?"

„Nein, ich wurde von Lea rausgeschmissen."

„Also könnte es sein, dass Kim ein schlechtes Gewissen hatte oder die Situation unangenehm war und sie deshalb abgehauen ist?"

Mike zuckte mit den Schultern. „So schätze ich Kim eigentlich nicht ein. Aber keine Ahnung. Könnte auch sein ..."

Sie standen unschlüssig im Raum. „Was machen wir jetzt?"

„Das fragst du mich? Ich würde gar nichts machen."

Vicky warf die Hände in die Luft. Er schien es nicht zu begreifen. „Sie ist schon seit Tagen verschwunden! Und sie ist ahnungslos, hat keine Freunde hier und irrt vielleicht verloren umher. Warte nur ab, was der Rat mit euch macht, wenn ihr etwas zustößt. Dann habt ihr nicht genug auf den Menschen aufgepasst."

Mike seufzte hörbar. „Du machst schon wieder ein Theater. Ich bin ihr Mitbewohner, nicht ihr Vater. Wann hast du Schicht?"

„In zwei Stunden."

„Dann gehe doch jetzt zum Rat und frage die, was du machen könntest."

„Gut. Findet Kim und sorgt dafür, dass sie zurechtkommt. Was für euch alle selbstverständlich ist, ist für sie doch vollkommen neu. Wir sehen uns aber in ein paar Tagen bei der Party, oder?"

Mike seufzte. „Mal gucken."

Ja, ja. Sie zog die Augenbrauen hoch, sagte aber nichts. Er würde schon noch kommen. So war es jedes Jahr.

„Gut. Und jetzt raus hier." Vicky schob Mike vor sich her und schloss die Tür. Sie holte einen Ennvio, der sie zum Ratsgebäude brachte.

Sie marschierte ins Haus und sah etliche andere Ennvio, die gerade von ihrer Schicht zurückkehrten und sich bezahlen ließen oder die gerade zur neuen Schicht aufbrachen. Und sie sah auch Henry und Daniel. Aber heute waren alle Ratsmitglieder beschäftigt. Sie würde zu Dario müssen.

Vicky ging die steile Treppe in den zweiten Stock hoch. Hier hingen an den hellen Wänden große Gemälde von Herrschern und bekannten Ratsmitgliedern des Landes. Sie nickte den vorbeikommenden Ennvio zu und klopfte an die dunkle Holztür. „Herein", hörte sie eine kratzige Stimme.

Sie betrat den Raum und sah sich flüchtig um. Die beigen Wände bildeten einen auffälligen Kontrast zu den schweren, dunklen Möbeln. Dario saß in einem Ledersessel und schaute sie forsch an. „Vicky, was möchtest du?"

Sie setzte sich zu ihm an den dunklen Schreibtisch, der übersät war mit etlichen Unterlagen. „Es geht um Kim Goner."

Er schüttelte den Kopf. „Der Name sagt mir aktuell nichts."

„Dessen bin ich mir bewusst. Sie ist eine Freundin von Mike Behrendt, einem Feuer-Orchis, der wiederum ein Freund von mir ist. Ich kenne sie nicht, ich habe sie lediglich von Nirall nach Ebria gebracht. Das war am Samstag. Sonntag wollte Lea nach ihr sehen. Aber sie war nicht da. Seitdem ist sie verschwunden."

Um seine Augen bildeten sich Falten und seine Lippen verzogen sich zu einem spöttischen Lächeln. „Ich komme bei den ganzen Freundschaften und Beziehungen nicht mit, aber das interessiert mich auch nicht. Du sagst also, dass diese Kim verschwunden ist. Und was ist daran so schlimm?"

„Eigentlich nichts. Aber sie ist neu hier, wohl erst seit ein paar Tagen im Lande. Und ... sie ..." Vicky holte tief Luft. „Sie ist kein Träger oder Sonstiges. Sie ist nur ein Mensch."

Sofort verschwand sein Lächeln und seine Miene wurde ernst. Ein leichtes Stirnrunzeln zeigte sich, dann sagte er: „Gut. Wir werden Folgendes machen: Nichts."

„Was?!" Entgeistert starrte sie ihn an.

„Du hast richtig verstanden. Wir werden abwarten. Wenn sie Hilfe braucht, wird sie schon jemanden fragen. Sie ist ja kein Kleinkind mehr. Womöglich verirrt sie sich, aber es gibt immer Wege, wieder zurückzukommen. Irgendwann wird sie einen von uns rufen. Sollte sie in einer Woche noch nicht wieder aufgetaucht sein, werde ich ein paar Ratsmitglieder zusammenkommen lassen und wir werden die Schichten so verteilen, dass sich möglichst viele Ennvio auf die Suche machen können."

Sie schluckte. „Gut, das werde ich so akzeptieren."

„Du musst." Dario lächelte freundlich, doch Vicky stand bereits auf.

„Auf Wiedersehen", sagte sie und schritt aus dem Büro des Ratsvorstandes.

Unten schlenderte ihr Henry entgegen. „Na? Was gab es bei Dario?"

Vicky verdrehte die Augen. „Nichts, was dich etwas angehen würde."

Daniel sah sie und kam auf sie zu. „Hey. Ist etwas nicht in Ordnung?"

Dankbar für die Unterbrechung nahm Vicky Daniel zur Seite. Seine dunklen Haare sahen aus, als würde er sie nie kämmen und sein heller Trenchcoat machte seinen sonst so schlaksigen Körper breiter. „Ein Mädchen ist seit ein paar Tagen verschwunden. Sie war Mikes Mitbewohnerin, Kim."

„Weiß Amalia das schon?"

„Sie hat mich darüber informiert."

„Kannte Amalia Kim?"

„Ich weiß nicht wie gut. Aber ja, durch Mike kannte sie wohl auch Kim. Dario hat angeordnet, erst einmal zu warten."

„Das ist vernünftig. Sie ist schließlich nur ein Mensch. Was soll sie da schon anstellen?"

Vicky zog eine Augenbraue hoch und dachte an den Krieg vor 30 Jahren. Man konnte nie vorsichtig genug sein, vielleicht rettete ihre Skepsis Leben. Daniel drückte ihre Schulter. „Entschuldige. Aber ich sehe mal lieber nach Amalia. Sie ist bestimmt verzweifelt."

„Mach das." Sie lächelte und nickte ihm zu, bevor er sich vor ihren Augen in Luft auflöste.

Kaum hatte sie sich umgedreht, starrte sie in Henrys Augen. Sie seufzte. „Was willst du?"

„Was machst du heute Abend noch?"

„Nichts mit dir."

„Bist du dir da sicher?"

Vicky lachte. „Ich trete nachher meine Schicht an und später muss ich im Imbiss vorbeisehen. Also nein, du stehst nicht auf dem Plan."

„Wie du meinst." Henry drehte sich um und marschierte in die entgegengesetzte Richtung davon. Dass er auch einfach nicht lockerließ. Wie verliebt und weltfremd jemand doch sein konnte. Vicky schüttelte den Kopf und verließ das große Gebäude. Draußen zückte sie ihr Handy und wählte Slates Nummer.

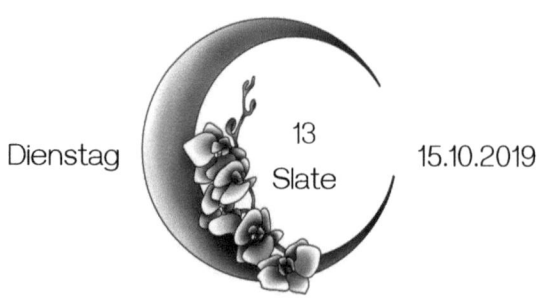

Encantador

„Ja?"

Vicky sprach so leise, dass er sie kaum verstehen konnte.

„Treffen wir uns morgen?"

„Klar. Du klingst müde."

„Ach, ich hatte gerade nur etwas Stress."

Slate schloss die Haustür auf. „Warum denn das?"

„Eine Freundin von Mike, Kim heißt sie, ist verschwunden. Seit heute Morgen. Ich war gerade schon bei Dario, aber wir sollen erst abwarten."

Slate lachte und stellte seine Schuhe ab. „Das ist nicht dein Ernst. Du gehst zum Rat, weil irgendeine Fremde abhaut?"

„Sie ist ein Mensch."

Slate verzog das Gesicht. „Wie sieht sie aus?" Menschen waren wesentlich leichter zu bestehlen als Magier und im Umgang mit Geld und Gegenständen oft unvorsichtiger.

„Sie hat goldblonde Haare, etwa so groß wie ich, braune Augen und recht durchschnittliche Kleidung."

„Diese Beschreibung passt so ungefähr auf jeden zweiten Bewohner oder Menschen. Irgendetwas anderes noch?"

„Denkst du, ich merke mir jeden Kunden? Ähm, warte, doch. Sie hat so selbstgemachte Armbänder und Ketten und so. Das fiel mir grad wieder ein, weil das so hässlich aussah."

„In Ordnung. Dann halte ich mal die Augen offen."

„Das ist ja dein Spezialgebiet." In ihrer Stimme lag kein Vorwurf und er lächelte.

Slate betrat mit dem Handy am Ohr sein Zimmer und stockte. Seine Brüder saßen auf seinem Bett und starrten ihn an. „Du, ich muss Schluss machen. Bis morgen."

Er stopfte sein Handy in die Tasche. „Was gibt es?"

„Du warst heute nicht im Unterricht."

„Ach was."

Neros Augen funkelten ihn an. „Hast du eine Ahnung, wie sauer Papa war, als er das erfahren hat? Er wollte dir einen Besuch abstatten und du warst nicht da."

„Tatsächlich. Den Weg hätte er sich sparen können. Und was wollt ihr hier? Ich bin müde."

„Wir sollen dir sagen, dass Papa bei Dario war."

„Was?!" Slate starrte ihn an. Das konnte er doch nicht ernst meinen.

„Du wirst morgen am Unterricht teilnehmen. Andernfalls wirst du von der Akademie ausgeschlossen."

Slate schnaubte. „Ich brauche die Akademie nicht." Er zog eine Perlenkette hervor. „Guckt euch an, was ich heute erbeutet habe. Ich komme gut allein klar. Ich brauche keine Arbeit."

„Das denkst auch nur du. Merkst du nicht, dass die Leute über dich reden? Slate, der Dieb? Entweder du gehst da morgen hin oder du hast gar keine Zukunft mehr. Such es dir aus."

Slate hätte ihm am liebsten in sein schadenfroh grinsendes Gesicht geschlagen, aber er hielt sich zurück. „Na bitte. Ihr könnt jetzt gehen."

Seine Brüder verließen feixend das Zimmer und er ließ sich genervt ins Bett fallen.

Der Weg zur Akademie am nächsten Tag war mit einem Ennvio ein Klacks, wenn auch viel zu teuer für das unsinnige Gelaber. Er betrat die Halle und marschierte den Gang hinunter. Die Tür links am Ende des Ganges öffnete er ohne anzuklopfen und schaute in Celines verblüfftes Gesicht. „Slate, was für eine Überraschung. Nimm doch bitte Platz." Die Blondine sah tatsächlich so aus, als würde sie sich freuen.

„Letzte Woche habt ihr erfahren, warum wir sind, wie wir sind. Die drei Orchideen-Arten entwickeln in den Blutbahnen Gene, die für unsere Magie verantwortlich sind. Wer die Theorie verpasst hat, den bitte ich eindringlich, diese nachzuarbeiten." Ihr Blick ruhte eindeutig auf ihm und Slate verdrehte seufzend die Augen.

„Nun folgt mir in die Gewächshäuser, damit ihr euch von der Praxis ein Bild machen könnt."

Sie ging zum Ausgang und sofort sprangen alle Schüler auf. Slate erhob sich gemächlich und schlenderte der großen Gruppe hinterher. Er hatte nicht viel Lust darauf, die Blumen in natura zu sehen, aber es gehörte nun mal dazu. Während die anderen fast schon rannten, um Schritt zu halten, steckte er seine Hände in die Hosentaschen und sah sich im Gang um. Er war echt nicht mehr lange hier gewesen. Aber warum sollte er auch?

Durch das Glas war niemand anderes zu sehen, die Gruppe befand sich heute als Einzige auf dem Weg in den hinteren Teil des Gebäudes. Celine drehte sich zu ihnen um und ermahnte sie, ihr zügiger zu folgen. Slate machte schnellere Schritte, dachte aber gar nicht erst daran, wie die anderen wissbegierigen Neulinge zu hetzen, um ja alles zu sehen. Er durfte gar nicht ausrechnen, wie viele Stunden er in dieser Akademie vergeudete. Sein Blick schweifte wieder von Celine ab, bis er an zwei Schatten hängen blieb. Da waren doch eindeutig noch andere, oder nicht? Er kniff die Augen zusammen. Ja, die Zwei konnten nicht zur Gruppe gehören, sie lehnten im Türrahmen zu einem anderen Klassenraum. Slate ging wieder etwas langsamer und schaute hinüber zur linken Seite. Würde er zwei Leute beklauen können, ohne den Anschluss an die Gruppe zu verlieren? Wenn er eins liebte, dann waren es Versuchungen und Herausforderungen.

Slate reckte seinen Hals, um weiter nach vorne zu blicken und erkannte bereits die große, gesicherte Glastür, die zu den drei Orchideen führte. Nein, er würde es bestimmt nicht schaffen, unbemerkt zurückzulaufen, dafür waren sie bereits zu nah am Gewächshaus dran. Slate unterdrückte ein Fluchen. Schon wieder vergab er durch die Akademie eine Chance. Vermutlich waren genau die zwei Gestalten reiche Neulinge, denen er eine Menge Beute abgenommen hätte. Er schaute sie noch einmal an, hoffentlich sahen sie arm aus, das würde seinem Gemüt guttun. Aber, die eine kannte er doch? Das Gesicht kam ihm bekannt vor, auch wenn die durchschnittliche Kleidung keine Erinnerung aufblitzen ließ. Wo hatte er sie schon einmal gesehen? Es war nicht lange her? Slate dachte einen kurzen Moment nach, dann fiel ihm wieder ein, wer dastand: Die Frau mit dem Sack. Also war sie eine Lehrerin gewesen.

Aber es war wirklich keine gute Idee, eine Lehrerin zu beklauen. Und wer war das Mädchen, mit der sie sich so angeregt unterhielt? Neugierig blinzelte er ein paar Mal und beugte seinen Körper nach links, um es in sein Blickfeld zu kriegen. Er runzelte die Stirn. Die Haare, die Statur, die Kleidung … konnte das diese Kim sein, von der Vicky erzählt hatte? Neugierig machte er ein paar Schritte zur Seite und erblickte eine selbstgemachte Kette, von der sie erzählt hatte. Also doch! Slate musste lachen. Da stand tatsächlich diese Kim, nach der Vicky suchte. Wie witzig. Grinsend ging er in ihre Richtung. „Slate!"

Er drehte seinen Kopf und sah Celine, die ihn über die Gruppe ansah. Sie stand nur noch wenige Meter von der Tür entfernt und alle Köpfe hatten sich zu ihm umgedreht. „Was hast du vor? Du willst doch wohl nicht etwa gehen?"

Sein Grinsen wurde zu einem Lachen. „Ach, ich doch nicht!"

Ihre Augen schienen sich zu verengen. Fehlte nur noch, dass sie die Hände in die Hüfte stemmte, als wäre sie eine aufgebrachte Mutter. „Muss ich dich an das Ultimatum erinnern?"

Ach, verflucht. Ging er weiter nach rechts, würde er Vicky helfen, dieses Mädchen zu finden. Ging er weiter nach vorne, würde er dem Unterricht folgen. Rechts oder vorne. Vicky oder Akademie. Kim oder Arbeit.

Er dachte gar nicht daran, Celines Fragen zu beantworten und machte ein paar Schritte nach vorne. „Zufrieden?", fragte er.

Sie nickte nur und öffnete die große Tür. „Willkommen im Gewächshaus!" Die fünf Männer am Eingang, die dort zur Sicherung der wertvollen Pflanzen standen, warfen ihm einen skeptischen Blick zu. Gelangweilt schob er sich an ihnen vorbei und warf einen Blick in den Raum. An einem Baum links hingen weiße Orchideen, die aussahen wie Sterne. Seine Geisterorchidee. Vor ihm in langen Reihen blühte eine Pflanze in lila, die Spiegelorchidee für die Zeitreisen-Magie. Und die letzte Orchidee mit weißen Blüten, die Mondorchidee, reihte sich rechts auf. Bloß nicht zu nahe treten. Slate war zum ersten Mal dankbar für die Sicherheitsmänner, die alle vor dem Kontakt mit den Dornen der Orchideen, die nicht ihre eigene war, beschützten. Sterben sollte schließlich niemand.

„Gut. Alles gesehen. Kann ich dann wieder gehen?"

Keiner der Schüler antwortete ihm. Er sah sie nicht einmal an. Celine zog eine Augenbraue hoch. „Meine Geduld reicht nicht ewig, Slate. Hüte deine Zunge. Oder du wirst es bereuen."

„Also bleiben wir noch länger hier?", gab er zurück.

„Ja, wir werden deine kostbare Zeit noch weiterhin mit Unterricht beanspruchen müssen, wie unverzeihlich von mir. Aber wenn du nicht arbeiten möchtest … bitte. Du weißt ja, wo die Tür ist."

Er verdrehte die Augen. Dieses dämliche Ultimatum. Aber so gerne er sich das auch einreden mochte: Die Diebstähle reichten nicht aus, um seine Ziele zu erreichen. Um wieder ein besseres Leben zu führen. Sie brachten ihm schnelle Erfolge, aber um wieder in der Silberstadt leben zu können, brauchte es mehr: Einen Abschluss an der Akademie. Slate riss sich zusammen, verkniff sich weitere Kommentare und ließ den Unterricht, der aus genauen und schier endlosen Beschreibungen der Orchideen bestand, über sich ergehen.

Er war eh viel spannender zu beobachten, wie Celine ihre Mondorchidee von nahem zeigte, um anschließend in den nächsten beiden Gewächshäusern bei den anderen beiden Orchideen so weit weg zu stehen, dass es wirklich absolut unmöglich war, sich zu stechen. Selbst wenn sie jemand geschubst hätte, sodass sie umgefallen wäre, hätte sie sich nicht an dem tödlichen Gift stechen können. Er hatte vor vielen Jahren mal von einer Reihe von Selbstmordversuchen gelesen, als Leute sich absichtlich mit der anderen Orchideenart stachen, dabei war das doch total die bescheuerte Art, zu sterben. Man fühlte sich, als hätte man die Grippe, nach vier Tagen war der Spuk vorbei und wenn man dann noch Pech hatte, würden die Verwandten vielleicht nach zwanzig Jahren in die Zeit zurückreisen und es verhindern.

Die Gruppe verstreute sich nach dem Unterricht in kleinere Grüppchen, aber Slate marschierte zu der Klassentür, in der er die Lehrerin und das Mädchen gesehen hatte. Er klopfte an und wippte mit den Füßen. Hoffentlich war sie da, dann konnte er Vicky ein bisschen was erzählen. Die

Tür öffnete sich langsam und vor ihm stand tatsächlich das Mädchen, nach dem er suchen sollte: Diese Kim.

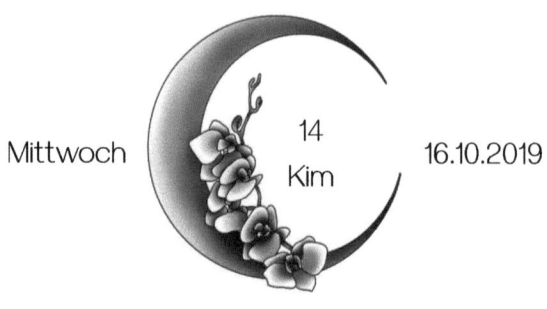

Encantador

Was wollte der denn hier? Hatte das Starren vorhin nicht ausgereicht?! Sie deutete ein Lächeln an. „Hallo. Wer bist du denn?"

„Du bist Kim?"

Sie runzelte die Stirn. „Ja. Und du?"

Ein Grinsen breitete sich auf seinem Gesicht aus. „Dann bin ich hier ja richtig."

„Warum?" Musste man ihm alles aus der Nase ziehen? Komm zum Punkt, Junge. Was willst du von mir?! Ausgerechnet der größte Vollidiot in ganz Encantador.

„Vicky schickt mich. Ich bin ihr Freund Slate."

Sie konnte sich große Augen nicht verkneifen. Oh. Die Arme. Aber zum Glück kannte er sie nicht und deutete ihre Reaktion anders.

„Ja, richtig, Vicky. Bei dem Namen klingelt es doch sicher bei dir, oder nicht?"

Kim nickte nur. Hatte sie ihm erzählt, dass Kim ihren

Betrug verraten hatte oder nicht? Sie konnte seinen Gesichtsausdruck nicht ganz deuten und beschloss, es lieber unkommentiert zu lassen.

„Gut. Sie war relativ verzweifelt, weil du plötzlich weg warst."

Mist, die Richtung. Jetzt galt es gut zu spielen. Sie atmete tief durch, nestelte mit ihren Fingern an ihrem Oberteil herum und sah in Richtung Boden. Kim dachte an Finn und Papa und ihre Augen füllten sich mit Tränen. Als sie wieder hochsah, fixierte sie etwas hinter Slate, damit er dachte, sie könne ihm vor Scham nicht in die Augen sehen. „Es tut mir so leid", sagte sie und schluckte. „Das wollte ich wirklich nicht, dass ihr euch Sorgen macht oder so. Wirklich nicht."

Slate verschränkte die Arme vor der Brust. „Ach. Darauf wäre ich jetzt nicht gekommen. Und warum verschwindest du dann, ohne etwas zu sagen?"

Wenn er wüsste. Wieder holte sie tief Luft, als würde es ihr schwerfallen, zu sprechen. „Ich war einfach neugierig. Und ich habe mich schlecht gefühlt, weil ich Mikes Geheimnis verraten habe und Lea war sicher sauer auf mich und Amalia vielleicht auch und Lukas kenne ich ja gar nicht und dann wusste ich keinen, an den ich mich wenden sollte. Ich dachte, ich könnte einfach mal selbst schauen, wie dieses Land so aussieht, und habe von der Akademie gehört. Hier war ich sicher, das wusste ich und ich hatte hier nette Gespräche und konnte einiges über den Unterricht rauskriegen. Die Lehrer sind sehr nett." Sie nickte zur Bestätigung.

Slate schien nachzudenken. „Was sagtest du noch mal? Mikes Geheimnis? Den Teil finde ich ja spannend."

Hatte er keine Ahnung? Wenn er wirklich Vickys Freund war, hatte er Mike vielleicht schon mal kennengelernt. Aber so unregelmäßig wie der hier war, waren sie bestimmt keine besten Freunde. „Äh, naja, dass Mike Lea betrogen hat." Sie starrte jetzt extra lange auf den Boden.

Er lachte laut auf. „Oh man, ihr habt ja Probleme. Was für ein Idiot."

Kim sah wieder zu Boden. Ja, ja. Wann verschwand er endlich? Musste er nicht irgendjemanden beklauen?

„Nun, ich werde Vicky ausrichten, dass du in der Akademie bist. Du kannst in einem Gasthaus wohnen, Felin ist billig und ansonsten würde ich dir raten, es mit Kontakt eher bei Celine und Dymar zu versuchen, die sind die Hauptlehrer hier."

Sie musste sich stark zusammenreißen, ihn nicht auszulachen. Er hielt sich für so cool, aber eigentlich war er nur dämlich. Unwissend und dämlich. Vollkommen ahnungslos. „Danke für den Tipp, das ist sehr nett von dir. Ich werde vermutlich in einem Gasthaus übernachten. Ich bin allein angereist und durch die Spannung, die ich in der Gruppe verursacht habe, möchte ich auch lieber alleine sein. Zumindest fürs Erste."

„Ist mir ziemlich schnuppe. Ich sage Vicky, dass es dir gut geht und was du sonst so machst, interessiert mich herzlich wenig." Er grinste und Kim unterdrückte ein Lächeln. Wenn er wüsste. Bald würde er sich dafür interessieren müssen.

„Klar." Sie lachte und sah ihm hinterher, wie er durch die Gänge der Akademie marschierte. Sie schloss die Tür hinter sich und lehnte sich gegen die kühle Wand. Kim atmete tief durch und schloss kurz die Augen.

Ihre Mutter hatte ihre Arme verschränkt. „Du hast Freunde, die sich Sorgen um dich machen?!"

Ihre Stimme war hoch, ihre Augen starrten sie nieder.

„Nein, das sind nicht meine Freunde!", sagte sie bestimmt. „Es sind Bekannte. Ich war nur zur falschen Zeit am falschen Ort."

„Dann hoffe ich für dich, dass das nicht noch einmal passiert. Wie soll der Plan ohne große Vorkommnisse funktionieren, wenn du Freundschaften schließt, denen du womöglich etwas erzählst?"

„Ich würde niemandem etwas erzählen! Das habe ich bisher auch nicht!"

„Halte dich einfach von anderen fern. Das hast du doch in Ostafelde auch geschafft, nicht?"

Kim schluckte. Natürlich hatte sie es da geschafft, keine Freunde zu haben. „Ich weiß. Bis jetzt hatte ich auch bis auf diese kleine Gruppe keine Kontakte und die sind ja wohl keine Gefahr."

Ihre Mutter verdrehte die Augen. „Überschätze dich nicht, Liebes. Diese Vicky wird von jedem Mann hier angehimmelt und von jedem neidischen Mädchen beobachtet und von Slate brauche ich ja wohl gar nicht erst anfangen."

Kim schnaubte. „Vielleicht stiehlt er mir eine Uhr, oje."

Ellyn machte ein paar Schritte auf sie zu. „Und was denkst du wie er das so erfolgreich macht? Mit Magie! Eine Magie, die du noch nicht hast. Solange du dich so naiv aufführst, kannst du auf die Übertragung lange warten."

Sie holte tief Luft, um sich wieder zu beruhigen. „Tut mir leid. Ich werde Slate nicht mehr unterschätzen und natürlich weiterhin keine Kontakte knüpfen, so lange sie nicht erforderlich sind."

Kim sah, wie sich ein zufriedenes Lächeln auf dem Gesicht ihrer Mutter ausbreitete und sie nickte. „Nächste Woche wirst du wieder in Ostafelde Werbung machen."

Kim seufzte. Super. „Und was machst du?"

„Ich gehe gleich noch mal rüber und schaue nach dem Stand der Dinge. Letzte Woche fehlten nur noch die Tapeten und die Lichter. Wenn du zurück bist, musst du Bücher reinbringen und zuletzt richten wir unser Büro ein. Aber die Geheimhaltung wird da umso wichtiger!"

Kim nickte. „Natürlich. Also, wann wollen wir eröffnen?"

Sie sah, dass ihre Mutter nachdachte. „Am besten wäre in ein oder zwei Wochen."

In neun Tagen war Papa und Finns neunter Todestag. Der Gedanken an diesen furchtbaren Tag versetzte ihr einen schmerzhaften Stich. Wie sollte sie die große Mondnacht ignorieren und nebenbei planen, eine andere Akademie eröffnen? Da kam ihr ein Gedanke. „Schaffen wir alles fertig zu machen bis zur Mondnacht?"

Ihre Mutter riss die Augen auf. Sie wusste, worauf Kim hinauswollte. „Du meinst wir eröffnen am Tag der Mondnacht?"

Sie nickte. „Genau daran dachte ich gerade. Das wäre …"

Sie suchte nach den passenden Worten und holte tief Luft. „Das wäre passend, meinst du nicht? Damit ehren wir sie."

Ohne dass sie es verhindern konnte, fühlte sie, wie ihre Augen feucht wurden. Ellyn sah sie lange an. Dann machte sie einen Schritt auf sie zu und nahm sie in den Arm. „Das wäre eine perfekte Kombination. Sie wären stolz auf uns, glaube mir. Sie mussten sterben, weil sie nicht zum Ball durften. An diesem Tag die Akademie zu eröffnen ist der erste Schritt in die richtige Richtung, eine bessere Welt mit Menschen und Wesen, die zusammenleben. Danke für diese Idee, mein Schatz." Sie gab ihr einen liebevollen Kuss auf die Stirn.

Ellyn trat einen Schritt zurück, wischte Kim eine Träne von der Wange und zog ihr Oberteil glatt. „Nun komm. Wir haben noch viel zu tun!"

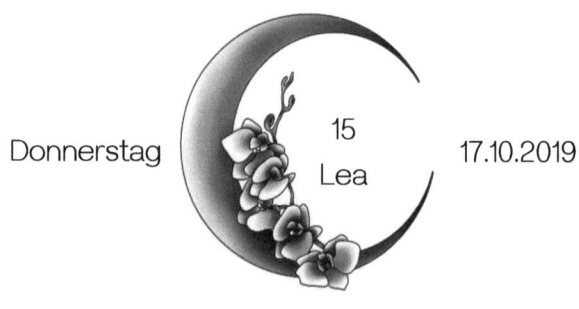

Encantador

Sie sah auf ihr Handy, als müsste sie nur oft genug nachsehen, um eine Antwort von ihrem Vater zu bekommen. Bis jetzt hatte er sich immer noch nicht gemeldet. Sie steckte es stirnrunzelnd wieder ein und wandte sich der Küche zu. „Bist du fertig?"

Lukas sah vom Tisch auf, auf dem seine Kamera stand, darum verteilt ein paar Linsen und Objektive. „Ja, warte, noch einen Moment."

Sie verdrehte die Augen und setzte sich zu ihm. „Muss das wirklich jetzt sein? Ich will nicht zu spät kommen." Sie sah wieder auf die Uhr. Noch fünfzehn Minuten.

Lukas lachte. „Ja, musste es. Warte … So, und fertig."

Er präsentierte sie Lea, die ihn verständnislos ansah. „Hast du was gemacht?"

Jetzt verdrehte er die Augen. „Ich habe die Linse ausgetauscht. Die Neue ist schärfer."

Lea nickte. „Super".

„Schon klar, dass du dich dafür nicht begeistern kannst, wenn du seit einer Stunde prophezeist, dass wir zu spät kommen werden."

„Hey, ich will nur pünktlich sein."

„Na dann los, worauf wartest du noch?" Lukas lachte und warf sich die Tasche über die Schultern.

Lea schnappte sich ihre Handtasche und rief einen Ennvio, der sie zur Luna-Akademie brachte. Das Gebäude verlor auch nach mehrmaligem Anblick nichts an Faszination und Lea nahm sich einen Moment Zeit, um dankbar zu sein. Dankbar, weil sie hier zur Schule gehen konnte und weil sie mehr über Magie lernte. Lukas ging schon vor und Lea folgte ihm eilig zu den Klassenräumen.

Sie drückte die Türklinke hinunter und sah die wenigen Schüler, die bereits an kleinen Einzeltischen saßen. Niemand schaute zu ihr hinauf, nur die Frau, die vor den Schülern stand, begrüßte sie: „Hallo. Willkommen an der Akademie. Setzt euch. Wir beginnen in einer Minute."

Sie setzte sich auf einen der vorderen Stühle und sah, dass Lukas neben ihr Platz nahm. Der Stuhl war ein ganz normaler, bequemer Stuhl, der Tisch war aber wieder aus Glas. Der steinerne Boden bildete einen Kontrast zu der Glasfront. Anders als sie es gewohnt war, gab es hier keine Tafel, ein Lehrerpult oder sonstige Kennzeichen eines Klassenraumes mit Unterrichtsmaterialien oder Plakaten. Die morgendliche Sonne schien durchs Glas, verbreitete eine angenehme Wärme im Raum und Abwechslung zu den letzten dunklen Herbsttagen.

„Dann wollen wir starten. Mein Name ist Ellyn Fries, ich bin heute eure Lehrerin für Magische Sprüche. Normalerweise macht das Celine, die heute leider krank ist. Bevor wir mit dem eigentlichen Unterricht beginnen, möchte ich jeden von euch bitten, sich mir vorzustellen. In welchem Stadium befindet ihr euch, Träger oder verwandelt, was seid ihr, woher kommt ihr? Das Übliche eben. Aber ich brauche keinen Roman, wir sind schließlich keine Pasado."

Ein paar lachten, aber der Großteil blieb stumm. Lea hatte verstanden, dass sie auf die Redefreudigkeit einiger Pasado anspielte, aber da es Amalia nach ihrer Verwandlung nur noch liebenswerter gemacht hatte, fand sie den Scherz nicht besonders gelungen. Wie schön es jetzt aber gewesen wäre, ihr Element zu sagen. Ihr Element. Wie das klang. Sie musste schmunzeln und war so in ihren Gedanken vertieft, dass sie die ersten zwei Vorstellungen gar nicht mitbekam.

Dann hörte sie die kratzige Stimme eines Jungen und schaute sich um. „Tja, ich bin Slate. Die meisten Lehrer werden mich wohl schon kennen. Also für die ganzen neugierigen Kinder hier: Ich bin ein verwandelter Draumur und sitze in diesem Fach, weil ich nichts Besseres zu tun habe."

Was für ein Idiot. Sie lauschte dem nächsten Mädchen, einer verwandelten Wasser-Orchia und zwei Brüdern, die beide Pasado waren. Dann war sie an der Reihe. Lea setzte sich aufrecht hin. „Ich bin Lea Daron, seit vier Jahren Träger der Mondorchideen-Magie und komme aus Ostafelde."

Der Idiot aus der hinteren Reihe rief: „Den Namen habe ich schon mal gehört. Muss man dich kennen?"

Sie runzelte die Stirn. „Nein? Aber mein Vater ist Zahnarzt. Vielleicht warst du ja mal bei ihm?"

Slate lachte. „Bestimmt. Der reiche Daddy, der seiner Prinzessin die Kohle hinterherwirft."

„Was hältst du davon, deine Klappe zu halten, wenn du von nichts eine Ahnung hast? Mein Vater ist anerkannt und arbeitet für sein Geld. Abgesehen davon, dass es dich nichts angeht, kriege ich kein Geld hinterhergeworfen, eher das Gegenteil."

Der Idiot fuhr sich durch die kurzen Haare. „Oh, die Prinzessin muss wahrscheinlich bitte sagen, wenn sie einen Hunderter will. Tut mir leid, das habe ich natürlich nicht bedacht. Wie dumm von mir."

Sie hatte ihm nichts getan! „Kannst du einfach die Klappe halten?"

Lukas lehnte sich zu ihr und stupste sie am Ellbogen an. „Lass dich nicht darauf ein, ignoriere den einfach", murmelte er ihr zu und Lea biss sich auf die Lippen.

„Wie die Prinzessin wünscht." Der Idiot grinste sie an. Offensichtlich machte ihm das hier Spaß. Sie funkelte ihn an und drehte sich dann wieder zur Lehrerin. Konnte die nicht auch mal etwas sagen?!

„Bitte halte dich zurück Slate, für solche Spielchen haben wir hier keine Zeit. Der Letzte im Raum möchte sich auch noch vorstellen, nicht wahr?" Sie nickte Lukas aufmunternd zu.

Lukas rutschte leicht auf seinem Stuhl hin und her und räusperte sich. Seine Finger spielten mit dem Rädchen an der Kamera in seinem Schoß. „Also ich bin Lukas, komme aus Ostafelde und bin ein Mensch." Sofort hörte Lea Gemurmel hinter sich und Slate rief: „Ach, na sieh mal einer an. Die Prinzessin hat einen Menschen ins Land gebracht. Na, viel Spaß."

Sie hatte sich kaum umgedreht, um ihn an zu funkeln, als der Wasser-Orchis meldete: „Was soll das? Was willst du hier?"

Lukas runzelte die Stirn. „Ich fand die Magie und das Land interessant. Da bin ich spontan mitgekommen."

„Interessant? Wie interessant? Willst du uns erforschen? Töten? Beweisen, dass die Magie ein Fluch ist?"

Lea schüttelte den Kopf. Was war denn jetzt los? Auch Lukas starrte erst sie an und sprach treffend aus, was sie dachte: „Hä?"

Slate lachte laut. Er schien sich köstlich zu amüsieren. „Kleiner Tipp, Junge: Sag nicht vor Magiern, dass du ein Mensch bist. Das kommt nicht gut."

Lea seufzte genervt und hätte ihm am liebsten ein Buch in sein grinsendes Gesicht geworfen. „Es gab seit Jahren keine Vorkommnisse mit Menschen, also behalte deine Vorurteile für dich. Er interessiert sich einfach für die Magie, keine Sorge. Hör doch einfach auf, dich für so oberschlau zu halten! Das bist du nämlich nicht, sonst wärst du doch schon längst mit der Ausbildung hier fertig." Vor ein paar Jahren hatte Amalia ihr schon von Slate erzählt, weil der nur unregelmäßig zum Unterricht erschien.

„Wenn du kein Fan von Albträumen bist, solltest du jetzt besser die Klappe halten." Sein Grinsen war verschwunden und er starrte sie an. Sie hatte keine Angst vor Träumen, aber sie hielt lieber den Mund. Auf weitere Nettigkeiten von ihm konnte sie gut verzichten.

„Hört auf!" Die Stimme der Lehrerin war schneidend und sogar das Gemurmel der Wasser-Orchis über Lukas verstummte. Sie hatte die Arme vor der Brust verschränkt und stand da wie ein Fels. „Niemand wird hier Magie einsetzen. Setzt ihr Magie gegen andere ein, fliegt ihr und könnt gleich weiter in den Wald der vergessenen Seelen gehen. Und was Lukas angeht: Herzlich Willkommen in Encantador. Ich wünsche dir, dass du deine Neugierde beibehältst und Magie dich genauso fasziniert wie uns alle hier. Wenn du die Übertragung machen lassen möchtest, kannst du das gerne beantragen lassen, die nächste Möglichkeit dazu wäre die Mondnacht mit der Magie der Mondorchidee. Aber auch wenn du ein Mensch bleiben möchtest, ist das deine Entscheidung und absolut in Ordnung. Ich kann dir garantieren, dass du dich hier nur wohl fühlen wirst. Sei gespannt, was die Zukunft für dich bereithält."

Lea schmunzelte und Lukas lächelte ihr von der Seite schief zu. Slate hatte Gott sei Dank dazu gelernt und blieb ruhig.

„Den Spruch, den die meisten von euch als Erstes hören werden, wenn sie nach Encantador kommen, ist: *Ennvio, Wege und Pfade mögen wir gehen, doch auf lange Zeit lass uns nicht stehen.* Damit holt ihr einen Ennvio, der euch mit einem gewissen Aufpreis verbunden zu eurem gewünschten Ort teleportiert."

Lea nickte. Das wusste sie bereits. Die Lehrerin erklärte weiter, dass die Orchis ein paar Begriffe hatten, während zum Beispiel die Pasado eher Sprüche gebrauchten. Das hatte ihr Amalia schon längst beigebracht und so rauschte die

Stunde an ihr vorbei, ohne dass sie etwas Neues erfuhr. Sie merkte, wie sie sich etwas zurücklehnte, wie sie das schon in der Schule machte, wenn jemand seine Hausaufgaben nicht gemacht hatte und nach Ausreden suchte. Lukas neben ihr saugte jedes Wort auf.

Nach dem Unterricht beeilte sie sich, aus dem Klassenzimmer zu kommen. Sie verließen die Akademie und Lukas schaute sich um. „Was machen wir jetzt?"

„Wir?"

„Amalia ist doch arbeiten. Mike … du weißt schon … und Kim will doch so wie es aussieht lieber allein sein."

Lea seufzte. „Das verstehe ich auch nicht. Sie hat keine Ahnung von dem Land und dann will sie alles allein erkunden? Und dann lügt sie uns an und will noch nicht mal bei uns übernachten?"

Lukas zuckte mit den Achseln. „Jeder Mensch ist anders. Wir können sie nicht zwingen."

„Ich weiß. Also wir könnten zum See der Tränen gehen oder wir gehen etwas essen oder …" Ihr fuhr ein stechender Schmerz in den Arm. „Ah!" Ihr Schrei kam genauso unerwartet wie der Schmerz.

Lukas starrte sie an. „Was ist los?!"

Lea rieb sich über den Ellenbogen. „Keine Ahnung. Das kam ganz plötzlich." Ein weiterer Stich. „Ah!" Ihr Arm verdrehte sich nach hinten, sie stieß einen hohen Schrei aus.

Sie schrie Lukas an, wusste selbst nicht, was sie sagte und er starrte sie nur entsetzt an. In ihren Ohren rauschte es, als ob sie unter Wasser schwamm. Ihr linkes Bein wurde plötzlich nach hinten gerissen und sie sackte zusammen. Ihr Kopf lag am Boden, ihre Knochen fühlten sich wie gebrochen an. Ihr Bein blieb verdreht. Sie schrie wieder vor Schmerz. Ein Stechen durchzuckte ihren Bauch. Sie hatte das Gefühl, ihr blieb die Luft weg. Sie konnte nicht atmen. Der Schmerz wurde immer schlimmer. Lukas schrie um Hilfe. Verschwommen erkannte sie, dass er in die Akademie rannte. Lea nahm alles wie aus weiter Entfernung wahr. Das Stechen und Zucken wurde stärker, schneller. Ihr Gesicht war nass vor Tränen. Ihre Hände zitterten vor Schmerz. Ihre Kehle fühlte sich trocken an. Ein wildes Pochen in ihrem Kopf ließ sie ein letztes Mal aufschreien. Dann übermannte sie die Ohnmacht.

Langsam öffnete sie ihre Augen und schaute Doro ins Gesicht. „Bin ich in Lole?" Doro nickte. „Lukas hat euch herbringen lassen, nachdem du ohnmächtig geworden bist. Er saß ihr auf einem Stuhl gegenüber und sie musste blinzeln, um wieder klar sehen zu können. Er sah besorgt aus, seine Hände kneteten seine Jeans und er war ganz blass. „Geht es dir gut?"

Lea rieb sich die Stirn. „Es geht, ja. Danke. Was war das? War das ... die ..."

Ihre Stimme versagte, sie traute sich einfach nicht, es laut auszusprechen.

Doro nahm ihre Hand. „Ja, das war die Verwandlung. Herzlichen Glückwunsch. Du bist nun eine vollwertige Orchia." Sie drückte sie kurz, aber Lea nahm die Umarmung gar nicht richtig wahr. Sie brauchte einen Spiegel! Sie hatte sich verwandelt! Sie musste ihre Augen sehen!

„Das war ganz schön heftig", sagte Lukas fast tonlos.

„Ich wusste, dass ich mich nicht mit Feenstaub verwandle, aber auf solche Schmerzen kann dich keine Theorie der Welt vorbereiten. Das war ..." Sie suchte nach dem richtigen Wort und ihr lief bei der Erinnerung an die Verwandlung eine Gänsehaut über den ganzen Körper. „... unbeschreiblich", beendete er ihren Satz.

„Hat jemand einen Spiegel?", sprudelte es aus ihr heraus. Sie konnte nicht abwarten. Auch wenn sie sich nicht sicher war, für das Ergebnis bereit zu sein.

„Oh ja, natürlich. Aber es tut mir leid, die Kunden warten. Ist es okay, wenn du ..."

Lea nickte. Sie stand vorsichtig auf und fühlte sich bei den ersten Schritten noch wie Wackelpudding. Sie atmete tief durch und ließ sich von Lukas aus dem Zelt führen. Doro begleitete sie und reichte ihr den Spiegel, während sie zwei Menschen aus der Masse vor dem Zelt zog und ins Innere brachte. Leas Finger glitten über ihren kühlen Delfin-Anhänger. Welche Farbe würden ihre Augen jetzt haben?

Sie schloss kurz die Augen und starrte zunächst den Spiegel an. Ihre Hände umklammerten den Griff und sie spürte ihre feuchten Finger, die sich gegen das Metall pressten. Sie versuchte, sich zu beruhigen und hob den Spiegel an. Braun. Ihre Augen waren immer noch braun. Das konnte doch nicht sein! Sie hielt ihn ganz nah an ihr Auge heran, aber er war zu schmierig, um genug zu erkennen. „Wie scharf ist deine Kamera?"

„Was für eine Frage. Meine beste Kamera ist so scharf, wie du willst."

„Gut. Dann mache bitte ein Foto von meinen Augen. So scharf du kannst."

Lukas zog sie von der Masse der Kranken, Verletzten und traurigen Menschen weg und trat näher. Lea nahm seinen sanften Geruch wahr und schluckte schwer. Nur noch ein paar Sekunden. Er hob die Linse vor seine Augen, trat noch einen kleinen Schritt nach vorne und es klickte einige Male. Ohne nachzudenken zog sie ihm die Kamera aus der Hand und zoomte das Foto heran. Es war klar und deutlich, so scharf wie sie es gewollt hatte: Ihre Augen waren etwas dunkler, aber immer noch braun. Erde. Sie war eine Erd-Orchia. Ihre Schultern sackten nach unten und sie schaute zu Boden. Auf die dreckige Erde. Ihr Element.

Warum nur? Was sollte sie mit Erde anfangen? Sie starrte auf ihre Hände. Sie war noch nie ein Fan von Gartenarbeit gewesen. Und jetzt sollte das ihr Element sein? Kein sanft gleitendes Wasser? Oder warmes Feuer?

„Ich komme nicht ganz mit. Was bedeutet das jetzt?", fragte Lukas leise.

„Meine Augen sind etwas dunkler. Mein Element ist die Erde." Sie spuckte die Worte aus wie ein Stück Brokkoli.

Lukas zog eine Augenbraue hoch. „Oh, das sieht man aber schlecht." Er trat näher heran, hob ihr Kinn leicht an und warf einen prüfenden Blick in ihre Augen. „Stimmt, jetzt wo du es sagst, erkennt man es. Immer noch sehr schön, aber es sieht etwas unnatürlich aus."

„Es ist ja auch nicht natürlich." Sie wusste, dass sie gereizt war und Lukas nichts dafürkonnte, welches Element sie bekam, aber sie konnte sich nicht zusammenreißen.

185

„Hey, das ist nicht meine Schuld. Welches Element wolltest du eigentlich?"

„Wasser", murmelte Lea. Dann schüttelte sie den Kopf. „Man bekommt halt nicht immer das, was man will."

Lukas lachte. „Woher hast du denn den Kalenderspruch?"

„Von meinem Vater."

„Verstehe. Was machen wir nun?"

„Ich kann es nicht ändern." Sie machte eine Pause und dachte nach. Amalia war arbeiten. Sollte sie sich in Ebria im Zimmer verkriechen und heulen, weil das Leben so scheiße war? Oder irgendwie versuchen, etwas zu lernen? Wenn doch nur ihr Vater hier wäre. Aber sie wüsste, was er sagen würde.

„Ich will im Wald spazieren gehen."

Lukas zuckte mit den Schultern. „Mir solls recht sein. Du hast dich gerade verwandelt, du darfst alles entscheiden."

„Großzügig von dir." Lea musste lächeln und holte einen Ennvio, den sie bezahlte, um sie zum großen Wald zwischen Felin und Nirall zu bringen. Lange würde sie mit den paar Münzen aber auch nicht mehr hinkommen. Entweder musste sie mal zu Fuß gehen oder ihr eigenes Geld umtauschen lassen.

Lea starrte in das Farbenmeer. Der Herbst hatte seine volle Blüte erreicht und jedes Blatt erstrahlte in einer anderen Farbe. Langsam marschierte sie auf eine Eiche zu und riss ein Blatt ab. Sie wendete es zwischen ihren Fingern und betrachtete es ausgiebig. Was sollte sie damit anfangen? Sollte sie sich im Ernstfall verteidigen, indem sie jemanden mit Blättern bewarf? Oder den Spruch Bäume ausreißen wörtlich nehmen? Würde sie beim Ackerbau arbeiten? Wie schön es gewesen wäre, mit Regentropfen zu spielen oder Wellen gleiten zu lassen und sich zu verteidigen mit der wilden Kraft der unbändigen Fluten. Sie ballte die Hand zu einer Faust und ließ das Blatt durch ihre Finger zur Erde rieseln. Was sollte sie nur damit anfangen? Sie spürte plötzlich einen Atem an ihrem Nacken und hörte Lukas murmeln: „Du fragst dich gerade, was das soll, mh?"

Sie wirbelte herum und sah ihm in die Augen. So blau hätten ihre jetzt auch sein können. Hellblau wie Wasser. Seine kurzen, dunklen Haare betonten die Augen nur noch mehr. Lea nickte und zuckte mit den Schultern. „Ich weiß es nicht."

„Wirklich? Oder willst du es nur nicht wissen?"

Sie zog eine Augenbraue hoch. Anstatt seinen Kommentar auszuführen, schnappte Lukas sich einen Haufen Blätter und warf sie ihr zu. Abwehrend hob sie die Hände und einige Blätter landeten in ihren Haaren. Lukas schmunzelte und hielt blitzschnell die Kamera hoch. Das Foto hielt ihre Situation perfekt fest. Es war aufgenommen, als sie die Hände gehoben hatte, etwas verwackelt vielleicht. Er zupfte ihr etwas aus den Haaren und hielt ihr die drei rot gefärbten Blätter vor die Augen. „Was hältst du davon, wenn du mal ein paar von denen nimmst und sie in die Luft wirfst? Bewusst? Du wirfst die Magie sozusagen weg."

Sie runzelte die Stirn und schüttelte den Kopf. „Nein, das ist doch albern. Ich kann die Magie, die ich jetzt habe, nicht wegwerfen wie eine schlechte Jeans. Ich muss es hinnehmen, wie es ist und damit klarkommen."

Lukas grinste breit. „Genau das wollte ich von dir hören."

Sie stupste ihn in die Seite, konnte sich aber ein Lachen nicht verkneifen.

„Komm, lass uns weitergehen, bevor ich noch mehr Lebensweisheiten von mir gebe."

Das Geräusch der Kamera vermischte sich mit dem Zwitschern der Vögel, und dem leisen Rauschen des fast stillen Windes. Sie spazierten langsam durch den Wald, Seite an Seite, stumm. Lea konnte den Gedanken nicht loswerden, dass das jetzt ihre Zukunft war. Oh Gott, wenn sie das Amalia erzählte … Wie schade, dass sie nicht dabei gewesen war, aber sie hätte sie wahrscheinlich nur in den Arm genommen und damit zum Weinen gebracht. Vier verdammte Jahre hatte sie diesem einen Moment entgegengefiebert und jetzt wo er endlich da war, wünschte sie sich, er wäre nie passiert. In ihren Gedanken versunken, achtete sie nicht auf ihre Füße und konnte nur einen überraschten Schrei von sich geben, als die Zweige und der Boden plötzlich unter ihr nachgaben und sie mit Lukas in eine Grube fiel.

Sie stieß sich beim Sturz den Hinterkopf und rieb sich die schmerzende Stelle. Aua. Das Pochen würde noch etwas andauern. Hektisch sah sie sich um. Wo waren sie? Ihre Augen erfassten nichts als Erde, ihre Füße trampelten auf Erde und die Hände ertasteten ein paar Wurzeln. Wände aus Erde?! Lea starrte Lukas an, der nach oben schaute. Der Himmel verdunkelte sich aufgrund des Nachmittags. Langsam wanderte ihr Blick von ihren Füßen hinauf an den Grubenrand. Bis über ihren Kopf reichte die Erde. Sie waren in einem Erdloch gefangen! Sie schüttelte den Kopf. Wo gab es denn sowas? So ein verfluchter Mist!

Lukas stöhnte. „Wirklich großartig. Meine Kamera hat bei dem Sturz was abgekriegt. Das wird irre teuer. Gehts dir gut?" Er fuhr sich mit einer Hand durch die kurzen Haare. „Ich bezahl dir das!", sagte Lea schnell.

Er machte eine wegwerfende Handbewegung. „Ist nicht deine Schuld. Ich hätte auch auf den Boden schauen können." Lea schüttelte immer noch irritiert den Kopf. „Eine Grube! Ich dachte, sowas gibt es nicht in echt! Wer macht denn sowas?!"

Lukas zuckte mit den Schultern. „Keine Ahnung. Aber ich bevorzuge das Haus. Lass es uns mit Räuberleiter versuchen."

Sie setzte einen Fuß auf seine gefalteten Hände, griff mit den Händen in die dreckige Erde und versuchte, sich hochzuziehen. Aber das Loch war zu hoch, sie kam nicht raus und rutschte ab. Lukas hielt sie sanft an der Hüfte fest. „Hab dich. Soll ich es mal versuchen?"

Lea faltete ihre Hände und versuchte, ihm Schwung zu geben. Aber auch er rutschte ab. Mist! Sie rieb sich die schmutzigen Hände und massierte ihre Stirn mit ihren Fingern, auch wenn sie wusste, dass sie sich dadurch dreckig machen würde. „Ich habe noch keine Übung mit meinem Element. Ich kann uns nicht hier rausholen." Sie rutschte auf den Boden und ließ ihren Kopf auf die Brust fallen.

Lukas setzte sich neben sie. Man konnte gerade noch die Beine ausstrecken, dann erreichte man die andere Seite des Loches. Er legte seinen Arm um ihre Schulter und drückte sie leicht. „Wie hast du dir denn gedacht, uns hier rauszuholen?"

„Vielleicht die Erde wegschieben oder so?" Lea zuckte mit den Schultern.

„Das wirst du alles noch lernen, keine Sorge."

„Ich weiß." Sie seufzte. „Aber ich werde nicht die Beste." Sie sah aus den Augenwinkeln, dass er sie anstarrte. „Die Beste?! Nimmst du dir da nicht etwas viel vor?"

„Nein!", sagte sie energisch und fügte bei seinem skeptischen Blick hinzu: „Mein Vater sagt immer: Gib dich nie mit einer Zwei zufrieden."

„Warum?"

Sie schaute ihn an. „Ist doch klar. Was will ich mit einer Zwei, wenn ich auch eine Eins haben kann? Die Eins ist das Beste und das Beste muss immer das Ziel sein."

Lukas seufzte. „Mir scheint, du hast einen liebenswürdigen Vater."

„Er achtet eben auf Leistung. Wie sieht es mit deinen Eltern aus?"

„Die sind gerade auf Weltreise. Ich lebe bei meiner Tante."

Sie riss die Augen auf. „Ist das dein Ernst?!"

Über ihr entsetztes Gesicht musste er lachen. „Ja?"

„Wie schrecklich."

„Ach nein, ist es gar nicht. Meine Eltern lieben mich. Sie schicken mir auch Postkarten und sie waren es auch, die mich dazu getrieben haben, in den Ferien mitzukommen. Einfach mal spontan seiner Neugierde folgen. Das habe ich von ihnen gelernt. Meine Tante sah das natürlich anders, aber ich habe sie überzeugt, dass ich hier einzigartige Fotos machen könne, die mir später helfen würden, mehr Geld zu kriegen."

Lea nickte. „Klingt interessant."

„Für dich vielleicht." Lukas lachte wieder. Ein leises, helles Lachen. „Was sagt denn deine Mutter zu den Vorstellungen deines Vaters?"

„Sie ist gestorben, als ich noch ein Baby war."

„Oh, das tut mir leid."

„Muss es nicht. Aber Mama war ein absolutes Organisationstalent. Meine Eltern haben sich während des Zahnmedizinstudiums kennengelernt und waren ein richtiges Traumpaar. Er hat seine Leistungsmentalität wohl ein bisschen auf mich übertragen. Da ich genauso gerne organisiere und lerne, passt das doch."

„Da passt aber Encantador nicht rein."

Lea seufzte. „Nein, passt es nicht. Momentan mit dem Element bin ich mir gar nicht mehr so sicher, ob ich will, dass es passt. Ich wünschte, ich könnte einfach wegteleportieren wie ein Ennvio."

Lukas sprang auf. „Das ist es! Mann, wir sind so bescheuert! Dass wir das nicht gleich draufgekommen sind. Vicky, Wege und Pfade mögen wir gehen, doch auf lange Zeit lass uns nicht stehen."

Lea schlug sich mit der flachen Hand gegen die Stirn. Wie dämlich hatte sie sein können! Die Lösung war so offensichtlich gewesen! Vicky starrte sie an und sah so aus, als kämpften ihre Kiefermuskeln mit einem Lachen. „Wie habt ihr das denn geschafft?!"

„Wir haben nicht auf den Boden geachtet."

Vicky machte große Augen und ergänzte: „Das muss ich sofort Nimra melden. Weißt du, die Erd-Orchis, die als Waldarbeiter für diesen Teil des Landes zuständig sind, kümmern sich auch um die Tiergruben. Da hat wohl jemand seine Arbeit schlecht gemacht."

Lea schnaubte. „Kannst du uns jetzt hieraus bringen?!"

Vicky kniff die Augen zusammen. „Sind deine Augen dunkler oder macht das das Licht?"

Sie schaute kurz auf ihre Füße, dann wieder in Vickys helle Augen: „Ich bin eine Erd-Orchia", murmelte sie.

„Ah, wie großartig! Herzlichen Glückwunsch zur Verwandlung! Warte, jetzt hole ich euch nicht einfach ab! Ich bin gleich wieder da!" Und auf der Stelle verschwand Vicky.

Na toll. Eine Minute später erschien Vicky wieder, diesmal nicht allein. Ein Mädchen stand neben ihr. Den Körper stockgerade, die Augen offen, das Make-up dezent, die dunklen Haare streng zu einem Zopf gebunden, kleine Perlen in den Ohren und eine Bluse, die sich elegant um ihren zarten Körper schmiegte. „Das ist Sophia. Eine Freundin von Belfi und Amalia. Sie ist hier berühmt für ihren Showtanz. Hol sie mal raus, dann sieht Lea, womit sie es zu tun hat." Mit einem Blick in die Grube fügte sie hinzu: „Und wie man seinen Job richtig macht. Wie kann man vergessen, eine Grube zu schließen ... Trottel."

Sophia schüttelte den Kopf, dann verschwand der leicht mürrische Gesichtsausdruck wieder und Lea erkannte die Konzentration. Jetzt sah Sophia genauso aus wie sie immer im Schulunterricht, nur eleganter. Sie drehte ihre linke Hand und murmelte ein paar Worte. Die Wurzeln aus der Wand lösten sich. Lea wich erschrocken zurück und stieß gegen Lukas, der sie an den Schultern festhielt. Eine Wurzel nach der anderen verknotete und wand sich, bis Lea erkennen konnte, was Sophia machte. Die Wurzeln verbanden sich zu einem Seil nach oben. Sophia ließ ihre Hände sinken und Lea ergriff die Wurzeln. Sie fühlten sich fest an und sie wagte es, sich an dem Strang hinauf zu hangeln. Sie schaffte es tatsächlich und erreichte den Waldboden. Erleichtert atmete sie auf und reckte und streckte sich.

Sophia lächelte sie sanft an. „Willkommen im Kreis der Erd-Orchia. Du wirst in den nächsten Wochen und Monaten viel in der Akademie lernen."

Sie nickte und murmelte: „Danke."

Sophia berührte Vicky am Arm. „Du siehst schon so gestresst aus, da kannst du das hier nicht auch noch gebrauchen. Ich kümmere mich darum, die Grube zu schließen und dann gebe ich Nimra Bescheid. Die wird den Verantwortlichen dann schon bestrafen. Schön, dass euch nichts passiert ist." Ihre helle Stimme hatte eine beruhigende Wirkung auf Vicky und auch Lea spürte, wie sie sich etwas entspannte. Mit der ruhigen Ausstrahlung sollte sie mal ihrem Vater begegnen, der konnte sich auch gut aufregen, wenn Leute ihren Job nicht richtig machten.

Lukas kletterte ebenfalls aus der Grube und Lea wandte sich an Vicky. „Was hättest du gemacht, wenn mein Element Feuer gewesen wäre? Hättest du dann Mike geholt?"

„Was euch beide angeht, sollte ich mich nicht einmischen. Was Mike gemacht hat, war scheiße. Aber ich finde, du solltest es ihm sagen. Er hat mir immer von dir erzählt, wenn er hier war. Er hat deiner Verwandlung genauso entgegengefiebert, wie du selbst, das kannst du mir glauben."

Lea schloss die Augen, bereit für das Ziehen im Magen beim Teleportieren und sah sich irritiert in einem Gasthaus um. „Wo hast du uns hingebracht? Ich wollte doch nach Ebria!"

„Die Treppe rauf geht es zu Mikes Zimmer. Es steht dir frei, ich bringe die beiden jetzt nach Ebria. Du kannst nach mir gerne einen anderen Ennvio oder Daniel rufen, der dich auch dahin bringt." Bei den Worten streckte Vicky ihr ein paar Münzen entgegen.

Lea sah Lukas an, der ihr zunickte. Amalia arbeitete noch lange und ihr war die Lust an Spaziergängen vergangen. Sie atmete tief durch. Lukas trat neben sie, zupfte ein kleines Blatt aus ihren Haaren und berührte sie leicht am Arm. „Mach das doch für dich, nicht für ihn, okay? Dann kannst du mit ihm abschließen."

Hatte sie das nicht schon längst? Wenn sie ihn wirklich geliebt hätte, würde sie jetzt nicht mal daran denken, ihm unter die Augen zu treten. Aber anstelle von Herzschmerz spürte sie nur den Drang, das Kapitel abzuschließen. Wie Lukas gesagt hatte. „In Ordnung, ich mache es für mich. Bis nachher." Vicky nickte ihr zu und verschwand auf der Stelle mit Lukas und Sophia.

Sie wich einer betrunkenen Frau aus, die auf sie zutorkelte und stapfte die hölzernen Treppen hinauf. Ihre Hände waren noch schmutzig und sie wischte sie schnell an ihrer Jeans ab, ehe sie kräftig an die Tür klopfte. Sie musste einen Moment warten, bis sich die Tür öffnete. Seine Haare waren zerzauster als sonst und sein rotes Shirt lag eng an seinem Körper. Er sah nicht schlecht aus, aber das interessierte sie nicht. Nicht mehr.

„Hi", sagte sie möglichst neutral. Mike starrte sie ein paar Sekunden mit weit aufgerissenen Augen an, dann fing er sich wieder und öffnete die Tür weiter. Zum Vorschein kam ein spärliches Zimmer, das sie in Größe und Ausstattung an sein Zuhause in Ostafelde erinnerte. Sie passten so grade beide hinein, das Bett war gemacht und der Boden übersät mit Aschehäufchen. Mit einer flinken Bewegung ließ er sie verschwinden und steckte die Hände in die Hosentasche.

„Ich bin überrascht, dich zu sehen. Was gibt es?"

„Ich habe mich verwandelt."

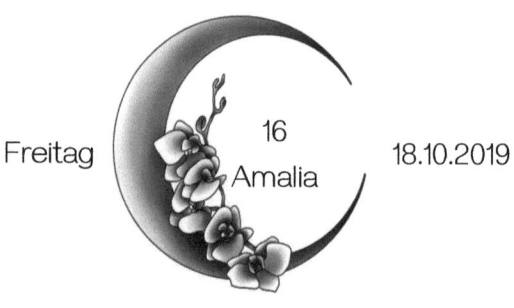
Encantador

Aus den Augenwinkeln beobachtete sie Viktor, der Lucy die Bücher zum Einsortieren zeigte. Sie nickte immer eifrig, so wie sie es selbst in ihrer Anfangszeit hier vor über drei Jahren gemacht hatte. Und Viktor sah mit dem gleichen stolzen Blick auf die Neue herab, wie er sie die letzten Jahre über angeschaut hatte. Wie ihre Haare heute glänzten. Ihre Haut war natürlich auch makellos. Und zu guter Letzt war sie auch noch so irre groß, dass sie ohne Probleme an die hohen Regale kam, mit denen Amalia ständig kämpfte. Als Viktor ging, schlenderte sie auf Lucy zu. „Guten Morgen."

Lucy nickte nur.

„Was machst du heute?", versuchte Amalia erneut ein Gespräch aufzubauen.

„Das, was ich soll."

„Was hat Viktor denn gesagt?"

Lucy seufzte. „Ich bin nicht hier, um Freundschaften zu schließen. Ich werde irgendwann Viktors Position übernehmen und dafür brauche ich keine Freunde. Was hältst du davon, einfach deine Arbeit zu machen? Ohne Reden geht das auch schneller."

Amalia schüttelte den Kopf. Was für eine Zicke! Als ob sie jemals Viktors Position übernehmen würde. Was glaubte die eigentlich? Sie war erst seit ein paar Monaten dabei und schon strebte sie an, den Chef zu beerben? „Mich interessiert nur, was du heute machen sollst."

„Die neuen Dokumente durchgehen und überprüfen."

„Ah, ich verstehe. Nun, ich arbeite hier seit mehreren Jahren. Wenn du Viktor beerben möchtest, solltest du erst einmal meine Erfahrungen überbieten. Viktor hätte es gerne, wenn man das in einer Stunde schafft."

„Das ist ja kein Problem." Lucy drehte sich um und marschierte durch die Tür davon.

Sie lachte. In einer Stunde war es nahezu unmöglich. Sie hatte immer zwei Stunden gebraucht. Wenn sie schon die Chefposition wollte, konnte sie ruhig ein bisschen Stress haben. Amalia ging zurück an ihren Platz. Sie telefonierte mit Ratsmitgliedern, die verschiedene Dokumente oder Bücher anforderten. Die Bestellungen wurden genau verzeichnet, die Ware ordentlich verpackt und in Remos Raum gebracht, der sie dann einigen Ennvio im Laufe des Tages mitgab.

Die Stunde verging durch ihre Arbeit schneller als gedacht und so nutzte sie ihre Mittagspause, um bei Lucy vorbeizuschauen. Sie drückte den Türknauf nach unten und rannte direkt gegen Viktor. „Oh, Amalia, schön dich zu sehen."

Sie starrte ihn an, fing sich dann aber wieder. „Ja, ich, äh, wollte nur eben nach Lucy sehen. Diese Arbeit hat sie ja bisher noch nicht gemacht."

„Da liegst du richtig, aber anscheinend haben wir es hier mit einem Naturtalent zu tun. Lucy ist nach anderthalb Stunden fertig. Wirklich großartig!"

Amalia konnte nicht verhindern, dass ihr der Mund aufklappte. Da war doch etwas faul! So war das doch nicht geplant! Viktor nickte Lucy noch zu und sagte im Vorbeigehen: „Weiter so. Amalia, du kannst von ihr noch einiges lernen!"

Sie starrte Lucy an, die breit grinste. „Du hast es gehört. Ich bin auf dem besten Weg."

Hastig riss sie die Tür auf und marschierte raus zu Kalo. „Hey. Ich hatte am Montag ein zerknittertes Dokument abgegeben. Hast du es fertig?"

Er legte einen großen Stapel Zettel zur Seite und kramte ein geglättetes Dokument hervor. „Danke", sagte Amalia und ging zurück an ihren Arbeitsplatz. Sie setzte sich hin und legte das Dokument vor sich auf den Tisch. Das Pergament wies noch einige Risse auf, aber es war so gut geglättet, dass sie es jetzt noch überprüfen konnte. Sie blinzelte ein paar Mal und versuchte dann, die Unterschrift zu entziffern. Mmh. Komisch. Sie zog eine Mappe mit allen Unterschriften der Ratsmitglieder der letzten Jahrzehnte und der aktuellen hervor. Vorsichtig legte sie das Pergament neben die Mappe. Ihre Finger strichen behutsam über die Unterschrift. Der Stift war offensichtlich sehr locker gehalten worden, er war so gut wie gar nicht eingedrückt. Das war eher untypisch.

Normalerweise fühlte sich die Unterschrift an wie eine Narbe, je nachdem wer wie stark aufgedrückt hatte.

Sie kniff die Augen zusammen, hielt das Dokument gegen das Licht und schielte nebenbei auf die Mappe mit den gesammelten Unterschriften. Ah! Es könnte Mario gewesen sein. Das R, das O … es sah aus, als ob er nur im Vorbeigehen flüchtig unterschrieben hätte. Aber so wusste sie wenigstens, dass sie es zu den Unterlagen in der Gegenwart sortieren konnte. Sie hielt es sich wieder vor Augen und entzifferte langsam die schon verblasste Tinte für die Genehmigung: Gebäude im Norden der Stadt. Sie runzelte die Stirn. So unkonkret konnte man nichts überprüfen oder damit anfangen. Wie sollte das denn dokumentiert werden?

Sie seufzte und machte sich auf die Suche nach Viktor. Im Gang entdeckte sie ihn. „Viktor, ich habe ein Problem."

„Was ist?" Er wirkte genervt.

Sie hielt das Dokument hoch. „Diese Genehmigung hier ist absolut ungenau. Ich kann damit nichts anfangen, wenn ich nicht weiß, was genau genehmigt wurde."

Er nickte müde. „Ich weiß. Pack es in den Ordner für undefinierte Dokumente."

Sie runzelte die Stirn. „Undefinierte Dokumente? Seit wann haben wir das denn?!"

„Lucy hat letzte Woche auch einige Dokumente gefunden, die schwer zu überprüfen sind. Nächste Woche werde ich sie zurück zum Rat schicken mit der Bitte um Konkretisierung."

„Oh. In Ordnung."

„Bis dann." Viktor eilte hinaus und Amalia machte sich verwirrt zurück auf den Weg zu ihrem Arbeitsplatz. Tatsächlich.

Weiter hinten stand der erwähnte Ordner. Alle Ordner hier trugen ihre sanfte, schnörkelige Bezeichnung. Nur dieser hier stieß hervor mit dicken Druckbuchstaben. Sie beschlich das leise Gefühl, dass dies nicht die einzige Veränderung war, die diese Neue mit sich brachte.

Nach weiteren drei Stunden des Übertragens von wichtigen Pergamenten auf Papier und der Bestellung für die neuen Bücher der Lehrer der Akademie hatte sie Feierabend und rief Daniel. Er umarmte sie lange. „Wir sehen uns viel zu selten."

Sie nickte. „Finde ich auch. Nur noch ein halbes Jahr. Dann bin ich mit Ostafelde fertig und ziehe hier her." Sie musste bei der Vorstellung lächeln. „Bringst du mich bitte nach Ebria?"

Daniel nickte und zog seinen Trenchcoat näher um sich. „Klar."

Die Welt verschwand für einen Augenblick und sie standen in Ebria. „Wie viel macht das?"

Er schüttelte den Kopf. „Heute nichts."

„Was? Nein, jetzt komm schon, wie viel macht das?"

Er lächelte. Zu gerne hätte sie sich mit einem Kuss auf die Wange bedankt. Amalia schluckte schwer. Sollte sie es wagen? Einfach ganz schnell. Doch bevor sie etwas erwidern oder ihm näherkommen konnte, fügte er hinzu: „Dafür sind Freunde doch da." Dann umarmte er sie hastig und verschwand wieder. Immerhin. Diese Freundschaft würde sie nicht riskieren. Noch nicht. Sie lächelte in sich hinein und konnte das Kribbeln im Bauch nicht unterdrücken. Ihr Herz beruhigte sich langsam wieder und fand zum normalen Tempo zurück. Sie drückte die Türklinke hinunter und begrüßte

Lea und Lukas, die am Tisch saßen. Sie hatten offensichtlich mit dem Essen auf sie gewartet. Wie lieb von ihnen, dann musste sie zu Hause bei Belfi nichts mehr zu Abend essen.

„Wie war euer Tag?"

Sie zog sich ihren Mantel aus und Lea stand auf. Was war denn jetzt los? Ihre Freundin kam auf sie zu und sah sie an. „Ich war gestern Abend bei Mike. Er ist mitten in den Vorbereitungen für sein Spiel."

Sie konnte ihren Mund nicht zu kriegen. „Warum zur Hölle warst du bei Mike?" Sie sah, dass es ihrer Freundin offensichtlich schwerfiel, die richtigen Worte zu finden. Dann würde Lea es einfach direkt sagen. Kurz und schmerzlos. Gespannt wartete Amalia ab.

„Ich habe mich verwandelt."

„Was?!" Sie schrie auf und fiel ihr in die Arme. „Wow! Das ist ja großartig! Wie wars? Und was bist du? Und wer weiß es? Und überhaupt! Das ist ... wow!" Tränchen kullerten ihr die Wange hinab und sie wollte Lea gar nicht mehr loslassen. Moment. Ihre Augen hatten nicht anders ausgesehen als sonst. Sie ließ von ihr ab und hielt Lea an den Schultern auf Abstand. Ihre Augen waren weder rot noch blau, vielleicht ein bisschen dunkler als vorher. Aber ansonsten immer noch braun. „Oh", konnte sie nur hervorbringen. Erde war das letzte Element, das sie sich für Lea gewünscht hätte. Feuer kannte sie schon so gut durch Mike. Obwohl das jetzt sicherlich mies gewesen wäre. Und Wasser war schon immer schön gewesen. Lea musste nicht nur ihre Magie erlernen, sondern ein Element als ihre Identität akzeptieren, das sie sich nicht gewünscht hatte.

Amalia nahm sie wieder in den Arm und strich ihr über die Haare. „Das wird schon wieder", murmelte sie ihr zu.

„Wenn du das meinst", war alles, was Lea hervorbrachte und Amalia drückte sie nur noch fester an sich.

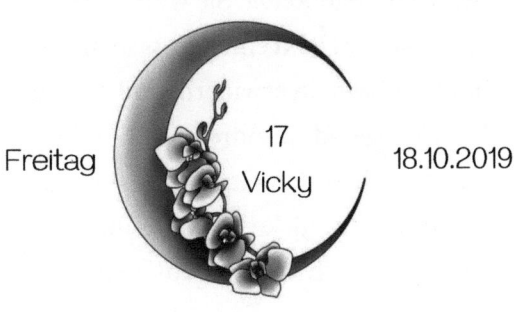
Encantador

Sie ging an der Akademie vorbei und hielt nach Slate Ausschau, der vermutlich in einem der Räume saß und so tat, als
würde ihn der Unterricht interessieren. Sie betrat die Akademie und lugte in die Räume. Da saß er! Natürlich ganz
hinten. Er starrte aus dem Fenster, hinaus auf den Hof. Sie
musste lächeln. Slate würde sich wohl nie für die Akademie
interessieren. Die anderen waren zu sehr mit dem Unterricht
beschäftigt, um sie zu bemerken. Sie klopfte zaghaft ans Glas,
weil sie wusste, dass nur Slate sie hören würde. Er konzen-
rierte sich schließlich auf alles, was nicht aus dem Mund der
Lehrerin kam. Kaum hatte sie geklopft, bewegte sich sein
Kopf langsam in ihre Richtung.

Als er sie entdeckte, grinste er breit und löste in Vicky
Bauchkribbeln aus: Von der Sorte, dass man das Gefühl hatte,
man hätte nichts anderes mehr im Bauch und Herzklopfen,
dass sie meinte, es müsse gleich aus ihrer Brust springen. Ihre
Wangen röteten sich, als er sie so anlächelte und sie sehnte

sich jetzt mehr als sonst danach, ihn zu küssen und zu berühren. Aber sie musste weiter. Sie würden sich später sehen. Vicky hauchte mit der Hand einen Kuss in die Luft, den er mit seinem schönsten Lächeln erwiderte und sie wandte sich ab.

Sie wollte sich gerade umdrehen, da erblickte sie Kim. „Oh, hey!", rief sie über den Gang und ging auf sie zu. Aber als Kim sie entdeckte, nickte sie nur und verschwand im Raum einer Lehrerin. Irritiert blieb Vicky mitten im Lauf stehen und machte sich wieder auf den Rückweg. Sie hatte sie noch nicht einmal gegrüßt! Was war das nur für ein unhöfliches Mädchen! Sie war vollkommen auf sich allein gestellt, kannte nichts und niemanden in diesem Land, sie hatten ihr geholfen und dann war sie noch so undankbar. Bei Mike hatte sie sich seit ihrem Verschwinden nicht mehr gemeldet und tat stattdessen so, als würde sie in der Akademie wohnen. Dabei ging sie noch nicht einmal in den Unterricht, sonst hätte Slate sie irgendwann zu Gesicht bekommen. Wie viel sie mit Frau Fries rumhing! Ausgerechnet die, die ihr am wenigsten helfen konnte. Und Einzelstunden gab es nur in den Praxisräumen, unter keinen Umständen im Büro der Lehrerin. Vicky schüttelte den Kopf. Irgendetwas an diesem Mädchen kam ihr komisch vor. Vielleicht konnte Slate trotzdem mal ein Auge auf sie werfen.

Kurz darauf teleportierte sie nach Felin zum Imbiss und betrat langsam den Laden. Das würde jetzt unangenehm werden. Webo erkannte sie schon von Weitem. „Vicky? Hast du dich vertan? Deine nächste Schicht ist morgen um drei Uhr."

„Ich weiß. Aber darüber wollte ich mit dir reden. Hast du kurz Zeit?"

Er sah sich im vollen Imbiss um und schüttelte den Kopf. „Warte ein paar Minuten." Aus Minuten wurde eine Stunde. Vicky tippte mit ihren Fingernägeln auf den Tisch herum und sah die Gäste kommen und gehen. Größtenteils waren es heruntergekommene Rumtreiber. Wer sonst würde in Felins Absteige gehen? Genervt wollte sie sich schon zum Gehen aufmachen, als sie ein lautes Scheppern hörte. Erschrocken drehte sie sich um. Die Neue hatte ein Tablett fallen gelassen. Großartig. Ein paar Gäste an den umliegenden Tischen grölten und sie sah, dass die Neue mit den Tränen kämpfte. Ihre Schultern waren ganz gekrümmt. Das passierte garantiert nicht zum ersten Mal. Sie stand auf und marschierte zu den Scherben. Flink sammelte sie das zerbrochene Glas auf und erntete ein gemurmeltes „Danke".

Webo hatte die Hände in die Hüften gestemmt. „Du bist ja noch hier. Dann komm rein."

Sie trat in den Hinterraum und begann sofort: „Ich weiß, ich habe dich gebeten, meine Schichten zu reduzieren. Aber es funktioniert einfach nicht. Ich brauche mehr Geld."

„Also willst du deine Schichten wieder erhöhen?"

Vicky nickte. Webo lachte bitter. „Dieses Hin und Her. Das geht so nicht."

„Ich bin mir darüber im Klaren, dass das so nicht richtig ist. Aber alles, worum ich dich bitte, ist eine zweite Chance. Du weißt, dass du mich brauchst."

Er schüttelte leicht den Kopf. „Sei nicht so hart mit der Neuen." Zerbrechendes Geschirr, Stuhlgeklapper und lautes Gegröle ließ sie zusammenzucken. Webo seufzte erschöpft und rang sich durch: „Na gut. Morgen früh, acht Uhr."

Sie würde weniger Zeit haben, aber das war besser so. Ohne das nötige Geld für Material konnte sie noch weniger nähen und Geld war in diesem Fall wichtiger als Zeit. Mit einem Blick auf die Uhr verließ sie den Raum und bestellte sich einen Kollegen, um noch einigermaßen pünktlich nach Hause zu kommen. Die Zeit raste aber auch davon! Sie steckte den Schlüssel ins Schloss und bemerkte, dass sie ihn nicht drehen konnte. Die Tür war bereits auf. Vorsichtig öffnete sie die Tür einen Spalt breit, bis sie den blonden Haarschopf sah und die Tür aufstieß. Er zuckte zusammen. Sie knallte die Tür zu und stemmte die Hände in die Hüften. „Mach das nicht ständig! Ich hasse das! Was willst du hier?"

Mike stand auf. „Ich hab dir etwas zu essen mitgebracht. Ich wollte dir nur sagen, dass ich nicht mitkomme."

Vicky verdrehte die Augen. „Das ist jetzt nicht dein Ernst! Das war immer unsere Party! Da kannst du nicht einfach fehlen."

Er schien nach den richtigen Worten zu suchen und schüttelte den Kopf. „Ich muss mich auf mein Spiel vorbereiten."

„Ach komm, das ist doch nur eine Ausrede. Das Spiel hat dich die letzten Jahre doch auch nicht abgehalten. Geht es um Lea?"

Mike gab ein Grunzen von sich und verschränkte die Arme vor der Brust. „Die hat mich gestern besucht, um mir zu sagen, dass sie sich verwandelt hat. Erde ist ihr Element. Ich wollte sie in den Arm nehmen, aber sie hat mich total angezickt. Wie ich denn auf den Gedanken kommen könnte, dass sie mir verziehen hätte und dass sie nur für sich hergekommen wäre, um mit dem Kapitel vor Encantador abzuschließen. Sie will mich nicht wiedersehen. Darauf kann ich verzichten. Mach dir einen schönen Abend, du hast ihn dir verdient."

„Gut, wie du meinst." Vicky seufzte. „Was wirst du machen, während alle deine Freunde feiern?"

„Ich denke, ich schaue mal bei Kim vorbei. Sie soll viel in der Akademie rumhängen, vielleicht finde ich sie da. Wir wohnen seit fast zwei Jahren zusammen und jetzt ist sie in Encantador und ich kriege sie gar nicht zu Gesicht. Das ist doch komisch."

„Das ist bestimmt nicht das einzig Komische an ihr."

„Was?"

„Ach nichts, nur so ein Gefühl. Dann viel Spaß."

„Danke, dir auch."

Mike schloss die Tür und Vicky holte das enge, rote Kleid hervor, das sie für die heutige Party genäht hatte. Nach mehreren Schichten von Make-up und Haarspray stöckelte sie hinaus in die Nacht. Die Akademie erstrahlte bereits im warmen Licht von unzähligen kleinen Feuerquellen, die in der Luft hingen. Wie Girlanden schlängelten sich die flammenden Gläser und erleuchteten den Innenhof. Slate konnte sie natürlich schon von Weitem erkennen. Er stand an der Tür gelehnt und beobachtete die Leute. Als sein Blick auf sie fiel, strahlte er. „Hallo Süße", hauchte er in ihr Ohr und küsste sie lange. Seine Hände ruhten auf ihrem Rücken und glitten langsam ihren Hintern hinab. Vicky kicherte.

„Später", flüsterte sie und zog ihn durch die Tür zum Innenhof.

Die Party war schon in vollem Gange. Wenn man gesehen werden wollte, durfte man nicht als Erstes kommen. Das war die oberste Regel und der Trick ging auf. In ihrem engen roten Kleid, das ihren Körper kaum verhüllte, zog sie alle Blicke auf sich. Sie schloss die Tür wieder und nahm Slates Hand, während sie sich einen Weg durch die Menge in die Mitte des Hofes bahnte. Ihr Blick glitt über den Raum hinweg zum Rand.

Amalia machte ein paar kleine Bewegungen in ihrem zarten rosa Kleid, das sie unschuldig aussehen ließ. Slate legte Vicky eine Hand an die Hüfte und die andere hielt ihre Hand. Sie bewegte sich langsam im noch ruhigeren Takt der Musik und schmiegte sich an ihn. Aus den Augenwinkeln sah sie Lea, die Amalia Getränke brachte. Oh, die wusste aber auch, wie es ging. Überrascht begutachtete sie Lea: Die langen braunen Haare trug sie offen in Locken, ihr Make-up wirkte sexy, aber nicht billig und ihr dunkelblaues Kleid mit dem Rüschenrock zauberte ihr eine weibliche Figur, deren lange Beine von hohen Schuhen betont wurden. Lea konnte Amalia ruhig ein paar Tipps geben, sonst würde sie für immer so langweilig und brav aussehen. Ihre Haare trug sie zwar offen, aber nur glatt ohne Volumen oder großartigen Schmuck. Ihre Beobachtungen wurden durch den Einsatz des DJs unterbrochen. Ja! Endlich spielte der DJ ein schnelles Lied und die Musik dröhnte in ihren Ohren. Sie lächelte und Slate küsste sie am Hals. Vicky ließ ihre Hüften kreisen und schwang zum schnellen Beat mit.

Jetzt mischten sich auch Lea und Amalia unter die Menge. Amalia nickte ihr zu und Lea hob die Hand zum Gruß, sah sie aber nicht richtig an. Hinter ihr erschien Lukas, der sich ebenfalls herausgeputzt hatte. Allerdings blieb er in dem sicheren beigen Hemd konkurrenzlos. Wäre Mike hier, hätte er bestimmt etwas Auffälliges getragen. Auch wenn er nicht tanzen konnte, war es gerade deswegen immer erst recht spaßig mit ihm gewesen. Sie vermisste Mike und schmiegte sich enger an Slate. Der Rest von Amalias Freunden war natürlich da und sie schienen sich nicht an Mikes Abwesenheit zu stören. Sophia trug wie immer die Haare zum Zopf und ein schimmerndes, dunkelgrünes Kleid. Ihre Bewegungen waren selbst auf dieser Party graziös und kontrolliert. Hinter ihr tauchte Daniel mit Belfi auf. Er sah auch nicht besonders aus, aber selbst ein Blinder musste sehen, dass Amalias Grinsen bei seinem Anblick breiter geworden war.

Belfis Outfit war eher wie das Feuer eines Orchis: Einerseits faszinierend, andererseits sollte man einen weiten Bogen machen. Sie hätte mit ihrem weißen und bunt gesprenkelten Kleid direkt vom Malen hierherkommen können. Ihre zu struppigen Zöpfen gesteckten roten Haare taten ihr Übriges. Vicky beobachtete die Freunde noch ein paar Minuten, wie sie zusammenstanden und redeten, Daniel und Sophia, begleitet von Amalias eifersüchtigen Blicken. Und Lea und Lukas, die zusammen tanzten und welche Lockerheit von der Gruppe ausging. Wäre Mike hier, hätte sie jetzt um Getränke gebeten und mit ihm getanzt, wenn Slate keine Lust mehr gehabt hätte. Er schien zu merken, dass sie über etwas nachdachte. „Ich kann zwar Träume manipulieren, aber keine Gedanken lesen. Seit wann hast du keine Lust mehr auf Tanzen? Alles gut?", flüsterte er ihr zu.

Sie nickte. „Sollen wir mal zu den anderen gehen?"

„Wen meinst du?"

„Mikes Freunde."

Stille. Dann hörte sie ein Seufzen. Sie lächelte, gab ihm einen langen Kuss auf die Wange und zog ihn an der Hand durch die Menge zu der Gruppe. „Hallo", sagte sie laut, um die Musik zu übertönen.

Lea starrte Slate an. „Was will der denn hier?!"

Was? „Hallo? Das ist mein Freund!"

Slate lachte laut auf, aber sie ignorierte ihn. Mit ein paar Schritten war sie bei Lea. Diese schaute sie ungläubig an. „Ist das dein Ernst? Du bist mit ihm zusammen?"

„Ja?! Ich nehme an, du hast ihn kennengelernt?"

Lea antwortete etwas, aber sie konnte durch die Musik und das Stimmengewirr nichts verstehen. „Was hast du gesagt?!"

„Nichts. Ich hoffe nur, er ist netter zu dir!"

Vicky musste lachen und schrie zurück: „Sonst wäre ich nicht mit ihm zusammen."

Dabei beließen sie es besser, das Schreien machte keinen Spaß. Stattdessen zog sie Slate näher in die Gruppe und begann wieder zu tanzen. Sie ließ sich von Slate drehen und küsste ihn lange. Ihr Bauch kribbelte und vibrierte vom Bass der lauten Musik. Ihr Kleid klebte mittlerweile an ihrem Körper und die Luft roch nach dem Schweiß der Menge. Trotzdem tanzte sie weiter. Die kalte Herbstluft entschädigte für alles. Slate machte sich von ihr los und marschierte zum Getränkestand. Unentschlossen stand sie ein paar Sekunden in der Menge, umzingelt von Mike und Amalias Freunden und fühlte sich allein. Aber dann entschied sie sich, die Initiative zu ergreifen und tanzte Lukas an. Sie bewegte ihre Hüften im Takt, wackelte mit ihrem Hintern und schüttelte ihre volle Mähne. Lukas schien erst irritiert, bis der Takt zum Refrain hin richtig laut und schnell wurde. Dann kam er auch in Schwung, bewegte seinen Körper von links nach rechts und auch wenn er kein begnadeter Tänzer war, er blamierte sich schon mal nicht.

Vicky lachte und sah Lea und Amalia aus den Augenwinkeln, die sie angrinsten. Slate kam mit seinem Getränk wieder, zog sie zurück und sie kicherte. „Kaum bin ich weg, reißt du jemanden anderes auf", hauchte er ihr ins Ohr. Trotz der lauten Musik war der Schalk in seiner Stimme nicht zu überhören. Sie drehte sich zu ihm um und küsste ihn. Ihre Finger vergruben sich in seinen Haaren und er drückte sie mit dem freien Arm an sich. Plötzlich wechselte das Lied zu einem irren Beat und Vicky verzog das Gesicht.

Was war das denn? Wie sollte man dazu tanzen? Ein paar Leute in der Menge begannen zu zappeln, als hätten sie gerade einen Elektroschock bekommen. Oje. Es war für sie an der Zeit, die Tanzfläche zu verlassen. Erst am Getränkestand erkannte sie, dass Belfi ihnen gefolgt war, während die Freunde mit gequälten Mienen in der Menge stehen geblieben waren. Slate ließ sie mit einem vielsagenden Blick allein und verschwand in der Menge.

„Du, weißt du, wo Mike ist?"

Vicky zog eine Augenbraue hoch und goss sich zu trinken nach. „Warum willst du das denn wissen?"

211

„Ob du es glaubst oder nicht: Mike war auch mit mir befreundet, bevor er Lea betrogen hat. Ich sehe ihn gar nicht mehr. Ist er wegen Lea nicht da?"

Vicky nickte. Sie konnte sich nicht erinnern, dass Mike Belfi je wirklich erwähnt hatte. Andererseits konnte sie sich auch nicht daran erinnern, je ein Wort mit Belfi gewechselt zu haben. Nicht richtig. Eine Strähne hatte sich gelöst und hing ihr ins Gesicht. Vicky sagte nichts, es sah nicht schlecht aus. Doch Belfi bemerkte es schon selbst und schob sie hinters Ohr. „Gut, viel Spaß noch."

„Wie? Gehst du etwa schon?"

„Ich muss arbeiten."

„Bis dann." Sie runzelte nachdenklich die Stirn. Hatte Belfi wirklich nur das Malen als Arbeit? Wenn ja, dann konnte sie sich glücklich schätzen, ihr Hobby zum Beruf gemacht zu haben. Sie wartete mit zwei Getränken in der Hand, bis sie Slate entdeckte, der aus der Menge kam. Er steckte eine kleine Kette in seine Hosentasche. Niemanden würde etwas auffallen, aber sie sah es. Und er wusste, dass sie es gesehen hatte. „Tut mir leid, aber die sieht echt gut aus. Ist bestimmt einiges wert."

Vicky seufzte und küsste ihn. „Mir musst du nichts erklären. Aber, wo du mich gerade an deine guten Augen erinnerst: Kannst du mir einen Gefallen tun?"

„Immer." Slate grinste sie an, aber Vicky wurde ernst. Sie zog ihn in eine ruhigere Ecke, weil sie keine Lust hatte, ihren Freund die ganze Zeit über anzuschreien. „Mich macht diese Kim neugierig. Sie hat sich nicht mehr bei Mike gemeldet. Er hat mir so oft von ihr erzählt und dann ist sie hier und sie sehen sich nicht, sie haut ab und verhält sich so, als wäre sie im Büro der Lehrerin eingezogen. Außerdem meinte Mike doch, dass sie völlig fertig war, als sie sie in Nirall aufgegabelt haben. Dabei hatte sie niemanden bei sich, als sie mich an dem Tag gerufen hat. Sie wusste, wie man einen Ennvio ruft, sie war nicht geschockt über das Teleportieren und sie wusste sogar, dass ich bei dem Preis gelogen habe. Wie kann sie einerseits vorbereitet sein und anderseits nichts wissen? Ich weiß nicht, aber das stinkt doch." Sie zuckte mit den Schultern. „Also, kannst du für mich ein Auge auf sie werfen? Die kommenden Tage? Sehen, was sie so macht, wer sie ist?"

Slate verdrehte die Augen. „Ich habe ja sonst nichts zu tun."

„Komm schon, du bist doch neuerdings oft in der Akademie."

„Erinnere mich nicht daran", knurrte er missmutig.

Vicky strich ihm übers Haar und gab ihm einen Kuss auf die Nase. „Versprich es mir, ja?"

Slate grinste und küsste sie. „Versprochen."

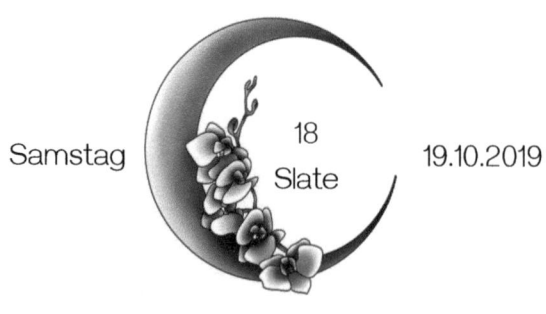

Samstag 18 Slate 19.10.2019

Encantador

Er rieb sich über die Augen, reckte und streckte sich. Es war gestern etwas spät geworden. Seine Beine fühlten sich an wie Blei und sein Kopf schien förmlich zu zerspringen. Oh Mann. Langsam rollte er seine Decke zur Seite und kroch aus dem Bett. Im Bad wusch er sich mit eiskaltem Wasser, zog sich an und ließ sich von einem Ennvio zu Doro bringen. Unüblicherweise hatte sich heute keine Schlange von Leuten vor dem großen Zelt gebildet, die alle zu ihr wollten. Umso besser, dann würde er eher behandelt. Er tippte von einem Fuß auf den anderen, bis der Stoff zur Seite schwang und Doros Tochter Belfi hinaustrat. Die war doch gestern auch auf der Party gewesen, oder? „Hallo, Slate."

Er verzog das Gesicht. Jaja, an diese nervtötende Person erinnerte er sich. Diese hohe Stimme war ja nicht auszuhalten und dann immer dieses Strahlen im Gesicht und ständig die Farben. Sie wirkte, als würde sie jede Sekunde ihres Lebens malen und dazu wäre sie noch ziemlich schlecht, wenn sie ständig sich selbst anstelle des Bildes anmalte. Er nickte ihr nur zu und trat dann ein. Doro sah überrascht aus. „Guten Morgen, Slate? Was kann ich für dich tun?"

„Ich brauche etwas gegen meinen Kopf."

„Belfi hat erzählt, dass du gestern auf der Party warst."

„Ach, hat sie das?"

Doro nickte. „Du solltest dir allerdings andere Orte zum Stehlen aussuchen."

„Was?"

„Die Kette, die du dir gestern genommen hast, gehörte Sophia."

Er hatte keine Ahnung, wer das war, aber er erinnerte sich an die Kette. Die hätte er heute gut loswerden können.

„Ja, ja, ich lasse sie dem Mädchen wiedergeben."

„Ich bin nicht da, um Partyerscheinungen zu lindern. Hier kommen Leute mit Schmerzen hin."

Oh, die gute Heilerin. „Und wo sind die Leute jetzt? Solange keiner hier ist, hast du keinen Grund, mich nicht zu behandeln."

Der Appell an ihr gutes Herz war ein leichtes Spiel. Doro schritt zu ihrem Lager, kramte kurz herum und befahl ihm dann, sich hinzulegen. Die Liege war hart, aber das störte ihn nicht. Hauptsache die Kopfschmerzen vergingen, sodass er wieder arbeiten konnte. Langsam trank er das Gebräu, das sie ihm angerührt hatte. Das sollte den Geist beruhigen. Er hatte etwas Fürchterliches erwartet, aber es schmeckte nicht einmal schlecht, nach einigen Kräutern, im Nachgeschmack etwas bitter. Slate schloss seine Augen und fiel rasch in tiefen Schlaf, dessen Träume Doro manipulierte.

Eins musste er ihr lassen: Sie war nicht umsonst die beste Draumur in ganz Lole. Er vergaß die Welt um sich herum, sogar, dass er gerade nicht real schlief. Der Traum über Vicky, Reichtum und der See der Tränen sah schöner aus als sonst. Die Trance begann nachzulassen und er spürte wieder sein ganzes Gewicht, das sich zuvor so leicht angefühlt hatte, als würde er schweben. Alles hatte sich so leicht angefühlt. Ruhig atmete er durch und setzte sich langsam auf. „Danke", brachte er hervor und verließ mit einem Gruß und ein paar Münzen weniger das Zelt. Aber das war es wert. Jetzt war er wieder frisch, die Kopfschmerzen verschwunden und einzig ein schweres Gefühl im Kopf war noch geblieben. Zufrieden ließ er sich nach Felin bringen. Er brauchte die große Tasche, wenn er heute nach Nirall wollte. Nicht dass es noch mal passierte, dass jemand seine Beute sah und erkannte.

Vicky war schon wieder unterwegs, hatte aber vergessen abzuschließen. Komisch. Langsam öffnete er die Tür und seufzte. „Was willst du denn hier?" Mike stand auf und lief unruhig im Zimmer umher.

„Du weißt, dass ich Vicky bitten werde, dir das Ding wegzunehmen? Du wohnst hier nicht, verstanden?"

Mike legte den Schlüssel auf den Tisch. „Schon klar. Tut mir leid, aber ich brauche deine Hilfe!"

Die Verzweiflung stand Mike ins Gesicht geschrieben, die Stimme war schwach und das Herumgehen machte Slate ganz wahnsinnig. „Jetzt halt doch mal still!", zischte er. Mike seufzte, blieb aber tatsächlich stehen. Gott sei Dank.

„Wenn du öfters meine Hilfe brauchst, kann ich dir auch

meine Adresse geben, dann musst du nicht in der Wohnung meiner Freundin rumlungern."

Mike begann wieder, herumzulaufen und Slate zeigte auf den Stuhl am Tisch. Endlich setze er sich, wippte aber mit den Füßen. „Du weißt doch, dass heute das Spiel ist?"

„Ich weiß, was du meinst, aber ich interessiere mich nicht für eure Orchis-Spielchen."

„Ich habe bisher immer verloren."

Slate grinste. „Warum wundert mich das jetzt nicht?"

Doch Mike ignorierte seinen Kommentar. „Ich habe allein bisher immer versagt. Ich schaffe es wohl einfach nicht. Deswegen brauche ich deine Hilfe."

„Schön. Und was willst du jetzt von mir?"

„Du sollst das Spiel so manipulieren, dass ich gewinne. Ich muss Casper endlich schlagen."

„Tu nicht so, als müsste ich wissen, wer dieser Casper ist. Also soll ich die anderen Spieler ablenken?"

„Genau. Kriegst du das hin?"

„Natürlich!" Slate verdrehte die Augen. Wenn er stehlen konnte, konnte er doch auch ein Spiel manipulieren. „Aber wie kommst du darauf, dass ich dir helfen sollte? Ich habe heute schon etwas anderes für Vicky vor."

„Weil ich zahle." Mike grinste.

„Jetzt wird es interessant. Spuck schon aus. Wie viel?"

„Zwei Kuran."

„Vier."

Mike schnaubte deutlich hörbar.

Slate zuckte mit den Achseln. „Willst du nun gewinnen oder nicht?"

Er konnte förmlich sehen, wie sein Gehirn arbeitete und er darüber nachdachte, ob er sich das leisten konnte oder nicht.

„Gut, vier Kuran", sagte er entschlossen und Slate reichte ihm die Hand. So viel verdiente er nicht einmal in einem Monat. Beim Handschlag verdrängte er Vickys Wunsch, nach Kim zu suchen. Was sollte er dieses Kind beobachten, wenn ihm das weder Geld brachte und sogar Zeit verloren ging? Stattdessen konnte er etwas machen, bei dem er seine Magie trainierte und gleichzeitig mit einem hübschen Sümmchen bezahlt wurde. Vicky würde das verstehen. Kim konnte er auch noch später beobachten. Als Wiedergutmachung würde er ihr einfach ein oder zwei Goldmünzen abgeben.

Sie wurden mit einem Ennvio nach Ebria gebracht, was Mike natürlich auch bezahlen sollte und Slate ließ sich auf dem Weg zum Feld noch einmal erklären, was es zu tun gab. Carrulos hieß das Spielchen, eine Abkürzung eines spanischen Begriffes für Hindernislauf, den er bereits wieder vergessen hatte, bevor Mike ihn richtig ausgesprochen hatte. Dass irgendwelche Orchis da vom Start zum Ziel liefen und andere Orchis Hindernisse schafften, die es zu überwinden galt, wusste er bereits. Aber heute würden sie ein ganz neues Hindernis kennenlernen.

Je länger sie in Ebria herumliefen, desto mehr Menschen kamen ihnen entgegen. Alles Orchia. Andere Wesen interessierten sich ja auch nicht für diesen bedeutungslosen Zeitvertreib. „Siehst du den Kerl da? Das ist Casper. Auf den darfst du dich am meisten konzentrieren."

„Ist das dein Ernst?" Slate konnte sich ein lautes Lachen nicht verkneifen, bevor er fortfuhr: „Der Typ ist dein Konkurrent? Du bist armseliger, als ich dachte."

Ein kleiner Feuerball schoss an ihm vorbei und hätte ihm fast die Jacke verkohlt. Slate kniff die Augen zusammen und Mike starrte zurück. „Es ist mir ziemlich egal, was du von dem Spiel oder den Teilnehmern hältst. Mir bedeutet das sehr viel und ich bezahle dich, um zu siegen. Also mach nur das, wofür du Geld kriegst und spar dir ansonsten deine Kommentare."

Er hob abwehrend die Hand und sagte: „Ist ja schon gut." Trotzdem würde er sich im Verlaufe des Spieles vermutlich die Zunge abbeißen. Es war zu spaßig, aber andererseits verdiente er hier so viel, dass er wohl oder übel seine Klappe halten musste.

„Kann's losgehen?"

Mike hörte ihm gar nicht mehr zu, er war schon auf das Spielfeld getreten. Wenn man es denn so nennen konnte. Die Bäume schützen das Feld vorm Wind oder zu starker Sonne, das Feld selbst war nur eine Art langer Streifen plattgetretene Erde, dessen Rand viele kleine Pfähle säumten. Hinter diesen hatten sich bereits etliche Orchis aufgereiht. Das Spiel konnte beginnen. Er sah sich um, erkannte jedoch kein einziges Gesicht wieder. Vielleicht hatte er einmal jemanden beklaut, aber von Orchis hielt er sich meist fern. Menschen waren immer noch die einfachste und vor allem ungefährlichsten Opfer. Mike war schon längst verschwunden, auf dem Weg zum Start und Slate beobachtete diesen Casper, während er sich langsam immer näher an die Äste als Markierungen heranschlich. Casper war nicht besonders groß, aber breitschultrig und der verkniffene Mund zeigte Entschlossenheit. Er fragte sich, wie gut wohl sein Geist gewappnet war. Slate hatte sich nach vorne gedrängelt und stand jetzt direkt hinter einem Pfahl. Auf seiner Seite standen die interessierten Zuschauer, gegenüber standen die Teilnehmer des Spiels brav in einer Reihe. Mike war als Drittes dran. Ein lauter Knall ertönte. Das Spiel hatte begonnen.

Eine Frau rannte vom Start los. Jemand von den Teilnehmern murmelte ein paar Worte und Wurzeln krochen aus dem Boden hervor. Das Mädchen sprang hinüber. Einige Meter lang passierte nichts, dann wurden Feuerbälle in ihre Richtung geworfen. Beim Ausweichen stürzte sie und blieb liegen. Aua. Ihr wurde aufgeholfen und der nächste Teilnehmer ging an den Start. Casper. Wasserwellen schossen ihm entgegen und er lief einfach hindurch. Sein Element musste Wasser sein. Wieder die beliebten Wurzeln und er sprang hinüber. Der Junge war schnell, seine Reaktion hervorragend. Das konnte sich aber noch ändern. Mal sehen, wie gut seine Reaktion ist, wenn er plötzlich träumt. Slate grinste Mike an, der ihm zunickte und wartete die Feuerwand ab, die Mike schickte. Casper wich nach rechts aus und Slate konzentrierte sich auf ihn. Er fokussierte seine blauen Augen und erschuf die Illusion eines Albtraumes. Schnelle Bilder von Trümmern und Stürzen. Das würde ihn psychisch verunsichern.

Caspers Schritte wurden langsamer und Slate hörte auf. Casper rannte wieder. Jemanden ohne Tiefschlaf träumen zu lassen, der nicht stillstand, war furchtbar anstrengend. Zum Glück wurde er so gut bezahlt. Caspers Geist war wesentlich schwächer als sein Körper. Ein Baum stellte sich in seinen Laufweg und Slate nutze die Verzögerung für einen Sekundenschlaf. Dadurch reagierte er nicht auf das Hindernis und lief gegen den Baum. Schade. Er atmete tief durch und sah das verwirrte Gesicht des Jungen, der gerade verloren hatte. Ganz langsam ging er zurück zu seinen Kollegen, die ihre Freude über die ausgeschiedene Konkurrenz mal mehr, mal weniger verbergen konnten. Mike ging an den Start. Gespannt rieb Slate sich die Hände. Mike rannte los. Blätterranken versperrten ihm die Sicht. Er durchkämpfte sie. Slate konzentrierte sich auf die Teilnehmer und schickte einem nach dem anderen einen Traum im Sekundenschlaf, um den Geist gehörig durcheinanderzubringen. Mikes Weg war also eine lange Zeit ungestört. Slate ließ von ihnen ab, um es nicht so auffällig zu machen. Wasser spritzte Mike nass. Er ließ sich nicht beirren. Mann, der wollte diesen Sieg aber wirklich.

Slate sah ihm zu und schickte einen Albtraum an den, der gerade zu murmeln begonnen hatte. Mike kam dem Ziel jetzt gefährlich nahe. Casper hatte sich an den Rand des Feldes gestellt. Slate konzentrierte sich ganz auf ihn und ließ ihn einschlafen. Mikes Füße donnerten über den Boden und landeten im Ziel. Er hatte es geschafft. Slate applaudierte mit den anderen und er sah glitzernde Tränen in Mikes Augen. Die Siegerehrung, noch mehr Tränen und was die sonst noch machten, brauchte er sich jetzt nicht mehr anzutun. Er schlich sich aus der Menge, bevor ein Orchis einen Draumur unter ihnen entdecken konnte. Slate sah noch, dass Casper Mike die Hand schüttelte, und marschierte davon. Seine Arbeit war getan.

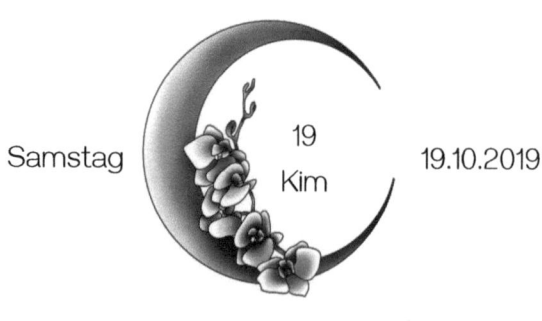

Ostafelde

Sie bezahlte den Ennvio zum See der Tränen, nahm das Portal durch den Baum und eilte in die Innenstadt. Kim schritt in Ostafelde am Bäcker vorbei, den sie letztes Jahr fast täglich zum Frühstück besucht hatte. In ihrer Tasche lag ihre Rede griffbereit, die Materialien beulten die Tasche gut aus und sie hievte sie sich ein weiteres Mal über die Schulter. Vorfreudig kribbelte ihr Bauch und ihr Herz klopfte, je näher sie dem Krankenhaus in Ostafelde kam. Ein paar Passanten kamen ihr entgegen, aber sie ignorierte sie. Jetzt musste sie niemanden mehr höflich grüßen, Freundschaften nicht zulassen oder so tun, als würde sie den Lehrern zuhören. Die Ferien waren bereits zur Hälfte rum, aber nach heute würde sie in Encantador leben. Für immer. Sie lächelte in sich hinein und riss die Tür auf. Ein Arzt kam ihr entgegen. Eine Ärztin betrat den Gang. Kim durchquerte das sterile, kleine Gebäude und trat an das Pult. „Guten Morgen. Mein Name ist Kim Goner. Ich bin hier wegen des Vortrages um acht Uhr."

Die Frau nickte gelangweilt und begleitete sie in einen Raum, der maximal für vielleicht zwanzig Leute ausreichen würde. Kim seufzte. Aber sie musste nehmen, was sie kriegen konnte. Schritt Eins konnte beginnen.

Nach und nach trudelten die Menschen ein, während die Uhr tickte und der Zeiger sich der vollen Stunde näherte. Fremde und Freunde, Krankenschwestern und Manager waren hier vertreten. Sie hatte ihre Unterlagen bereits auf den kleinen Tisch gelegt, fein ausgebreitet. Kim blickte in die Gesichter ihrer Zuhörer. Sie schauten sie an: Erwartungsvoll. Gelangweilt. Desinteressiert. Neugierig. Skeptisch. Das würde sich bald ändern.

Die Uhr zeigte auf acht und Kim begann. Sie hielt das Plakat der zweiten Akademie hoch. Niemand reagierte. Keiner wusste, was ihn hier erwartete. Sie atmete tief durch und verteilte diese Plakate als Flyer. Gerunzelte Stirnen häuften sich. Sie konnte sie nicht länger zappeln lassen.

„Ich freue mich, dass Sie sich heute Morgen hier einfinden konnten. Mein Name ist Kim Goner und auch wenn ich noch jung bin, habe ich Ihnen etwas Wichtiges mitzuteilen. Sie sind Wissenschaft gewohnt. Fakten. Magie kennen Sie, wenn überhaupt, aus Filmen oder aus Büchern. Kinder glauben dran. Aber was ist, wenn ich Ihnen sage, dass sie existiert? In unserem Universum. Encantador ist eine Parallelwelt, zu erreichen durch einen Sprung." Eine Schwester hatte sich vorgelehnt. Offensichtlich hatte sie vom Land schon einmal gehört. In der Schule war es einfacher gewesen, die Jugendlichen waren informierter und beeinflussbarer.

Kim trat vor, ehe sie fortfuhr. „In diesem Land gibt es eine Akademie für die Magier dort. Sie erlernen da ihre Magie, so wie hier in Schulen Mathe beigebracht und geübt wird. Aber Sie alle hier ...“ Sie streckte ihre Hand aus und zeigte auf die versammelte Gruppe. „Sie alle sind doch keine Magier. Sie sind ganz normale Menschen. Wie ich.“ Sie fasste sich ans Herz und hielt ein paar Sekunden inne. „Aber Sie wollen auch lernen, oder? Lässt die Wissenschaft Magie zu? Ich sage: Ja. Wenn man sich genügend informiert. Sie können Ihren Wissenshorizont erweitern. Wer ist dabei?“

Sie schaute mit einem sanften Lächeln erwartungsvoll in die Runde. Die Frau, die sich vornübergebeugt hatte, hob ihre Hand. Zögernd folgte ein Mann und eine weitere Frau. Langsam meldeten sich ein paar Weitere. Der Manager mit dem Namensschild am Anzug schaute auf seine Uhr und verschränkte die Arme vor der Brust. „Vielleicht stellen Sie sich die folgenden Fragen: Wie kommt die Magie zustande? Was machen diese Wesen überhaupt? Was ist dieses Land? Sind das Aliens? Müssen wir Angst haben? Wie wird da Medizin betrieben ohne modernste Technik? Tut die Magie uns weh? Dann kommen Sie in unsere zweite Akademie: Die Akademie für magielose Wesen. Damit sind Menschen und alle gemeint, die Träger einer Magie sind oder verstoßen wurden. Wir nehmen jeden auf. Bei uns finden Sie die Informationen als Fakten, über die Sie sonst nur als Gerücht tuscheln.“

Der Manager stand auf. „Mich interessiert Magie nicht. Mein eigenes Leben ist schon anstrengend genug, da habe ich weder Zeit noch Lust, zu einer Schule für Hokuspokus zu fahren. Entschuldigen Sie mich bitte." Kim nickte ihm zu. Immer schön freundlich bleiben war das Motto. Selbst bei Menschen, die erst neugierig waren und dann wütend, wenn die Realität anders war als ihre Fantasie. Sie startete die Präsentation mit allen wichtigen Informationen und Bildern, die sie zeigen konnte, und stellte sich dann neben den Tisch für mögliche Fragen.

Eine ältere Frau wandte sich zu ihr. „Wenn ich meine Tochter in dieses Land schicken würde, mit welchen Kosten müsste ich dann rechnen?"

Kim nahm sie leicht zur Seite, während die restlichen Anwesenden eine Schlange bildeten. „Sie müssten nichts bezahlen. Ihre Tochter würde nach Encantador springen und könnte ein paar Probestunden an der Akademie besuchen. Wenn sie es interessiert und sie weiterhin dortbleiben möchte, würden wir unsere Mitarbeiter bitten, ihr ein Zimmer in der Stadt ihrer Wahl zu suchen und Sie wären selbstverständlich eingeladen, ihr zu folgen. Überlegen Sie sich bitte, ob Sie Ihre Tochter auf unsere Akademie schicken wollen, dann können wir in einem Einführungsgespräch wichtige Informationen zum Leben in Encantador sowie über unsere Währung besprechen."

„Ich werde es mir überlegen." Die Frau tätschelte Kim die Schulter, bevor sie den Raum verließ und Kim die nächsten Fragen beantwortete. Ein paar weitere Flyer ließ sie an die Theke legen, ehe sie ihre Sachen zusammenpackte und ging.

Schritt Eins war nicht optimal verlaufen, aber auch nicht schlecht. Schritt Zwei musste besser werden, das war ihre Zielgruppe. Sie machte sich auf den Weg und erreichte zügig die Schule, in die sie vor über einer Woche noch jeden Tag gegangen war, um jemand zu sein, der sie nicht war. Die Direktorin empfing sie in ihrem Büro. „Ihre Mutter hat bereits alles organisiert. Sie haben eine Stunde für eine Rede mit anschließender Diskussion. Mehr nicht."

„Mehr brauche ich nicht", sagte sie zuversichtlich und schüttelte der stämmigen Frau die Hand.

Kim knöpfte ihre Jacke auf und marschierte auf die kleine Bühne, die behelfsmäßig aufgebaut worden war. Letztes Jahr hatte die Direktorin eine Ansprache gehalten. Jetzt war sie an der Reihe. Sie schaute in die kleine Menge, die sich langsam einfand und auf die wackligen, hölzernen Stühle setzte. Das waren nicht alle Schüler. Aber ein Teil der höheren Klassen. Die älteren Schüler, die selbst entscheiden konnten. Die Schüler, deren Eltern sie nicht abhalten konnten, wenn Kim sie überzeugte. Ihre Zielgruppe. Sie trat an das Pult. In der ersten Reihe saß Anna, die immer noch nur Augen für ihr Handy hatte. Mit Lena hatte sie für einen kurzen Zeitraum Mathe gelernt, bis diese zu neugierig wurde. Und auch Marie saß in der hinteren Reihe, Mikes persönliche Flamme. Einige erkannten sie und runzelten die Stirn. Sie wussten nicht, warum die Schule mitten in den Ferien eine Veranstaltung organisiert hatte. Und erst recht wussten sie nicht, warum Kim dort oben stand. Sie lächelte und freute sich, ihnen gleich ihr Unwissen zu nehmen. Ihre Mutter hatte ganze Arbeit geleistet. Wuchernde Pflanzen und brennende Kerzen, Vasen mit Wasser, Traumfänger und ein Modell der neuen Akademie schmückten die kleine Bühne. Die Schule war ihre wichtigste und größte Zielgruppe, hier traute sie sich, mehr zu zeigen. Schüler konnten untereinander reden, lernen und ihre Eltern überreden. Außerdem konnte sie mit aggressiven Kindern und Jugendlichen eher umgehen als mit Erwachsenen, deren schlechte Meinung über ihre Magie schon länger gefestigt war. Kim atmete tief durch.

Sie sprach langsam und deutlich ins Mikrofon: „Hallo miteinander. Ihr fragt euch bestimmt, was eure Mitschülerin hier oben macht. Mitten in den Ferien zur Schule kommen? Warum das?"

Anna schaute von ihrem Handy auf. Tuscheln wurde laut, die Schüler beantworteten die offene Frage für sich. Kim wartete einige Sekunden, dann beendete sie das Gemurmel. „Ich bin hier, um euch einzuladen. Am 25. Oktober findet die Eröffnung einer Akademie statt: In Encantador."

Sie trug ihren informativen Text vor und wartete ab. Marie starrte sie an. Anna hatte ihr Handy zur Seite gelegt. Lena blinzelte ein paar Mal, als ob sie sich vergewissern müsse, nicht zu träumen.

Der kleine Noah rief: „Was soll das hier? Du machst Werbung, damit wir unsere letzten Ferientage damit verschwenden, in dieses unbekannte Land zu fahren, wo es Magie gibt? Hast du sie nicht mehr alle?"

Kim lächelte ihn an. Er hatte nicht zugehört. „Ihr fahrt nicht, ihr springt."

„Noch schlimmer!"

Ihre Rede war vorbei, jetzt musste sie nur dafür sorgen, dass die Diskussion in die richtige Richtung ging. „Nein, es ist absolut schmerzfrei."

Sie trat vom Pult weg und stellte sich an den Rand der Bühne, um dem Publikum näher zu sein. „Ich bin in Encantador geboren und aufgewachsen. Es ist ein ganz normales Land, wie jedes andere auch. Mit dem einzigen Unterschied, dass es Magie gibt. Wollt ihr nicht die Wahrheit hören? An dieser Akademie werdet ihr Unterricht in den wirklich wichtigen Dingen erleben. Ihr erfahrt, was es mit der Magie auf sich hat, wie sie funktioniert und wer sie benutzen kann. Ihr werdet integriert in die Gesellschaft und magische und magielose Wesen werden friedvoll miteinander leben können."

„Hört, hört. Und was ist, wenn wir das nicht wollen?"

„Niemand zwingt euch, zur Eröffnung zu kommen oder am Unterricht teilzunehmen. Die Akademie für magielose Wesen ist ein Angebot, keine Pflicht."

Noah war immer noch von sich überzeugt. Er sprang auf. „Du bist eine verdammte Lügnerin! Diese Magie ist ein Fluch und wir sollten sie bekämpfen, ehe sie uns alle ausrottet!"

Kim seufzte. Idiot. „Das ist nicht wahr. Bitte glaubt ihm nicht!" Sie versuchte nicht verzweifelt zu klingen, eher bestimmt und hoffte, dass ihr das gelang. Marie sah sie nicht mehr an, ihr Blick blieb strikt gesenkt. Ein Mädchen vor Noah erhob sich. In ihrer Statur und Gesicht sah sie ihm zum Verwechseln ähnlich. Vielleicht seine Schwester. „Also ich finde das total interessant, ich würde gerne am Unterricht teilnehmen." Ihre Stimme klang unsicher, träumerisch.

Noah verzog das Gesicht. „Wage es ja nicht! Die sind alle verflucht!"

Oh nein, so einer. Kim lächelte das Mädchen beruhigend an. „Ganz und gar nicht. Du bist immer willkommen."

„Halt die Schnauze!", brüllte Noah ihr entgegen. „Ihr macht uns doch alle platt." Sie funkelte ihn an. Hätte sie Magie, würde sie die ohne zu zögern einsetzen. Er zerstörte ihre ganze Werbung. „Wenn du zu so einer wirst, bist du nicht mehr meine Schwester." Dabei spuckte er die Worte *so einer* förmlich aus, als hätte er etwas Giftiges im Mund. Gerade wollte Kim etwas sagen, da sprang Ben auf. „Halt selbst die Schnauze!"

„Was sagst du?!", schrie Noah jetzt zurück. Er ging auf Ben zu. „Was hast du gesagt?", wiederholte er. Der Größere kniff die Augen zusammen. „Ich habe gesagt, du sollst selbst die Schnauze halten. Niemand hier interessiert sich für deine negative Meinung." Die Faust landete mit voller Wucht in Bens Gesicht. Verdammt! Kim sprang von der Bühne und schrie den Kampfhähnen zu: „Aufhören! Sofort!" Sie ignorierte die Erinnerung an ihre Mutter, die vorgeschlagen hatte, Erwachsene als Wächter und Vermittler zu nehmen, falls ein paar der Jugendlichen aus der Reihe tanzten. Jetzt bezahlte sie dafür, dass man bei offenen Veranstaltungen nicht kontrollieren konnte, wer erschien. Sie rief wieder dazwischen, aber statt auf sie zu hören, schlug Ben zurück. Noahs Schwester schrie und jammerte, die beiden Jungs waren wie von Sinnen und die ersten Schüler sprangen entsetzt auf. Stühle krachten zusammen. Sie knetete ihre Hände. Verdammt noch mal! Plötzlich schoss ein Wasserstrahl auf die Jungs und sie ließen erschrocken voneinander ab. Das Wasser traf sie ein weiteres Mal und machte beide klitschnass, bis sie triefend und schnaubend nebeneinanderstanden. Sie starrten auf die nasse Spur und Kim folgte ihrem Blick. Kim musste augenblicklich lachen. Das hätte sie doch erkennen müssen. „Na sieh mal einer an."

Marie grinste zurück. „Willkommen in Ostafelde. Du warst wohl nicht die Einzige mit Geheimnissen."

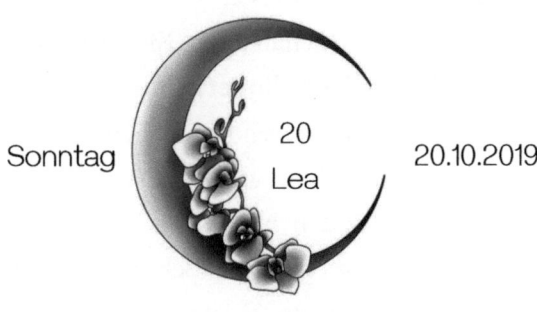

Encantador

Mit mulmigem Gefühl im Magen betrat sie die Akademie. Amalia war heute Morgen vor der Arbeit extra noch einmal zu ihr gekommen und auch Lukas hatte ihr die Daumen gedrückt. Aber trotz allem konnte sie ihr Herzklopfen nicht beruhigen. Wenn ihr Vater sie so sehen könnte. Wenn er jetzt hier wäre. Lea musste lächeln. Er würde ihr sagen, dass sie sich gefälligst zusammenreißen soll. Langsam drückte sie die Türklinke zum Klassenraum des ersten Praxis-Unterrichts als Erd-Orchia herunter. Erwartungsvoll schaute sie sich um. Sechs Schüler saßen an den gläsernen Tischen. Alle mit diesen braunen Augen. Sie lächelte und hob die Hand.

„Hallo, ich bin Lea."

Leute nickten ihr zu oder hoben die Hände zum Gruß. Die Namen hörte sie nur von Weitem, viel mehr galt ihr Blick jetzt dem Raum, aus dem Celine kam. Sie sah deutlich ein paar Kästen mit Erde in einer Reihe stehend. Kaum hatte sie sich hingesetzt, hörte sie ihren Namen. „Lea Daron", sagte die Lehrerin mit ruhiger Stimme.

Tief durchatmen. Du schaffst das. Sie betrat den angrenzenden Raum für den Einzelunterricht und starrte die dort stehenden Kästen an. Sie waren tatsächlich mit Erde gefüllt. Mit Gedanken an ihren Vater atmete sie tief durch und ging auf dem steinernen Boden nach vorne. Lea sah über ihre Schulter zurück zu den restlichen Schülern, die sich in die Bücher vertieften. Da würde sie jetzt lieber sitzen. Aber Celine schloss die Tür und Lea wandte sich wieder ihr zu.

„Ich möchte dir zunächst die Grundsachen beibringen. In ein paar Tagen wirst du eine Zwischenprüfung machen müssen. Wenn du diese bestehst, darfst du weiter lernen."

Lea nickte. Das würde sie schaffen, schließlich war sie nicht umsonst Jahrgangsbeste ihrer Schule gewesen. „Mein eigenes Element ist ebenfalls die Erde."

Sie starrte in Celines braune Augen und lauschte konzentriert ihren Worten. „Du wirst jetzt an die Erde herantreten. Am besten funktioniert deine Magie in der Nähe deines Elements. Also merke dir: Im Wald wirst du leicht zaubern können, in einer Wüste wirst du keine Chance haben."

Mit einer schwingenden Handbewegung schossen ganze Bäume aus dem Boden rechts von ihr. *Huch!* Erschrocken wich Lea zur Seite. Celine lächelte. „Keine Angst. Ich helfe dir nur am Anfang, indem ich dir ein paar Bäume in die Nähe stelle. Dann hast du noch nicht solche Kopfschmerzen. Die legen sich übrigens auch, je mehr du übst und je besser du wirst. Aber es ist immerhin Magie, das darfst du nicht vergessen."

Lea machte wieder ein paar Schritte nach vorne und trat an den ersten Kasten heran. Die dunkle Erde lag darin und wenn sie daran dachte, was für Ungeziefer, Würmer und Spinnen darin herumkriechen mussten, wurde ihr fast schlecht. „Jede Magie funktioniert durch Konzentration, Begriffe und Blut."

„Blut?!" Sie starrte Celine an.

„Nein, nein. Das darfst du nicht falsch verstehen. In deinem Blut fließt das Gen der Mondorchidee, das für deine Erdmagie verantwortlich ist. Der Zufall entscheidet zwar über das jeweilige Element, aber du hast es im Blut. Wortwörtlich. Wenn du später besser bist, wirst du es mehr spüren."

„Es?" Lea runzelte die Stirn.

„Wenn ich an diesem Kasten stehe, spüre ich ein Kribbeln am ganzen Körper. Aber ein angenehmes Kribbeln. Mein Blut scheint zu pulsieren, mein Herz klopft und alles pocht. Irgendwann wirst du es selbst spüren, nur Geduld."

Das erschien ihr momentan noch etwas suspekt, aber gut. Sie musste der Lehrerin schließlich vertrauen. „Was muss ich jetzt machen, um äh, damit was zu machen?"

„Um das Element Erde zu beherrschen, kannst du mit Pflanzen anfangen. Pflanzen stehen für Leben. Deshalb wirst du gleich ein Kribbeln spüren, auch wenn es nur leicht ist."

„In Ordnung. Und was muss ich jetzt machen?"

„Stell dich dicht an den Rand des Kastens. Konzentriere dich nur auf die Erde vor dir. Versuche, das Kribbeln zu spüren und stelle dir vor, du streust Samen einer Blume."

„Geht das auch etwas konkreter?"

233

Celine sah sie nachdenklich an. „Erde scheint nicht dein erhofftes Element gewesen zu sein."

Ganz und gar nicht.

„Stell dir eine Rose vor."

„Gut." Lea trat noch näher an den Rand und inspizierte die Erde. Sie musste sich zuerst darauf konzentrieren, nicht die Miene zu verziehen. Sie roch so frisch und doch muffig. Puh. Aber Augen zu und durch. Sie schloss ihre Augen und konzentrierte sich auf das Kribbeln, das sie tatsächlich spürte. Es war ganz schwach, aber es war da. Jetzt stellte sie sich vor, die Samen einer Rose in diesen Kasten zu werfen und sah der Blume beim Sprießen zu. Langsam öffnete sie ihre Augen. Nichts. Keine Rose. Oder sonst irgendetwas, was einem Pflänzchen gleichkam. Fragend sah sie Celine an. „Das wird schon. Habe Geduld. Versuch es noch ein paar Mal."

Ein paar Mal? Lea schluckte und starrte wieder die Erde an. Na gut. Dann auf ein Neues. Drei weitere Male versuchte sie es, konzertierte sich voll und ganz, aber dieser Kasten blieb einfach leer. Bis auf die dreckige Erde.

„Gut, das wird heute nichts mehr. Du weißt jetzt die Grundschritte der ersten Übung, diese werden wir morgen in der Stunde fortführen. Aber jetzt muss ich dich leider bitten, zu gehen, ich muss mit den anderen Schülern auch noch üben."

Lea seufzte und schaute zu Boden. Sie hatte versagt. Und das schon in ihrer allerersten Stunde. Das würde sie niemals ihrem Vater erzählen. Wie konnte sie es nicht schaffen, so eine lächerliche Blume sprießen zu lassen? Mit gesenkten

Schultern setzte sie sich zu den anderen Schülern und versuchte, sich auf den Text im Buch zu konzentrieren. Aber die Worte verschwammen immer wieder vor ihren Augen, stattdessen hallte das Gefühl des Versagens in ihrem Herz wider und Lea verließ mit hängenden Schultern die Akademie.

Sie rief Vicky mit dem Ennvio-Spruch. Wenigstens das gelang ihr. „Gut, dass du mich rufst! Mike sucht dich! Wohin darf es gehen?"

„Nach Ebria ins Haus. Warum sucht er mich?"

„Weil er Kim sucht."

Lea verdrehte die Augen. „Das macht wirklich Sinn."

Vicky tätschelte ihr die Schulter. „Ach, jetzt komm schon. Ich erkläre dir alles gleich, aber ich hab nicht viel Zeit."

Sie betrat das Haus und stutzte. „Wo ist Lukas?"

„Den habe ich heute Morgen zu Belfi gebracht. Meine Schicht im Imbiss fängt gleich an. Also nur kurz: Mike sucht seit Tagen Kim. Ich habe Slate gesagt, er soll ein Auge auf sie werfen, der weiß also sicher, wo sie ist. Ich hole die beiden eben."

„Wieso ist Lukas bei Belfi? Und was hab ich mit Kim zu tun? Ich kenne sie doch kaum. Dass Mike sich Sorgen um sie macht und sie sehen will, kann ich verstehen, aber ich habe damit nichts zu tun. Außerdem habe ich keine Zeit! Ich muss lernen!"

„Quatsch. Deine Zwischenprüfung ist erst in ein paar Tagen. Lernen kannst du später! Tu Mike doch den Gefallen, er braucht Kim als Freundin! Mit wem soll er denn sonst feiern, wenn nicht mit dir und Amalia?"

„Feiern?" Lea seufzte. Sie verstand gerade rein gar nichts. Vicky machte ein zerknirschtes Gesicht. „Oh Mist, klar, ihr redet ja nicht miteinander. Mike hat gewonnen!"

Lea starrte sie an. Ihr Mund stand offen, ihre Augen waren aufgerissen. Das konnte doch nicht sein. „Ist das dein Ernst?!"

„Klar, ich mache doch keine Scherze!"

Wow. Seit sie denken konnte, hatte Mike von diesem Sieg geträumt. Er war immer gut gewesen, aber Casper hatte ihn trotzdem jedes Mal geschlagen. War Mike schon bei seinem Vater im Wald der vergessenen Seelen gewesen?

„Ich hol die beiden jetzt!"

„Warte! Kannst du Lukas auch holen?"

Vicky lachte. „Wenn er will."

Sie verschwand lautlos vor ihrem Blickfeld und Lea besah sich im Spiegel. Gut, das war in Ordnung, wenn auch nicht gerade umwerfend. Die Frustration vom Unterricht war ihr noch anzusehen und ein richtiges Lächeln wollte sie einfach nicht zustande kriegen. Kaum hatte sie sich wieder umgedreht, standen Mike, Slate und Lukas im Raum. Sie hätte niemals gedacht, dass die drei Jungs mal in diesem Haus stehen würden. Slate sah sie an. „Vicky hat mich hergeschickt, ich habe aber eigentlich Besseres zu tun, als mit der zu plaudern." Lea verdrehte die Augen, während Vicky ihren Freund anstupste und tadelnd den Kopf schüttelte. Wie konnte Vicky nur so jemanden lieben?

Sie lächelte Lukas zu und sah Mike an. „Ich suche Kim", war seine einzige Begrüßung. Sein Ton klang bemüht neutral.

„Das weiß ich bereits. Genauso wie die Tatsache, dass du gewonnen hast."

Er starrte sie an. Lea schüttelte innerlich den Kopf. Was hatte sie sich immer gedacht, wie sie ihm gratulieren würde, sollte er gewinnen. Was hatte sie bereits die größte Party seines Lebens gedanklich geplant. Und jetzt fiel ihr nichts Besseres ein, als ein kühles „Glückwunsch."

Lukas sah verwirrt aus. Lea drückte ihm die Schulter. „Erkläre ich dir später."

Er nickte dankbar und flüsterte ihr ins Ohr: „Und du musst mir noch von deinem Unterricht erzählen!"

Sie lächelte gezwungen. Ach ja.

„Also Slate, wo ist Kim?"

Sein Blick glitt nach unten. Oh. War da etwa jemand unsicher? Er grinste jedenfalls nicht mehr so dämlich. „Äh ja, das hatte ich Vicky versprochen." Er räusperte sich und begann im Raum herumzulaufen. Lea verfolgte seine Schritte mit Neugier. „Und? Wo ist Kim jetzt?"

„Das weiß ich nicht."

Oh, toll! Lea verdrehte mit den Augen und seufzte. „Gibt es dafür auch eine Erklärung?"

„Ich hab Mike geholfen, das Spiel zu gewinnen."

„Psst!" Mike hatte ihm in die Rippe geboxt, aber es war zu spät.

„Warte. Was? Du hast nicht gewonnen, weil du es endlich geschafft hast, sondern weil dieser Idiot dir geholfen hat?!"

„Hey", zischte Slate, aber Lea rief: „Halt die Klappe!"

Er schüttelte den Kopf. „Ich hab keine Ahnung, wo diese Göre ist und es interessiert mich auch einen Dreck. Das war's für mich." Damit drängte er sich an Lukas vorbei und knallte die Tür hinter sich zu. Vicky rannte hinter ihm her und Lea hörte gedämpftes Gefluche und Gemurmel, in dem öfters das Wort *versprochen* vorkam.

Lea starrte Mike immer noch an. „Lügen und betrügen. Das kannst du wohl am besten."

„Oh Mann, Lea. Jetzt fangt doch nicht so an! Was sollte ich denn machen? Manchmal muss man eben unfair spielen."

„Es freut mich, dass du dein neues Spezialgebiet gefunden hast. Dann geh weiterspielen. Raus."

Mike fuhr sich mit der Hand durch die Haare. „Eigentlich sollte ich euch alle rausschmeißen."

Lea funkelte ihn an. „Kim ist ja schon freiwillig gegangen."

„Ich weiß echt nicht mehr, warum ich dich mal geliebt habe."

Autsch. Sie starrte ihn an und ihr fielen keinerlei Worte ein, die sie hätte erwidern können. Ihr Kopf war wie leer gefegt. Das hatte gesessen. Sie holte tief Luft und atmete wieder aus. Sie konnte nichts sagen. Mikes rote Augen starrten zurück und sie wusste, dass sie ihm niemals wieder etwas sagen würde. Wie in Zeitlupe nahm sie Lukas war, der auf Mike zutrat und laut und deutlich sagte: „Es ist Zeit zu gehen. Verzieh dich."

Sie drehte sich um und atmete ruhig, während sie das Türschloss hörte. Er war fort. Und er würde so schnell nicht wiederkommen. Als sie sich wieder umdrehte, sah sie Vicky, die Mike mit offenem Mund hinterher schaute. Sie trat in den Raum und legte ihr eine Hand auf die Schulter. „Tut mir ehrlich leid, Lea. Das wollte ich nicht. Ich habe nur …

keine Ahnung, so ein schlechtes Bauchgefühl. Irgendetwas stimmt mit dem Mädchen nicht. Ich habe schon so viele neue Menschen in Encantador teleportiert, aber Mike hat sie nie erwähnt und irgendwie …" Vicky warf die Hände in die Luft.

Auf dem Weg zur Tür drehte sie sich noch einmal zu Lea um. „Ich kläre das. Und glaube Mike nicht. Er hat dich wirklich mal geliebt." Sie wollte noch etwas sagen, schloss den Mund aber wieder, hob die Hand zaghaft zum Gruß, was so gar nicht zu ihrer Eile von vorhin passte, und verschwand aus dem Zimmer. Lea seufzte auf, als ob sie die ganze Zeit die Luft angehalten hätte.

Eine Hand berührte sanft ihre Schulter. „Tut mir leid."

Lea drehte sich um. „Was ich über Kim gesagt habe, war nicht in Ordnung. Das war gemein, immerhin sind die in Ostafelde Mitbewohner."

„Hör auf, sein Verhalten zu rechtfertigen. Mikes Worte waren nicht in Ordnung." Ohne nachzudenken umarmte sie ihn. Einfach so. Lukas strich ihr sanft über den Rücken. Sie schloss ihre Augen und genoss es, gehalten zu werden. Mike hatte sie seit Ewigkeiten nicht mehr gedrückt, ihr Vater zuletzt bei seinem komischen Abschied vor den Ferien und mit Amalia war es auch seltener geworden, seit sie von ihrer Arbeit hier eingenommen war. Sie schloss die Augen und schnupperte. Er roch nach Farbe. „Warum warst du eigentlich bei Belfi?", fragte sie unvermittelt.

Er hob den Kopf und schaute sie verdutzt an. Dann schien es klick zu machen. „Ach, Vicky hat es dir sicher gesagt. Ich wollte nur schauen, was sie so macht. Was soll ich denn auch sonst machen, außer neue Leute kennenlernen, wenn ihr alle weg seid und ich allein im Haus hocke?"

Sie knirschte leicht mit den Zähnen. „Das tut mir leid, ich vergesse irgendwie, dass du hier nur zu Besuch bist und keine Aufgaben hast. Aber das ändern wir schon, versprochen. Du könntest jetzt mit mir Kim suchen."

„Ist das dein Ernst? Nach allem, was er gemacht hat, willst du Mike helfen?"

Lea verschränkte die Arme vor der Brust. „Nicht für Mike, wo denkst du denn hin! Für mich! Ich habe ein schlechtes Gewissen. Kim konnte schließlich nicht wissen, dass Mike mir nicht von Marie erzählt hat. Sie hat es doch nicht böse gemeint. Sie muss sich so mies nach dem Streit gefühlt haben, dass sie abgehauen ist. Dabei war es doch nicht ihre Schuld. Ich hätte sie schon längst suchen sollen, vielleicht denkt sie, ich bin sauer auf sie."

„Das ist doch Blödsinn!" Lukas schaute sie ernst an.

„Können wir sie trotzdem suchen? Dann hättest du noch jemand Bekanntes, der genauso unwissend ist wie du bezüglich Encantador. Allein etwas zu erkunden macht doch keinen Spaß und ich muss lernen und Amalia arbeiten, wir können dir nicht alles zeigen."

Lukas nickte. „Ich kann schon alleine reisen, das weißt du hoffentlich. Aber zusammen macht es mehr Spaß. Du kannst mir alles erzählen, aber ich vermute eher, dass du genau wie Vicky auch ein Bauchgefühl hast? Oder eine Neugierde, was sie so macht, wie sie die Welt sieht und warum sie all das alleine verarbeiten kann, ohne von Mike oder anderen Hilfe anzunehmen?"

Lea biss sich auf die Lippen. Wie konnte er sie jetzt schon so gut kennen? Beim letzten Gespräch mit ihr vor den Ferien hatte sie noch nie von Encantador gehört, nie mit Mike darüber geredet und jetzt spazierte sie durchs magische Land, als wäre alles nicht neu. Warum suchte sie nicht wenigstens den Kontakt zu Mike, ihrem ehemaligen Mitbewohner, der plötzlich Feuer beherrschen konnte? Schockte sie das gar nicht, interessierte sie das nicht oder hatte sie etwa Angst vor ihm? Und wo wohnte sie, wenn nicht im Gasthaus in Felin oder in Mikes Gasthaus in Ebria?"

Sie trat von einem Fuß auf dem anderen, weil Lukas sie immer noch musterte. „Okay, ich gebe es ja zu. Ich bin neugierig."

Jetzt grinste Lukas breit. „Da kannst du ja froh sein, dass ich praktische die Neugierde in Person bin. Komm, vielleicht ist sie wieder in der Akademie bei dieser Lehrerin."

Mit ihren letzten Münzen bezahlte sie einen Ennvio und betrat die Akademie. Vor ein paar Stunden hatte sie hier noch Unterricht gehabt. Jetzt kam ihr das schon wie eine Ewigkeit vor. Sie huschte durch den Gang und lief an den gefüllten Klassenzimmern vorbei. Suchend sah sie sich um und versuchte, sich an Vickys Nacherzählung von Slates Begegnung mit Kim zu erinnern. Der Raum von Frau Fries war kurz vorm Orchideengewächshaus. Sie lief weiter geradeaus und zeigte auf die große Tür zu den Orchideen, deren Seiten zwei Wachmänner sicherten.

Lukas schaute die vorherigen Türen an. „Hier, das muss es sein. Ansonsten sind da nur Räume von Männern und dieser Celine." Er zuckte mit den Schultern.

Lea war mit wenigen schnellen Schritten bei ihm und besah die Türen. „Stimmt." Sie hob ihre Hand, doch Lukas hielt sie fest. Irritiert starrte sie ihn an. „Was?!"

Er ließ schnell ihre Hand los, aber deutete stumm auf die Tür. Lea sah hin und entdeckte, dass sich die Tür nicht öffnete. Natürlich konnte sie nicht einfach so reinspazieren. Aber die Neugierde zupfte an ihr wie Flammen an Papier. Warum kannte Mike Kim kaum? Warum hatte Kim nicht gesagt, dass sie auch nach Encantador kommen würde? Lea legte ihre Hand um die kühle Türklinke. Fragend hob sie die Augenbrauen. Lukas erwiderte ihren Blick. „Bist du schon mal irgendwo eingebrochen?"

Lea schüttelte hastig den Kopf. „Natürlich nicht!"

Lukas zuckte mit den Schultern und flüsterte. „Also … gehen wir wieder?"

Lea sah von der Tür zum Gang und wieder zurück. Sie klopfte an die Tür und lauschte, legte das Ohr an die Tür. Kein Laut. Wieder sah sie in den Gang. Niemand war da. Sie könnten jetzt einfach wieder gehen und später wiederkommen. Aber wie sollte man Kim antreffen, wenn sie nie da war?

Lea kniff die Augen zusammen und lugte durch das Schlüsselloch. Lukas beugte sich nach vorne. „Wäre Kim da drin, hätte sie ja wohl geöffnet."

„Ich habe das Gefühl, sie läuft vor uns weg."

„Vielleicht will sie einfach allein gelassen werden?"

„Ja, aber so kenne ich neue Menschen in Encantador nicht."

„Du weißt schon, dass nicht jeder Mensch gleich ist?"

Lea warf Lukas einen vernichtenden Blick zu, aber er grinste. „Ich finde es ja auch komisch. Also, wie lange stehen wir jetzt hier noch rum? Oder …"

Lea hielt die Luft an, bis er ihre Gedanken aussprach. „Oder gehen wir rein?"

Sie atmete aus und starrte das Schlüsselloch an, als ob es ihr Antworten geben könnte. Lea befeuchtete ihre Lippen. Ihr Vater würde erwarten, dass sie jetzt zurück nach Hause ging und es später noch mal probierte. Aber er hatte ihr auch beigebracht, zu lernen, zu forschen, nicht aufzugeben. Damit hatte er bestimmt keine Straftat gemeint, aber war er hier, um das zu kontrollieren? War er hier, um ihr eine Ansage zu machen? Würde er es jemals erfahren? Wenn sie diesem Zupfen nur für einen Moment nachgab …

Ehe Lukas etwas sagen konnte, besah sie sich das Türschloss und fummelte mit allem rum, was sie finden konnte. Kreditkarte, Haarnadel. Sie gab ein Grunzen von sich und verschränkte die Arme vor der Brust. „Die geht nicht auf. Wir müssen später wieder kommen." Lea drehte sich wieder um, dann hörte sie ein leises Klick und Lukas kicherte.

„Was …?"

Lukas hielt die offene Tür wie zur Einladung offen. „Du hättest nur einmal fragen müssen, bevor du dich abmühst."

„Aber … aber, das ging nicht!"

„Weil du es noch nie gemacht hast." Lukas wartete, bis sie durch die Tür schlüpfte, dann schloss er sie leise hinter sich und murmelte: „Vor zwei Jahren habe ich mich öfters nachts nach draußen geschlichen, um meine Freundin zu treffen. Meine Eltern fanden sie furchtbar und letzten Endes hatten sie auch recht. Aber da habe ich oft nachts die Haustür geöffnet, weil ich noch keinen Schlüssel hatte."

„Und damit bist du durchgekommen?" Lea warf ihm einen skeptischen Seitenblick zu.

„Ein Jahr später haben sie mir den Schlüssel gegeben und gestanden, dass sie die ganze Zeit von meinen nächtlichen Aktionen gewusst hatten."

Lea lachte auf und hielt sich sogleich die Hand vor den Mund. Wenn sie schon in fremde Büros einbrachen, sollten sie sich wenigstens nicht erwischen lassen.

„Kim?", fragte sie leise und sah sich um. Etliche Dokumente und Unterlagen waren in die Regale gestopft und ein großer Schreibtisch stand in der Mitte. „Kim?", fragte sie jetzt lauter. Sie spähte um die Ecke und sah nur Lukas, der schon an einem kleinen Tisch stand. Das Klicken seiner Kamera ignorierte sie mittlerweile und wunderte sich auch nicht darüber, dass er innehielt, um das Licht, das durchs Fenster fiel, zu fotografieren. „Sie ist echt nicht hier. Jetzt komm." Lukas schien sie gar nicht gehört zu haben. Er machte weiter Fotos und sah sich alles genau an.

Lea seufzte. „Vielleicht ist sie in Lole? Oder Nirall? Wer weiß? Ich will ja nur einmal mit ihr reden. Sie ist wie eine Gleichung, die ich nicht lösen kann, das macht mich kirre. Nun komm schon, nicht, dass wir noch erwischt werden." Spätestens wenn sie im Gefängnis landete, würde ihr Vater davon erfahren. Sie wollte sich nicht Amalia vorstellen, die ihm das beichten musste.

Lukas schien endlich Einsicht zu zeigen und kam ihr knipsend entgegen. Dann hielt er plötzlich inne und starrte auf einen Zettel auf dem Tisch. „Dieses große Fest ist am 25. Oktober, richtig?"

„Großes Fest?" Lea runzelte die Stirn. „Ach, du meinst die Mondnacht?"

„Ja, genau so hieß das Ding. Wird da irgendetwas eröffnet?"

Sie zuckte mit den Achseln. „Das wird Amalia bestimmt wissen, oder Vicky, ich habe da keine Ahnung. Macht aber eigentlich keinen Sinn, fast alle Bewohner des Landes werden an der Akademie sein."

Lukas sah sie fragend an. „Gut, dann wende dich mal an die. Hier ist eine Einladung zur Eröffnung mit dem Datum. Scheint eine Vorlage für einen Flyer zu sein. Mh, mal gucken."

„Gut! Und jetzt komm!"

Lukas seufzte. „Du bist ja ein richtiger Angsthase." Ein Grinsen konnte er sich wohl nicht verkneifen.

Statt einer Antwort packte Lea ihn am Ärmel seiner Jacke und zerrte ihn aus dem Raum. Gegenüber aus dem Klassenraum kam eine Lehrerin, die verdächtig Ähnlichkeit mit Frau Fries hatte. Und ihre Schritte liefen in ihre Richtung. Lea riss Lukas mit sich und lief möglichst eilig durch den Gang zum Ausgang der Akademie. Mit aller Selbstbeherrschung ging sie schnell, ohne zu rennen, das wäre auffällig. Draußen musste sie schnauben und atmete tief ein und aus. Auch er atmete schnell und kurz.

„Ich fasse es nicht, dass wir gerade eingebrochen sind. Ich habe noch nicht einmal in einem Test geschummelt. Okay, wirklich nur einmal, in der 7. Klasse und da wurde ich erwischt. Papa hat schon immer gesagt, dass Regelverstöße bestraft werden."

Lukas stöhnte auf. „Noch so eine Weisheit …"

Lea kramte ihr Portemonnaie hervor und erinnerte sich, dass sie vorhin ihre letzten Münzen an den Ennvio gezahlt hatte. „Hast du Geld?" zischte sie.

Er kramte ein paar Münzen hervor und holte einen Ennvio für sie beide. Kaum waren sie angekommen, schob sich Lea durch die Tür an ihm vorbei und suchte nach Essen. „Du kennst meinen Vater nicht", sagte sie schließlich in die Stille. Mit dem Brot in der Hand beobachtete sie Lukas, der sich an den Tisch gesetzt hatte und die Fotos des Tages durchging.

„Ich weiß, tut mir leid", murmelte er.

Lea setzte sich zu ihm. „Du denkst vielleicht, dass er total ätzend ist, dabei kennst du nur eine Seite von ihm. Mich hat er beschützt, wenn Lehrer mich unfair benotet haben, mir hat er viel über Ehrgeiz und Ziele beigebracht, mir die Zukunft ermöglicht, die ich jetzt habe, und er musste mich alleine großziehen."

„Gut, lass uns das Thema wechseln. Wenn ich ihn mal kennenlerne, bilde ich mir meine eigene Meinung. Versprochen."

Sie freute sich jetzt schon auf die Zeit nach den Ferien, wenn Lukas bei ihr vorbeikommen würde. Der Gedanke daran löste ein leichtes Kribbeln in ihr aus. Schnell konzentrierte sie sich wieder auf das Display, das er ihr unter die Nase hielt. „Schau mal hier, das ist von heute Morgen." Belfi strahlte sie an, mit dem Pinsel in der Hand, auf der Wange ein roter Farbklecks und ihre Haare nur wirr zusammengesteckt. Lea musste schmunzeln. „Sie hat auf alle Fälle Energie für die nächsten zehn Jahre."

Lea sah sich die restlichen Fotos von Farbeimern, Pinselhaaren, Leinwänden und den beiden an. „Wie war es eigentlich? Was habt ihr so gemacht?"

„Ach, nichts Besonderes. Sie hat gemalt, ich habe zugesehen. Wusstest du, dass sie eine Pasado ist, aber sich nach der Ausbildung gegen eine Arbeit mit Zeitreisen entschieden hat?" Lea nickte und schluckte ihren Bissen hastig runter. „Sie hatte mit Amalia zusammen Unterricht."

Lukas sah ihren Teller so sehnsüchtig an, dass sie ein Stück von ihrem Brot abbrach und es ihm reichte. Er klickte sich kauend durch die restlichen Bilder der Straßen von Nirall. „Und sie hat mir einiges Interessantes über Encantador berichtet", redete er weiter. „Zum Beispiel, dass man mit der Mondorchidee formell am Ball gestochen wird, wenn man ein Orchis sein möchte. Das ist die Übertragung. Die Verwandlung setzt später ein und man darf nie mit anderen Orchideen in Berührung kommen, weil das tödlich endet, weil die eigene DNA nicht gewappnet ist."

Lea schüttelte lächelnd den Kopf. „Es ist so selbstverständlich, dass du hier bist, dass ich oft vergesse, wie wenig du eigentlich von allem weißt."

Lukas lächelte leicht zurück und konzentrierte sich aufs Löschen von doppelten oder unscharfen Fotos. „Wenn ich irgendwann mal genug Geld habe, mache ich mein eigenes Fotostudio auf und werde professioneller Fotograf."

„Und dann machst du Ausstellungen mit Fotos von Encantador?" Sie grinste.

„Von der ganzen Welt", antwortete er triumphierend.

Lea stütze ihren Kopf auf ihre Hand und beugte sich vor.

Jetzt kamen die Fotos von heute Nachmittag. Sie kam kaum mit, so schnell klickte er durch die Galerie. Blitzschnell entschied er sich für und gegen Aufnahmen, bis er innehielt. Er zoomte an ein Foto heran. „Kannst du das lesen?"

Lea beugte sich noch weiter nach vorne und starrte auf ein Foto von der Vorlage zum Eröffnungsflyer. Der Zoom der Kamera zielte auf einen Zettel, der auf dem Schreibtisch unter dem Flyer hervorlugte. „Ähm, Gesetzesvorlage für ..."

Lukas beugte sich vor und starrte auf die kleine Schrift. Er kniff die Augen zusammen und beendete murmelnd ihren Satz: „... für Menschen auf Orchideen-Nächten."

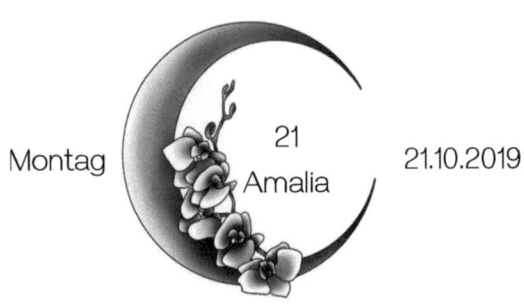
Encantador

Ihr Handy vibrierte und sie zog es aus ihrer Hosentasche. *Kommst du heute Abend zum Essen? Sophia und Daniel kommen auch vorbei.*

Amalia bejahte Belfis Frage und schrieb sofort Lea. *Ich komme heute Abend nicht mehr vorbei, aber morgen früh erzählst du mir ausführlich von deiner Praxisstunde, ja?*

Hoffentlich war Leas Erzähldrang noch nicht allzu groß und sie konnte sich bis zum nächsten Morgen gedulden. Amalia erinnerte sich noch gut daran, wie sie bei ihrer ersten Stunde in der Akademie als Pasado gewesen war: Wahnsinnig erleichtert und hibbelig zugleich. Danach hatte sie jedem hier davon erzählt, ob er gewollt hatte oder nicht. Das erneute Vibrieren riss sie aus Erinnerungen an alte Tage.

Schon gut. Kannst du uns aus dem Buchhaus mal Dokumente mitbringen zur Gesetzeslage in Encantador? Bezüglich Menschen und den Orchideen-Nächten.

Amalia runzelte die Stirn. Seit wann interessierte sich Lea

für die Gesetze zu den Bällen? Die hatten sich seit Ewigkeiten nicht geändert. *Wofür brauchst du die Unterlagen denn? Viktor wird mich das bestimmt auch fragen.* Die Gesetzesunterlagen gehörten zu der Abteilung, aus der nicht jeder einfach so etwas ausleihen durfte.

Sie blieb stehen, während sie Leas prompte Antwort las: *Vielleicht wird daran gedacht, etwas zu ändern. Im Raum von Frau Fries, der Kim so hinterherläuft, lag eine Vorlage zur Änderung dieses Gesetzes, sodass Menschen auch zugelassen sind, wenn sie keine Übertragung machen wollen. Wir haben Kim übrigens noch nicht wiedergesehen.*

Verflixt. Sie strich sich die lange Haarsträhne hinters Ohr, die ihr beim Tippen ins Gesicht gefallen war und schrieb zurück: *Ich bringe mit, was ich finden kann.* Was sollte eine Änderung?! Das konnte nur Ärger bringen, das hatte die Landesgeschichte immer wieder gezeigt. Und warum hatte sie Lea nicht schon längst von Lucy erzählt? Wie sollte sie jetzt Unterlagen aus dieser Abteilung mitnehmen, wenn diese gar nicht mehr ihr gehörte, sondern der dämlichen Chefpostenjägerin? Sie steckte ihr Handy weg und ging ins Buchhaus. Als alltägliche morgendliche Begrüßung dröhnte ihr der Baulärm entgegen. Alles war noch immer nicht fertig, das würde noch dauern, so wie der Rest der Silberstadt noch lange eine Ruine bleiben würde.

Sie winkte Nick zu und machte sich auf den Weg in ihre ehemalige Abteilung der geschichtlichen Dokumente. Lydia begegnete ihr auf dem Weg und sie wünschte ihr einen guten Morgen. Vor ihren alten Räumen wischte sie sich ihre schwitzigen Handflächen an der alten Jeans ab und drückte die Türklinke hinunter. Hoffentlich war Lucy nicht da. Oder sie musste warten, bis Lucy Pause machte. Dabei hatte sie Lea noch gar nichts von ihr erzählt. Lea war immer so stolz auf ihre Arbeit gewesen, auf ihre Bewunderung von Viktor und ihren Fleiß. Von einem Tag auf den anderen war sie ersetzt worden wie ein altes Kleidungsstück, das in den Müll geworfen wurde. Das war schwer genug zu ertragen, wenn sie es dann noch vor Lea aussprach, machte es die Realität nur noch schlimmer. Amalia betrat den Raum und stieß vor Entsetzen ein „Oh mein Gott" aus.

Drei Jahre hatte sie damit verbracht, ein Ordnungssystem zu entwickeln, dass das Suchen und Finden von Dokumenten einfacher machte. Sie hatte zwei Jahre damit verbracht, diese Idee umsetzen zu lassen und alle Mitarbeiter davon zu überzeugen.

Jetzt kam ihr eine strahlende Lucy entgegen. „Gut, dass du vorbeischaust! Ich wollte dich sowieso noch sprechen. Das System läuft jetzt anders. Siehst du ja. Also die Unterlagen kommen jetzt alle nach oben, ich komme da leicht dran, bin ja nicht so klein wie du. Die alphabetische Ordnung fand ich unnötig, eine thematische Ordnung ist doch viel sinnvoller. Manchmal muss man etwas länger suchen, aber wir sind schließlich nicht hier, um schnell zu arbeiten, sondern gründlich."

„Das ist doch Quatsch."

„Wenn wir langsamer arbeiten, arbeiten wir gleichzeitig bewusster. Das sollte das Wichtigste sein, damit keine Fehler passieren."

„Aber ...", setze Amalia erneut an.

„Viktor war von der Neuordnung ganz begeistert." Lucy lächelte zufrieden.

Amalia versuchte tief ein- und auszuatmen. Zum ersten Mal in den letzten drei Jahren fühlte sie sich wirklich unterlegen, weil sie nur in den paar Wochen Ferien hier arbeitete und die normalen Mitarbeiter hier einen Vorsprung hatten. Aber wenn sie nächstes Jahr richtig nach Encantador zog, würde sich das ändern. Sie musste ruhig bleiben. Ihre Fingernägel krallten sich in ihre Faust, aber sie schaffte es zu lächeln. „Super." Die restlichen Worte schluckte sie herunter, zusammen mit ihrem Stolz und den Tränen, die nur darauf warteten, ihrer Beherrschung zu entkommen.

„Ja, nicht?" Lucy lächelte und wandte sich wieder ihren Unterlagen zu. Sie sortierte einige Dokumente nach ihrem neuen System. Es war unfassbar, in welch kurzer Zeit sie hier Macht bekommen hatte. Lucy schaffte in ein paar Wochen das, wofür Amalia viele Jahre harte Arbeit gebraucht hatte. Wie war so etwas möglich?

„Ich brauche ein paar Sachen", begann Amalia vorsichtig.

Lucy zog eine Augenbraue hoch. „Ja? Sagst du noch etwas oder soll ich Gedanken lesen?"

Sie verengte ihre Augen zu Schlitzen. „Überschätz dich nicht. Ich brauche Unterlagen zu bestimmten Gesetzen. Die Regelung der Menschen auf den Orchideen-Nächten."

Lucy lachte auf und warf ihre langen roten Haare nach hinten. Sie machte einen Schritt nach vorne, wodurch nur betont wurde, dass sie Amalia um einen ganzen Kopf überragte. Amalia schaute zu ihr hoch. „Ich glaube nicht, dass du das brauchst. Aber ich kann gerne Viktor fragen, warum du so etwas Spezielles haben willst."

„Nein, nein!" Verdammt. Das war zu hastig gewesen. Amalia biss sich auf die Unterlippe, während Lucy nur ein spöttisches Lächeln übrighatte.

„Keine Ahnung, was du damit willst, aber hier kriegst du es nicht. Das ist jetzt meine Abteilung. Also wie sagtest du noch so schön? Überschätz dich nicht." Sie drehte sich wieder um, als wäre nichts gewesen.

Dieses Biest! Amalia stürmte aus dem Raum und ging ihrer üblichen Arbeit nach. Während sie monoton Bücher einsortierte, dachte sie daran, wie die bisherigen Ferien verlaufen waren. Sie wollte für Lea doch nur die Unterlagen beschaffen, dabei hatte sie sie schon im Stich gelassen. Sie war für Lea nicht da gewesen, als sie sich verwandelt hatte. Sie konnte sie nicht unterstützen, als sie ihren ersten praktischen Unterricht in der Akademie hatte. Da war ihre beste Freundin endlich in Encantador und sie verbrachte kaum Zeit mit ihr, nur um sich dann von so einer Zicke fertigmachen zu lassen. Das würde sich jetzt ändern! Sie würde um kürzere Arbeitszeiten bitten und mehr Zeit mit Lea und Lukas, Belfi, Sophia und Daniel verbringen! Und die Mondnacht musste vorbereitet werden!

Den restlichen Tag über arbeitete sie munter Bestellungen ab, aber ihr Kopf schweifte immer wieder ab, sie konnte sich einfach nicht richtig konzentrieren. Nach anstrengenden Stunden rieb sie sich die Stirn, schlüpfte in ihren Mantel und verabschiedete sich müde von den Kollegen. Den Kopf voller Gedanken und Pläne ließ sie sich von einem Ennvio abholen und zur Akademie bringen. Wenn sie schon keine Gesetze mitbringen konnte, weil diese Lucy sich so stur stellte, würde sie selbst im Büro der Lehrerin suchen. Lea hatte doch erwähnt, dass dort was gelegen hatte. Das war momentan das Einzige, was sie ihr als Hilfe anbieten konnte. Wenn sie dabei noch Informationen zu Kim fand, umso besser.

Im Gebäude rannte sie an den Klassenräumen vorbei und blieb vor dem Raum der Lehrerin stehen. Sie war vor Jahren zuletzt in diesem Büro gewesen. Sie wusste, dass Celines Tür für jedermann offenstand, man durfte es betreten und reinkommen, wann immer wann wollte, wohingegen man bei Dymar immer zuerst einen Termin zum Gespräch brauchte. Was war, wenn sie eintrat und es gar nicht durfte? Sie würde einfach sagen, dass sie sich vertan hatte im Zimmer oder dass sie nicht gewusst hatte, dass sie nicht eintreten dürfe. Ja, so würde sie es machen! Amalia ignorierte ihr schlechtes Gewissen und dachte nur an ihre Freunde. Sie hatte sie bisher sehr vernachlässigt. In ihr machte sich langsam Neugierde breit und sie konzentrierte sich voll und ganz auf das Gefühl.

Warum wollte Lea die Unterlagen haben? Wie kam jemand auf die Idee, das Gesetz ändern zu wollen, wenn manche Menschen doch nur Furcht und Skepsis mit sich brachten? Lukas war kein Risiko, sondern eine Ausnahme, weil sie ihm vertraute. Aber was hatte das Ganze auf sich und vor allem: Hatte Kim etwas damit zu tun? Amalia drückte die Türklinke vorsichtig hinunter und öffnete die Tür einen Spalt. Sie tat hier nichts Verbotenes. Vielleicht nur ein kleines bisschen. Ein ganz kleines bisschen verboten.

Amalia schluckte schwer und schob die Tür einen weiteren Spalt breit auf, sodass sie ganz in den Raum lugen konnte. Keiner da. Sie stieß Luft aus, von der sie nicht einmal wusste, dass sie sie angehalten hatte. Erleichterung machte sich in ihr breit. Bei ihren ersten Schritten warf sie einen Blick in den Raum und erblickte die vielen Dokumente und Bücher im Büro. Wow. Was für ein Paradies.

Amalia machte vorsichtige Schritte nach vorne, blinzelte und stockte. War das …? Nein, das konnte doch nicht sein! Das war unmöglich! Absolut undenkbar! Aber … die weißen Blüten mit den graugrünen Wurzeln, die vom Zentrum abstanden und Lea immer an die Form von Froschbeinen erinnert hatten … das war eine Geisterorchidee! Direkt vor ihr auf dem Schreibtisch! Das konnte nicht wahr sein! Sie musste das sofort melden! Die Lehrerin würde gefeuert werden, nie wieder unterrichten dürfen und mit so jemandem verbrachte Kim Zeit! Wie konnte sie es wagen, eine Geisterorchidee in ihren Besitz zu bringen? Wie konnte sie das vor Kim geheim halten? Oder hatte Kim die Lehrerin dabei erwischt und jetzt wurde sie von ihr erpresst?

Ihr Kopfkino spielte verrückt und Amalia befeuchtete ihre trockenen Lippen. Vollkommen fassungslos starrte sie die Pflanze an, hielt aber Sicherheitsabstand. Nur nicht zu nahekommen. Wie gefährlich das war! Nicht auszudenken, was man damit alles anstellen konnte! Und diese Sicherheitslücke! Nur bloß weg hier. Sie drehte sich zur Tür und hielt inne. Hatte sie da gerade einen Seufzer gehört? Ihr Herz pochte laut, aber sie blieb stehen und lauschte. „Jetzt sei schon still, sonst funktioniert das nicht. Du lenkst mich noch ab."

Das klang so, als ob noch jemand mit der Person im Raum nebenan war. Oh Gott, wenn sie jemand hier entdeckte! Aber was sollte funktionieren? Wovon redete sie? Amalia starrte zwischen der Geisterorchidee und der Tür hin und her. Sie sollte einfach gehen, die Lehrerin melden und mit Lea reden. Die Stimme kam aus dem Raum nebenan, die Tür dazu war sogar nur angelehnt. Nur einen Blick riskieren, ganz kurz. Vorsichtig setzte Amalia einen Fuß vor den anderen, ging auf Zehenspitzen im Bogen um den Schreibtisch herum und lugte durch den Türspalt. Da saßen doch zwei Menschen, oder? Eine mit älteren Schuhen, eine mit Turnschuhen, an deren Schnürsenkeln orange Perlen baumelten. Irgendwo hatte sie die doch schon mal gesehen. Amalia versuchte sich daran zu erinnern, dann fielen ihr die Schuhe von Kim ein, als sie sie am Anfang der Ferien in Nirall aufgegabelt hatten. Konnte das wirklich Kim sein? Amalia machte noch einen Schritt nach vorn. Bum, Bum, Bum. Ihr Herz klopfte so laut, dass sie den Atem anhielt. Wenn man schon ihr Herz hörte, dann wenigstens nicht ihren Atem. Angespannt starrte sie durch den Türspalt. Die zwei Menschen saßen nebeneinander und das war eindeutig Kim. Amalia verlagerte leicht ihr Gewicht nach rechts, um die andere Person zu sehen. Was machten die da drin? Was sollte funktionieren? In den Fingern der anderen Frau blitzte eine Spritze auf. Nein! Amalia keuchte auf.

Oh mein Gott! Kims Kopf schnellte in ihre Richtung. Amalia sprang nach hinten. Sie stieß mit dem Hintern gegen den Schreibtisch, strauchelte und griff mit den freien Armen nach hinten, um sich mit den Händen festzuhalten. Aua! Etwas hatte sie gestochen. Sie drehte ihren Kopf und erkannte einen Dorn der Geisterorchidee in ihrem Handgelenk. Nein. Nein. Nein. Amalia nahm Schritte wahr. Weg, weg, weg. Ihre Füße stolperten aus dem Büro, bevor die Tür vom Nebenraum aufgerissen wurde. Sie stürzte nach draußen, rannte durch den Flur aus der Akademie, rannte weiter, bis ihre Lungen brannten und ihre Beine einfach unter ihr nachgaben.

Das war zu viel! Alles viel zu viel! Wieso übertrug Frau Fries die Magie der Geisterorchidee auf Kim? Erst der Diebstahl und dann noch die Übertragung! Heiße Tränen kullerten ihr die Wange hinab und ihr schien die Luft wegzubleiben. Mit ihren Fingerspitzen tastete sie ihr Handgelenk ab. Der Dorn war raus, ein kleiner roter Punkt zeichnete sich ab. Lea würde es für einen Pickel halten. Wieso sie? Wieso? Sie war nie mit anderen Orchideen in Berührung gekommen. Sie hatte alles geplant. Sie wollte sich hier eine Zukunft aufbauen. Nur noch den Abschluss fertigmachen, hatten ihre Eltern immer gesagt. Dann durfte sie umziehen. Ihre Eltern! Oh Gott.

Aus den Tränen war längst ein Schluchzen geworden. Warum musste sie nur sterben? Sie wollte doch leben. Wieso war sie nicht einfach gegangen? Sie war selbst schuld. Ihr eigener Tod war ihre verdammte Schuld. Die Lehrer hatten ihnen an der Akademie unzählige Male erklärt, wie lebensgefährlich die anderen Orchideen waren. Das wusste sie doch! Sie wusste es, verdammt. Und sie konnte nichts dagegen machen. Kein Arzt der Welt und keine Magie könnte verhindern, dass sie in vier Tagen sterben würde. Eine gefühlte Ewigkeit verging, in der sie schluchzend und wie in Trance ihr Handgelenk anstarrte. Sie wartete darauf, dass sie aufwachte, dass sie nur geräumt hatte Ein paar Schüler kamen aus dem Unterricht und musterten sie, aber sie schüttelte nur den Kopf, als einer von ihnen in ihre Richtung kam. Von Kim oder der Lehrerin keine Spur. Sie wusste ja nicht einmal, dass Amalia sie gesehen hatte. Oder? Kim hatte zu ihr geguckt, sie hatte ihren Atem gehört, aber hatte sie sie auch gesehen? Es war jetzt eh alles egal. Als der Himmel sich bereits verdunkelte, rief sie einen Ennvio und ließ sich nach Nirall bringen. Sie wollte benommen die Tür aufschließen, aber hielt mit dem Schlüssel in der Luft inne. Sie konnte Belfi jetzt nicht unter die Augen treten. Nicht so. Halbtot. Amalia schlich sich hinters Haus und nahm die kleine Tür, die direkt in ihr Zimmer führte. Leise schloss sie sie hinter sich und hätte sich fast auf der Stelle auf dem Boden eingerollt. Stattdessen schaffte sie es irgendwie zum Bett und legte sich auf die Matratze, die unter ihrem Gewicht laut knarzte. Wie würde sich sterben anfühlen? Würde es schmerzhaft sein? Sie hörte Belfi in der Küche beim Kochen summen. Das Abendessen. Ihr Herz krampfte sich zusammen und sie wusste nicht, ob das eine Nebenwirkung des Stiches war oder der Schmerz zu wissen, dass sie bald nicht mehr da war.

Sie richtete sich mühsam auf, stolperte aus ihrem Bett und griff nach Block und Stift. Wie in Trance berichtete sie von dem, was sie gerade gesehen hatte. Die Lehrerin musste bestraft werden. Dann nahm sie ein neues Blatt und führte langsam den kratzenden Stift, der sich in ihrer Hand anfühlte wie Blei, übers Papier:

Liebe Belfi,

du weißt, dass du eine tolle Freundin bist. Das weißt du doch, oder? Du bist meine tolle Freundin. Das warst du die letzten vier Jahren lang und das wirst du immer bleiben. Ich bin dir dankbar für all die Momente, in denen du mich zum Lachen gebracht hast. Deine Energie musst du dir unbedingt beibehalten. Ich bin dir dankbar, für all die Momente, in denen ich dich bewundern konnte. Gib niemals auf, male immer weiter, bitte! Ich bin dir dankbar für all die Momente, in denen du für mich da warst. Wann immer ich Liebeskummer hatte oder traurig war, weil ich unsere Magie *nicht mit Lea teilen konnte oder wenn wir Abschied nehmen mussten, weil ich wieder nach Ostafelde musste. Jetzt wird der Abschied für immer sein. Und das tut mir wahnsinnig leid. Ich wäre so gerne bei dir geblieben. So viel werde ich nicht mehr erleben, so viele Pläne werden vergessen. Aber du musst mir eins versprechen, ja? Male für mich weiter. Male jeden Tag und nimm die schönsten Farben, die du finden kannst. Bitte deinen Vater mehr Geld auszugeben und bei jedem bunten Bild werde ich hinter dir stehen und dich bewundern. Ich werde dich vermissen.*

Amalia legte den Brief zur Seite und wischte sich die Tränen aus dem Gesicht. Das Taschentuch war schon ganz nass. Sie zog die Decke enger um sich. War ihr kalt, weil sie diese Zeilen schrieb oder weil der Tod schon durch ihre Adern kroch? In ihren letzten Tagen die Trauer ihrer Freunde und Familie mitanzusehen konnte sie jetzt nicht ertragen. Vielleicht war das egoistisch. Nein, ganz sicher sogar. Ihre Freunde würden diese Briefe erst nach ihrem Tod lesen und bis dahin würden sie alle ganz normal leben, das war für alle das Beste. Sie hatte immer gedacht, sie hätte viel erlebt, auch Schmerzhaftes. Aber nichts war so schmerzhaft wie ein Abschied für immer. In ihrem Kopf war der Gedanke noch immer wie der lose Fetzen eines Traumes. Die Art von Träumen, an die man sich nach dem Aufwachen nur noch schwer erinnern konnte. Zum ersten Mal wünschte sie sich sehnlichst, Slate hätte seine Magie an ihr angewandt. Nur einer von vielen Albträumen. Sie musste doch aufwachen! Wie hatte sie nur so dumm sein können? Sie hätte einfach weglaufen sollen, so wie es sich gehört, wenn man in fremde Räume einbricht. Amalia atmete tief durch, blinzelte die Tränen weg und nahm mit einem neuen Blatt wieder den Stift zur Hand. Sie schrieb ihren Eltern, dass sie sie vermissen würde und dass sie Encantador besuchen sollten. Viel mehr brachte sie nicht fertig. Das Papier war durchweicht von der Nässe ihrer Tränen, ihre sonst so geschwungene Schrift ganz krakelig vom Zittern und immer wieder musste sie kurz innehalten, weil sie das Gefühl hatte, nicht mehr atmen zu können. Ihr Kopf tat weh von den Tränen und auch ihr Handgelenk schmerzte. Sie rieb sich die Finger. Das Mal des Dorns sah aus wie heute Vormittag, ein kleiner roter Punkt. So unscheinbar. Sie schloss kurz die Augen und rief sich Daniels Gesicht ins Gedächtnis. Ihre Hand setzte an und kratzte über das Papier.

Daniel,

wenn du das hier liest, werde ich tot sein, weil ich mich an einer anderen Orchidee als meiner gestochen habe. Ja, ausgerechnet ich! Kim wurde von jemandem in der Akademie die Magie der Geisterorchidee übertragen. Ich war so dumm, es tut mir so schrecklich leid. Du sollst nicht wissen, dass ich sterbe, ich begreife es selbst gerade erst. Deswegen greife ich auf das geschriebene Wort zurück, die kleine Ewigkeit meiner Gedanken und Gefühle. Was du nicht weißt und jetzt von mir erfahren wirst, ist, dass ich dich längst nicht mehr nur als Freund sehe. Weißt du noch, vor gut einem Jahr, als du mich von der Spiegelnacht abgeholt hast? Als wir kein Geld mehr für einen Ennvio hatten und den ganzen Weg von der Akademie bis nach Nirall zu Fuß

gehen mussten? Mein Ballkleid war danach zerstört, wir sind die ganze Nacht
gelaufen. Aber an diesem Abend habe
ich mich in dich verliebt. Seitdem ist
es so schön, dich lächeln zu sehen, deine Umarmung zu spüren und deine lieben Worte zu hören. Aber es war auch
schwer für mich, dich nicht als Freund
zu verlieren, denn das hätte ich, wenn
ich dir etwas gesagt hätte. Vermutlich
empfindest du nicht das Gleiche, aber
das ist in Ordnung. Ich werde dich
vermissen. Deine Stimme, die so samtig
klingt wie Honig. Aber ich werde auch
deine sanften Augen vermissen und
dein Lächeln, dein neugieriger Blick,
wenn du meinst, Informationen zu bekommen, den Geruch nach deinem alten
Trenchcoat und dich als den besten
Freund, den ich mir je hätte wünschen
können. Für dich wünsche ich mir, dass

du glücklich wirst. Finde die Liebe deines Lebens und sei zu ihr ein genauso guter Freund, wie du es immer zu mir warst. Ich werde dich schrecklich vermissen.

Der Schmerz schien sie zu erdrücken. Belfis Energie würde ihr so fehlen, Daniels süßes Lächeln, Sophias Anmut, die Liebe ihrer Eltern und ihre beste Freundin. Ihr Herz krampfte sich zusammen. Sie verkroch sich zurück ins Bett, schluchzte in ihr dreckiges Kissen und zog die Beine an, umklammerte sie mit den Händen. Sie fühlte sich so schwach, müde, ausgelaugt und wie in Trance. Wie konnte sie bald schon tot sein? Warum nur?

Die Uhrzeit interessierte sie nicht, draußen war es längst stockfinster. Irgendwann raffte sie sich wieder auf und setzte sich an den Schreibtisch. Plötzlich klopfte es an der Tür. Konnte sie so tun, als wäre sie nicht da? Nein, ihr Licht leuchtete durch den Türspalt. Belfi fragte, ob sie zum Essen käme. Amalia schleppte sich zur Tür, öffnete sie einen Spalt und überzeugte Belfi davon, dass sie krank sei und keinen Appetit habe. Sie musste doch noch Lea schreiben. Wie würde sie es nur verkraften? Amalia hätte so gerne gesehen, wie Lea sich entwickelte. Wie sie Bäume pflanzte, dann wäre sie so stolz gewesen. Wie gerne hätte sie erlebt, dass Leas Vater wahren Stolz zeigte und wie er überhaupt auf Leas Magie reagiert hätte. Oder wie ihre eigenen Eltern von Leas Verwandlung erfuhren. Sie hatte immer gedacht, sie würde mit Lea alt werden, beste Freunde für immer.

Liebe Lea,

seit acht Jahren bist du ein wichtiger Teil meines Lebens, du gehörst für mich zur Familie, bist wie eine Schwester und die beste Freundin. Ich habe dich wahnsinnig lieb, du kannst dir gar nicht vorstellen, wie sehr ...

Zitternd brach sie ab. Ihre Hand sank und die Tinte hinterließ einen Klecks auf dem Papier. Es war unvorstellbar, wie es ohne sie werden würde. Sie kämpfte gegen die Tränen an, von denen sie schon zu viele vergossen hatte, und nahm wieder den Stift zur Hand. Sie musste sich zusammenreißen, ihr bleiben nur noch vier Tage.

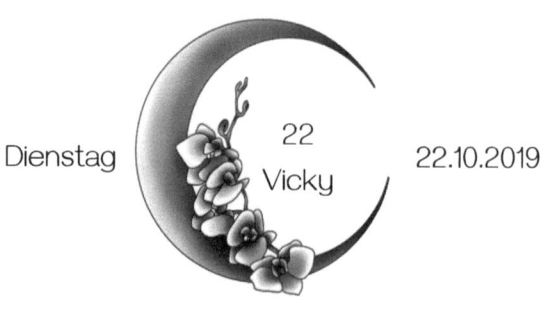

Dienstag · 22 Vicky · 22.10.2019

Encantador

Hastig ging Vicky ihre Liste durch. Was musste sie noch machen? Zum Rat und die Dekoration besprechen, den Auftrag für das Kleid mit Frau Maroni durchgehen und die Kostenaufstellung dafür machen. Belfi einen Vorschlag für die Flyer und Plakate machen lassen und zum Direktor der Akademie gehen, um die Organisation des Aufbaus festzulegen. Bis zur Mondnacht waren es noch wenige Tage, aber die Organisation war in vollem Gange. Und erst die Kleider! Herrje, wann sollte sie die nur alle fertig nähen? Sie sah sich jetzt schon vor ihrem geistigen Auge mitten in der Nacht an der Nähmaschine sitzen, um den Zeitplan einhalten zu können. Sie schlang ihr Frühstück herunter, schnappte sich ihre Schlüssel und die Tasche mit den wichtigsten Sachen. Dann holte sie Daniel, damit er sie zum Rat teleportierte. Innen herrschte Chaos, wie immer zu dieser Zeit. So viele Ennvio wie möglich waren im Einsatz, ihre Schicht war heute auch noch dran.

Die Leute hier verschwanden und tauchten binnen Sekunden wieder vor ihr auf, nur um dann wieder zu verschwinden, bereit für den nächsten Kunden. Jeder Orchis in Encantador brauchte angemessene Kleidung, alle anderen wollten trotz ihrer schlichten, weißen Kleidung etwas Schönes haben und natürlich musste es jedes Jahr etwas Neues sein. Stoffe wurden besorgt und Wünsche vernäht, jeder hatte etwas zu tun und sie besprach die Übersicht. Das war erst ihr zweites Jahr mit der Überblicksleitung, aber sie wusste jetzt schon, dass sie nächstes Jahr nicht mehr zusagen würde. Es war schön, die Fäden in der Hand und das Gesamtbild im Blick zu haben, aber es erforderte auch Zeit, die sie jetzt lieber nähend verbringen würde. Dabei wog der finanzielle Bonus den Stress und den Zeitverlust nicht mal auf. Vicky lief hinauf in die zweite Etage zum Büro der Obersten.

Dario erwartete sie bereits. „Gut, da bist du ja."

Sie ließ sich auf den Stuhl vor seinem Schreibtisch fallen und kramte ihre Unterlagen hervor. Sie hatte alles aufgeschrieben, damit sie auch ja nichts vergaß. „Werden die extra Wachmänner eingesetzt für die Bewachung der Orchideen?", kam sie ohne große Umschweife zum Punkt.

Dario nickte. „Was ist mit der Dekoration?"

„Darum wird sich Henry kümmern. Ich fand seine Arbeit letztes Jahr sehr gut."

„Da gebe ich dir recht. Aber ich habe ein paar Änderungswünsche."

Vicky setzte sich in eine aufrechte Position und schrieb alles so schnell sie konnte auf, was er zu meckern hatte. Nach einer guten Stunde waren sie fertig und sie fragte unten nach

Henry. Er musste die Änderungswünsche bekommen, bevor er mit der Organisation der Dekoration begann. „Jenny, hast du Henry gesehen?"

„Die schöne Frau verlangt nach mir?"

Vicky drehte sich um und ignorierte seinen Kommentar. „Du solltest etwas anders machen als letztes Jahr. Dario hat ein paar Anmerkungen gemacht, ich habe sie dir hier notiert." Henry nahm ihr den Zettel ab. Vicky wandte sich zum Gehen, doch er hielt sie fest. „Meinst du nicht, wir sollten die Liste bei einem Essen besprechen?"

Sie seufzte. „Ich denke, du schaffst das Lesen allein. Zumindest hoffe ich das."

Lächelnd ließ sie sich wieder zur Akademie bringen. Sie war schon viel zu spät dran, das würde ein schlechtes Licht auf sie werfen. Frau Maroni stand bereits vorm Eingang und wartete auf sie. „Sie sind spät", war ihre einzige Begrüßung.

Vicky setzte ein Lächeln auf und strich ihre pinke Bluse glatt. „Ich bitte vielmals um Entschuldigung, mein vorheriger Termin hat sich verzögert."

„Das ist ja nicht mein Problem." Frau Maroni strich sich die kurzen Haare hinters Ohr, ehe sie mit rauer Stimme fortfuhr: „Mein blaues Kleid soll unten in Wellen gestickt sein, ganz klassisch. Als Ausschnitt Wasserfall. Und das Element meiner Tochter ist Feuer."

Vicky runzelte die Stirn. „Entschuldigung, ihre Tochter? Am Telefon sprachen sie doch nur von einem, ihrem, Kleid?"

„Ja, aber meine Tochter braucht doch auch eins. Ist das ein Problem?"

Sie zögerte. Zeitlich würde das knapp werden, jetzt wo sie die Zeiten im Imbiss wieder verlängert hatte. Da sie nicht sofort antwortete, schoss die Frau hinterher: „Wenn das nicht machbar ist, kann ich mir auch gerne jemand anderes suchen. Das wird nicht schwer sein."

„Nein, nein, das ist gar kein Problem, wirklich. Ich übernehme beide Kleider!", beeilte sich Vicky zu sagen. Sie brauchte das Geld, den Auftrag, die Erfahrung. Aber sie würde die Nächte durchmachen müssen, um das zu schaffen. Augenblicklich fühlte sie sich schlecht, wenn sie an den Imbiss dachte. Die Schicht stand heute auch noch an. Verdammt, wieso konnte sie nicht einfach nur machen, was sie liebte?

Frau Maroni ging mit ihr die Einzelheiten durch, welcher Stoff es sein sollte, welcher Schnitt, was für Muster und Verzierungen und zu guter Letzt erhielt sie die Maße, bevor sie einen Kostenvoranschlag von sechs Kuran für beide Kleider machte, dem die Frau widerwillig zustimmte. Vicky blieb keine Zeit durchzuatmen, da rief sie schon einen Ennvio nach Nirall und klopfte dreimal an die alte Holztür zu Belfis Haus, bis endlich geöffnet wurde. Vicky starrte Amalia an. „Dich hatte ich jetzt nicht erwartet, ich wollte zu Belfi. Musst du nicht arbeiten?"

Ihre Augen wirkten leer, ihr Blick ging an ihr vorbei. Amalia murmelte kaum verständlich: „Ja, mir geht es heute nicht so gut."

Sie brachte ein zaghaftes, missglücktes Lächeln zustande und Vicky seufzte. Oje. „Okay, gute Besserung. Ist Belfi da?"

„Ja, aber sie ist gerade beschäftigt, glaube ich."

Vicky verdrehte die Augen. „Wir waren verabredet." Sie schob sich an Amalia vorbei und schaute sich in dem kleinen

Raum um. Da lebte sie sogar noch besser. Ein paar Fotos hingen an der Wand von Amalia und Lea, Belfi und Sophia. Ansonsten war es nur eine karge Absteige, mit schmalem Bett an der Seite, kleinem Fenster in die graue Welt und vielen kleinen Skizzen und vielleicht Farbtests auf Zetteln, die über und über die Wand tapezierten. So ähnlich hatte ihr Nähzimmer bei ihren Eltern damals auch ausgesehen. Vielleicht waren sie sich ähnlicher, als sie dachte. Ihre Schuhe hallten auf dem Holz wider, doch Belfi schien sie trotzdem nicht zu hören. Sie telefonierte mit jemandem und Vicky konnte es nicht überhören, selbst wenn sie gewollt hätte.

„Was soll das heißen, du kommst her?!"

Sie fuhr herum und starrte Vicky an. „Ich muss aufhören, bis dann."

Vicky versuchte ihre Neugier zu verbergen, konnte sich die Frage aber nicht verkneifen. „Wer kommt denn her?"

Zu ihrer Überraschung antwortete Belfi sogar. „Mein Vater. Normalerweise beschränkt sich unser Kontakt auf Telefonate mit Bestellungen, wenn ich Farbe haben will, die ein Ennvio abholt."

„Ist dein Vater Maler oder sowas?"

„Nein, Zahnarzt. Aber er hat mich noch nie hier besucht."

Oh Mist. „Tut mir leid."

Amalia murmelte ein kaum hörbares „Wir reden nicht über Belfis Vater", und huschte an ihr vorbei in ihr Zimmer.

Belfi zeigte kurz ihr bekanntes, strahlendes Lächeln, bevor ihre Miene wieder mürrisch wurde. „Muss es nicht. Aber du bist ja nicht deswegen hier. Was sind deine Vorstellungen?"

Sie setzen sich an den kleinen Tisch im Esszimmer. Vicky musste ihre Beine etwas zur Seite stellen, sonst berührte sie die Tischplatte. Belfi reichte ihr drei große Blätter. Das erste Layout war in lila und blau gehalten, mit weißer Schrift. Das Zweite war in gelb und pink gemalt, ebenfalls mit weißer Schrift. Das letzte Blatt stach heraus mit brauner Schrift auf blauem und rotem Hintergrund. Schwierig. Das Letzte verdeutlichte die Elemente, das Erste passte nicht ganz zur Mondorchidee, sah aber hübsch aus und das Zweite sah weniger hübsch aus, passte aber besser zur Orchidee.

„Das Lila kannst du dir für die Spiegelnacht aufheben. Du weißt, ich mag Pink. Aber da gefällt es mir gar nicht. Also nehmen wir das Letzte. Aber die Schrift vielleicht noch verschnörkelter, die blauen Wellenlinien stärker. Die Schatten der tanzenden Figuren unten auf dem Plakat kannst du so lassen und den Dresscode größer schreiben, ja?"

Belfi musste deutlich schlucken. „Mit so vielen Änderungen muss ich alles neu machen."

Vicky tätschelte ihr unbeholfen die Hand. „Du schaffst das schon."

Sie wandte sich zum Gehen, hielt aber inne. Weinte sie? Langsam drehte sie sich im Türrahmen um und sah Belfi, die sich Tränen von den Wangen wischte. „Und was, wenn nicht?", hörte die Belfi flüstern.

Sie trat auf Belfi zu und legte ihre Arme um sie. „Du schaffst das, da bin ich mir sicher. Du malst so sicher und schnell, da wird das Plakat ein Klacks für dich sein! Tut mir leid, dass ich so viele Änderungswünsche habe, ich bin ein bisschen im Stress, aber ich glaube an dich. Das wird großartig."

Belfi umarmte sie zurück und Vicky löste sich wieder. Dass sie das gerade wirklich getan hatte. Aber es schien ihr gut zu tun. „Bis dann und noch mal gute Besserung an Amalia, hoffentlich ist sie bis zur Mondnacht wieder fit."

Sie winkte zum Abschied und Belfi lächelte sogar. Verrückt. Lachend machte sie sich auf dem Weg zur Akademie. Sie lag noch im Zeitplan. Ein paar Minuten würde sie im Imbiss länger arbeiten müssen, aber das konnte sie verschmerzen. Das Büro des Direktors lag ganz hinten im Gang. Sie durchquerte die Akademie und quetschte sich durch die vielen umherirrenden Schüler, die ihre Klassenräume suchten. Auf ihr starkes Klopfen folgte fast augenblicklich ein ebenso starkes *Herein.*

Die Tür ließ sich nur mit viel Druck öffnen und der Direktor sah sie nicht einmal an. „Ich habe nicht viel Zeit", sagte er gleich zur Begrüßung.

Vicky lächelte. „Das trifft sich gut. Ich nämlich auch nicht."

Sie setzte sich ungefragt auf den Platz vor seinem unaufgeräumten Schreibtisch und fragte direkt nach: „Wie ist der Stand der Dinge? Gibt es schon einen Ablaufplan?"

„Natürlich." Er seufzte, als würde er es unter seiner Würde finden, dass jemand wie Vicky ihn kontrollierte. Sie blieb gelassen. „Und wo ist er?"

Wieder seufzte der Mann. Er fischte einen Zettel aus seinem Ungetüm von Blätterberg hervor und gab ihn ihr. Sie las ihn sorgfältig durch. Die ersten Arbeiten würden morgen beginnen, die Inneneinrichter kamen übermorgen, am Wochenende die Dekorateure und die Essenslieferanten. Nimra würde eine Stunde vor Beginn des Balles aus ihrem Herrscherhaus abgeholt und mit vier Sicherheitsleuten zur Akademie gebracht werden. Das klang gut. „In Ordnung, das passt." Der Direktor verzog das Gesicht, seine buschigen Augenbrauen zogen sich zusammen. „Und dafür kommst du extra her? Um mir zu sagen, dass ich meine Arbeit richtig gemacht habe?!" Der Ärger war in seiner Stimme unüberhörbar, doch Vicky ließ sich nicht verunsichern. Sie zuckte mit den Schultern. „Ich musste."

So schnell sie konnte, verließ sie das Büro nach einer flüchtigen Verabschiedung, eilte nach Hause und schloss hastig auf. Ihr blieb nicht viel Zeit bis zum nächsten Punkt auf ihrem Tagesplan. Ihre Sachen lagen bereits auf dem Bett. Vicky marschierte in ihr Zimmer, während sie sich die Klamotten abstreifte. „Das solltest du öfters machen."

Anstatt ihn anzusehen oder zu begrüßen, schnappte sie sich eine dunkle Jeans und eine neue pinke Bluse. „Was willst du noch?", fragte sie, während sie ihren roten Lippenstift nachzog.

„Ich habe mich doch schon entschuldigt!"

„Ach, und du denkst wirklich, das reicht?! Ich habe dir vertraut! Du hast es mir versprochen! Und Mike hat noch nicht einmal richtig gewonnen. Nur weil du so ein geldgeiler Idiot bist." Sie schrie nicht, trotzdem zeigten ihre Worte Wirkung. Slate kam langsam auf sie zu und reichte ihr die Bürste, mit der sie durch ihre langen Haare ging. „Es tut mir ehrlich leid. Ich war gerade extra für dich noch einmal bei Lea."

Vicky bürstete weiter und band ihre Haare zu einem hohen, lockeren Zopf. Aber dass ihre Augenbrauen in die Höhe

273

schnellten, konnte sie nicht verhindern. „Du gehst freiwillig zu Lea?"

„Für dich. Die Prinzessin wollte erst nicht mit mir reden, aber dann hat sie mir erzählt, dass sie abgesehen von Kims Abwesenheit noch etwas bemerkt haben. Sie war mit Lukas im Büro der Lehrerin. Auf dem Tisch von Frau Fries lag eine Vorlage mit einer Eröffnung. Weißt du davon was? Das Datum war der 25. Oktober."

Ihr Lachen kam plötzlich und laut. „Klar, es eröffnet doch nichts am Tag der Mondnacht!"

Doch Slates Blick zeigte keine Regung, kein Schmunzeln oder verstecktes Lächeln. Er meinte das ernst. Sie runzelte die Stirn und steckte ihre Füße in die langen Stiefel mit dem hohen Absatz. „Was sollte denn eröffnen? Das würde doch niemand machen?!"

Slate zuckte mit den Achseln. „Ich weiß es auch nicht. Lea meinte, sie hätten noch was anderes gesehen, aber sie wollte erst warten, bis Amalia kommt, die würde noch etwas holen."

„Da können sie lange warten, Amalia sah gerade scheiße aus. Die hat sich bestimmt die Grippe geholt. Ich frage gleich mal den Rat, was das für eine Eröffnung ist."

Slate trat einen Schritt zurück, während sie ihre Tasche packte. Er sagte nichts mehr. Aber er hatte seine kostbare Zeit für sie geopfert und war für sie zu jemandem gegangen, den er nicht leiden konnte. Warum konnte sie ihm nur nicht lange böse sein? Schon gar nicht, wenn er sie so ansah. Die Mundwinkel leicht angehoben, ein angedeutetes Lächeln und diese Augen, die nur halb geöffnet waren. Sein Blick traf sie und sie seufzte. Sie umfasste sein Gesicht und küsste ihn lange. Seine Arme umschlossen ihre Taille, doch sie löste sich hastig wieder. „Viel Glück für die Prüfung!", sagte sie, ehe sie die Tür hinter sich zuzog.

Die meisten Leute im Rathaus waren bereits auf dem Weg in den zweiten Stock oder saßen schon im Raum. Das Gebäude war fast komplett leer. Sie hetzte die Stufen hinauf und platzte in den Raum. „Hallo", presste sie hervor. Ein paar lächelten, Daniel eingeschlossen. Ihre Tasche stellte sie neben einen der wenigen noch leeren Stühle und fragte in die Runde: „Hab ich was verpasst?"

Daniel setzte sich neben sie. „Nicht viel. Dario ist den Plan für die Mondnacht durchgegangen." Er zeigte ihr einen Zettel mit Zeiten und Eintragungen wie Übertragung oder zum Anrichten des Buffets. Aber von einer Eröffnung stand nichts da.

„Sag mal, hast du Amalia heute schon gesehen? Sie hat mich heute Morgen nicht gerufen, um sie zur Arbeit zu bringen", raunte Daniel ihr zu.

„Weißt du was von einer Eröffnung am Tag der Mondnacht?"

„Eröffnung von was?" Daniel starrte sie an.

„Keine Ahnung." Dann fiel ihr seine Frage wieder an. „Ach ja, Amalia ist krank."

„Oh. Das ist ja ein toller Zeitpunkt."

Sie murmelte eine Zustimmung und lauschte Dario, der mit Henry die Dekoration absprach. Bevor er sich wieder der Allgemeinheit zuwenden konnte, hob Vicky einen Arm, wie man es in der Akademie machte. „Ja?"

„Ich habe eine Frage. Weißt du etwas von einer Eröffnung? Am Tag der Mondnacht?"

„Natürlich nicht! Da eröffnet doch nichts! Wie kommst du auf diesen absurden Gedanken?"

„Ich habe eine Flyer-Vorlage gesehen."

Henry pfiff durch die Zähne. „Das habe ich auch gesehen! Aber ich habe so einen Flyer in Ostafelde gesehen, als ich gestern da war zum Kauf von Orchideen."

„Und was ist das für eine Eröffnung?", fragten Vicky und Dario fast zur gleichen Zeit.

„Ich …" Henry zuckte mit den Schultern. „Keine Ahnung. Ich habe mir das nicht näher angeschaut, ich war so im Stress und ich dachte, das hat nichts mit uns zu tun."

„Ich war aber nicht in Ostafelde. Dieser Flyer war hier, also hat das was mit uns zu tun", warf Vicky ein.

Dario seufzte. „Gut, dann geh jetzt nach Ostafelde und erkundige dich vor Ort, was es mit diesem Flyer auf sich hat. Es kann doch nicht wirklich etwas an diesem Tag eröffnet werden."

„Das geht nicht! Ich habe gleich eine Schicht!"

„In diesem Imbiss? Das interessiert mich nicht. Nun mach dich schon auf dem Weg nach Ostafelde. Und nimm Henry mit. Wo hast du die Flyer gesehen?"

Auch das noch. „Nein, nein, geht schon. Ich komme gut allein zurecht", warf Vicky ein, bevor Henry etwas erwidern konnte. Sie würde erstmal zur Schule fahren, an solchen Orten hingen doch ständig irgendwelche Flyer aus. Und dann würde sie mit dem Besitzer des Ladens oder was auch immer da eröffnet wurde sprechen, dass das am Feiertag eine denkbar schlechte Idee war. Sie zerrte ihre Jacke vom Stuhl und schnaubte auf dem Weg in den Flur. Toll. Wie sollte sie das bitte Webo erklären? Sie musste so schnell wie möglich wieder zurückkommen! Vielleicht schaffte sie es dann doch noch.

Eilig teleportierte sie zum See der Tränen, an dem ein paar Orchis ein Lagerfeuer vorbereiteten. Beim Anblick der Brote im Picknickkorb spürte sie ihren knurrenden Magen, doch Vicky ließ sich nicht beirren. Sie lief zu den Bäumen am Rand der Lichtung und fand den Größten mit dem dicksten Stamm und der dichtesten Krone in den buntesten Blättern. Vicky schlich um den Baum herum und atmete erleichtert auf, dass das Portal leer war. Sie schlüpfte in den großen Hohlraum im Stamm des Baumes, schloss die Augen und dachte an Ostafelde. Die Luft um sie herum vibrierte nicht ganz so stark wie beim Klippenportal und sie nahm bereits nach wenigen Sekunden den Geruch von Ostafelde war. Die frische Luft am See der Tränen und das leichte Knistern der Holzscheite vom Lagerfeuer war dem Rauschen der Autos auf der angrenzenden Straße gewichen. Sie umrundete den Baum, aus dem sie gekommen war, lief durch das abgelegene Waldgrundstück, über die Straße und Richtung Schule.

Diesmal war ihr etwas schlecht, sie hatte heute einfach noch zu wenig gegessen. Sie erreichte schnaufend den Schulhof und atmete tief durch. Wo sollte sie nur anfangen? Das war doch wie eine Nadel im Heuhaufen zu suchen. Sie betrat die Schule und sah sich in der Eingangshalle um. In den Ferien hielten sich fast gar keine Menschen hier auf, nur ein paar Schüler lungerten in Grüppchen herum. Da blieb ihr Blick an einem Plakat am schwarzen Brett hängen. Da stand doch was von Encantador! Vicky marschierte darauf zu. *Eröffnung der Akademie für magielose Wesen.*

Was?! Sie stupste eins der Mädchen an, die ihr am nächsten standen: „Hey, kannst du mir weiterhelfen? Was ist das für eine Eröffnung? Wo findet die statt? Was soll das?!"

Ihre Verwirrung war nur schwer zu verbergen und ein Junge hinter ihr kicherte. Seine Freundin lehnte sich grinsend vor. „Dass du das nicht weißt. Das ging doch die letzten Wochen überall rum. Letztes Wochenende gab es dazu sogar eine Infoveranstaltung, hast du die verpasst? Die Eröffnung ist in der Silberstadt. So eine Akademie für Menschen oder so. Die Silberstadt liegt in diesem magischen Land Encantador. Ja, guck nicht so entsetzt. Das Land gibt es wirklich!"

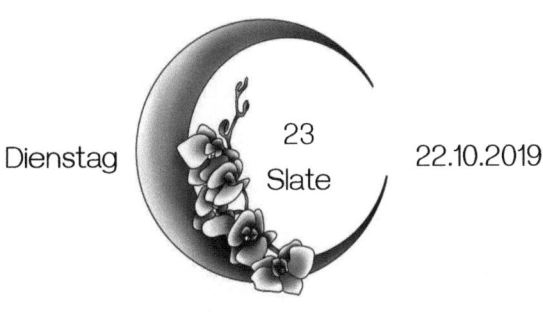

Encantador

Lea müsste heute auch ihre Zwischenprüfung haben. Die Prinzessin bestand sicher mit Leichtigkeit. Slate umfasste seine Tasche fester und betrat Lole. Doros Zelt war unübersehbar, das größte von allen. Alle anderen Zelte waren in gewissem Abstand aufgebaut und niemand interessierte sich für die Bewohner. Oder zumindest er nicht. Die hohe Flötenmusik eines Jungen vor einem der Zelte ging ihm auf die Nerven, aber er musste seine Kräfte sparen. Wenn er diese Prüfung bestand, würde er schon bald diese dämliche Akademie und auch Doros Unterricht hinter sich lassen können. Und dann war er wieder frei. Er lief über das nasse Laub, das von den Bäumen gefallen war und er ließ seine Tasche im Eingang des Zeltes fallen. Doro schaute auf. „Du bist pünktlich", sagte sie und machte dabei ein ganz überraschtes Gesicht.

Slate grinste. „Ich bin immer wieder für Überraschungen gut."

Sie nahm seine Tasche und legte sie unter ihren Tisch. „Setz dich auf den Stuhl, bitte."

Er tat wie befohlen und wartete ab, bis seine Lehrerin die Unterlagen auf ihrem Tisch sortiert hatte. Nach ein paar Sekunden hob sie ihren Kopf. „Du weißt, was dich erwartet?"

„Natürlich." Sie sollte endlich anfangen. Dann hatte er es hinter sich. Die feuchten Hände versuchte er unauffällig an der Hose abzuwischen. Er warf einen schnellen Blick auf die Uhr, bevor Doro ihm die erste Aufgabe stellte. „Wie heißen die drei wirkungsvollsten Heilkräuter, die wir kennen und einsetzen?"

Verdammt. Sein Kopf war wie leer gefegt. Das hatte er doch vorgestern erst mit Vicky gelernt! Vorgestern! Der Schweiß perlte von seiner Stirn. Er schluckte und versuchte, Zeit zu gewinnen. „Das sind …"

Doro starrte ihn neugierig an. „Ja?"

„Ich weiß es nicht."

Ihr Blick sagte alles. Sie war sonst so nett. So freundlich. Die tolle, nette Heilerin. Aber in diesem Blick lag alles, was er kannte: Geringschätzung. Genugtuung. Sie hatte nur darauf gewartet, dass er versagte. Sie hielt ihn für dumm. Slate straffte seine Schultern. „Was ist die zweite Aufgabe?"

Doro senkte den Blick und machte sich eine Notiz. Dann nahm sie eine Decke, breitete sie auf dem Tisch aus und legte sich darauf. „Lass mich von der Akademie träumen. Ich bin als Kind dort und werde unterrichtet."

Ein Lächeln huschte über sein Gesicht. Wenn er es schaffte, zwei Menschen träumen zu lassen und gleichzeitig zu bestehlen, würde er das auch schaffen können. Er holte tief

Luft und konzentrierte sich auf Doro. Er starrte sie an und wartete, bis sie ihre Augen schloss. Erste Etappe geschafft. Die Akademie in ihrem Kopf zu projizieren war leicht, das war ein mittlerweile bekanntes Bild in seiner Erinnerung. Er erschuf die Illusion der Luna-Akademie. Darin dachte er an Belfi, Doros Tochter, und verpasste ihr ein bisschen weniger bunte Kleidung. Dann ließ er Doro von Kräutern und Formeln träumen. Plötzlich merkte er, wie seine Konzentration schwand, das Bild wurde blass, der Traum verzerrte sich, sie wachte auf und öffnete ihre Augen.

„Ich bin zum Schluss von allein aufgewacht, weil ich stärker bin als du. Die Aufgabe hast du bestanden."

Ja! Er ballte eine Hand zur Faust und grinste Doro an. Zu seiner Verwunderung lächelte sie. War es ein echtes Lächeln? Freute sie sich wirklich für ihn? Oder tat sie nur so? Er hatte keine Zeit darüber nachzudenken, die dritte und letzte Aufgabe wartete bereits auf ihn. Sie hatte die Decke bereits wieder weggepackt und stellte sich mit verschränkten Armen vor den Tisch. Ihre langen roten Haare fielen bis zu ihrer Hüfte und schmiegten sich an ihre blaue Strickjacke. In diese hüllte sie sich jetzt ein und sagte: „Nenne mir die vier Schlafphasen in der richtigen Reihenfolge." Ha! Das konnte er! Schnell sagte er: „Als Erstes kommt die Einschlafphase, dann der leichte Schlaf, dann die Tiefschlafphase und zuletzt die Traumschlafphase."

„Korrekt. Und wie nennt man die Traumschlafphase noch?"

Was? Ein anderer Name? Es gab noch einen anderen Namen dafür?! Seit wann das? Verdammt! Er fuhr sich durchs

Haar und suchte fieberhaft nach einer Antwort den Raum ab. Aber die kleinen Dosen mit Kräutern und die Liege würden ihm die Lösung nicht geben können. „Ich weiß es nicht", murmelte er und seufzte. Wieso kriegte er diese dämlichen Grundlagen nicht auf die Reihe, wenn er seine Magie doch schon beherrschte? Seine Albträume funktionierten auch ohne die Theorie.

Er gab ein frustriertes Schnauben von sich und Doro tätschelte ihm die Schulter, aber er schüttelte sie ab. Er brauchte ihr Mitleid nicht! War es überhaupt echt? Oder war sie nicht insgeheim schadenfroh? Sie freute sich bestimmt, dass der Versager, der nie zum Unterricht gekommen war, jetzt bei der Prüfung durchfiel. Slate verabschiedete sich nicht mal mehr oder wartete irgendwelche dämlichen, angeblich aufmunternden Worte ab und stürmte aus dem Zelt. Die Reihe mit den Wartenden musterte ihn, aber keiner sagte ein Wort. Versagt! Er hatte verdammt noch mal versagt! Ein paar Kuran lagen in einem Hut vor einem Sänger, der immer noch vor sich hin trällerte. Slate trat gegen den Hut und das wenige Geld flog durch die Luft. Eine kleine Flamme traf seine Jacke und Slate drehte sich um. Der dicke Junge grinste ihn an. „Man tritt nicht gegen andere Sachen", sagte er und musste sich unglaublich schlau vorkommen. Slate hatte weder Kraft noch Konzentration ihm einen Albtraum zu verpassen und er beließ es bei einem Rempler. „Man verkohlt auch nicht die Kleidung anderer!" Bevor die Freundin des Jungen auf ihn losgehen konnte, rief er Henry und ließ sich nach Nirall bringen. Etwas Vernünftiges zu Essen würde ihm jetzt guttun. Zumindest hoffte er das.

Mit hängenden Schultern und gesenktem Blick betrat er das Lokal. Nicht viele Gäste waren da, die meisten Plätze waren leer. Er setzte sich ans Fenster und starrte auf das Glas, auf das langsam immer mehr Regentropfen prasselte. „Slate?!"

Die Stimme kannte er. Er drehte sich um und schnaubte. Oh Gott, auch das noch. „Was machst du denn hier? Musst du nicht mit feiern beschäftigt sein?"

Sie reckte ihr Kinn nach vorne. „Ich war gerade bei Lukas, um ihm zu sagen, dass ich die Zwischenprüfung nicht bestanden habe."

Er stutzte. Damit hatte er nun wirklich nicht gerechnet. „Herzlichen Glückwunsch!"

Ihre Augen wurden zu Schlitzen, als sie ihn anstarrte. „Da gibt es nichts zu beglückwünschen. Du bist auch noch stolz, was? Oh ja, das passt zu dir! Du bist doch nicht viel älter als ich und hast noch keinen Abschluss. Ich gehe zu Sophia, bitte um Nachhilfe und werde Tag und Nacht lernen, bis ich die Nachprüfung bestehe!"

So viel Entschlossenheit lag in ihrem Blick, so viel Stärke in ihrer Stimme. „Du hast echt ein Problem", sagte er und schüttelte den Kopf. Als ob er jetzt ernsthaft noch mehr Zeit seines Lebens damit verschwenden würde, in diesen Unterricht zu stapfen, wenn es eh nicht zum Erfolg führte. So hätte er die Akademie noch die nächsten zehn Jahre an ihm kleben. Das konnten die vergessen. Er stand, ohne etwas gegessen zu haben auf, schob sich an Lea vorbei und marschierte in den Regen. Seine nassen Klamotten klebten nach wenigen Metern an seinem Körper, die versengte Jacke war für den Müll. Aber das war sie ja schon immer gewesen.

In der Nähe der Baustelle zum Silberstadt-Museum lehnte er sich an eine Wand und wartete ab. Der Regen hatte den Boden zu reinstem Matsch werden lassen und seine Schuhe hinterließen tiefe Spuren im Schlamm. Sein Blick traf eine Dame, genauer gesagt eine Kette. Diese Perlen waren bestimmt viel wert. Oberste Regel: Trage nie deinen teuren Besitz zur Schau. Er grinste vorfreudig und schritt langsam nach vorne. Diese Frau würde jetzt einen Albtraum mehr und eine Kette weniger haben.

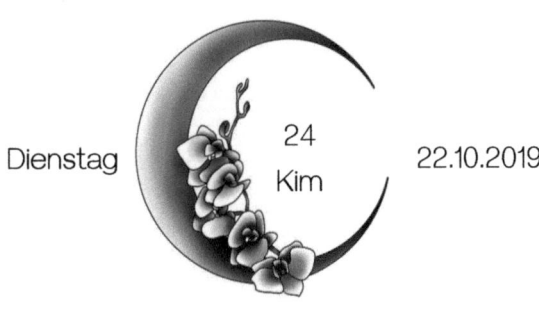

Encantador

Sie hatte bis jetzt noch nichts von der Übertragung gespürt. Die Spritze hatte ein bisschen gepikt und ihr war direkt danach etwas schwindelig gewesen, aber das war schnell vergessen, nachdem sie die Schritte nebenan gehört hatte. Um sich richtig über die Übertragung zu freuen, war ihr kaum Zeit geblieben, weil sie nur damit beschäftigt gewesen war, die Orchidee möglichst schnell wieder zurück ins Gewächshaus zu bringen. Mit der Hoffnung, dass sie niemand gesehen hatte, dabei konnte sie sich bei den Schritten doch nicht verhört haben, oder?! Sie war sich sicher, jemanden atmen gehört zu haben, als hätte sie jemand entdeckt. Aber Mama beschwichtigte sie, dass ihre Angst ihr nur einen Streich spielte. Es war niemand im Büro gewesen.

Langsam fuhr sie über den kleinen Punkt am Oberarm. Niemandem würde das auffallen. Kim wusste, dass sie nur Geduld brauchte, bis sie Träume erschaffen konnte. Die Tür ging auf und die Maler wichen zurück, damit sie die Wände im Ganzen betrachten konnte. „Guten Morgen, Kim", begrüßten sie sie müde. Sie begutachtete das bisherige Werk. Der Mintton wirkte frisch, das Beige schön neutral. Ja, das war in Ordnung. Sie nickte ihnen zu und schaute in der großen Halle nach oben. Ein Elektriker stand auf einer hohen Leiter und brachte den goldenen Kronleuchter an. Kim stieg die große Treppe hinauf, deren dunkles Holz mit kleinen goldenen Ornamenten verziert worden war. Ihre Finger glitten über das Geländer und sie spürte einen Hauch von Euphorie in sich aufsteigen. Sie drehte sich auf der obersten Stufe noch einmal um und besah das Werk. Ihre Akademie würde so schnell niemand vergessen. Menschen würden endlich in die Gesellschaft aufgenommen werden, ihre Angst und ihre Vorurteile würden mit Wissen besiegt werden und dann stand dem Frieden nichts mehr im Wege. Als Highlight würden auch Menschen zu den Orchideen-Nächten zugelassen werden.

Kim wanderte weiter durchs oberste Stockwerk, sah in den einen oder anderen Klassenraum, der bereits mit Mobiliar gefüllt oder noch halb leer war. Es ging gut voran! Suchend ging sie weiter im Gang umher und sah in die kleinen Räume. Da! Sie schritt ins Büro und begrüßte ihre Mutter mit einer Umarmung. „Wie sieht's aus?" Kim stemmte die Hände in die Hüften.

„Eigentlich ganz gut." Ihre Mutter seufzte und stützte sich auf dem Pult ab, als bräuchte sie Halt für eine Last, die Kim ihr nicht abnehmen konnte. Bevor sie etwas sagen konnte, sprach Ellyn weiter. „Aber du musst mir versprechen, in den nächsten Tagen vorsichtig zu sein. Bis jetzt hat noch niemand diesen Bau entdeckt, aber das ist nur eine Frage der Zeit. Marie ist eine gute Hilfe, was die Flyerverteilung angeht. Du musst also nicht mehr nach Ostafelde. Aber tu mir bitte noch einen Gefallen: Besorge aus dem Buchhaus die Dokumente zum Gesetz der Menschen auf Orchideen-Nächten. Ich will sie abschreiben lassen und in den Geschichtsraum hängen."

„Und mit besorgen meinst du stehlen, ja?"

Ellyn warf ihr einen Blick zu, der keine Diskussion duldete und sie lief seufzend den Weg zurück, den sie gerade gekommen war und die Treppe herunter. Unten passte sie auf, nicht über Kabel zu stolpern und marschierte aus der Akademie.

Nach dem kleinen Vorhof der Akademie setzten sich schnell der Schutt und die Asche der kaputten Silberstadt fort. Das würde vermutlich die Menschen abschrecken, aber sie hätten nicht die ganze Silberstadt aufbauen können. Je näher sie dem Buchhaus kam, desto mehr zeigte sich von der Arbeit des letzten Jahres: Der Brunnen war schon wieder als solcher erkennbar und neben dem Buchhaus wurde an einem weiteren Haus gearbeitet. Hier lag kaum noch Schutt, es war nur grau und hässlich.

Vorsichtig setzte sie einen Schritt vor den anderen, versuchte aber gleichzeitig unauffällig zu gehen, indem sie sich zum Beispiel duckte, damit die Bauarbeiter sie nicht bemerkten. Sie öffnete die schwere Tür und trat ein. Seit ihrem letzten Besuch hatte sich hier einiges verbessert. Aber sie hatte nur ein Ziel, dann würde sie wieder verschwinden. Das würde das erste Mal werden, dass sie etwas stahl. Hoffentlich konnte sie sich vor Amalia verstecken. Schnell durchlief sie den Gang in den zweiten Stock und öffnete die Tür. Zu ihrer Überraschung traf sie nicht auf Amalia, sondern auf ein großes Mädchen, mit langen, rötlichen Haaren. „Wo ist Amalia?", fragte Kim mit möglichst heller, kindlicher Stimme. Die andere zuckte mit den Schultern. „Die ist krank." Dabei machte sie Anführungszeichen in der Luft und zuckte mit den Schultern. „Ich bin Lucy. Was willst du?"

Sie hatte noch nie von Lucy gehört, die musste neu sein. Ihre Augen bohrten sich in Kims und sie bemerkte, dass sie die Frage noch nicht beantwortet hatte. „Ich brauche ein paar Dokumente." Das fing ja gut an. Sie würde sich die doch nicht einfach so ausleihen können.

„Ach ja? Und soll ich hellsehen oder verrätst du mir noch welche?"

Kim musste lachen. Was glaubte dieses Mädchen eigentlich, wer sie war? Sie kam näher. „Höflichkeit ist dir ein Fremdwort, ja?"

Diese Lucy grinste. „Mit Höflichkeit kommt man nicht weit. Also, was willst du? Ich habe nicht ewig Zeit."

„Gut, ich auch nicht." Ohne darüber nachzudenken, schlug Kim ihr mit der Faust ins Gesicht. Augenblicklich fiel Lucy zu Boden. Erschrocken über ihre Kraft starrte Kim auf die am Boden liegende Lucy, dann fing sie sich wieder und rannte die Abteilungen entlang. Sie musste die Dokumente holen, bevor sie jemand erwischte. Ihre Füße hasteten ungeachtet der Geräusche über den steinernen Boden, ihre Augen überflogen die Abteilungen, bis sie hängen blieb. Da waren sie! Hastig zog sie einige Unterlagen hervor und schnappte sich die Mappe, die daneben lag. Sie klemmte sich die Sachen unter den Arm, warf noch einen letzten Blick auf

Lucy, die immer noch bewusstlos war und rannte aus der Halle. Im Gang hielt sie ihre Jacke über den Arm mit den Unterlagen und schritt in gemächlichem Tempo. Sie senkte den Blick bis zur Tür, welche sie mit klopfendem Herzen hinter sich schloss und erleichtert aufatmete. Sie stopfte die Dokumente in ihre Umhängetasche und ließ sich von einem Ennvio zur Luna-Akademie bringen.

Dort marschierte sie geradewegs in das Büro ihrer Mutter und räumte es aus. Vieles kam in den Müll, das meiste war eh schon weg. Kisten mit Büchern, die sie nicht mehr brauchten, stellte sie vor die Tür und die restlichen Zettel, die sie haben wollte, stopfte sie zu den anderen Sachen in ihre Tasche, bis der Gurt schon an ihrer Schulter zerrte und sie hoffte, dass die Tasche unter dem Gewicht nicht riss. Dann schloss sie ab und ging den Gang entlang mit möglichst gleichmäßigen Schritten. Zum Glück waren heute nicht viele Leute hier. Ihr Blick wanderte umher, bis ihre Augen an einem Hinterkopf hängen blieben. Die kannte sie doch. Verdammt! Das war Lea, die mit einem hübschen Mädchen lernte. Sie kauerte sich vor eine Tür und lugte seitwärts durch das Glas. Warum konnten die beiden sich nicht einfach abwenden, dann konnte sie hier weg. Verfluchtes Glas! In ihrer Akademie würde so etwas nicht passieren.

„Ist es bequem da unten?"

Kim drehte sich erschrocken um und starrte den Jungen an, der auf sie hinabschaute. „Äh, ja", sagte sie nur schnell, weil ihr gerade nichts Besseres einfiel.

„Hast du dich verletzt?"

Kim runzelte die Stirn. „Was? Nein!"

„Na komm, ich helfe dir auf." Er streckte seine Hand aus, aber sie ignorierte ihn und stand ohne seine Hilfe auf. Jetzt wo das Adrenalin nachließ, tat ihre Hand merklich weh. Sie achtete darauf, mit dem Rücken zum Hinterhof zu stehen.

„Ich bin übrigens Logan", stellt er sich vor. Seine eisblauen Augen stachen mit seinen kurz geschorenen blonden Haaren hervor. Ein Wasser-Orchis. Sie murmelte nur etwas, das er nicht verstehen würde, und rannte hinaus. Das hatte ihr gerade noch gefehlt! Eine Bekanntschaft! Erst ihre Ex-Freundin, dann dieser Junge im Café in Ostafelde, der so nett war, dann musste sie Mike mit seinen viel zu hilfsbereiten Freunden loswerden und jetzt noch so ein Typ. Es war zum verrückt werden. Warum konnte man nicht einmal vernünftig allein sein? So schnell sie konnte, lief sie geduckt Richtung Ausgang, rief sich einen Ennvio und ließ sich zurück in die Silberstadt bringen.

Sie lief erneut vorbei an den Bauarbeiten am Buchhaus, weiter durch die Asche, bis sie den Vorhof und ihre Akademie erreichte. Hoffentlich entdeckte niemand Lucy. Hoffentlich verriet sie Kim nicht. Hoffentlich ging es ihr gut. Ach verdammt, ganz bestimmt würde sie sie verraten. Vor der Tür versuchte sie noch einmal durchzuatmen, doch sie betrat trotzdem keuchend die Eingangshalle und stolperte mehr oder weniger über ihre eigenen Füße. Ellyn nahm gerade die letzten Stufen der Treppe, eilte ihr entgegen und rief schon von Weitem: „Oh gut, dass du kommst. Wir wollen gleich nochmals die Planung für die Eröffnung durchsprechen. Komm in mein Büro. Ich habe Marie dazugeholt. Du brauchst noch ein Kleid. Und hast du alles?"

„Ja, die Unterlagen und auch alles vom Büro, was noch fehlte."

„Sehr gut. Keine Probleme?"

Kim lächelte wie selbstverständlich. „Nein, keine Probleme."

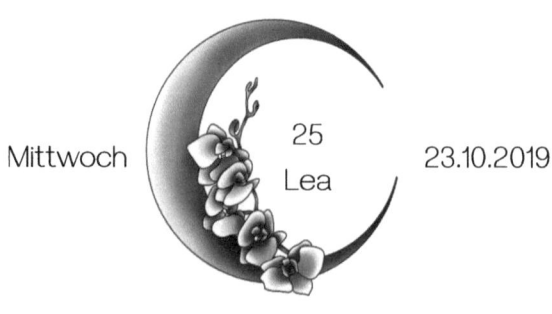

Encantador

„Es geht einfach nicht!"

„Doch. Du musst dich nur noch mehr konzentrieren."

Lea starrte Sophia an, die vollkommen unbekümmert auf einem kleinen Stein saß. „Noch mehr?"

Sophia nickte. „Du musst deinen Kopf freimachen von den ganzen Gedanken."

Lea schüttelte den Kopf. „Ich habe ..."

„... Angst", beendete Sophia den Satz für sie. „Ich weiß. Aber du musst aufhören, zu denken, dass du versagt hast. Du hast nicht bestanden, aber du bist nicht schlecht. Das ist ein Unterschied."

„Ich bin noch nie irgendwo durchgefallen. Nie. Ich war immer Klassenbeste. Letztes Jahr sogar Jahrgangsbeste."

Sophia sah sie trotzdem geduldig an. „Das hier ist aber kein Deutsch. Das ist Magie."

„Ich weiß." Lea seufzte und versuchte die Klassenräume zu ignorieren, die sie durch das Glas sah. Da hatte sie schon so viele Stunden verbracht und trotzdem hatte sie das Gefühl, nicht mal annährend gut genug zu sein, um die Wiederholung der Prüfung zu schaffen.

Sophia folgte ihrem Blick und murmelte mehr zu sich selbst: „Weißt du, ich kenne mich damit wirklich aus. Meine Eltern haben so viel Geld für die vielen Piano- und Ballettstunden für mich ausgegeben. Sie haben zwar immer beteuert, dass sie das gerne gemacht haben, aber ich hatte trotzdem immer das Gefühl, dass das nicht reicht. Nur dankbar zu sein. Also wollte ich immer die Beste sein. Du darfst einfach nicht aufgeben. Zweifel haben momentan in deinem Kopf keinen Platz. Denke mal nicht an die Prüfung oder deine Erwartungen an dich selbst. Denke einfach nur an die Magie. An die Erde. Hörst du sie summen? Spürst du sie nicht? Konzentriere dich nur darauf. Du schaffst das!"

Lea atmete noch einmal tief durch und wandte sich der Erde zu. Sie schloss ihre Augen und konzentrierte sich auf das Sprießen einer Pflanze. Ganz langsam nahm sie das Gefühl war, das leichte Vibrieren unter ihren Füßen, das leichte Kribbeln in ihren Fingerspitzen. Sie überkam das Gefühl, ein Instrument zu spielen, als könnte sie an Fäden zupfen und Töne erklingen lassen. Lea beugte ihre Finger und konzentrierte sich klarer auf das Bild in ihrem Kopf, bis das Kribbeln zu einer kleinen Gänsehaut wurde. Sie öffnete ihre Augen und sah für den Bruchteil einer Sekunde eine Pflanze sprießen, dann verschwand sie wieder. Ihr Herz machte einen Sprung. „War das gerade real?!"

Sophia lächelte. „Ja, war es. Du musst die Energie spüren, die die Erde in sich trägt und sie festhalten. Das klingt abstrakt, aber du kannst es schaffen. Das gerade war auf jeden Fall eine Verbesserung."

Lea strahlte sie an und konzentrierte sich weiter. Volle fünf Stunden verflogen auf diese Weise, bis der Himmel immer dunkler wurde. Da sie die letzte Nacht durchgemacht hatten, verzichtete Lea dieses Mal auf eine weitere Nachtschicht, verabschiedete sich von Sophia und ließ sich nach Nirall bringen. Dort klopfte sie an die Tür und Belfi öffnete.

„Hey. Ist Amalia da?"

„Äh, ja, was gibt es denn?"

„Ich wollte mit ihr besprechen, was wir für Kleider für die Mondnacht besorgen."

„Ah ja, ich verstehe. Aber Amalia hat mir befohlen, niemanden in ihre Zimmer zu lassen. Sie hat wohl die Grippe und befürchtet Ansteckung oder so, keine Ahnung. Sie hockt schon den ganzen Tag da drin."

Oh Mann, beim letzten Mal sah sie schon nicht gut aus. „Kann ich reinkommen und nach ihr sehen?"

Belfi zögerte und schüttelte dann den Kopf. „Nein, ich denke nicht, dass das etwas bringt. Ich stand heute schon vier Mal vor ihrer Tür, aber sie macht nicht auf und hat mich jedes Mal nur weggeschickt." Sie seufzte.

Lea schaute betrübt zu Boden. „Na gut. Dann komme ich später wieder. Aber hast du jetzt Zeit nach Kleidern zu gucken?"

„Nein, ich muss noch Plakate für Vicky fertigmachen."

„Oh, verstehe." Lea lächelte und verabschiedete sich. Wer blieb ihr noch? Sophias Proben für ihren Auftritt bei der Mondnacht würden den ganzen Tag dauern. Vicky würde sicher auch im Stress sein und Mike würde sie niemals um Rat fragen. Was Lukas wohl gerade machte? Sie ließ sich nach Ebria bringen und betrat das Haus.

„Lukas?"

„Ja?" Er lugte aus seinem Zimmer hervor.

Ein Kribbeln breitete sich in ihrem Bauch aus. „Was machst du gerade? Ich wollte fragen, ob du mir bei der Kleiderwahl helfen kannst?"

Er verzog das Gesicht. „Tut mir leid, aber ich muss erst noch packen. Es ist doch auch schon spät. Warst du den ganzen Tag am Üben? Vergiss nicht zu schlafen."

Sie drehte sich zum Garderobenständer und hing ihren Mantel auf, damit er ihr Lächeln nicht sah. Wie süß, dass er sie daran erinnerte. Doch dann hielt sie inne und drehte sich wieder um. „Was meinst du mit packen?"

Lukas war schon wieder im Zimmer verschwunden und lugte wieder durch die Tür. „Ich gehe erst einmal zurück nach Ostafelde."

„Was?!" Sie starrte ihn an und versuchte zu begreifen, was er da gerade gesagt hatte. „Aber … aber die Ferien sind doch noch gar nicht um!"

Lukas kam auf sie zu. „Ich weiß, dass meine Eltern von ihrer Reise wieder da sind. Ich will sie kurz besuchen, bevor sie weiterfahren."

„Kurz besuchen? Also heißt das, du kommst wieder?" Lea schöpfte Hoffnung und lächelte ihn an.

„Ich weiß es noch nicht." Er drehte die Kamera in seinen Händen hin und her und schaute zu Boden.

„Oh, ach so."

„Ich werde dich vermissen, Lea."

Der Satz kam so unvermittelt, dass sie erst einmal nicht wusste, was sie antworten sollte. Also sagte sie einfach das erste, dass ihr in den Sinn kam. „Ich dich auch. Und deine Kamera." Lea lachte, als er schnell ein Foto von ihr schoss. Er ließ sie sinken, legte sie auf den Tisch und baumelte mit seinen Armen hin und her. „Ich bin nicht so gut im Abschied nehmen, weißt du? Ich glaube es ist besser, wenn ich einfach weg bin."

„Mmh", murmelte sie und schaute ihn an. Mit wem sollte sie reden, wenn alle mal wieder so beschäftigt waren? Mit wem sollte sie über die Prüfungen reden, während alle arbeiteten und wem sollte sie Encantador erklären, wenn alle schon so schlau waren? Wer würde die kleinen Momente des Lebens festhalten, wenn nicht er? Als er ihr seine Liebe zur Fotografie vor ein paar Tagen mit diesen Worten erklärt hatte, war ihre erste Reaktion zu lachen gewesen, weil das so poetisch geklungen hatte. Aber es stimmte. Er machte als Einziger hier Fotos und sah Details, die niemand anderes sah. Sie würde morgen noch einmal zu Amalia gehen und sie nach den Dokumenten zu den Gesetzen fragen. Ohne Lukas.

Er kam näher und sie umarmte ihn. „Ich wünsche dir ein schönes Wiedersehen mit deinen Eltern", flüsterte sie in seine Schulter. Lukas lächelte. „Eins will ich noch herausfinden", sagte er leise.

Lea schaute ihn kurz verständnislos an, doch als er ihr Gesicht in beide Hände nahm, wusste sie, worauf er hinauswollte. Sie schloss ihre Augen. Wollte sie ihn küssen? Wollte sie sich schon auf jemand Neuen einlassen? War sie bereit dafür? Vielleicht war das die einzige Möglichkeit, es herauszufinden. Ihr Mund wurde ganz trocken und sie schluckte schwer. Sie kannte ihn noch nicht lange, aber Mike hatte sie zwei Jahre gekannt und doch nicht gewusst, wer er wirklich war. Seine Lippen waren nicht mehr weit von ihren entfernt und sie glaubte schon den Puls zu spüren, der unter seiner Brust schlug. Wenn er nur ein bisschen näher kam. Sie beugte sich mit klopfendem Herz nach vorne wie ein Magnet, der magisch angezogen wurde.

„Hey Lea!"

Daniel? Sie zuckte zusammen und drehte sich um. Verfluchte Ennvio. Daniel schaute zwischen ihnen hin und her und setze eine entschuldigende Miene auf. Er räusperte sich.

„Oh, äh, ich, äh, ich wollte mit dir über was reden."

„Mit mir?" Lea drehte sich zu Lukas um, aber sie sah nur noch, wie er schnellen Schrittes zurück in sein Zimmer huschte. Die Kamera lag noch auf dem Tisch. Sie seufzte und bat Daniel in ihr Zimmer.

„Warum willst du mit mir reden?

„Ich habe da ein Problem … ich bin schon lange in jemanden verliebt, aber ich traue mich nicht, etwas zu sagen."

„Kenne ich die Person?", fragte Lea bemüht ruhig. Hoffentlich brach er ihrer Freundin jetzt nicht das Herz. Sie konnte ihre Aufregung kaum verbergen, während Daniel ein Nicken zustande brachte.

„Oh! Und, wer ist es? Nun sag schon." Jetzt konnte sie sich ein Grinsen doch nicht verkneifen. Wenn er den Namen aussprechen würde, den sie dachte, dann … Gedanklich wiederholte sie bittend Amalias Namen und biss sich auf die Lippen, um nichts zu sagen.

Er atmete tief durch, als bräuchte er für die Antwort irgendwie mehr Luft und Lea schielte zur Tür. Packte Lukas noch? Daniel schluckte noch einmal. „Amalia", brachte er schließlich hervor, aber es kam so laut, dass Lea fast zusammenzuckte.

Ja, ja, ja! „Oh! Das ist super!" Sie konnte ihre Freude nicht verbergen und klatschte in die Hände. „Du musst es ihr unbedingt sagen!"

„Meinst du? Ich habe Angst, dass das unsere Freundschaft kaputt macht."

„Ich weiß. Aber ich bin mir sicher das wird es nicht. Dann weiß sie es. Das ist immer besser, als es zu verschweigen." Sie musste sich zusammenreißen, nicht noch mehr zu sagen. Amalia sollte es ihm selbst sagen. Wenn er nur wüsste! Sie grinste und biss sich auf die Wange, was sie augenblicklich bereute. Autsch. Schnell sprang sie vom Bett und wedelte mit den Händen.

„Los, los, nun geh schon zu ihr! Aber sie ist krank, also sei vorsichtig, dass du dich nicht ansteckst!" Daniel atmete tief durch, murmelte gefühlt dreimal *Okay,* drückte sie flüchtig und rannte aus ihrem Zimmer. Lea blieb glucksend zurück, strich die Bettdecke glatt und marschierte mit einem Lächeln auf den Lippen zurück in den Flur. Ob Lukas einen zweiten Versuch wagen würde? Ihr Blick fiel auf den leeren Tisch. Nein. Sie riss seine Tür auf und starrte in das leere Zimmer. Lukas war weg.

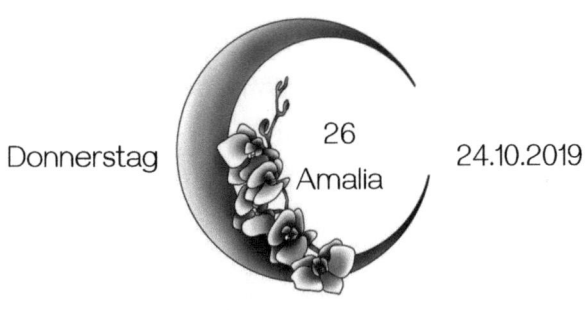
Encantador

Ob Belfi etwas gemerkt hatte? Bisher schienen ihr noch alle die Lüge mit der Grippe abzukaufen. Aber das war ja auch nicht so schwer, so wie sie aussah: Die Wangen eingefallen, die Arme dürr, als hätte sie Wochen nichts gegessen und um die Augen zeigten sich tiefe Ringe, weil sie nicht schlafen konnte. Sie sollte leben, ihre letzten Tage in vollen Zügen genießen und auskosten, wie das den Sterbenskranken in Filmen immer geraten wurde. Mit tollen To-Do-Listen wie Reisen und irgendwelche Menschen küssen, dabei wollte sie nur einen. Aber sie konnte einfach nicht. Sie war zu schwach, um das Risiko einzugehen, dass er sie ablehnte.

Zitternd stand sie auf, warf sich ein paar Sachen über und ließ sich von einem Ennvio nach Ebria bringen. Das Teleportieren tat ihr nicht gut, das merkte sie sofort. Ihr wurde schwindelig und sie hielt sich an der Hauswand fest. Direkt nach ihrem ersten Klopfen öffnete Lea die Tür. Sie sah müde und gestresst aus. Ihre Haare waren nur lose zusammengebunden und unter ihren Augen zeichneten sich Ringe ab, welche selbst das gute Make-up nicht verdecken konnte. „Hey", sie klang auch genauso, wie sie aussah. „Guten Morgen", sagte Amalia mit schwacher Stimme zurück.

Lea sah sie mitfühlend an. „Oh Mann, dich hat es wirklich voll erwischt!" Amalia versuchte, nicht in Tränen auszubrechen. Schlucken, lächeln, schlucken, lächeln. Eins, zwei, drei. Nicht weinen.

Ihre beste Freundin nahm sie in den Arm, aber Amalia hielt sie auf Abstand. Das konnte sie jetzt einfach nicht. Dann würde sie erst recht weinen und zusammenbrechen. Amalia ließ Lea los und schlich weiter ins Zimmer. Dort hing noch Leas Jacke überm Stuhl, die sie sich nun überwarf. „Ich muss jetzt wieder los zum Training. Lukas ist auch weg. Keine Ahnung, ob er wiederkommt. Kannst du für uns zum Rat gehen? Du hast Vicky gerade verpasst! Eben war sie noch hier und hat mir gerade gesagt, diese Eröffnungsgeschichte hat mit einer Akademie für magielose Wesen in der Silberstadt zu tun. Unglaublich! Das ist doch total verrückt, das kann doch nicht wahr sein!" Ihre Pause nutzte sie, um auf die Uhr zu schauen, während Amalia gerade mal ein Blinzeln zustande brachte und sie anstarrte. Lea warf einen Blick auf die Uhr. „Oh Mann, schon so spät. Ich muss jetzt echt los!"

Amalia war sich nicht sicher, ob sie vom Stich oder von Leas ununterbrochenen Redeschwall Kopfschmerzen hatte. Oder von den neuen Informationen. Was sollte das heißen, Eröffnung einer Akademie? In der Silberstadt war doch nichts! Bevor sie großartig etwas erwidern konnte, drückte

Lea bei ihrem Anblick ihre Schultern. „Du siehst echt nicht gut aus. Schaffst du das oder willst du dich lieber ins Bett legen? Dann frage ich Daniel, ob der Zeit hat?"

Oh nein, ihn konnte sie jetzt nicht auch noch sehen. Amalia bemühte sich um ihr bestes Lächeln. „Ach quatsch, das geht schon." Lea nickte eifrig, griff nach ihrer Handtasche und war schon fast aus dem Haus gestürmt, da rief sie ihr noch ein flötendes „Hab dich lieb" hinterher.

Amalia schluckte die Tränen hinunter und atmete tief durch. Wenn sie schon sterben musste, konnte sie in den wenigen Tagen, die ihr blieben, wenigstens noch versuchen, so gut es ging nützlich zu sein, anstatt im Bett vor sich hin zu vegetieren. Sie ließ sich zum Rat bringen, was es nicht besser machte. Erneut kämpfte sie gegen den Schwindel an. Verdammt. Auf dem Ball würde sie wohl nicht gerade ausgelassen tanzen können, das stand fest. Sie betrat das Haus des Rates, in dem sie eher selten war, höchstens um Dokumente fürs Buchhaus abzuholen. Viktor hatte ihr die Lüge mit der Grippe geglaubt und Lucy freute sich bestimmt wie ein glühender Feuerball, dass sie bald nicht mehr ihre Konkurrentin war. Es herrschte reger Trubel, wie meistens, wenn sie denn mal vorbeischaute. Vicky hatte mal erwähnt, dass es auch ruhiger zugehen konnte, wenn die Ennvio abends ihren Lohn erhielten, aber das konnte sie nicht so recht glauben. Hoffentlich traf sie nicht auf Daniel. Stattdessen entdeckte sie ein bekanntes Gesicht in der Menge, ging zu Henry und fragte ihn, wo sie Dario finden könne. Er sei im zweiten Stock in seinem Büro, hinter der Treppe links. Amalia klammerte sich an das Treppengeländer und schleppte sich nach oben. Sie klopfte dreimal, bis die Tür geöffnet wurde. „Ich muss mit Ihnen reden", sagte sie bemüht laut.

„Vicky hat mir bereits von der Akademie erzählt."

Er ging im Raum auf und ab und Amalia setzte sich auf einen Stuhl, um ihre Schwäche zu verbergen und sich nicht verrückt machen zu lassen. „Du bist doch sonst im Buchhaus, nicht?!"

Amalia nickte. „Und warum zur Hölle haben Sie dann nichts gemerkt? Viktor habe ich auch schon gefragt, aber der ist manchmal auch so blind wie ein Schlafender."

„Was werden Sie gegen die Akademie unternehmen?"

„Was kann man da schon machen … so spät …", murmelte er vor sich hin, während er auf und ab ging. Schließlich hielt er inne und ließ sich seufzend auf seinen Stuhl fallen. „Wir können wirklich kaum noch etwas dagegen machen. Ich werde natürlich Nimra einschalten und sie wird die finale Entscheidung treffen, was zu machen ist. Aber ich für meinen Teil denke, dass wir nichts mehr verhindern können. Meiner Meinung nach können wir lediglich noch versuchen, den Schaden auf ein Minimum zu reduzieren, um dieser Akademie keine Fläche zu bieten. Das passiert wohl am besten durch Verminderung der Teilnehmerzahl."

„Und wie wollen Sie das erreichen?"

„Indem wir so viele Poster wie möglich abreißen. Was aber in der Vergangenheit an Werbung geschehen ist, können wir nicht mehr verhindern oder ungeschehen machen. Es werden sicher viele Leute kommen, aber wir müssen versuchen, die Zahl klein zu halten."

Ihr Seufzen kam aus tiefstem Herzen und diesmal wusste sie, dass die Kopfschmerzen von den neuesten Entwicklungen kamen. Sie verließ das Ratsgebäude, bevor Daniel ankommen konnte und ließ sich mit ein paar anderen Leuten zum See der Tränen bringen. Sie betraten das Baum-Portal gemeinsam, aber teilten sich in Ostafelde auf. Der Auftrag war denkbar einfach: Plakate abreißen und Flyer einsammeln. Die anderen Pasado oder Orchis und der ein oder andere Draumur verstreuten sich in den Straßen der Stadt und so schaffte sie es, ihren Schwindel vor den anderen zu verbergen. Sie ging am Bäcker vorbei und riss das Plakat am Baum ab. Neben der Eisdiele, die um diese Jahreszeit geschlossen hatte, hing auch eines. Sie lief in Richtung Supermarkt. Amalia wischte die Hände an ihrer Hose ab und sammelte die Flyer ein, die bei den Einkaufswägen lagen. Wer immer das war, er wusste, wie man die Menschen erreichte und hatte gut gestreut. Kaum drehte sie sich auf dem Parkplatz zum Laden um, blieb sie wie angewurzelt stehen. Nein! Sie durften sie hier nicht sehen! Nicht so. Nicht jetzt. Sie krümmte sich zusammen und versteckte sich hinter einem Müllcontainer auf dem Parkplatz. Sie begann zu schluchzen und hielt sich mit der Hand den Mund zu und senkte ihren Kopf auf ihre Beine. Ihre geliebten Eltern standen nur ein paar Meter von ihr weg. Aber das war auch ihre Chance, sich von ihren Eltern zu verabschieden. Ihre Atmung war nun mehr ein Hecheln und sie achtete darauf, tief ein- und auszuatmen. Ein. Und aus. Langsam beruhigte sie sich wieder und zog sich zitternd hoch.

Sie wollte schreien, Mama und Papa zu sich rufen, aber ihre Kehle fühlte sich an wie Staub. Sie öffnete den Mund, machte einen Schritt nach vorne, fixierte das verschwommene Bild ihrer Eltern und machte noch einen langsamen Schritt. Papa lud fertig ein, schob den Einkaufswagen zurück und Amalia wollte schreien, dass sie warten sollten, dass sie hier war, aber sie krächzte nur und begann zu husten. Der Reiz durchschüttelte ihren ganzen Körper, bis es schwarz wurde.

Amalia wachte wimmernd auf und schaute hoch. Der Parkplatz war leer. Der tiefe Schmerz breitete sich in ihrem Magen aus, rollte ihre Kehle hoch und erstickte in einem gequälten Laut.

Zitternd kroch sie hinter dem Müllcontainer hervor. Amalia schleppte sich zur Klippe und ließ sich in Ebria nach Nirall teleportieren. Endlich zu Hause angekommen, wollte sie durch die Haustür gehen, bis sie Belfi sah. Belfi malte noch an den letzten Zügen der Plakate, wie sie durch das Fenster sehen konnte. Sie hatte so viel Talent. Hoffentlich würde ihr Vater sie weiterhin so großzügig unterstützen und Farben schicken. Amalia schlich sich durch den Hintereingang rein und ließ sich erschöpft aufs Bett fallen. Alles an ihr fühlte sich schwer wie Blei an. Was war das für eine Akademie, warum brachten sie Menschen nach Encantador? Das war noch nie gut gegangen. Nimra musste herausfinden, was da vor sich ging. Sie brauchten mehr Wachen, mehr Schutz. Für einen Moment durchzuckte sie der Gedanke, dass sie nicht mehr da sein würde, um zu erleben, was es mit der zweiten Akademie auf sich hatte und welche Gefahr sie für ihr Land war. Wie es Lea und den anderen damit ergehen würde. Sie zog sich die Decke bis zum Kinn hoch. Sie wäre am liebsten sofort eingeschlafen, weg von all dem Kummer. Aber ein Klopfen hielt sie davon ab. „Ja?", fragte sie mit schwacher Stimme. Sie hatte Mühe, die Augen offen zu halten, als er zur Tür hereinkam. „Belfi wusste nicht ganz, ob du schon da bist, aber ich wollte kurz mit dir reden."

„Oh. Ja, ähm, setz dich doch." Bitte, geh schnell wieder, flehte Amalia in Gedanken. Ihn anzusehen und reden und lächeln zu hören, machte alles nur noch schlimmer. Er sollte weggehen und doch sehnte sie sich nach einem vertrauten Gesicht. Ihr Herz schien sich zusammenzukrampfen und sie holte tief Luft. „Ich bin sehr müde, aber ein bisschen Zeit habe ich", versuchte sie ihm klarzumachen, dass er nicht lange bleiben konnte. Nur ganz kurz.

„Weißt du schon, was du morgen anziehen wirst?" Sein Ton klang beiläufig.

Mist. Sie hatte in all dem Stress kein Kleid besorgt. Hastiger als beabsichtigt antwortete sie: „Ja, ja, das weiße Kleid vom letzten Jahr mit der Spitze."

„Ah." Daniel nickte und sie sah, dass er seine Hände knetete. „Also weißt du, was ich dir sagen wollte, ähm …"

Er brach ab und Amalia starrte ihn an. Sie fixierte ihn regelrecht, weil sie es ansonsten nicht mehr schaffen würde, ihre Augen aufzuhalten. Er begann erneut. „Also, ähm, wie sage ich das jetzt am besten …" Er schnaubte und Amalia hatte Mitleid mit ihm. Was immer er sagen wollte, es fiel ihm nicht leicht. Gleichzeitig hatte sie jetzt keine Zeit zu warten. Er kratzte sich am Hinterkopf und begann von Neuem: „Wir sind ja jetzt schon lange befreundet. Aber …"

Was auch immer er sagen wollte, so wie er rumstotterte, war es vielleicht nichts Gutes. Was, wenn er jemanden kennengelernt hatte? So laut sie konnte unterbrach sie ihn: „Daniel, stopp. Lass uns das Gespräch auf morgen verschieben, ja? Ich kann meine Augen wirklich nicht mehr offen halten, und wenn du mir etwas sagen willst, will ich dir auch zuhören können." Sie bemühte sich um ein Lächeln und Daniel sah sie erst irritiert an.

Seine Augen wanderten hin und her, dann seufzte er. „Ja klar, das verstehe ich natürlich. Gut, dann, äh, also bis morgen und gute Besserung mit der Grippe. Sag Bescheid, wenn du noch etwas brauchst. Vielleicht einen Tee?"

„Nein, nein, das geht schon", beeilte sie sich zu sagen, während sie die Bettdecke bis zum Kinn hochzog, damit der nicht sah, wie ihre Lippe zitterte. Er schloss die Tür hinter sich, doch anstatt Stille hörte sie Gemurmel und eine weitere Tür, die knarzte. Schritte. Klopfen. Amalia schnappte sich den Schal, der auf ihrem Nachtschränkchen lag und band ihn sich um den Hals, damit man die dunklen Flecken nicht sah, die sich langsam bildeten und ihre Lüge enttarnen würden. Unter der schweren Decke begann sie zu schwitzen. „Was ist denn noch?", krächzte sie. Doch diesmal stand nicht Daniel im Türrahmen. Belfi lugt in ihr Zimmer, zog eine mitleidende Miene und setzte dann eins ihrer falschen Lächeln auf, wenn sie sich unwohl fühlte. Was immer dann war, wenn jemand krank war. Amalia versuchte, sich etwas im Bett aufzurichten und sagte nichts, die Frage stand ihr praktisch ins Gesicht geschrieben. „Da du keine Gesellschaft von Daniel wolltest, dachte jemand anderes, er könnte vorbeischauen."

Lea steckte den Kopf zur Tür herein. „Hey, kann ich reinkommen?"

Ihr Magen krampfte sich zusammen, als sie das Tablett in ihren Händen sah. Lea bemerkte ihren Blick und grinste.

„Tee, weil du Pfefferminz nie länger als zehn Minuten widerstehen kannst, Zwieback, falls du einen schwachen Magen hast, Tabletten gegen Kopfschmerzen, das beste Buch aller Zeiten, zumindest nach einer Empfehlung von Viktor und die Blumen sind von Celine, so gut bin ich noch nicht. Gute Besserung!"

Amalia biss sich auf die Zunge und schluckte schwer. Nicht weinen. Nicht weinen. Ihre Augen brannten und sie blinzelte schnell. „Danke", murmelte sie, aber eigentlich brachte sie keinen Ton hervor. Lea verstand sie trotzdem, setzte sich neben ihr aufs Bett und reichte ihr einen Zwieback. „Oh, so schlimme Halsschmerzen?!" Sie zeigte auf Amalias Schal.

Hastig legte sie ihre Hand an den Hals und hielt dann doch in der Bewegung inne, um den Schal durch herumfummeln nicht zu sehr zu bewegen. Wenn Lea die Flecken sah, war alles vorbei. Amalia nickte nur und lächelte Belfi zu, die sich zurückzog. Lea machte es sich bequem und Amalia rückte automatisch etwas ab.

„Keine Sorge, ich stecke mich schon nicht an. Und wenn, ist es auch egal."

„Aber morgen ist doch deine Mondnacht!", brachte sie nur entsetzt hervor. Abgesehen davon, dass Lea sich nicht anstecken konnte. In der Rolle bleiben. Atmen. Nicht weinen. Weiter lügen.

„Die ist jedes Jahr", sagte Lea und legte das Buch neben Amalia aufs Kopfkissen. „Viktor hat mir drei seiner Lieblingsbücher mitgegeben und dann einen schier endlosen Vortrag gehalten, als ich gefragt habe, was daran so toll wäre. Ganz blöd." Sie machte ein zerknirschtes Gesicht, dass Amalia fast zum Lachen gebracht hätte. Sie drückte Leas Hand. „Das ist bestimmt das Beste, danke. Ich werde es heute Abend direkt anfangen zu lesen."

Und nie beenden. Aber das sagte sie nicht.

Vielleicht quälte sie sich jetzt mehr mit ihren Lügen, aber wenn sie in Leas Gesicht sah, wollte sie genau diesen Ausdruck immer sehen. Kein Mitleid, nicht diesen Blick, den Menschen automatisch aufsetzten, wenn jemand dabei war, zu sterben. Diese Trauer. Der Schmerz. Der unausweichliche Verlust.

Amalia nahm die Tasse mit dem Tee, pustete und nahm einen Schluck, damit ihre Kehle nicht mehr so schmerzte. Mit einem Kloß im Hals hielt sie all die Tränen zurück, die sie nicht mehr weinen würde. Aber die Wärme tat gut. Lea sah sie strahlend an und jetzt musste sie auch lächeln.

„Gut?"

„Gut!"

„Richtig ärgerlich, dass du krank bist, Ferien in Encantador sind schon so selten." Lea seufzte und machte es sich neben ihr bequem.

„Das Buchhaus kommt ganz gut ohne mich klar", konnte sie sich den Kommentar nicht verkneifen.

„Ach Quatsch, du bist die beste Teilzeit-Ferien-Mitarbeiterin, die ich kenne!"

Sollte sie schweigen oder wenigstens etwas erzählen? Amalia drehte sich zur Seite, sodass sie Lea direkt ansah, aber mit der Tasse in der Hand zitterte sie erst recht, also stellte sie sie schnell wieder ab. „Es gibt da eine neue Mitarbeiterin, seit diesem Sommer."

„Und?" Das war nichts Ungewöhnliches.

„Sie heißt Lucy und ist ein richtiges Biest. Wirklich, sie macht alles doppelt so schnell wie ich. Nein, dreifach!"

Lea legte ihr einen Arm um die Schulter, aber Amalia entwand sich mit einem entschuldigen Lächeln der Umarmung. Der Schal durfte nicht verrutschen. „Was hat sie denn vorher gemacht?"

„Wie?" Oh. Sie machte große Augen. Das hatte sie noch nie gefragt. Amalia zuckte mit den Schultern. „Das weiß ich nicht ..."

„Siehst du, vielleicht hat sie vorher eine Ausbildung gemacht oder träumt seit zwanzig Jahren davon, in Encantador im Buchhaus zu arbeiten und hat sich ihr ganzes Leben darauf vorbereitet ..." Lea grinste. „Sieh es als Chance, von ihr zu lernen und dich inspirieren zu lassen, nicht als Hindernis."

Amalia konnte sich gerade noch zusammenreißen, nicht die Augen zu verdrehen. „Das musst du gerade sagen! Was war mit Hannah?"

Lea verzog bei der Erinnerung das Gesicht, sodass sie wie ein schmollendes Kind aussah. „Okay, da habe ich mich doof verhalten. Aber zu meiner Verteidigung, war ich erst in der siebten Klasse und es war auch einfach nicht fair, dass Herr Mitter sie immer vor mir drangenommen hat!"

Amalia grinste jetzt bei der Vorstellung an Lea, die mitten in die Klasse die Antworten schrie, damit sie eher drankam. „Immerhin kann dich meine Peinlichkeit zum Lachen bringen", sagte Lea weich und stupste sie an. Amalia klammerte sich an den Tee und pustete, als wäre er immer noch total heiß. Sie bemerkte Leas Blick aus den Augenwinkeln und hielt inne. „Was ist?"

Lea reckte und streckte sich und hielt sich mit einer Hand am Bettgestell fest, damit sie nicht herausfiel. „Ach, ich habe das nur vermisst. Dich, dein Zimmer, Zeit. Irgendwie habe ich mir die Ferien in Encantador anders vorgestellt."

Amalia schwieg. Was sollte sie schon sagen? Jetzt konnte man es eh nicht mehr ändern.

„Es ist schon etwas anderes, wenn man sich täglich im Unterricht sieht. Immer wenn ich frei habe, arbeitest du oder bist bei Belfi, Sophia oder Daniel. Was ja auch vollkommen okay ist, die siehst du so richtig nur in den Ferien, aber ..." Lea biss sich auf die Lippen und zuckte mit den Schultern. Wie gerne hätte Amalia ihr gesagt, dass nächste Ferien alles besser werden würde. Aber die gab es nicht. Nicht mit ihr. „Dafür hast du ja Lukas", warf sie hastig ein, um das Thema zu wechseln.

Doch Lea zog nur eine Augenbraue hoch. „Hallo Miss Themawechsel."

Amalia ignorierte ihren Kommentar und trank lieber noch einen Schluck von ihrem Tee. Jetzt war es an ihr, eine Augenbraue hochzuziehen und sie über die Tasse hinweg anzusehen.

„Jetzt guck nicht so, er ist nett, ja."

Amalia nickte eifrig und hätte sich am liebsten ins Bett

gekuschelt, denn die Arme fühlten sich taub an. Also griff sie doch über Lea und stellte den Tee ab.

„Du siehst echt müde aus." Lea fühlte ihre Stirn. „Und warm bist du auch noch. Ist es dir lieber, wenn ich dich ausruhen lasse? Vielleicht hilft ein bisschen Schlaf." Nein, gehe nicht. Amalia nickte langsam. „Ja, Schlaf tut bestimmt gut. Danke, dass du vorbeigekommen bist."

„Natürlich."

Lea stand auf, rückte die Blumen auf dem Nachttisch zurecht und deckte sie richtig zu. Amalia hielt unter der Decke den Schal fest, damit er nicht verrutschte. Leas Blick fiel auf die paar Holzbretter an der Wand und die Bücher neben dem Schreibtisch. Zum Glück lagen all die Briefe in der Schublade. Sie würde sie morgen Abend verschicken lassen, während sie bei der Mondnacht waren. Lea griff nach einem der alten Bücher und drehte sich lächelnd zu ihr um. „Das ist doch diese Abenteuergeschichte mit Zeitreisen, von der du letzten Monat so geschwärmt hast?"

Nur weil sie ihre Magie nicht zum Beruf gemacht hatte, begleitete sie das Thema trotzdem im Alltag und sie las jedes Buch, das sie in die Finger kriegen konnte. „Kannst es dir ausleihen", sagte sie, als sie Leas Leuchten in den Augen sah, während sie den Klappentext überflog.

„Ja, wirklich?"

Sie nickte eifrig und bereute es sofort, als die Kopfschmerzen einsetzten.

„Okay, ich beeile mich und bringe es dir spätestens übermorgen zurück, versprochen! Das steht wieder hier, noch bevor wir zurück nach Ostafelde müssen."

Amalia schluckte schwer und musste husten, um die nächsten Worte einigermaßen verständlich herauszubekommen. „Lass dir ruhig Zeit."

Lea presste das Buch an ihre Brust wie sonst ihre Schulunterlagen, drehte sich auf dem Weg nochmal um und sagte: „Nächste Ferien werden besser, versprochen!"

Kaum hatte sie die Tür hinter sich geschlossen, krallte Amalia ihre Hände in die Decke und weinte in ihr Kissen. Nächste Ferien war sie nicht mehr hier. Morgen Nacht würde sie sterben.

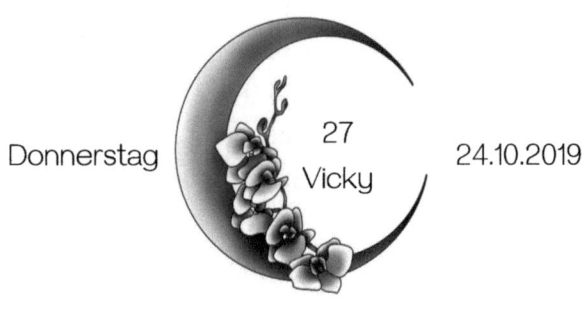
Encantador

Die letzte Naht … und … fertig! Strahlend betrachtete sie ihr Werk und hielt das Kleid hoch. Sie verglich es noch einmal mit ihren Notizen und nickte zufrieden. Es war genauso, wie die Tochter es hatte haben wollen. Jedes Detail saß an seinem Platz. Ihr ganzer Körper erfüllte sich mit Stolz und das Grinsen in ihrem Gesicht schien ebenfalls wie angenäht. Sie hatte es tatsächlich noch geschafft! Die Nacht durchzuarbeiten war es definitiv wert gewesen. Sie ließ sich von Henry, der zum Glück keine Bemerkung zu ihren Augenringen machte, zur Kundin bringen und überreichte ihr die Ware in ihrem besten Paket. Den hohen Lohn dafür bekam sie bar auf die Hand. In ihrer Euphorie umarmte sie sogar den verdutzten Henry zum Abschied.

Sie stieß die Tür zum Imbiss auf und entschuldigte sich bei Webo für die Verspätung. Gestern war sie auch schon zu spät gekommen, weil sie eben noch den Saum hatte fertig nähen wollen. Aber heute waren es schon zehn Minuten mehr als gestern. Dementsprechend sah Webo auch aus: Seine Mundwinkel waren zusammengekniffen, die Augen schmal und die Arme hatte er vor seiner Brust verschränkt. Vicky band sich die Schürze um und lächelte zaghaft. „Tut mir leid, ich habe es nicht eher geschafft. Die Mondnacht … das ist alles so viel Planung und dann hatte ich noch einen Auftrag und …"

„In mein Büro!", unterbrach er sie und Vicky zuckte augenblicklich zusammen. Mit so einem scharfen Ton hatte er noch nie mit ihr geredet.

Sie schloss langsam die Tür. „Du bist gefeuert!", rief er aus. Was?! Das konnte er nicht machen. Nein! „Was … was, nein, das geht nicht!", stammelte sie.

Webo schüttelte den Kopf. „Du hast doch nicht tatsächlich geglaubt, dass du hier hereinspazieren kannst, wie es dir beliebt und ich erdulde das, nur weil du eine Ennvio bist und der Ball ansteht? Hier bist du nur meine Kellnerin. Also bitte. Ich hatte dich für schlauer gehalten."

Seine Wut hatte sich wieder gelegt und er sah wesentlich netter aus, als Vicky verzweifelt sagte: „Bitte! Das kannst du nicht machen. Ich weiß, dass ich in letzter Zeit keine gute Mitarbeiterin war, aber das bessert sich wieder, ich verspreche es. Ich brauche diese Arbeit!"

Sie war über ihren eigenen Ton erschrocken, sie bettelte beinahe, aber Webo ließ sich trotzdem nicht erweichen. Stattdessen schüttelte er den Kopf. „Tut mir leid, ich habe dir schon ein paar Chancen gegeben und du hast sie nicht genutzt. Bitte gib mir deine Schürze und verlasse den Imbiss."

Verdammt. Sie seufzte und löste die Schleife ihrer Schürze. Ihre Hand strich über den rauen Stoff, als Webo sie ihr entriss. „Auf Wiedersehen", sagte sie laut und verließ erhobenen Hauptes und mit gemächlichem Tempo das kleine Lokal. Draußen atmete sie tief durch. Verdammt, verdammt! Auf Henry konnte sie jetzt verzichten. Vicky hatte Lea eigentlich heute Abend mit einem Kleid überraschen wollen, aber sie brauchte jetzt Ablenkung. Also rief sie Daniel, der selbst in Gedanken schien und ließ sich zum Haus in Ebria teleportieren. Sie klopfte an die Tür. Niemand öffnete. Ganz toll. Wo könnte Lea sein? Ein anderer Ennvio brachte sie zur Akademie und sie sah sich um. Mh. Nein, nein, nein. In den Klassenräumen hockte sie also nicht. Sie lief weiter und hielt inne. Stand der Baum da schon immer?! Mit ihren Händen drückte sie sich am Glas ab und starrte hindurch. Nein, dieser Baum stand da nicht immer! Ah, natürlich. Das machte Sinn. Sophia saß in der Mitte des Hofes mit geradem Rücken und überschlagenem Bein. Sie sagte ein paar Worte und der Baum zog sich in die Erde zurück, als würde man eine Naturdoku rückwärts abspielen. Dahinter erkannte sie Lea.

Na endlich! Sie zog die Tür auf und stellte sich in den Innenhof. Lea war gerade dabei etwas zu sagen. Daher entschied sich Vicky dafür, erst einmal stumm zu bleiben. Einen Orchis in seiner Konzentration zu stören, war immer eine blöde Idee. Lea murmelte ein Wort und eine kleine Blume spross aus dem Boden. Als wäre sie selbst darüber überrascht, zog sie die Augenbrauen hoch und strahlte schließlich Sophia an. Diese klatschte in die Hände und Vicky tat es ihr nach. Lea hob den Kopf. „Was machst du denn hier?"

„Ich wollte dir etwas zeigen und könnte etwas Ablenkung gebrauchen.“

„Ich muss lernen.“ Lea schüttelte den Kopf.

„Ach komm schon. Du hast es doch drauf! Du wirst nicht noch einmal durchfallen!“

Lea schien nachzudenken, aber sie stand nicht auf. Sophia warf Vicky einen Blick zu, dann sagte sie an Lea gewandt: „Ich denke, ein bisschen Pause tut dir auch gut.“

Etwas verdutzt sah Lea zu ihr und Vicky musste lächeln. Geht doch. Lea stand auf und verabschiedete sich von Sophia. „Bis nachher!“

Vicky lachte. „Du lernst auch Tag und Nacht, was?“

Lea zuckte nur mit den Schultern. „Wie soll ich es denn sonst schaffen?“, murmelte sie.

Sie gingen schweigend nebeneinander her zum Ausgang der Akademie und Vicky rief einen Ennvio, der sie nach Felin brachte. Lea war noch nie bei ihr zu Hause gewesen. Überhaupt war noch nie jemand außer Mike und Slate bei ihr gewesen. Hatte sie alles aufgeräumt? Bestimmt. Sie schloss die Tür auf und beobachtete Lea dabei, wie sie ihre kleine Wohnung betrat. Keine Reaktion. Der Raum war sicherlich auch nicht gerade beeindruckend.

„Schau dir das hier an.“ Sie führte Lea durch ihr Schlafzimmer und öffnete die Tür zu ihrem kleinen Schneiderraum, den sie heute Morgen erst aufgeräumt hatte. Die Stoffbahnen lagen fein aufgerollt auf der einen Seite, die Maschine und die Vorlagen auf der anderen. Nadelkissen, Stift und Papier waren noch auf dem Tisch ausgebreitet und an der Anziehpuppe steckte das Stoffmuster für das nächste Kleid, das sie plante. Lea hauchte ein „Wow" und Vicky musste stolz lächeln. Sie ging zum kleinen Schrank in der Ecke und öffnete die Türen so, dass Lea die Sicht versperrt blieb. Sie holte einen Bügel hervor und hielt Lea das Kleid hin.

„Was ist das?", fragte sie Vicky.

Vicky schmunzelte, weil Lea echt keine Ahnung hatte. „Dein Kleid."

„Was?!" Lea starrte sie an, sie verstand wohl noch nicht, was Vicky damit meinte.

„Das Kleid habe ich für dich genäht. Für die Mondnacht. Jede Orchia muss doch farblich den Elementen angepasst sein, während sich alle anderen Wesen an Weiß und andere gedecktere Farben halten. Das ist dein Tag und da solltest du auch ein tolles Kleid haben. Amalia hat mir deine Maße genannt und es auch bezahlt."

Lea schlug die Hände vor den Mund und riss die Augen auf, die sich langsam mit Tränen füllten. Sie sah sie schlucken, bevor sie hervorbrachte: „Danke." Ihre Stimme war ganz brüchig, Lea war also ehrlich gerührt. Vicky lächelte und umarmte sie kurz. „Das Kleid müsste dir passen, du siehst nicht so aus, als hättest du in der Zeit sonderlich zu- oder abgenommen."

„Ich weiß gar nicht so recht, was ich sagen soll. Danke!" Lea wischte sich die Tränen aus dem Gesicht und umarmte Vicky ein weiteres Mal. Sie strich sich ihre Haare hinters Ohr und hängte das Kleid wieder in den Schrank. „Ich hatte vor, euch zu mir einzuladen. Wir können uns zusammen fertig machen. Falls es noch irgendwelche kurzfristigen Änderungswünsche an den Kleidern gibt, bin ich auch sofort zur Stelle."

„Gerne!" Lea strahlte, immer noch sichtlich gerührt vom Geschenk.

Wann hatte sie sich zuletzt mit Freunden vorbereitet? Vicky erinnerte sich nicht mehr daran und ein mulmiges Gefühl breitete sich in ihrem Magen aus. Waren sie überhaupt Freunde? Sie war mit Mike befreundet, ja. Aber sahen die anderen sie nicht nur als die Barbie-Ennvio an, die mit Slate zusammen war? Sie beschloss abzuwarten und stellte ein paar Beeren auf den Tisch. „Bediene dich ruhig."

Lea nahm sich welche und fragte: „Wieso brauchtest du eigentlich Ablenkung? Wegen der anderen Akademie? Können wir da noch etwas aufhalten?"

„Ich habe Mike seit Tagen nicht gesehen, Slate will nach seinem Versagen selbstverständlich allein sein. Und ich wurde gerade gekündigt."

„Gekündigt? Das tut mir leid. Wo hast du denn gearbeitet?"

Vicky schüttelte den Kopf, als sie davon berichtete. „Früher war das mal mein Laden, aber es war nur eine Absteige, weißt du? Trotzdem, ich habe ja Geld bekommen. Ich muss mich nach einer Alternative umschauen, sonst kann ich diese Wohnung vergessen. Dabei wohne ich doch extra schon in Felin!"

Ihr Ärger war unüberhörbar und Lea tätschelte ihr die Schulter. „Ich weiß, Felin ist nicht das Beste, aber wir helfen dir! Du schaffst das. Was ist mit der anderen Akademie?"

Sie wollte das Thema wechseln. Vicky lächelte dankbar. „Wir können eigentlich nichts machen. Natürlich entscheidet Nimra, aber ich denke, da kommt nichts mehr. Wenn sie etwas eröffnen, müssen sie etwas in der Silberstadt gebaut haben und die Genehmigung ist entweder gefälscht oder echt. Das zu überprüfen kann aber Tage dauern und diese Zeit haben wir nicht. Außerdem wusste nicht einmal der Rat, wer hinter der Akademie steckt. So wie ich Nimra kenne, wird sie die Eröffnung nicht verhindern, weil sie befürchtet mit einem Verbot die Situation zu verschlimmern. Stell dir mal vor, die Menschen kommen hier her und stehen vor verschlossenen Türen. Das würde einen totalen Aufstand geben."

Lea nickte langsam, als würde sie es allmählich begreifen. „Stimmt, das kann ich mir auch vorstellen. Also erst einmal abwarten und versuchen, den Schaden gering zu halten. Trägt Nimra eigentlich noch ihren Hut? Amalia hat mir vor Jahren mal von diesem hässlichen Ding erzählt."

Vicky kicherte. „Immer." Lea erzählte ihr noch, dass Lukas weggegangen war und sie ihn vermisste, also beschloss Vicky, Tee aufzusetzen und sie tauschten sich über ihre Magie aus. Mike erwähnten sie dabei mit keinem Wort und Vicky war froh darum. Zwei Stunden später verließ Lea Vickys Wohnung. Freunde zu haben war vielleicht doch gar nicht so schlimm.

Am nächsten Morgen küsste sie Slate wach, der am Abend vorbeigekommen war, um sie zu trösten und reichte ihm das Brot mit einem Beerenaufstrich. „Gut geschlafen?" Sie lag auf seiner Brust und schaute zu ihm hoch. Er rieb sich die Augen. „Wie man's nimmt."

Sie strich ihm mit der Hand sanft über die Wange. „Ich liebe dich. Denk nicht so negativ. Ich glaube an dich und das wird sich auch nicht ändern, egal was heute passiert. Du schaffst das!"

Slate lächelte und flüsterte „Ich liebe dich auch" zurück, ehe er sie auf die Stirn küsste. Er strich ihr durchs Haar und sah ihr tief in die Augen. „Ich weiß nicht, ob ich es schaffe."

„Ich weiß es", sagte Vicky wieder bestimmt und küsste ihn lange. Sie schielte auf die Uhr an der Wand und reckte und streckte sich. „Na los. Du willst doch nicht zu spät kommen."

Er sprang aus dem Bett und zog sich hastig an. Vicky kroch ebenfalls aus dem Bett und drückte ihn an sich. „Viel Erfolg", flüsterte sie ihm ins Ohr, ehe sie ihn ein letztes Mal küsste und zur Tür hinausließ. Sie schloss die Tür und seufzte. Hoffentlich würde er die Nachprüfung schaffen. Sie hatte schon beim ersten Mal an ihn geglaubt, aber er hatte es nicht geschafft. Diesmal musste er es einfach schaffen. Ob Leas Nachprüfung schon angefangen hatte?

Sie setzte sich in ihr Zimmer und machte ihr Kleid für heute Abend enger. Die Zeit schien zu kriechen und das Klicken der Uhr schien in ihren Ohren zu dröhnen. Sie ertappte sich ständig dabei, wie sie auf die Uhr schaute. Gott, wie lange konnte das denn dauern?! Nach einer Stunde tippelte sie mit ihrem Finger auf der Tischplatte. Die Türklingel! Sie stürmte aus dem Raum und riss die Tür auf. Slate, Lea, Amalia, Belfi und Sophia standen vor ihrer Tür. Vicky starrte alle mit offenem Mund an. Was war denn jetzt los?! Jede Miene war undurchschaubar. Sie ließ alle herein und starrte Slate an. „Und?!", platzte es aus ihr heraus.

Er zeigte sein schönstes Grinsen und lachte. „Bestanden!"

Der Schrei war hoch und laut, aber anders konnte sie ihre Freude nicht ausdrücken. Sie fiel ihm um den Hals und küsste ihn. „Ich bin so stolz auf dich! Ich hab dir doch gesagt, du schaffst das!"

Slate war gar nicht wieder zu erkennen. Anstatt wie die letzten Tage die Schultern hängen zu lassen, baute er sich zu voller Größe auf und hielt seine Freundin fest im Arm. „Das können wir heute Abend feiern."

Vicky lachte, ehe ihr Blick auf Lea fiel. Sie hielt die Luft an. „Und was ist mit dir?"

Jetzt strahlte auch Lea. „Bestanden!", rief sie. Wie großartig!

„Das passt doch perfekt!", sagte Vicky und umarmte ihre Freundin. Dabei sah sie Amalia, die sich auf dem Tisch abstützte. Ihr Gesicht war ganz weiß. „Ich verstehe nicht, warum du mitkommst. Bleib doch lieber zuhause, lege dich ins Bett und kuriere dich ein bisschen aus. Das wird dir bestimmt guttun. Die Mondnacht kannst du jedes Jahr feiern."

„Nein!" So eine kräftige Stimme hatte sie nicht erwartet.

„In Ordnung", war alles, was Vicky darauf einfiel. „Habt ihr alles dabei, was ihr braucht?" Die Mädchen nickten und sie nahm Lea am Arm ein Stückchen zur Seite, bevor sie flüsterte: „Ich nehme an, Sophia und Belfi sollen sich jetzt auch hier fertig machen?"

Lea zuckte mit den Schultern. „Belfi hat sonst kaum Freunde außer Amalia. Sophia gehört zu ihnen und ohne sie hätte ich niemals die Prüfung bestanden, da dachte ich, ich lade sie auch ein."

„Na gut", flüsterte sie zurück und drückte Slates Hand. „Wir machen uns jetzt fertig."

„Ah, mein Stichwort." Er grinste und Vicky verdrehte die Augen. Plötzlich schoss ihr ein Gedanke durch den Kopf.

„Was haltet ihr eigentlich davon, wenn wir heute Abend der anderen Akademie einen Besuch abstatten?"

Sophia sah nachdenklich aus, Belfi schaute sie skeptisch an, Amalia sah wieder aus, als würde sie gleich umfallen und Lea runzelte die Stirn. Nur Slate schien sofort zu begeistert: „Das ist doch eine gute Idee! Kommt schon, interessiert euch nicht auch, wie die Akademie aussieht? Mitten in der Asche der Silberstadt? Was das für Leute sind, die das eröffnet haben? Hallo? Jetzt seid doch nicht solche Angsthasen!"

„Psst!", zischte Vicky und kniff ihm in die Wange. Lea trat nach vorne. „Gut, ich bin dabei. Wer noch?"

Amalias schwache Stimme piepste ein „Dann komme ich auch mit. Aber ich will, dass wir vor Mitternacht gehen."

Sophia und Belfi warfen sich einen Blick zu. „Meinetwegen. Dann gehen wir vor Mitternacht zu der anderen Eröffnung."

Vicky lachte. „Super." Sie wandte sich an Slate: „Dann bis später" und gab ihm einen Kuss. Er schloss die Tür hinter sich und sie rieb sich die Hände. „Dann lasst uns mal anfangen."

Wie auf Kommando bildeten alle einen Kreis um Sophia und Lea, die sie verdutzt ansah und sagte. „Was ist denn jetzt los?"

Sophia stupste sie sanft an. „Schon vergessen, wer du bist?"

Lea nahm Amalias Hand, die sich ganz kalt anfühlte und Sophias auf der anderen, die umso wärmer war. Zusammen sprach der Kreis die Worte, die jeder Orchis vor der Mondnacht zu hören bekam.

„Heute ist der große Tag,

was auch kommen mag.

Heute scheint der Mond besonders hell,

heute wird alles formell,

so lasst uns feiern,

ganz groß und ganz gern,

denn ihr seid hier,

Feuer, Wasser und Erde, so sind wir."

Lea starrte sie an, als hätte sie sich vorhin verhört. „Das war für uns?"

Belfi kicherte. „Natürlich, ihr seid doch Orchis, oder nicht?"

Lea reckte sich und sagte in feierlichem Ton: „Ja, ich bin eine Erd-Orchia."

„Dann sei auch stolz drauf." Belfi drückte sie und Vicky hörte Amalia sagen: „Dein Vater wird auch stolz sein, da bin ich mir ganz sicher."

Sie holte Leas Kleid aus dem Schrank, während die anderen Mädchen aus ihren Taschen ihre Kleider und ein paar Sachen für die Haare hervorholten. Amalia hatte recht behalten mit ihren Maßen. Das Kleid passte perfekt. Die dunkelbraune Farbe schmeichelte ihren schokobraunen Haaren und ihren haselnussbraunen Augen. Der Stoff fiel weit aus, die hohen Schuhe streckten sie optisch. Die verschiedenfarbigen grünen Stofflagen am weiten Rock spiegelten Blätter wider und die feinen goldenen Fäden, die das Oberteil und den Rock durchzogen, ließen das ganze Kleid erstrahlen. Wow. Einfach bezaubernd. Lea besah sich im Spiegel und wurde ganz still. „Danke. Mehr bringe ich nicht raus."

Vicky trat lächelnd hinter sie und drehte ihre Haare in offene Locken, während Belfi das Schminken übernahm. Amalia reichte ihr zitternd ein paar kleine Blumen, die sie dekorativ ins Haar steckte. Dann drehte sie sich zu Sophia um: „Weißt du noch, was du zu mir gesagt hast, als du mir vor Jahren zum ersten Mal mit deiner Magie vorgespielt und getanzt hast?"

Sophia schüttelte den Kopf. „Nein, was habe ich da gesagt?"

„Du hast zu mir gesagt: Für das Weltretten und Erforschen sind andere zuständig. Ich bin mit meiner Magie für Tanz und Show zuständig."

Belfi stieß ein Lachen aus. „Das stimmt so was von!"

Vicky stimmte mit ein und Sophia fragte: „Hast du einen Blumentopf? Oder etwas anderes mit Erde?"

Sie holte aus der Küche einen kleinen Topf, den ihr Henry zu ihrem letzten Geburtstag geschenkt hatte, eine Blume hatte sie immer noch nicht pflanzen lassen. „Nimm den hier."

„Perfekt." Sophia murmelte ein Wort und ein kleiner Ast ragte aus der Erde hervor. Erstaunt hielt Lea die Luft an. Sophia ließ ihn mit einer Handbewegung höher wachsen und riss ihn schließlich ab. Dann schnappte sie sich eine Schere, teilte ihn in zwei Hälften und verflocht sie miteinander. „Jetzt noch dein goldenes Garn drumwickeln und ein paar Blätter …" Sie schloss ihre Augen, schien sich zu konzentrieren und winzig kleine Blätter in hellem Grün schossen aus den Ästen. „… und fertig ist die Blumenkrone", beendet sie ihren Satz.

Lea setze sie auf und Tränen kullerten aus ihren frisch geschminkten Augen. Vicky tätschelte ihre Schulter. „Schon gut. Du brauchst jetzt nichts sagen. Die erste Orchide-en-Nacht für die eigene Magie ist etwas Besonderes, aber freu dich."

Die anderen Mädchen schminkten sich ebenfalls, banden ihre Haare zu einem Zopf und schlüpften in weiße Kleider, die wie Leas bis zum Boden reichten, nur dass ihr Rock nicht weit ausgestellt war, sondern er eng anlag. Unter die langen Kleider zogen sie dicke Strumpfhosen an, um später im Freien nicht zu sehr zu frieren. Amalia hatte das Kleid vom letzten Jahr mit etwas Spitze am Ausschnitt genommen, Vicky eines mit Rüschen, Sophias hatte gar keine Verzierungen und Belfi sah aus, als hätte sie einen Unfall mit einer Schere gehabt und die Schere hatte gewonnen.

Nach gut drei Stunden öffnete Vicky die Tür und rief Daniel. Er stützte Amalia, die etwas schummrig wirkte nach dem Teleportieren. „Willst du nicht doch lieber zu Hause bleiben?"

Wieder bekam Vicky als Antwort nur ein festes „Nein!"

Sie seufzte und wartete auf Daniel, der die anderen Mädchen herholte. Henry stand am Eingang zur Akademie und starrte sie an. Gerade wollte er einen Schritt auf sie zu machen, da kam Slate aus der Tür und rannte auf sie zu. „Du siehst großartig aus!"

„Danke", murmelte sie und küsste ihn auf die Wange. Sie nahm seine Hand und drehte sich nach den anderen Mädchen um. „Und? Seid ihr bereit für die Nacht eures Lebens?"

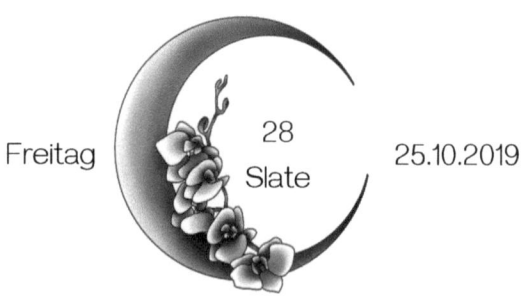
Encantador

Er lachte mit den anderen und hielt ihre Hand fest. Vicky
hatte die Orchideen-Nächte schon immer geliebt. Das Fertigmachen, die Feierlichkeiten, das Stolz-sein, auf das, was
man ist. Sie klammerte sich dann immer an das Wesen, dessen Tag es war, und versuchte etwas von dem Stolz für sich
selbst zu erkennen. Weil er selbst die Traummagie seit seiner Geburt von seinen Eltern geerbt hatte, konnte er Vickys
Gefühle nicht immer nachvollziehen. Wie es sich anfühlte,
eine Übertragung zu bereuen, anzuzweifeln. Selbst wenn er
eine Wahl gehabt hätte, hätte er sich immer und jederzeit
für die Traummagie entschieden. Ein Draumur zu sein war
ein Geschenk, das ihm keine der anderen Magien geben
konnte. Er hätte es nicht gemocht, andere durch das Land
zu bringen, die Elementmagie brachte ihm keinen Nutzen.
Durch einen Spiegel in die Vergangenheit zu reisen hatte
ihn noch nie interessiert. Nur das Hier und Jetzt bestimmte
die Zukunft.

Die Gruppe betrat den großen Saal im hinteren Teil des Gebäudes und die Feier traf ihn mit aller Wucht. Alles kam ihm so imposant vor. Kein Wunder, die letzten paar Jahre hatte er das Fest zu Vickys Bedauern geschwänzt. Aber heute war es doch zu verlockend gewesen. Das Wetter spielte nicht mit, der Regen prasselte gegen die Glasfenster, aber es war kein Sturm, nur einige Tropfen. Vickys Lächeln konnte das Wetter trotzdem nicht trüben. „Wenn du dabei gewesen wärest, wüsstest du, dass der ganze Regen die Spiegelnacht letzten November fast ruiniert hat. Heute kann mich nichts verstimmen!" Slate drückte ihr einen Kuss auf die Wange. Jetzt war er ja da. Da lobte er sich seine Geisternacht im Mai, da mussten die Draumur sich wegen solcher Kleinigkeiten keine Gedanken machen. Er sah sich weiter um. Beleuchtet wurde alles von den unzähligen kleinen Flammen in Kugeln, die von der Decke hingen. Die Musik spielte irgendetwas Langsames, Feierliches und die Leute trugen bunte Kleidung für ihre Elemente und Weißes, wenn sie kein Orchis waren. Er hatte sich dafür extra von seinem Vater ein weißes Hemd ausgeliehen, dass nur etwas zu groß war. Geschmückt wurde alles von unendlich vielen Details zu den drei Elementen, über die er oberflächlich hinweg schaute.

Vicky zog ihn natürlich als Erstes zur Tanzfläche. Widerwillig ließ er sich mitziehen. Aber auch nur, weil er wusste, dass sie den ganzen Abend schmollen und unglücklich sein würde, wenn er nicht mit ihr tanzte. Sie hatte ihre Haare heute geglättet und zum Zopf gebunden. Das betonte ihre süßen Augen und ihre vollen Lippen und er konnte nicht widerstehen und küsste sie. „Hey", sagte sie und kicherte. Wie war das nochmal? Das Tanzen auf den Orchideen-Nächten war anders als auf den Partys. Ein Schritt zur Seite. Ein Schritt nach vorne. Oder waren es zwei? Er gab es auf und Vicky hob sein Kinn. „Ich mach das schon", flüsterte sie. Das war auch besser so.

Er ließ sich von ihrer sanften Hand führen und schien mit ihr über die große Tanzfläche zu schweben. In diesem Moment sah er keine Ketten und keine Dekoration, die Musik schien weit weg. Alles was zählte, war sie. Er lächelte sie an und fasste ihre Taille fester. Eins nach rechts. Nach vorne. Zwei nach links. So langsam hatte er den Dreh raus. Das war doch eigentlich gar nicht so schwer. Er grinste Vicky an und blinzelte zu Henry, der eine Freundin drehte. Oh, das kann ich auch! Er hielt Vicky auf Abstand und ließ sie um sich selbst drehen, bevor er sie wieder zu sich heranzog. Das hatte tatsächlich funktioniert. „Gar nicht mal so schlecht", sagte Vicky und lachte augenblicklich.

Er meinte eine Geige herauszuhören, aber die Musik war auf die Idee gekommen, den Takt zu verlangsamen und sie wiegten sich einfach nur hin und her. Ihr Kopf schmiegte sich an seine Schulter und er hielt sie sanft in seinem Arm. Sein Blick schweifte ab, über die Menge an Tanzpaaren hinweg und blieb an einem Mann haften. Der steckte sich gerade ein Beerentörtchen in die Jacketttasche und ließ dabei eine goldene Uhr hervorblitzen. Gold war immer gut. Er fixierte den Mann und versuchte sich zu merken, wie er aussah. Halbglatze, offensichtlich ein paar Beerentörtchen zu viel auf den Rippen, blauer Anzug, also Wasser-Orchis, am zweiten Buffet, links von der kleinen Treppe zum Podest. Vicky bewegte ihren

Kopf und lenkte so seinen Blick zurück auf sie. Ihr Lächeln wirkte verhalten. „Na? Suchst du wieder die nächste Beute?"

„Was ist passender zum Stehlen als ein Ball?", versuchte er sich zu entschuldigen.

Vicky seufzte und legte ihren Kopf wieder an seine Schulter. Er strich ihr übers Haar und wiegte sie im Takt der Musik hin und her. Die Geige wechselte zum Klavier, zu dem tanzenden Mädchen, das sonst immer so steif wirkte und mit Blätterranken herumwirbelte.

„Sophia macht das wirklich großartig", hauchte Vicky gerührt. Fast alle Tanzenden waren stehen geblieben und starrten gebannt auf die Bühne. Sophia drehte sich so schnell, dass ihm allein vom Hinsehen schlecht wurde. Sie ließ dabei noch Blätterranken um ihren Körper drehen und Blumen in der Luft wirbeln. Er musste schon zugeben, dass diese Show etwas Romantisches hatte. Ablenkung war auch immer gut. Er drückte Vickys Hand, gab ihr einen Kuss auf die Wange und schlich sich unter die begeisterte Menge. Das Mädchen verließ die Bühne und die Menge war kurz nicht abgelenkt. Slate blieb stehen und tat so, als würde er sich umsehen. Die Bühne wurde nun betreten von Logan, einem Wasser-Orchis, der mit Wasser spielte. Und zwar wortwörtlich. Er hatte Glasplatten aufgestellt und ließ Wasser dagegen plätschern, sodass leise, hohe Töne erklangen. Das Wasser drehte sich, schlug kleine Wellen, spritzte Tropfen … es sah äußerst merkwürdig aus. Was es nicht alles gab!

Kopfschüttelnd schob er sich an Leuten vorbei und entschuldigte sich bei einer Frau, der er auf den Zeh trat. Vorsichtig setzte er einen Fuß vor den anderen, während der

Feuerspucker Andre auf der Bühne den Raum erwärmte. Da war der Mann. Nur ein paar Meter entfernt. Langsam schlich er sich hinter ihn. Das Buffet schien eine zu große Verlockung für ihn zu sein und der Mann öffnete wieder sein Jackett. Widerlich. Slate fasste langsam hinein und zog die Uhr just in dem Moment heraus, als ein weiteres Beerentörtchen in die kleine Tasche fiel. Er hatte gar nicht bemerkt, dass er den Atem angehalten hatte, und drehte sich zum Ausatmen schnell um. Aber Moment. Das war doch ... Slate konnte sich ein Schmunzeln nicht verkneifen. Dieser Ball zog doch echt jeden an, sogar diese Göre Kim. Doch dann fiel ihm etwas ein und er runzelte die Stirn. Wie hatte sie es als Mensch durch die Sicherheitskontrolle geschafft?

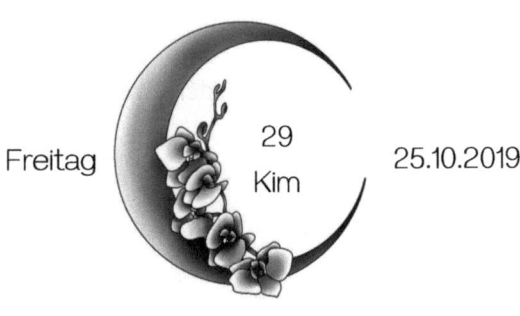
Encantador

Schnell drehte sie sich um. Hoffentlich hatte Slate sie nicht gesehen. Ihr langes, weißes Kleid hinderte sie etwas am schnellen Gang, aber damit musste sie klarkommen. Es war interessant zu sehen, wie sich alle anderen herausgeputzt hatten und was für ein Aufstand gemacht wurde. Alle strahlten in ihren Ballkleidern, mit blauen Rüschen, Blättern und roten Ornamenten, die aussahen wie Flammen. Der Feuerspucker hatte seine Show beendet. Die Bühne war wieder frei und es würde nicht mehr lange dauern, bis die große Feierlichkeit der Übertragung kam. Alle lachten, tanzten und ein Mann in Slates Nähe klaute ständig Beerentörtchen, aber niemand hier interessierte sich für die anderen. Die ganz normalen Menschen, ohne Fähigkeiten. Heute wurde nur die Magie gefeiert, alle anderen gehörten nicht dazu, wurden ausgeschlossen. Deswegen waren Papa und Finn gestorben. Nur deswegen. Sie wollte sich an ihrem Todestag noch einmal daran erinnern, dass ihnen niemand

331

zur Hilfe gekommen war, weil alle zu sehr damit beschäftigt gewesen waren, sich selbst zu feiern.

In der Nähe von Slate, von ihm unentdeckt, erkannte sie Mike. Es war Zeit, ihm mal wieder einen Besuch abzustatten. Sie stieß ein paar Leute zur Seite und tippte ihm auf die Schulter. Sein roter Anzug sah fürchterlich aus zu den blonden Haaren und den roten Augen. „Kim?!", entfuhr es ihm, anscheinend entgeistert sie zu sehen. Sie lächelte und schaute zu Boden, als wäre sie unsicher. „Schön, dich zu sehen. Tut mir leid, dass ich dich so lange nicht besucht habe, ich hatte nur so viel zu entdecken und zu verstehen, weißt du?"

Er starrte sie unentwegt an und öffnete seinen Mund, bevor er ihn wieder schloss. Anscheinend wollte er etwas sagen, wusste aber nicht wie. Kim wartete ab und lächelte weiterhin. Noch zehn Minuten. „Du … bist du Trägerin einer Magie? Du bist doch nicht verwandelt, oder? Draumur? Pasado? Das hätte ich doch gemerkt, oder nicht?"

Wenn du wüsstest, was du alles nicht gemerkt hast, weil du viel zu beschäftigt warst, deine Freundin zu betrügen und über deine Mutter zu jammern. Wie wich sie seiner dämlichen Frage jetzt nur aus? „Ich bin kein Wesen. Wie findest du den Ball bis jetzt? Hast du schon vom Hirsch probiert? Der ist köstlich, wirklich!"

Mike schluckte und fragte nicht weiter nach, er schien sich zu ihrem Glück mit der Antwort zufriedenzugeben. „Nein, habe ich noch nicht. Aber die Beerentörtchen sind köstlich!"

„Mit der Meinung stehst du nicht allein da." Sie wies auf den Mann, den Slate vorhin bestohlen hatte und Mike lachte.

Nur noch fünf Minuten. „Du bleibst sicher hier, für die Übertragung, oder?"

Mike zuckte mit den Schultern. „Denke schon, warum?"

Der Gedanken war wie ein Blitz gekommen, aber er könnte funktionieren. „Na ja, ich frage ja nur. Vicky klebt nur an Slate, bei Lea und Amalia kannst du dich nicht blicken lassen …" Es wirkte. Er schaute zur Seite, als würde er sich umsehen und nach Freunden Ausschau halten, die er hier nicht hatte … und ich muss jetzt los."

„Ach, echt, schon? Wohin gehst du denn?"

Kim lächelte. Der Köder saß. „Du kannst ja mitkommen, wenn du Lust hast?"

„Wohin musst du denn?"

„Hast du noch nicht von der neuen Akademie gehört, die gleich eröffnet wird?" Sie tat so, als würde sie ganz ungläubig sein, dass er so ahnungslos war.

„Nein? Wovon redest du denn?"

„Am besten kommst du einfach mit. Du wirst schon sehen, wovon ich rede."

Sie nahm ihn bei der Hand und zog ihn aus der Menge, hinaus in den Hinterhof und rief einen Ennvio. „Zur Silberstadt, hinter der Markthallenruine."

„Was? Da ist doch nichts …"

Sie lachte. „Du hast ja keine Ahnung."

Er starrte auf das große Gebäude. Kim sah ihn von der Seite an und schmunzelte über seine gerunzelte Stirn. Sein ganzes Weltbild musste erschüttert sein. Die große Silberstadt, einst Schutt und Asche und nun stand da ein großes Gebäude, die Akademie für magielose Wesen, in perfektem Zustand, von der er noch nie gehört hatte.

„Was …?", versuchte er zu fragen, aber Kim ließ ihn gar nicht erst ausreden. „Du wirst schon sehen. Jemand wartet garantiert sehnsüchtig auf dich."

Sie nahm den verwirrten Mike an die Hand und führte ihn in die Akademie. Ihre Mutter musste noch im Büro sein, aber Marie stand bereits fertig für die Eröffnung in der großen Eingangshalle. „Marie?!"

Mike umarmte sie ungelenk und musterte sie von Kopf bis Fuß. Seinem Blick nach zu urteilen fiel ihm jetzt auch endlich auf, wie blau Maries Augen waren. „Warum hast du nichts gesagt?", stammelte er.

Kim drehte sich um, hörte aber noch Marie auflachen und antworten: „Du hast ja nie gefragt."

Sie grinste. Jetzt würde Mike erst einmal beschäftigt sein und Marie durfte seine nervigen Fragen beantworten. Sie hatte Wichtigeres zu tun. Ihre Hände glitten über das Geländer der Treppe, die vom Kronleuchter erleuchtet wurde. Ihre Schritte hallten trotz des Teppichs wider, ihr Kleid hatte sie angehoben. Es war zu schön, um durch Stolpern ruiniert zu werden. Sie ging in ihr kleines Zimmer und schnappte sich die Klamotten, die auf ihrem Bett lagen: Eine Jeans, eine Bluse und flache Schuhe. *Nähe* hatte ihre Mutter das genannt, Nähe war jetzt wichtig, damit die Menschen ihre Neugier über ihre Angst vor Magie stellten und sie als eine von ihnen ansahen. Auch wenn sie das nie wieder sein würde. Sie konnte es kaum abwarten, in die Illusion der Träume eingeweiht zu werden.

Draußen im Flur kam ihr ihre Mutter entgegen. Sie sah gestresst aus. Müsste sie nicht glücklich sein? Aber vielleicht kompensierte sie mit Stress die Trauer. Damit waren sie schon immer verschieden umgegangen. Sie war froh, sich aus dem viel zu engen Kleid gelöst und normale Kleidung angezogen zu haben. Ihr Versuch, mit den schnellen Schritten ihrer Mutter mitzuhalten, scheiterte und sie musste hinter ihr herrennen wie ein kleines Kind. Dabei waren sie doch ab heute gleichgestellt! Eine Begrüßung hatte es nicht gegeben, stattdessen fragte Ellyn, während sie im Laufschritt die Treppe hinunterging: „Hat dich jemand gesehen?"

„Nein", log sie. Es war nicht sicher, ob Slate sie gesehen hatte und sie würde die Frage nicht bejahen, wenn sie sich nicht absolut sicher war. Unten standen Mike und Marie so dicht beieinander, dass nur ein Blatt Papier zwischen sie gepasst hätte. Marie schien aufgeregt auf ihn einzureden. Ihre Mutter drehte sich auf dem Absatz um und funkelte sie an, während sie zischte: „Wer zur Hölle ist das?"

Sie atmete tief ein und aus. Ruhig bleiben, sie war nur nervös und gestresst, damit wurde sie schon fertig. Sie stieg die letzte Treppenstufe hinab und lief zu den beiden. „Das ist Mike", sagte sie und zeigte auf ihn. „Er ist mein Mitbewohner", ergänzte sie. Nur so würde ihre Mutter ihn akzeptieren, wenn sie wusste, dass sie ihm vertraute. „Ich habe ihn hergeholt, weil er ein Feuer-Orchis ist. Den haben wir doch noch nicht. Zwei Wasser-Orchis und keinen Feuer-Orchis? Er soll dabei sein."

Den Zweiten hätte sie auch gerne mal gesehen, aber ihre Mutter würde erst in ein paar Minuten die Abschlusskonferenz beginnen. Das war ihr Weg zu zeigen, dass sie an dieser Eröffnung und diesem Projekt genauso beteiligt war wie sie.

Sie reckte ihr Kinn in die Höhe und blieb ruhig. Zu ihrer Überraschung lächelte ihre Mutter zum ersten Mal an diesem so emotionalen Tag. „Gut, das ist eine nette Idee von dir. Herzlich Willkommen an der Akademie!"

Kim schaute aus den Augenwinkeln Mike an, der erst Marie, dann sie und zuletzt ihre Mutter ansah. „Dankeschön", sagte er viel zu laut. Seinem verdatterten Blick nach zu urteilen würde sie ihm später erklären müssen, dass ihre Mutter an der Luna-Akademie ihren Mädchennamen Fries benutzt hatte. Aber vielleicht durfte er sie auch Ellyn nennen.

Ihre Mutter ergriff wieder das Wort. „Gut. Dann lasst uns anfangen. Mir nach."

Kim hastete nach vorne, stellte sich neben ihre Mutter und sagte so laut und deutlich, wie möglich: „Uns nach."

„Natürlich, mein Schatz." Sie legte den Arm um Kim und führte sie in den Besprechungsraum, der der kargste Raum des Gebäudes war: Die weiße Farbe und der steinerne Boden mit dem großen Tisch, ohne jegliche Art von Dekoration luden nicht gerade ein, aber sie hatte nun einmal nicht für alles Budget gehabt. Ein paar der Helfer saßen bereits am langen Tisch und sahen zu ihnen hinüber, als sie den Raum betraten. Kim stoppte so abrupt ab, dass ihre Mutter empört aufschnaubte. Das Mädchen mit den roten Haaren und dem Veilchen im Gesicht zog eine Augenbraue hoch. Kim schluckte. Mutter hatte jetzt ihren Blick bemerkt und sah zwischen ihnen hin und her. „Kennt ihr euch?"

Was sollte sie jetzt sagen? Die Wahrheit? Ihre Mutter war nicht blöd. Kim öffnete schon den Mund, da fiel ihr Lucy ins Wort. „Ja, ich habe ihr ein paar Schwierigkeiten im Buchhaus bereitet, dabei hätte ich die Verwandtschaft erkennen müssen. Tut mir leid."

Kim schüttelte hastig den Kopf. Sie kam sowieso mehr nach ihrem Vater, die buschigen Augenbrauen hatte sie von ihm. Ihre Mutter verzog den Mund zu einer schmalen Linie. Vermutlich dämmerte ihr jetzt, dass Kim sie angelogen hatte. Ein paar Schwierigkeiten ... Doch anstatt etwas zu sagen seufzte sie und stemmte die Hände in die Hüften. „Jetzt schau nicht so drein, mein Schatz. Natürlich habe ich jemanden beauftragt, der für uns das Buchhaus ein bisschen durchmischt und manipuliert, wie sonst hätte hier in der Silberstadt alles reibungslos funktionieren sollen? Lucy hat gute Arbeit geleistet. Dass sie mir die Dokumente nicht selbst geben konnte, weil Viktor ihr mehr Stunden gegeben hat, war ein Nebeneffekt, den ich in Kauf nehmen musste. Lasst uns den Vorfall vergessen und uns um die wichtigen Sachen des Tages kümmern."

Sie wandte sich ihren Unterlagen mit der langen To-Do-Liste zu, doch Kim starrte Lucy unverwandt an. Also hatte die da die ganze Zeit für sie gearbeitet, ohne dass sie eingeweiht worden war. Sie biss sich auf die Lippen. Als ob ihre Arbeit in Ostafelde nicht ausgereicht hätte?! Ohne ihre Arbeit, ihre Lügen, ihre Manipulation und ihre Hilfe hätte ihre Mutter gar nicht so weit kommen können. Kim beschloss, später noch einmal mit ihrer Mutter zu reden. Ihre Mutter kannte vielleicht Viktor noch aus der Zeit, als er selbst ein Lehrer an der Akademie gewesen war und wusste deshalb, welche Strippen sie hatte ziehen müssen, aber sie hätte ihr trotzdem von Lucy erzählen müssen. Die arbeitete ja wohl nicht erst seit gestern im Buchhaus. Das hätte ihr ein paar

Nerven und Lucy ein blaues Auge erspart. Die erste Rede ihrer Mutter war schon in ihrem Gedankenstrom vorbeigerauscht, doch den Rest hörte sie noch.

Ihre Mutter erklärte ihnen nun, dass alle Orchis im Team zu Nimra gehen würden, um sie abzulenken. Bis jetzt schien noch niemand etwas von der anderen Akademie erfahren zu haben und das sollte für heute so bleiben. Sie verteilte einen Zettel an die anderen Leute mit den wichtigsten Informationen: Wann die Führung losging, wann das Buffet kommen sollte und wann die Helfer zum Aufräumen kamen. Mike nahm sie am Arm und zog sie etwas zu Seite. „Ich kann das doch nicht machen!"

„Was?"

„Zu Nimra gehen und sie ablenken! Damit falle ich ihr doch in den Rücken! Und überhaupt! Ich fasse es nicht, dass du hier eine Akademie aufgebaut hast! Das ist ein komplettes Gebäude verdammt. Dann kanntest du Encantador!"

Zu ihrer Überraschung sah er eher bewundernd als wütend aus, aber ihr sollte es recht sein. „Ich weiß. Aber ich erkläre dir das alles irgendwann in Ruhe. Jetzt müssen wir los, die ersten Gäste sind bestimmt schon da. Du begleitest die anderen und textest Nimra zu. Du gehörst jetzt zu uns."

Den letzten Satz sagte sie mit einem warmen Ton, mit heller Stimme und berührte ihn leicht am Arm, um ihm ein Zugehörigkeitsgefühl zu geben.

Sie sah ihn lange an und er starrte zurück. „Gut, dann bis später."

Zufrieden lächelte sie und sah gerade noch, wie die letzten Männer, die sich um das Essen kümmern würden, den

Raum verließen. Sie eilte hinaus, weit vor Lucy und ihrer Mutter hinterher. Dabei hatte Kim Mühe, ihrem Laufschritt mitzuhalten. Die hohen Schuhe ihrer Mutter klackten wie das Ticken einer Uhr, die Zeit war in den letzten Tagen und heute schier davongerast. Zwei Minuten bis zur offiziellen Eröffnung. Kim atmete tief durch, strich sich die Haare hinters Ohr und folgte ihrer Mutter durch die große Tür.

Man hatte sich alle Mühe gegeben. Vor der Akademie war ein Podest mit einer Büste für Ellyns Rede aufgebaut, die Menschen saßen auf weißen Stühlen auf der Wiese und ein paar Lichterketten erhellten den Abend. Keiner war aufgestanden, die gut vierhundert Menschen starrten nur Ellyn an. Manche sahen neugierig aus, einige ängstlich, wenige gelassen und die meisten angespannt.

Ihre Mutter trat an das Pult, sie selbst blieb am Türrahmen stehen, lauschte den Worten ihrer Mutter und beobachtete die Reaktionen der Menschen. „Vielen Dank, dass Sie alle heute hierhergekommen sind. Mein Name ist Ellyn Fries, das reizende Mädchen an der Tür ist meine Tochter und ich möchte Sie nun alle herzlich begrüßen zur Eröffnung unserer Akademie in dieser Stadt. Ich werde Ihnen nun ein paar Worte sagen, dann wird Ihnen in einer Führung das Innere und die Klassenräume der Akademie gezeigt und im Anschluss daran gibt es zum Abschluss ein Buffet, bei dem wir sicherlich auch noch einmal ins Gespräch kommen werden."

Kim sah sich um. Eine Frau in dem schicken Kostüm saß ganz vorne und hatte ihr Handy in ihre Handtasche gesteckt. Sie meinte Schüler aus ihrem Jahrgang wiederzuerkennen, aber sie erinnerte sich nicht genau. Die meisten Leute sahen jetzt aber neugieriger aus, hatten sich nach vorne gelehnt oder entspannt ihren Kopf auf eine Hand gestützt. Sie atmete tief durch. Es waren tatsächlich Leute gekommen und sie würden wirklich eröffnen. Kim nickte ihrer Mutter aufmunternd zu und sie begann mit ihrer Ansprache.

„Diese Stadt liegt seit vielen Jahren in Schutt und Asche. Der Neuaufbau hat bereits begonnen, aber so etwas dauert seine Zeit. Der Vorteil der Silberstadt ist, dass Sie hier sicher und geschützt sind. Die Bewohner des Landes können hier noch nicht leben. Generell möchte ich Ihnen aber ans Herz legen, Angst vor der Magie abzulegen. Diese Akademie soll Ihnen Wissen vermitteln, dass Sie nirgendwo anders besser bekommen als hier. Sie lernen die Theorie, den Hintergrund der Magie und unseres Landes besser kennen und wir möchten damit etwas zum Frieden zwischen den beiden Fronten beitragen. Heute vor neun Jahren verstarben mein Mann und mein Sohn am See der Tränen. Es war ein schrecklicher Unfall, aber er hätte verhindert werden können. Sie mussten sterben, weil Menschen zu den Orchideen-Nächten nicht zugelassen waren. Diese Akademie ist der erste Schritt auf einem langen Weg Richtung Frieden und Sie tragen dazu bei, indem Sie Ihre Neugier vor Ihre Angst stellen. Herzlich Willkommen in Encantador."

Kim wischte sich eine Träne aus den Augen. Andreas wäre jetzt stolz auf sie gewesen. Sie sah die Menschen an, die sich teilweise von ihren Plätzen erhoben, um bei ihrer Führung mitzulaufen. Sie konnte es gar nicht abwarten, ihre Räume zu zeigen und von dem Unterrichtsplan zu erzählen. Das war jetzt ihr Part. Sie ging zu ihrer Mutter und drückte ihre Hand. „Gut gemacht", flüsterte sie ihr zu. Ellyn lächelte und verschwand in der Akademie. Sie musste sich jetzt beeilen, das Buffet aufzubauen. Kim versuchte jeden Menschen anzusehen, bis sie wie erstarrt hängen blieb. Der Junge von ihrer Infoveranstaltung in der Schule! Neben ihm eine Gruppe von Menschen mit dem gleichen Gesichtsausdruck. Zu viele Menschen.

Kim hielt die Luft an. Sie hätten doch kontrollieren sollen, wer nach Encantador kommt. Sie hätten Gregor Nandos Menschenkenntnis nicht trauen sollen. Aber es sollte doch für alle sein und sie wusste selbst, wie gut man für seine Ziele lügen konnte. Vor ihm lief seine Schwester auf die Tür zu. Kim ging nach vorne. Sie wollte verhindern, dass sie ihre Akademie betraten und alles ruinierten. Da brüllte er bereits so laut, dass sich auch die übrigen Gäste nach ihm umdrehten: „Du glaubst den Schwachsinn echt?! Das kann nicht dein Ernst sein! Du gehst da jetzt nicht rein!"

Ein paar der Umstehenden mit Magie machten einen Schritt nach vorne, aber Kim streckte den Arm nach ihnen aus. „Nein, ihr dürft eure Magie nicht einsetzen, genau das hassen solche Leute wie er doch. Dann bestätigt ihr ihn nur. Sie rannte zu ihm, versuchte ihr Gesicht zu wahren und hob die Hände hoch. „Wir tun euch nichts! Also bitte, lass deine Schwester in Ruhe und verlasse Encantador."

„Einen Scheiß muss ich!" Er nahm den Stuhl neben ihm und warf ihn um. Der nächste Mann warf auch einen Stuhl um. Die Frau hinter ihm trat mit voller Wucht dagegen, ihre Augen glänzten, als er in kleine Teile zerbrach.

Kim drehte sich zum Eingang um, die anderen Menschen standen im Eingang oder draußen, eine andere Form von Angst in ihren Augen. Diese Störenfriede mussten hier weg. „Ennvio, Wege und Pfade mögen wir gehen …"

„Hey, hey, hey, die will uns verzaubern!"

Dann wurde alles schwarz.

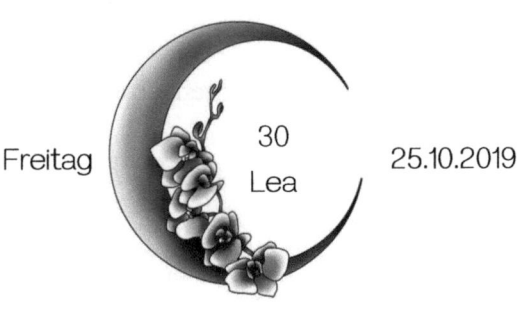

Encantador

Sie konnte ihre Augen gar nicht von ihrer Umgebung abwenden. Immer wieder schaute sie um sich und starrte fasziniert auf die Blätterranken, die von der Decke hingen, und den großen Baum mit den vielen Lichtern aus kleinen Flammen und dem Bach, der ihn umringte. Ihr eigenes Kleid war fantastisch, aber alle sahen so aus. Die anderen Wesen trugen meist Weiß oder helle Farben, schlichte, bodenlange Kleider. Aber unter den Orchis schien sich jeder und jede selbst übertreffen zu wollen. Die Roben schimmerten in den verschiedensten Blautönen, mit aufgestickten Fischen oder in allen erdenklichen Rotnuancen mit strahlenden Feuerzungen. Die Bühnenshows vorhin waren atemberaubend gewesen. Sie hatte immer wieder Vicky angestupst vor Begeisterung, die sie aber nur ausgelacht hatte. Amalia hatte sie in den Arm genommen und ganz fest gedrückt. Sie sollte die Grippe besser auskurieren, aber sie freute sich trotzdem für ihre Freundin, dass sie heute bei ihr war. Lea konnte gar nicht aufhören, zu lächeln und starrte wie gebannt auf die Bühne. Sie wollte eigentlich noch das Hirschfilet probieren und die Beerentörtchen, die Belfi so empfohlen hatte, aber dafür fehlte ihr jetzt die Zeit. Die Übertragung fing jeden Moment an. Sie atmete tief durch und drückte Amalias Hand. „Nun geh schon", flüsterte diese ihr zu und schob sie mit der Hand am Rücken leicht nach vorne.

Lea machte ein paar Schritte nach vorne und fand sich inmitten von Orchis wieder. Etliche bauschige Kleider und farbige Anzüge bildeten eine Menge. Eine besondere Stimmung hatte sich plötzlich über den Saal gelegt: Niemand redete mehr in normaler Lautstärke, und wenn, dann hörte sie mal ein Flüstern. Die Leute schienen den Atem anzuhalten, die Spannung knisterte förmlich in der Luft. Sie starrte auf die Bühne, die zwei Sicherheitsleute nun betraten. In ihren Händen trugen sie einen kleinen Kasten, über den ein Tuch gehangen war. Sie warf einen flüchtigen Blick zurück zu Amalia, die sich an Vicky festhielt, ihr Gesicht war blass. Sie sah echt nicht gut aus. Amalia hätte die Mondnacht sausen lassen sollen, diese war schließlich jedes Jahr. Lea wandte sich wieder nach vorne und wartete ab, bis die beiden Männer den Kasten abgestellt hatten. Sie zogen das dunkle Tuch herunter und sofort ertönte schallender Applaus.

Erinnerungen an ihre eigene Übertragung vor vier Jahren wallten in ihr auf. Mit Amalias Eltern im Publikum, sie und Amalia auf der Bühne als Teenager, die sich in das Land verliebt und für die Magie entschieden hatten. Ihr Herz klopfte bei dem Rausch an Gefühlen, der sie überfiel, und zum ersten Mal wünschte sie sich, sie hätte Papa von all dem erzählt und er könnte jetzt bei ihr sein. Die Mondorchidee stand in einem gläsernen Kasten auf einem Podest. Wow. Sie war immer noch wunderschön. Weiße Blüten mit etwas Lila und Gelb. Die flammenden Lichter waren mittlerweile fast alle erloschen, sodass nur noch die Bühne erleuchtet wurde und der Rest des Saales weitestgehend dunkel blieb.

Eine Frau trat auf die Bühne, augenblicklich wurde es mucksmäuschenstill. Keiner sagte mehr ein Wort. Lea runzelte die Stirn und kniff ihre Augen zusammen, um sie trotz des schummrigen Lichts erkennen zu können. Sie erinnerte sich an den roten Hut, der viel zu groß für den Kopf war und oft für Getratsche und Häme unter den Bewohnern sorgte. Nimra, Pasado und die Herrscherin des Landes, trug ein schlichtes, weißes bodenlanges Kleid, das ihre Kurven betonte. Nimra stellte sich an den Rand und sprach mit überraschend kratziger Stimme: „Guten Abend, liebe Bewohner von Encantador. Ich heiße Sie alle heute willkommen, an dem Tag, als die Kraft der Ur-Orchidee und damit auch die Mondorchidee von Karis Iry vor 700 Jahren entdeckt wurde. Der Mond scheint heute besonders hell, die Pflanze blüht heute am stärksten und ich erkläre die Zeremonie für eröffnet."

Diesmal brach kein tosender Applaus aus. Das Klatschen kam von allen, aber es war gehoben, verhalten, formell. Nimras Anwesenheit war spürbar. Lea wischte sich ihre feuchten Handflächen am schweren Kleid ab und begutachtete die Herrscherin. Ein junger Mann betrat von der Seite die Bühne und stellte sich direkt vor Nimra. Sie nahm dem Sicherheitsmann eine kleine Spritze mit dem magischen Extrakt der Mondorchidee ab und piekste dem Mann damit in den Arm.

Jetzt war das Gen der Mondorchidee auf ihn übertragen und er würde sich irgendwann von einem gewöhnlichen Menschen in einen Orchis verwandeln. Sie schloss ihre Augen und öffnete sie wieder. Nein, das hier war kein Traum. Sie erlebte wahrhaftig erneut, wie jemandem Magie übertragen wurde, wie ein Menschenleben sich für immer verändern würde, durch die Magie der Elemente. Nur stand sie diesmal auf der anderen Seite, diesmal war sie eine von ihnen. Das Lächeln auf dem Gesicht des Mannes strahlte pure Glückseligkeit aus, seine Augen waren ganz feucht. Sie schmunzelte und sprach mit den anderen anwesenden Orchis die Worte, während jemand Neues auf die Bühne trat, um sich spritzen zu lassen.

„Heute ist der große Tag,
was auch kommen mag.
Heute scheint der Mond besonders hell,
heute wird alles formell,
so lasst uns feiern,
ganz groß und ganz gern,
denn ihr seid hier,
Feuer, Wasser und Erde, so sind wir."

Das Sprechen ging über in einen Sprechgesang und wurde ein richtiges Lied, untermalt von den Klängen des Orchesters. Lea hörte den hellen Klang einer Geige, mit der Melodie des Klaviers und dem Singsang der Menge. Sie fühlte sich wie berauscht, wohl und angekommen. Als wäre sie zu Hause. Wenn jetzt nur Lukas und ihr Vater dabei sein könnten. Dieser Moment war einmalig, besonders, bezaubernd. Magisch.

Die Menschen, die sich im Vorfeld angemeldet hatten, ließen sich spritzen und nach dem Letzten brach trotz Nimras Anwesenheit ein tosender Beifall aus. Die Menge jubelte, die Kleider wurden umhergewirbelt, die Gläser geleert und Lea spürte eine Hand auf ihre Schulter. Amalia strahlte sie trotz ihrer Blässe an. „Und wie fandest du deine erste Zeremonie von der Menge aus?"

Sie schüttelte den Kopf. Das konnte man gar nicht in Worte fassen. Stattdessen drückte sie ihre beste Freundin einfach. „Der Wahnsinn!"

Sie warf einen hektischen Blick auf die Uhr und Lea sah sie an. „Was ist? Wie spät ist es?"

Amalia drehte sich weg. „Nichts. Es ist nur schon spät. Wir sollten langsam los, wenn wir die zweite Akademie sehen wollen."

Sie nickte und sah sich ein letztes Mal im Raum um, bevor sie Amalia durch die Leute folgte. Vicky und Slate waren schon draußen, ebenso Daniel, der sie wohl zur anderen Akademie bringen würde. Belfi schien sich sichtlich zu freuen, auch wenn diese Akademie kein Grund zur Freude war. Aber da stand noch jemand. Wer war das? Ein grauer Anzug … ein Mann? Mike konnte es nicht sein, der war größer. Aber wer stand draußen, anstatt reinzukommen? Kannte sie ihn überhaupt? Lea blieb weiter hinter Amalia, spähte aber durch die Fenster nach draußen.

Sie erhaschte durch die Menge einen Blick auf einen schwarzen, kleinen Gegenstand. Eine Kamera? Nein, das konnte doch nicht sein! Lea schob sich vorsichtig an Amalia vorbei und kaum stand sie auf der Rasenfläche, sah sie ihn ganz deutlich. Ohne zu zögern rannte sie los. Er strahlte ihr entgegen und breitete seine Arme aus. Lea ließ sich in die Umarmung fallen. Sie vergrub ihr Gesicht in seinen Schultern und atmete seinen frischen Duft ein. Er fuhr mit seinen Fingern sanft über ihre Haare. Lea schloss kurz die Augen und wünschte sich, sie würde seine Haut auf ihrer spüren. Sie löste sich aus der Umarmung und brachte atemlos hervor „Was machst du denn hier?"

Lukas grinste. „Ich konnte mich dem Zauber von Encantador einfach nicht entziehen."

Lea zeigte auf die kleine Kamera, die immer noch an seinem Handgelenk baumelte. „Ist die neu?"

Sie berührte das glänzende Gehäuse mit ihren Fingerspitzen. Plötzlich fanden seine Finger ihre und sie hielt die Luft an. „Es gibt da noch etwas, das ich in Encantador vermisst habe." Lukas holte tief Luft und Lea sah zu ihm auf. Seine Finger auf ihren schickten ein Kribbeln durch ihren ganzen Körper. Ihr Herz pochte so laut, dass sie seine nächsten Worte kaum verstand. „Also, ich meine, jemanden. Jemanden, der meine Leidenschaft versteht, der mich fordert, meine Ziele zu erreichen. Jemand, mit dem ich lachen, reden oder in ein Erdloch fallen kann."

Lea entfuhr ein Glucksen bei der Erinnerung an ihr Malheur. Dabei war das noch gar nicht so lange her. Erst jetzt wurde ihr bewusst, was sie alles vermisst hatte. Seine ruhige Art, die Gespräche, die Fotos, alles. Leise sagte sie: „Ich habe dich auch vermisst."

Seine Hand wanderte langsam zu ihrem Kinn und er ließ seinen Daumen über ihre Lippen gleiten. Lea schluckte schwer und lächelte. Sie beugte sich vor und strich mit ihren Fingern sanft über seine Haut.

„Du siehst wunderschön aus, weißt du das?", flüsterte er ihr leise zu. Er umfasste mit seinen warmen Händen ihr Gesicht und beugte sich vorsichtig nach vorne. Zärtlich streiften seine Lippen ihre. Sie wollte mehr. Lea umfasste seinen Nacken und zog ihn an sich. Er hielt sie fest umschlungen und küsste sie. Seine Lippen waren weich und sie spürte zum ersten Mal seit einer Ewigkeit wieder die Geborgenheit, die sie so lange vermisst hatte. Sie drückte sich an ihn und genoss jede Berührung: Seine Hände auf ihrem Rücken, die prickelnde Gänsehaut, die sich in ihrem ganzen Körper ausbreitete, und seine Lippen, die verdächtig nach Beeren schmeckten. Sie löste sich zaghaft von ihm und grinste. „Hast du etwa genascht?"

„Vicky hat mir ein paar Beerentörtchen gebracht. Sie sind köstlich."

Lukas lachte und hielt sie weiterhin fest umschlungen, die Kamera baumelte gegen ihren Rücken. Leas Hände ruhten auf seinen Schultern und sie spürte das Bedürfnis, noch viel länger hier zu stehen. Die dumpfen Geräusche der Mondnacht und die fröstelnde Kälte drangen nur langsam wieder an ihr Bewusstsein.

Lukas beugte sich wieder nach vorne, da hörte sie Slates Stimme: „Hey ihr Turteltäubchen. Ich will jetzt wissen, was dieses dämliche Gebäude ist. Wir kommen doch nachher wieder. Dann könnt ihr euch mit dem süßen Zeug vollstopfen, so viel ihr wollt."

Sie lachte und legte ihren Kopf an seine Schulter. Er war so warm, aber auf eine angenehme Art und Weise. Wie eine

Decke, die einen an kalten Tagen sanft einhüllte und der man sich nicht mehr entziehen wollte. Er strich ihr über den Rücken und sie grinste Amalia an, die ihr mit den Mänteln auf dem Arm entgegenkam. Ihr Gesicht schien noch blasser geworden zu sein, aber vielleicht kam ihr das aufgrund des dunklen Himmels auch nur so vor. Belfi zwinkerte ihr zu und Vicky klatschte in die Hände. „Nun kommt schon."

Auch Amalia tippte von einem Fuß auf den anderen und sah wieder zur Uhr. „Willst du gleich heim? Daniel kann dich direkt von der anderen Akademie aus bringen ..."

„Und ich mache dir noch einen Tee", stimmte Belfi mit ein und Lea lächelte sie an. Sie würden Amalia schon wieder aufpäppeln, bevor sie wieder nach Ostafelde mussten. „Nein, nein, können wir uns beeilen und dann wieder hier hinkommen? Ich möchte heute Abend noch einmal mit euch allen tanzen, auf der Mondnacht."

Amalia sagte das mit einer Feierlichkeit in der Stimme, als wäre das ihr letzter Abend in Encantador. Sie drückte ihre Freundin sanft an sich und nickte den anderen zu. „Dann macht mal schnell, nur kurz gucken!"

Lea hielt sich an Vickys Schulter fest, zusammen mit Slate und Lukas, während sich Amalia und Belfi bei Daniel festhielten. Das flaue Gefühl im Magen machte ihr mittlerweile nichts mehr aus, aber sie schloss trotzdem noch ihre Augen. Lukas drückte ihre Hand und sie öffnete wieder ihre Augen. Da waren sie also. In der Silberstadt.

„Amalia?", hörte sie Daniels besorgte Stimme. Lea drehte sich um und sah ihre Freundin, die sich an ihm abstütze. „Es geht schon wieder. Mir ist nur etwas schwindelig gewesen.

Alles gut." Sie lächelte tapfer, aber Lea kam auf sie zu und nahm sie in den Arm. Sie strich ihr eine Strähne aus dem Gesicht. Ihre Haut war ganz warm. „Ich an deiner Stelle wäre nicht mitgekommen. Du hättest dich echt auskurieren sollen! Wir können dich auch sofort nach Hause bringen und du kuschelst dich ins Bett."

Sie schüttelte schnell den Kopf. „Alles gut, Lea, wirklich. Ich will bei euch sein."

Lea warf einen kurzen Blick zu Daniel, der sie festhielt und nur widerwillig losließ, weil Amalia darauf bestand. Hätte er es ihr schon gesagt, würden sie anders miteinander umgehen. Vermutlich wollte er warten, bis sie wieder gesund war, bevor er ihr seine Liebe gestand. Sie wandte sich wieder Lukas zu und ergriff seine Hand. Er lächelte sie an und sie folgten Vicky und Slate, die vorausgegangen waren. Hier in diesem Teil der Silberstadt sah es schlimmer aus als im Bereich des Buchhauses. Während da die Arbeiten in vollem Gange waren, sah es hier noch aus wie vor Jahren: Asche und Schutt waren das Einzige, das noch übrig geblieben war. Wer kam denn nur auf die Idee, hier eine zweite Akademie zu bauen? Und warum hatte Nimra oder jemand von der Regierung nichts dagegen unternommen? Kein Magier würde sich je hier wiederfinden und die Menschen konnten das doch auch nicht toll finden. Überhaupt war dieses Gebäude ein einziges Mysterium. Sie folgte Vicky und achtete darauf, mit ihrem Kleid nicht den Boden zu berühren, um es nicht schmutzig zu machen. Amalia schien das weniger zu kümmern, ihr Kleid hatte schon einen dunklen Saum. Sie schaute auf die Uhr. Ob die

Eröffnung schon begonnen hatte? Bestimmt, gleich war es bereits Mitternacht.

„Das ist es also!", hörte sie Slate rufen. Sie bog um die Ecke einer verbrannten Hausruine und starrte auf das große Gebäude, das sich mitten in dieser Stadt erhob. Wie hatte das keinem auffallen können?! Was war hier früher einmal gewesen? In der Ruine meinte sie das alte Theater zu erkennen, also waren sie weit im Norden und der Wiederaufbau der Silberstadt hatte erst vor einiger Zeit ganz im Süden beim großen Brunnen angefangen. Weiter als bis zum Buchhaus im Osten war man noch nicht gekommen, oder? Trotzdem wurden doch alle Bauarbeiten im Buchhaus dokumentiert. Sie dachte daran, Amalia später zu fragen, ob ihr nichts aufgefallen sei, da fiel ihr Blick auf den Boden. Die nahe Umgebung rund um die Akademie war mit Gras bepflanzt und gesäubert worden. Gras! Sie schüttelte den Kopf. Das war unmöglich, dass konnte nur das Werk eines Erd-Orchis gewesen sein.

„Guckt euch das mal an! Wir haben das Beste verpasst! Die prügeln sich da!" Slate war nicht zu überhören und Lea lief ihm hinterher. „Was? Wovon redest du da?" Sie starrte verwirrt nach vorne, dann erkannte sie es auch: Die Menschen da schienen sich gegenseitig zu schlagen und anzuschreien. Du liebe Güte! Mit weit aufgerissenen Augen sah sie Vicky an. „Wir müssen Hilfe holen!"

Slate lachte. „Klar. Sei doch nicht so ein Angsthase, Prinzessin." Ehe sie etwas erwidern konnte, war er schon im Sprint zur Akademie. So ein Idiot. Vicky wiegelte ab. „Das sieht bestimmt nur schlimmer aus, als es ist. Aber trotzdem muss sich Slate nicht einmischen. Kommt schon." Sie lief Slate nach und Lukas seufzte hörbar. Großartig. Lea rannte in ihrem bauschigen Kleid so gut es ging über das Gras und stand am Rand der wütenden Menge. Was war denn nur hier los?!

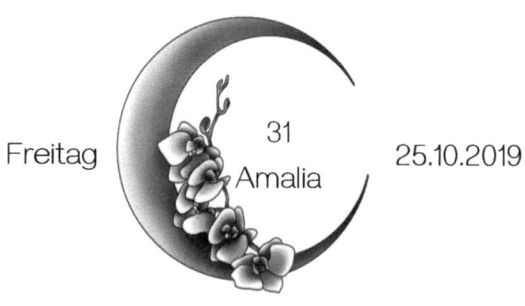
Encantador

Alles war verschwommen. Unklar. Als hätte jemand einen grauen Schleier über ihre Welt gelegt. Ihr blieben noch ein paar Minuten. Die letzten Minuten ihres Lebens. Lea hatte Lukas Hand fest umschlugen und sie musste lächeln. Vielleicht war diese schnelle Schwärmerei genau das, was Lea momentan brauchte. Ihr war alles recht, wenn nur dieses Lächeln blieb. Durch den starken Regen vorhin war das Gras noch nass. Sie versuchte nicht auszurutschen und ging langsam nach vorne. Vicky sah schockiert aus. Sie hatte gesagt, dass es bestimmt schlimmer aussah, als es wirklich war. Aber das hier war ein handfester Kampf, keine harmlose Meinungsverschiedenheit. Slate war sicher schon mitten im Getümmel und spielte wieder mit seiner Traummagie.

Vicky würde ihn suchen. Lea, Lukas, Belfi und Daniel sollten hier besser weg, das gab nur Ärger. Sie machte ein paar weitere Schritte nach vorne. Ein Mann rempelte sie an, als er von einem Schlag getroffen zurück stolperte. Der Stoß war nicht stark gewesen, aber für sie fühlte es sich an, als hätte sie jemand mit voller Wucht geschlagen. Sie taumelte und strauchelte, schaffte es aber, nicht zu Boden zu fallen. Sie wusste nicht, ob sie es schaffen würde, wieder aufzustehen. Sie sollten hier verschwinden und Hilfe holen! Wenn sie doch nur vernünftig sehen könnte. Aber so oft sie auch blinzelte, ihr Blick blieb unklar und etwas verschwommen. Den Kampf oder die Vorwürfe und Schreie der Leute nahm sie wie aus einer Blase heraus war, alles schien etwas dumpf und unendlich weit weg. Sie warf einen verzweifelten Blick auf die Uhr. Eine Minute bis Mitternacht. Eine Minute. Amalia stolperte nach vorne und suchte mit den Augen die Menge ab. Wo waren die anderen? Daniel entdeckte sie und sie versuchte, mit ihrem Arm zu wedeln, so heftig sie konnte, aber er fühlte sich wie Blei an. Hoffentlich sah Daniel sie trotzdem. Sie blieb stehen, damit er sie nicht aus den Augen verlor und begann zu zittern. Dreißig Sekunden. Ein kleiner Schubs von links war zu viel. Ihr schwacher Körper machte das nicht mit. Ohne zu taumeln fiel Amalia zu Boden. Ihr Kopf schlug auf dem Rasen auf. Die Kopfschmerzen würden gleich vorbei sein. Nur noch ein paar Sekunden. Daniel rannte zu ihr und hob sie hoch. „Amalia?" Sie hörte ihn kaum noch. Ihre Augen schlossen sich, sie waren so schwer. Daniel rief diesmal lauter: „Amalia?" Sie musste etwas sagen. Etwas Schönes. Aber alles, was sie hervorbrachte, war ein schwaches: „Ich bin noch nicht bereit."

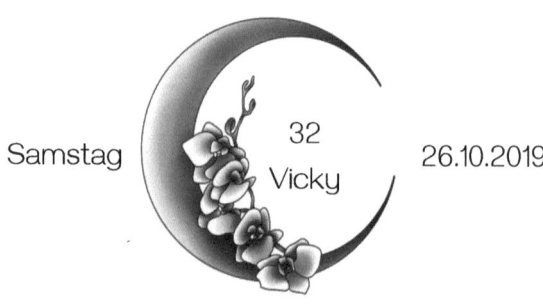
Encantador

Sie versuchte das Gekeife von zwei Frauen zu übertönen und wich der Faust einer anderen Frau aus. Damit hätte sie nie im Leben gerechnet! Wie war es so weit gekommen? Wo waren die Verantwortlichen dieser Akademie?! Ein Mädchen fiel ihr praktisch in die Arme und sie half ihr wieder auf.

„Verschwinde von hier, das ist totaler Mist", raunte sie ihr ins Ohr, aber das Mädchen schien gar nicht dran zu denken. Vicky seufzte. Wo war er denn nur? Diese Menge und dieses Geschubse machte sie wahnsinnig, sie wollte einfach zurück zur Mondnacht, wo sie sicher war. Dass er sich aber auch immer überall einmischen musste … Slate stand vor einem Mann und angelte sich seine Kette. „Slate!" rief sie und kam auf ihn zu. Sie griff seine Jacke und zog ihn aus dem Getümmel. „Jetzt komm zurück, es reicht. Halt dich da raus!" Sie sah ihn mit den Augen rollen, aber das ignorierte sie willentlich.

„Vicky!" Der Schrei ließ sie zusammenzucken. Das war Lea. Sie rannte durch die Menge. Schubste Leute zur Seite.

„Vicky!" Lea schien sich ihre Seele aus dem Leib zu schreien, sie klang panisch. Sie hetzte weiter und erreichte die Stelle, an der sie sich alle aus den Augen verloren hatten. Amalia lag in Daniels Armen, der am ganzen Körper zitterte. „Was …?" Sie starrte auf den Körper und zu Lea. Noch immer verwirrt sah sie Amalias Gesicht an. „Was ist denn … warum … warum ist sie bewusstlos?" Sofort teleportierte sie alle nach Lole zu Doros Zelt.

Lea reagierte nicht, sondern trug Amalia in ihren Armen. Im Zelt schrie sie „Alle raus!" und zwei verwirrte Männer verließen das Zelt. Vicky stellte sich neben Lea und versuchte zu begreifen, was hier los war. Amalia war bewusstlos. Lea war verzweifelt. Doro sollte helfen. Sie half ihnen, Amalia auf eine Decke zu legen. Sie fühlte sich eiskalt an. Erschrocken zuckte sie zurück. Fühlte man sich so an, wenn man bewusstlos war? War man dann nicht wärmer? Sie weigerte sich, die Information zu verarbeiten, die ihr in den Kopf geschossen war: Leichen waren eiskalt. Aber Amalia war nicht tot! Das konnte nicht sein.

Doro hastete zu ihrem Schrank und kramte herum, bis sie mit ein paar Flaschen wiederkam. Sie füllte etwas in einen Becher und fasste mit der Hand hinein. Dann zog sie Amalias Ärmel hoch und schmierte es auf einen kleinen schwarzen Punkt auf ihrem Arm. Niemand sagte ein Wort. Doro schloss die Augen und murmelte ein paar Worte, bevor sie den Kopf schüttelte und in Tränen ausbrach.

Vicky hatte Doro noch nie weinen sehen. „Was … was ist?!"

„Ich kann sie nicht träumen lassen. Ich kann es nicht. Sie ist schon tot."

Tot. Amalia. Tot. Die Wahrheit traf sie wie ein Schlag ins Gesicht. Sie starrte auf Amalias leblosen Körper. Lea brach weinend zusammen und Lukas schluchzte heulend auf. Wie in Trance lief Vicky nach draußen. Daniel krümmte sich weinend am Boden. Belfi versuchte ihn zu trösten, obwohl sie selbst völlig am Ende war. Sie schluchzten und Vicky hielt sich die Ohren zu. Nein, nein, nein. Slate sah sie an und sie schüttelte den Kopf. „Das kann doch nicht sein. Das ist doch …" Ihr fielen keine Worte ein. Amalia war tot. Slate drückte sie an sich und Vicky ließ sich fallen. Ihre Arme baumelten an ihrem Körper herunter. Sie wusste nicht, was sie machen sollte. Sie fühlte sich so kraftlos, schwach und müde. Was, wenn das alles nur ein Traum war? Ein scheiß Albtraum? Sie umfasste Slates Gesicht. „Träume ich gerade?!"

Er sah sie mitfühlend an. „Ich würde nie zulassen, dass dir jemand so eine schreckliche Illusion vorgaukelt."

Sie starrte an ihm vorbei auf Doro, die aus dem Zelt stürmte und ihre Tochter vom Boden aufhob. Belfi drückte sich an ihre Mutter und ihr Schluchzen bereitete Vicky Gänsehaut. Belfi war eine wunderbare Freundin für Amalia gewesen. Daniel ihr bester Freund. Lea war noch bei ihr. Bei ihrer Leiche. Bei der toten Amalia. Wie sollte sie das nur begreifen? Wie war das möglich? Sie riss sich von Slate los und wandte sich an Doro, die versuchte, Belfi zu beruhigen und ihr zuredete. „Wie? Wie ist das passiert?"

Doro sah sie lange an, dann löste sie sich von Belfi und hielt sie nur im Arm. „Es war eine andere Orchideen-Art. Ich weiß noch nicht welche, aber die kleinen dunklen Flecken an ihrem Hals und der schwarze Punkt am Handgelenk verraten es. Sie muss sich vor ein paar Tagen gestochen haben."

Die Grippe! Sie stürmte in Slates Arme und begann zu weinen. Diese verdammte Grippe war nie eine gewesen. Sie war gestochen worden und keiner hatte es bemerkt! Slate strich ihr übers Haar. „Ihr hättet nichts mehr machen können. Mir ist auch nichts aufgefallen. Wenn man erst einmal falsch gestochen ist, gibt es keine Heilung mehr. Mach dir keine Vorwürfe. Sie war glücklich."

„Ach und wie kannst du das wissen? Tu nicht so, als hättest du sie gekannt", zischte sie und wischte sich Tränen von der Wange.

„Ich weiß. Aber du hast sie gekannt. Und ich habe ihr Gesicht gesehen, als Lukas Lea geküsst hat und als sie auf dem Ball die Beerentörtchen gegessen hat. Sie war glücklich. Sie wollte es so."

Sie glaubte ihm, sie wollte ihm glauben und schmiegte sich an seine Brust. Er durfte sie nie wieder loslassen.

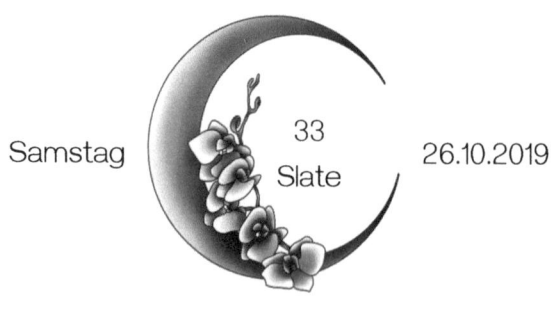

33
Slate

Encantador

Er sah, dass sich Doro von Belfi löste, die mittlerweile nicht mehr weinte und zum Zelt ging. Was würde sie jetzt machen? Ihren toten Körper wegbringen? Und wenn ja, wohin? Er hatte recht behalten. Doro trug mit Lukas eine zugedeckte Trage aus dem Zelt. Verdammt. Darunter lag ihre Leiche. Er hielt seine Arme schützend über Vickys Gesicht und hielt sie so fest er konnte. Zwei Männer nahmen die Trage entgegen und brachten sie mit einem Ennvio fort. Lukas half Lea aus dem Zelt. Sie zitterte am ganzen Körper. Verdammte Scheiße. Wie lange waren sie beste Freunde gewesen? Er atmete tief durch und sagte: „Lea?"

Sie schaute auf, sah aber so aus, als würde sie durch ihn hindurchsehen. „Es tut mir sehr leid", brachte er leise hervor.

Lea nickte ihm zu und Lukas nahm sie in den Arm. Henry erschien aus dem Nichts mit zwei Menschen an ihn geklammert. Beide mit blutenden Fäusten. „Was soll das?!"

Henry ignorierte ihn und wandte sich an Doro. „In der Silberstadt kam es zu einer großen Schlägerei. Sie konnte unterbunden werden, aber ich bringe ein paar Verletzte zur Behandlung."

Doro nickte hastig. „Ist gut." Sie atmete tief durch, strich ihr Oberteil glatt und richtete ihren Zopf zu einem Dutt. „Bring sie rein. Es muss weitergehen. Slate?"

Irritiert über seinen Namen starrte er sie an. „Ja?"

„Hilfst du mir bitte?"

„Was?"

Sie klang müde. Anstatt einer Erklärung verschwand sie mit den beiden Leuten im Zelt. Slate stolperte ihr nach und besah sich die beiden Menschen. „Was soll ich hier?"

„Lass sie gut träumen, während ich ihre Schmerzen behandle."

Das war eine Anweisung. Er schluckte. Gute Träume. Er schenkte Vicky manchmal schöne Träume, wenn sie nicht einschlafen konnte. Aber fremden Menschen? Was war denn gut? Wie erschuf man gute Träume? Doro ließ nicht lange auf sich warten. Bereits nach wenigen Minuten erschien sie mit Verbänden und Pasten am Tisch. „Bitte", sagte sie knapp, aber freundlich.

„Du schaffst das", versuchte er sich selbst einzureden. Was er bei Vicky schaffte, konnte er doch wohl auch bei Fremden schaffen, oder?! Er konzentrierte sich auf den ersten Jungen, einen hageren Rotschopf und schloss seine Augen. Etwas Gutes, was Gutes ... Liebe. Leben. Geld. Er entschied sich für ersteres und ließ den Jungen träumen von dem hübschen Mädchen, das auf ihn wartete, um mit ihm

Beerentörtchen zu essen in der strahlenden Sonne am See der Tränen. Das war vielleicht etwas konfus, aber immerhin positiv und er hatte ja noch einen Versuch. Henry riss ihn aus seinen Gedanken und rief: „Es sind jetzt alle da."

Eine kleine Menge Verletzter wartete vor dem Zelt, hoffend auf Genesung. Er sah die Menschen an, atmete tief durch und wandte sich an Doro. „Wie kann ich helfen?"

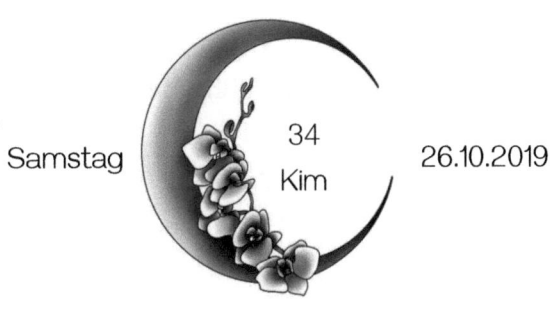
Encantador

„Mama, ich hatte alles unter Kontrolle gehabt!"

„Das habe ich gesehen", war alles, was sie dazu sagte. Kim sammelte einen kaputten Stuhl auf und warf ihn zu dem Haufen mit den ganzen kaputten Sachen: Stühle, Dekoration, das Podest.

„Wie oft soll ich es dir denn noch erklären?"

„Du sollst mir gar nichts mehr erklären. Ich habe genug gehört und gesehen."

Kim warf mit den Armen um sich. „Anscheinend nicht! Es war nicht meine Schuld. Der Junge hat einfach so angefangen zu schreien und seine Kumpels sind eingestimmt und haben gegen uns gehetzt und Zweifel geschürt und als einer das Gegenteil gesagt hat, haben sie sofort zugeschlagen. Ich konnte gar nicht so schnell gucken, wie sich mehrere Leute geprügelt haben!"

„Ich habe dir wirklich vertraut. Ich dachte, du schaffst die Führung sicher auch allein." Sie fegte Scherben zusammen. „Aber anscheinend habe ich mich da in dir getäuscht."

Die Worte schmerzten mehr als die kleine Beule an ihrem Kopf. Sie spürte förmlich Mikes Blick in ihrem Rücken und drehte sich um. Marie, Mike und Logan saßen auf der kaputten Bühne. Mike stand auf und kam auf sie zu. „Das tut mir leid. Wir haben Nimra so gut es geht nach der Übertragung abgelenkt, das meiste hat Logan gemacht, er war ewig in ihrem Raum. Aber dich trifft keine Schuld. Das waren einfach ein paar Idioten."

Er wollte ihre Schulter berühren, doch sie schüttelte ihn ab. „Ein paar Idioten?! Diese paar Idioten haben alles kaputt gemacht! Die Außenmöbel, das Vertrauen, das die Menschen zu uns aufgebaut haben, und die Eröffnung selbst. Die Planung von fünf Jahren ist zunichte und alle Ersparnisse der letzten acht Jahre nichts wert! Jetzt wird garantiert niemand unserer Mission helfen, die Prügelei war doch die perfekte Bestätigung! So kriegen wir die Gesetze zu den Orchideen-Nächten niemals geändert! Jetzt wird man sich nicht mehr an Papa und Finn erinnern, sondern auch noch an die Eröffnung, bei der die bösen Menschen in unser Land gekommen sind, nur, um alles zu zerstören. Pass auf, was du sagst oder du wirst es bereuen."

Mike wich zurück und schüttelte den Kopf. Sie war jetzt anders als in Ostafelde, daran würde er sich noch gewöhnen müssen.

„Was machen wir jetzt?", fragte sie ihre Mutter.

Diese seufzte. „Sind sie in den zweiten Stock gebracht worden?"

Kim nickte. Marie hatte persönlich dafür gesorgt. Ellyn betrat die Akademie, die von innen keinen Schaden genommen hatte, und schritt die Treppe hinauf. Im zweiten Stock öffnete sie die letzte Tür im Gang. Dort saßen der Junge und ein paar von seinen Kumpels. Eine Feuerwand umzingelte sie und Wurzeln hatten ihre Beine gefesselt, damit sie nicht weglaufen konnten. Der Anführer grinste nur. Er hatte alles kaputt gemacht, ihre ganze Arbeit der letzten Jahre.

Kim sah die Jungs angewidert an. „Was machen wir jetzt mit ihnen?"

Ihre Mutter starrte einen nach den anderen an, ihr Gesicht zeigte nichts als Verachtung. „Sie haben alles zerstört. Wir müssen sie töten."

Der Junge hatte sein Grinsen verloren und brüllte: „Was?"

Kim warf ihrer Mutter einen entsetzten Blick zu. „Dein Vergessenszauber ist doch eine viel bessere Idee!"

Doch Ellyn legte nur den Kopf schief. Sie war zu ruhig. Kims Mund fühlte sich ganz trocken an. Schließlich antwortete Ellyn: „Nein. Ich will meine ganze Kraft nicht dafür verschwenden. Nur weil sie dieses Ereignis vergessen haben, macht das ihre Gefühle nicht rückgängig. Sie werden weiterhin alles verabscheuen, was mit Magie zu tun hat. Damit stehen sie dem Frieden zwischen magischen und nichtmagischen Menschen im Weg."

Sie bedachte sie mit einem mitfühlenden Blick. „Tut mir leid, mein Schatz. Aber Möbel kann man ersetzen, Vertrauen nicht. Das darf nicht wieder vorkommen. Wir haben keine andere Wahl. Am besten gehst du jetzt, du musst das nicht mitansehen."

Danksagung

In anderen Büchern habe ich immer die Danksagung gelesen und mir gedacht: Irgendwann ist es bei mir auch mal so weit. Die Idee für dieses Buch hatte ich 2011, zum ersten Mal geschrieben habe ich die Geschichte 2012, zwei Jahre später komplett neu. Viele Jahre später ist 2020 und irgendwann ist jetzt.

Allen Menschen zu danken, die in den letzten neun Jahren dazu beigetragen haben, dass ich heute meinen Weg als Selfpublisherin starte, würde den Rahmen sprengen, aber ihr wisst, wer ihr seid.

Danke an Alexa von marquise.de für die Inspiration, als die Reihe noch historische Fantasy sein sollte, und danke an die Verbraucherzentrale von Schwarzkopf. Eigentlich ist es gut, dass mein Weg so lange gedauert hat, jetzt heißt das Buch nicht wie ein Shampoo.

Danke an Annika Dick, die sich endlose Nachrichten durchgelesen hat, als Facebook noch mehr „in" war. Es war richtig, alles nochmal neu zu planen und zu schreiben, obwohl ich Band Zwei schon fertig hatte. Die Geschichte funktioniert mit mehreren Perspektiven so viel besser als nur mit Lea in der Ich-Perspektive. Du hast mir den Mut gegeben, der mir noch fehlte.

Danke an die Teilnehmer aller Nanowrimos und die Mitglieder der wunderbaren Schreibwerkstatt, die mir viele Jahre ein virtuelles Zuhause für meine Liebe zu Geschichten gegeben hat. Das Feedback und der Austausch mit euch sind Teil dessen, wer ich heute als Autorin bin.

Danke an all die Blogger und Bookstagramer, die mich in den letzten 2,5 Jahren unterstützt haben und die ich auch persönlich auf Messen oder privat kennenlernen durfte. Mit jedem Kommentar zu einem Blog-Beitrag von mir und jeder Nachricht, dass ihr gespannt seid auf meine Bücher, habt ihr mir geholfen, diesen Weg zu gehen. Danke an Juliane, Janika, Lisa, Iva, Nadine, Sina, Nicole, Saskia und Charline. Auch danke an all die Autor*innen, die mir geholfen und mich motiviert haben, unter anderem Ulli, Anna-Lena, Melissa, Eve, Phillippa, Vicky, Tinka, Sabrina und Becca.

Danke an die Menschen, die mich und meine Liebe zu Büchern immer akzeptiert haben. Chaline, Annika, Sinja, Jannik, Jasmin, Janna und Aaron.

Um ein Buch zu veröffentlichen, bedarf es Menschen, die von bestimmten Themen mehr verstehen als man selbst. Ich habe das wahnsinnige Glück, meine Helfer meine Freunde oder Familie nennen zu dürfen. Danke an Milena für die wunderschönen Kapitelzierden, Sabrina für den tollen Buchsatz, Aaron für die finanzielle Unterstützung, Nadine für das Korrektorat und meiner Zwillingsschwester Nadine, die das Unmögliche möglich gemacht hat. Du hast mir ein Cover geschenkt, das schöner ist als all meine Vorstellungen, obwohl es nicht einfach war. Ich bin unglaublich stolz auf dich und freue mich schon, der Welt deine Cover zu den Fortsetzungen zeigen zu dürfen.

Danke an die besten Testleserinnen, die ich mir für dieses Buch hätte wünschen können: Meine beiden Nadines, Janina, Dana, Steffi und Iva. Euer Feedback, Kritik und Lob bedeuten mir so viel mehr, als ich in Worte fassen könnte. Ich freue mich riesig darauf, mit euch für den nächsten Band wieder nach Encantador zu reisen.

Last but not least möchte ich meiner Familie danken. Ihr habt mir die Liebe zu Büchern geschenkt. Danke an meine Großeltern, die mir Disziplin beigebracht und gleichzeitig immer mein Hobby akzeptiert haben. Danke an meine Mama für die Idee mit den Bäumen, für endlose Gespräche, obwohl Fantasy nicht mal dein Genre ist und für die Bücherwand, zu der ich immer aufblicken konnte. Du hast alles richtig gemacht.

Mein größter Dank geht an meine Zwillingsschwester Nadine. Ich könnte nicht glücklicher sein, dich in meinem Leben zu haben. Du inspirierst und motivierst mich täglich. Danke, dass du deine Liebe zu Worten beibehalten hast und danke, dass du beim Testlesen immer ehrlich bist. Es tut mir immer noch leid, dass ich Logan aus der neuen Fassung geschmissen habe. Irgendwann schreibe ich ein Spin-Off nur mit ihm, versprochen. Vielleicht musst du dafür dann nur den Vorsitz des Slate-Fanclubs abgeben. Ich freue mich auch schon riesig darauf, mit dir eine Fantasy Trilogie zu schreiben und ich hoffe, dass du deine Magie auch irgendwann mit der Welt teilst. Deine Bücher verdienen es, gelesen zu werden. Ich habe dich lieb. Bis zum Mond und wieder zurück.

Danke auch an alle Leser und Leserinnen, die meine Geschichte gelesen haben. Ich danke euch von Herzen für eure Zeit und hoffe, ihr habt Encantador genauso ins Herz geschlossen wie ich. Über eine Rezension freue ich mich sehr und hoffe, wir sehen uns im nächsten Band wieder.

Über die Autorin

Yvonne Merschmann wurde 1993 geboren und ist in NRW aufgewachsen. Für ihr Studium der Buchwissenschaft zog sie nach Bayern und kehrte nach dessen Ende in die Heimat zurück. Seit 2018 bloggt sie über Bücher auf ihrem Blog Seitenglueck. Geplant sind weitere Romane, auch in anderen Genres, sowie eine Fantasy Trilogie mit ihrer Zwillingsschwester.

Triggerwarnung

Dieses Buch enthält fiktive Schilderungen von Erlebnissen, die ggfs. Auslösereiz bei Betroffenen sein können. Folgende Liste wurde gewissenhaft erstellt. Für ihre Vollständigkeit wird jedoch keine Garantie übernommen:

– Tod
– Trypanophobie (Angst vor Spritzen)